Juliett
d'Alex
passion pour l'histoire. Elle commence en 1964 sa carrière de romancière avec la série des *Catherine*, traduite en plus de 20 langues, série qui la lance sur la voie d'un succès jamais démenti jusqu'à ce jour. Elle a écrit depuis une soixantaine de romans, recueillis notamment dans les séries intitulées *La Florentine* (1988-1989), *Le boiteux de Varsovie* (1994-1996), *Secret d'État* (1997-1998) ainsi que *Les Chevaliers* (2002-2003). Outre la série des *Catherine* et *La Florentine*, *Le Gerfaut des brumes* et *Marianne* ont fait l'objet d'une adaptation télévisuelle.

Du Moyen Âge aux années 30, les reconstitutions historiques de Juliette Benzoni s'appuient sur une documentation minutieuse. Vue à travers les yeux de ses héroïnes, l'Histoire, ressuscitée par leurs palpitantes aventures, bat au rythme de la passion. Figurant au palmarès des écrivains les plus lus des Français, elle a su conquérir 50 millions de lecteurs dans plus de 20 pays.

MARIE
DES INTRIGUES

*

DU MÊME AUTEUR
CHEZ POCKET

Marianne

1. UNE ÉTOILE POUR NAPOLÉON
2. MARIANNE ET L'INCONNU DE TOSCANE
3. JASON DES QUATRE MERS
4. TOI, MARIANNE
5. LES LAURIERS DE FLAMME – 1re PARTIE
6. LES LAURIERS DE FLAMME – 2e PARTIE

Le jeu de l'amour et de la mort

1. UN HOMME POUR LE ROI
2. LA MESSE ROUGE
3. LA COMTESSE DES TÉNÈBRES

Secret d'État

1. LA CHAMBRE DE LA REINE
2. LE ROI DES HALLES
3. LE PRISONNIER MASQUÉ

Le boiteux de Varsovie

1. L'ÉTOILE BLEUE
2. LA ROSE D'YORK
3. L'OPALE DE SISSI
4. LE RUBIS DE JEANNE LA FOLLE

Les Treize Vents

1. LE VOYAGEUR
2. LE RÉFUGIÉ
3. L'INTRUS
4. L'EXILÉ

Les loups de Lauzargues

1. JEAN DE LA NUIT
2. HORTENSE AU POINT DU JOUR
3. FÉLICIA AU SOLEIL COUCHANT

(*suite en fin de volume*)

JULIETTE BENZONI

MARIE DES INTRIGUES

*

PLON

ISBN : 2-266-15683-7

« L'amour n'est rien s'il n'est pas folie, une chose insensée, défendue et une aventure dans le mal... »

Thomas Mann,

La Montagne magique.

PREMIÈRE PARTIE

UNE SOIF DE VENGEANCE

CHAPITRE I

LA MAISON DE LA GALIGAÏ

Le tonnerre volant de seize sabots ferrés dévalait la route étroite emportant à sa suite un carrosse dont la caisse vert foncé sans armoiries et les mantelets de cuir rabattus ne permettaient pas de distinguer l'occupant. On venait de traverser Boissy-Saint-Léger en trombe, évitant la fermeture des portes et, de justesse, une charrette sauvée de la collision par l'ouverture d'une grange. C'était un jour frileux d'avril 1622. Il était déjà tard et il s'agissait d'arriver avant la nuit close.

Pas de laquais à l'arrière du véhicule lancé à un train d'enfer. Un seul se cramponnait au siège où il était assis à côté du vigoureux cocher aussi large que haut dont la poigne maîtrisait avec aisance les quatre démons furieux de son attelage. Il se nommait Peran. C'était un Breton massif et silencieux avec, sous le chapeau noir au ras des sourcils, une figure qu'on aurait dite taillée au burin dans son granit natal. Au service de la Duchesse depuis l'enfance de celle-ci, il lui vouait un dévouement absolu, une totale obédience, ne discutant sa parole qu'au cas où son imprévisible fantaisie lui faisait courir un danger.

Au-dedans de la voiturc habillée de velours vert et

garnie de coussins pour amortir les cahots du chemin, deux femmes sensiblement du même âge se tenaient assises chacune dans son coin en observant un mutisme absolu. On n'avait pas échangé une parole depuis Paris. L'une d'elles était une jolie fille brune au teint clair vêtue avec élégance de drap gris soutaché de soie, blanche comme la petite fraise de dentelle empesée qui semblait soutenir un visage fin, un peu grave peut-être mais éclairé par de beaux yeux veloutés couleur de châtaigne. Des yeux qui revenaient sans cesse au profil immobile de sa compagne avec, dans leur profondeur, une inquiétude que l'on n'osait exprimer. Jamais encore Elen du Latz, suivante privilégiée de la Duchesse, ne lui avait vu cette figure tendue, ces lèvres serrées, ces prunelles scintillantes de larmes qu'un brûlant orgueil retenait au bord des paupières. Et elle ne comprenait pas ce qui pouvait mettre dans cet état celle qui était sans doute la plus belle et la plus enviée des dames du royaume.

Sans doute était-elle veuve depuis peu mais jusqu'à ce jour, elle semblait supporter sans peine excessive un deuil qui, à dire vrai, ne l'accablait pas. A dix-sept ans, Marie-Aimée de Rohan-Montbazon s'était vue mariée au grand ami du jeune roi Louis XIII, Charles d'Albert, duc de Luynes, riche comme un puits de tous les dons et charges obtenus de la reconnaissance royale dont la dernière, l'épée de connétable, ne lui convenait en rien parce qu'il était dans l'incapacité absolue d'en assumer les responsabilités. Entre autres grâces on lui avait permis d'épouser la plus jolie jouvencelle du royaume, capable de faire rêver n'importe quel homme, fût-il roi ou pape ! Elle avait tout : la séduction, l'éclat, le charme, la beauté bien sûr mais aussi un esprit vif et une joie de vivre qui la rendaient irrésistible. Nonchalant, tendre ou moqueur, son sourire lui ouvrait les cœurs cependant que son rire en cascade était capable de dérider la plus sourcilleuse des douairières. En outre, Marie savait jouer en artiste de sa voix douce et chaude, celle d'une sirène lorsqu'il lui plaisait de chanter. Ce qui n'était pas rare. Habillant toujours à ravir un corps ensorcelant, elle joignait à son élégance une allure royale bien qu'elle ne fût pas grande, et les énormes fraises en « meule de moulin » alors à la mode offrant sur leur rayonnement de dentelles empesées le plus ravissant visage ne faisaient qu'y ajouter. La jeune duchesse possédait des traits fins et aristocratiques, des lèvres fraîches et pulpeuses, de longs yeux d'outremer changeants sous un front pur et élevé couronné d'une somptueuse chevelure fauve coiffée en hauteur – à cause de la fraise ! – et surmontée, pour le moment, d'un amusant chapeau à la dernière mode dont le bord relevé s'ornait d'une agrafe de diamants...

Et voilà que le feu follet semblait éteint, la sirène, réduite au silence. C'était comme une brume entourant une statue et la couleur funèbre des vêtements n'arrangeait rien... Pourquoi ? Elen se tourmentait d'autant plus que jusqu'ici Marie se confiait à elle...

Tout avait commencé cinq heures plus tôt par l'arrivée à l'hôtel de Luynes d'un M. de Folaine, gentilhomme de la Chambre portant une lettre en provenance du camp de Toury où était le Roi. Il ne fit que toucher terre, indiquant seulement qu'il n'y avait pas de réponse.

La Duchesse se trouvait dans l'appartement de ses enfants – elle en avait trois ! – où la nourrice était en train d'allaiter la petite dernière, Marie-Anne née en janvier. Non qu'elle fût une mère très attentive. Ce n'était pas l'usage et, dans les grandes familles, surtout lorsque l'on occupait une charge importante – elle était surintendante de la Maison de la Reine –, il était normal que les enfants vécussent à l'écart de leurs parents, confiés aux soins de nourrices, de gouvernantes ou de gouverneurs à la tête d'une nombreuse domesticité. Mais, depuis la mort de son époux survenue le 14 décembre précédent, dans le sud du royaume où le Roi faisait campagne, mort que Louis XIII n'avait guère pleurée, Marie, sensible aux nuances, avait senti que la famille du défunt n'avait peut-être plus trop de bienveillance à attendre du souverain. Aussi délaissait-elle l'appartement du Louvre exigu et malcommode qu'on lui avait donné en remplacement de celui – magnifique et proche de la Reine ! – auquel elle avait droit jusque-là, pour se retrancher dans le superbe hôtel de la rue Saint-Thomas-du-Louvre que son défunt époux avait construit. Quelque chose lui disait que la mort de Luynes apportait au Roi plus de soulagement que de peine. Ce fut donc chez elle que la lettre royale l'atteignit.

Elle la lut sans que bougeât un muscle de son visage, si mobile cependant. En revanche elle devint pâle, mais comme elle jetait le message au feu sans rien dire, avec au coin des lèvres un pli de dédain, Elen n'osa pas poser de question. La Duchesse d'ailleurs n'ouvrit la bouche que pour quelques ordres brefs : envoyer sur-le-champ un coureur à son château de Lésigny pour annoncer son arrivée, préparer un coffre de voyage, demander son carrosse avec le seul Peran et un laquais pour dans une heure. Puis ordonna à Elen de se tenir prête à l'accompagner. En attendant, elle écrivit une lettre qu'elle fit porter chez la Reine, s'enferma quelques minutes dans son oratoire – chose étrange car sa piété était fort tiède ! – puis changea de vêtements et, sans prendre la peine d'informer son majordome sur la durée de son absence, elle monta en voiture avec sa suivante, toujours sans prononcer un mot.

Le silence se prolongeait quand on fut en vue de

Lésigny, le joli château neuf de brique et de pierre blanche construit dix ans plus tôt par Concino Concini. L'aventurier florentin que l'engouement de Marie de Médicis, veuve d'Henri IV et régente durant la minorité de son fils, avait voulu tout-puissant au point d'en faire un maréchal de France, ne manquait ni de goût ni de prudence. Charmante avec ses hautes fenêtres claires et ses pavillons gracieux, la demeure champêtre se mirait dans des douves en eau qu'enjambait un pont dormant terminé en pont-levis permettant d'isoler le château.

Concini n'avait guère eu le temps d'en jouir : il était à peine terminé quand le tout jeune Louis XIII, exaspéré de ses insolences répétées et poussé par Luynes, l'avait fait abattre à l'entrée du Louvre par son capitaine des gardes avant que sa femme, Leonora Galigaï, accusée de sorcellerie, ne soit arrêtée et exécutée en place de Grève. En même temps, la Reine-mère dont on chuchotait qu'il était l'amant, se voyait exilée au château de Blois. Ce « nettoyage » permettait à un souverain de seize ans de commencer son règne en rappelant les anciens conseillers de son père écartés par le Florentin.

Pour celui qui en avait été l'instigateur, la récompense fut à la hauteur du service rendu. Les biens de Concini lui furent attribués avec nombre de ses charges et quelques mois après sa disparition, Charles d'Albert de Luynes, de noble mais assez pauvre famille provençale dont les origines se cherchaient justement à Florence, épousait la fille d'un des plus hauts seigneurs de France et de Bretagne, Hercule de Rohan, duc de Montbazon et pair de France. Autrement dit Marie. Elle avait dix-sept ans, il en avait près de quarante... et la lune de miel s'était passée à Lésigny.

Ce n'était pourtant pas pour évoquer ses premières

heures d'intimité avec son époux que la jeune veuve se précipitait ainsi vers un manoir où elle se plaisait assez mais sans plus. Luynes s'y était montré pour elle un initiateur plus agréable que nombre de maris, il ne manquait pas non plus de séduction et, durant les cinq années vécues côte à côte, lui et elle s'étaient plutôt bien entendus, unis davantage par un goût commun du faste et de la vie menée à grandes guides que par les enfants – un garçon et deux filles – nés de leur union. Avec son époux, Marie s'était découvert une passion pour l'amour, mais elle savait déjà que le sentiment de camaraderie un peu trouble qu'elle éprouvait pour lui n'avait que de lointains rapports avec celui en majuscules dont rêvent toutes les femmes. Aussi son veuvage ne lui faisait-il éprouver qu'un chagrin d'autant plus mince que, dans les derniers temps, l'orgueil outrancier de Charles, sa folie des grandeurs et ce besoin qu'il avait d'imposer sa loi jusques et y compris au Roi en avaient fait la copie conforme de Concini. Il était mort à la guerre mais de maladie et sans gloire aucune, après avoir ridiculisé au siège de Montauban l'épée de connétable arrachée depuis peu à la lassitude de Louis XIII.

Le carrosse à peine arrêté dans la cour d'honneur éclairée par des lanternes et les lumières de l'intérieur, Marie sauta à terre sans attendre l'aide de qui que ce soit et marcha à pas rapides, Elen sur ses talons, vers l'entrée du logis, passant avec un vague signe de la main devant l'intendant et le quarteron de valets pliés en deux qui lui souhaitaient la bienvenue. Elle alla ainsi jusqu'à sa chambre où un bon feu flambait dans la cheminée de porphyre sculptée comme un lutrin d'église, et là laissa tomber à terre son manteau ourlé de renard noir avant de se jeter dans le plus proche fauteuil, l'œil orageux :

— Mille tonnerres ! s'écria-t-elle. Me faire cela à moi qu'il prétendait aimer il n'y a pas si longtemps !... Mais, dussé-je y passer ma vie, je l'en ferai repentir !

Elle retroussa jusqu'aux genoux ses jupes noires pour offrir à la flamme ses jambes parfaites dans des bas de soie blanche brodés de couleurs vives à la mode espagnole, façon discrète de s'insurger contre la sinistre couleur du deuil, considéra un instant avec tendresse ses pieds emprisonnés dans de hautes chaussures de daim ornées d'un petit chou de ruban rouge, puis soudain éclata de rire et la chambre s'emplit d'éclats joyeux en totale opposition avec la mine tragique arborée durant le voyage. Pourtant cela ressemblait à un orage qui crève et la jeune fille, qui en avait vu d'autres, commença par ramasser le manteau qu'elle expédia sur le lit, passa derrière le fauteuil pour ôter le chapeau qui s'agitait dangereusement et, pour finir, alla prendre dans l'un des deux cabinets florentins en bois précieux, un flacon en verre rouge et bleu de Murano contenant du vin d'Espagne dont elle emplit un verre assorti, et elle revint vers Marie. Le fou rire durait encore mais de façon plus saccadée, comme si des sanglots s'y mêlaient. Le visage était maintenant inondé de larmes. Cependant l'inquiétude de la suivante s'apaisait : cette bizarre crise était salutaire après la longue tension dans laquelle s'était enfermée la Duchesse. Elle porta doucement le vin aux lèvres encore tremblantes :

— Buvez, madame !... Cela vous fera du bien !

Machinalement Marie obéit, avala deux, trois gouttes puis, s'emparant du verre, le vida d'un trait :

— Ah ! Ça va mieux ! soupira-t-elle. Ce qui est merveilleux avec toi, c'est que tu sais toujours ce dont j'ai besoin ! Même quand tu ignores de quoi il retourne. Donne-m'en encore un peu !

Elen s'exécuta. Comme presque toutes les grandes dames de l'époque, sauf celles qui penchaient vers les austérités de la religion, Madame la Connétable savait boire sans être jamais incommodée. Une deuxième rasade passa plus lentement, puis Marie appuya la tête contre le dossier en velours, posa les pieds sur un chenet et sourit :

— Tu me crois devenue folle ?

— Oh non ! Qu'il vous soit arrivé une mauvaise nouvelle, oui !

— On peut appeler cela ainsi : le Roi m'a fait l'honneur de m'écrire pour me signifier ma disgrâce. Il m'est défendu de reparaître au Louvre. Mlle de Verneuil est logée à la même enseigne que moi !

— Sa propre sœur ? Oh !

— Sa demi-sœur[1]. La Reine a tant plaidé notre cause que je croyais cette affaire enterrée. Apparemment il n'en est rien. Nous n'avons pas fini de payer ce malencontreux accident.

Un mois plus tôt, le lundi 14 mars, Anne d'Autriche et ses dames préférées – donc Mme de Luynes et sa belle-sœur – s'étaient rendues après souper chez la princesse de Condé qui « tenait le lit » – autrement dit recevait dans sa chambre, ce qui était fort à la mode ! – dans son appartement du Louvre... La soirée avait été brillante : nombre de dames et de gentilshommes faisaient cercle autour de leur hôtesse. On avait écouté de la musique, dégusté une collation et surtout beaucoup ri. Bref on s'était bien amusé jusqu'à ce que la Reine s'aperçût qu'il était minuit et décide de rentrer chez elle par le chemin habituel, c'est-à-dire en traversant la grande salle du Louvre, celle où l'on mettait le

1. Angélique de Verneuil était fille naturelle d'Henri IV et d'Henriette d'Entragues, marquise de Verneuil.

trône aux jours de cérémonies. A cette heure de la nuit, elle était déserte et mal éclairée offrant devant les trois jeunes femmes un peu éméchées et qui ne cessaient de rire aux éclats le sombre miroir de ses dalles de marbre soigneusement cirées. L'idée de traverser ce désert brillant en courant et en faisant des glissades naît alors dans l'esprit de Marie. Aussitôt approuvée par les deux autres. Plus mollement peut-être par la petite Reine mais Marie a réponse à tout :

— Nous allons vous tenir par le bras ! Ce sera très amusant.

Elle prend Anne sous l'aisselle tandis qu'Angélique de Verneuil en fait autant et les voilà parties, riant comme des folles avec l'impression de patiner sur la glace. Seulement au fond de la salle il y a l'estrade où l'on place le trône. Elles vont si vite qu'elles vont droit dedans, sans dommages pour les deux soutiens mais la Reine tombe et se plaint aussitôt d'une vive douleur. Or elle est enceinte de six semaines... et le mercredi 16, les espérances du royaume s'envolaient au milieu d'une cour consternée. Ce n'était pas la première fausse couche d'Anne, mais les autres avaient été plus précoces et le Roi fondait de grands espoirs sur cet enfant à venir. On lui cacha d'abord la raison du « malaise » éprouvé par sa femme au moment de son départ pour le midi de la France, mais il fallut bien en venir à lui dire la vérité. Il entra alors dans une violente colère où se mêlaient chagrin et désillusion. Sa femme reçut de lui une lettre furieuse où il lui ordonnait de chasser Mme de Luynes et Mlle de Verneuil. Offensée car elle n'avait pas conscience d'avoir commis une faute si grave, pas plus que ses compagnes, Anne envoya plusieurs émissaires plaider une cause qui était aussi la sienne et l'on put, un moment, croire que tout était oublié. Apparemment il n'en était rien. Le couperet venait de tomber sur Marie qui semblait avoir peine à s'en remettre en dépit de son caractère optimiste.

Elen avança prudemment :

— La colère du Roi ne durera pas. La Reine vous aime. Et aussi la Reine-mère dont vous êtes la filleule...

— C'est vrai. Je suis même leur seul sujet d'accord et il est réconfortant de savoir que deux égoïsmes se rencontrent sur ma tête.

— En outre, notre sire ne pourra faire autrement que pardonner à Mlle de Verneuil qui doit épouser dans les mois à venir le fils du duc d'Epernon. Il faudra bien que son pardon s'étende aussi à vous sous peine de se montrer par trop injuste et ne se veut-il pas Louis le Juste ?

— Ça, ma chère, c'est de la littérature ! Je ne suis pas très sûre de la solidité de ses sentiments fraternels envers la jeune Angélique de Verneuil. Il ne faut pas oublier qu'il appelait sa mère la « putain » ! Quoi qu'il en soit, le sang du Béarnais peut inciter Louis à la clémence, mais moi je n'ai pas une goutte de ce sang vénéré et je me retrouve veuve avec trois enfants dont l'un hérite le titre ducal, me laissant celui de douairière... à vingt et un ans. Ma Surintendance va tomber dans les griffes de la vieille Montmorency qui la guette comme un chat une souris dodue, et je ne sais trop ce que va devenir ma fortune puisque c'est mon fils qui hérite.

— N'exagérons rien ! Vous n'êtes pas encore dans la misère. Les frères de feu le Connétable semblent vous être attachés.

— Oui. Nous formons une famille unie mais jusques à quand ? L'air de la disgrâce est le plus difficile à respirer qui soit. Cela dit, je ne suis pas venue jusqu'ici pour me plaindre mais pour réfléchir et prendre conseil.

— De maître Basilio ? J'aurais dû m'en douter...

— Aurait-on besoin de moi ?

A la manière de quelque génie évoqué au prononcé de son nom, un bizarre personnage venait de franchir la porte sans se soucier d'y frapper. C'était, emballé dans une longue robe noire agrémentée d'une fraise un peu fatiguée nouée par un joyeux ruban rouge, un petit homme grisonnant dont la barbe poivre et sel, longue et pointue, projetait lorsqu'il s'agitait une ombre cocasse sur le mur. D'énormes sourcils broussailleux abritaient des yeux vert mousse, vifs et pétillants au-dessus d'un nez retroussé de jouvencelle. Les cheveux gris et raides dépassaient d'une espèce de pot de fleurs renversé en feutre noir surmonté d'un pompon rouge. L'étrange apparition abritait du creux de sa main la flamme d'une bougie que le courant d'air agitait. Elen se précipita pour fermer la porte.

— C'est ce qui s'appelle arriver à point nommé, sourit-elle. Développeriez-vous, par hasard, une tendance à écouter aux portes, maître Basilio ?

Il renifla et lui adressa un regard sévère avant de répondre avec un furieux accent florentin :

— Si... mais seulement pour l'utilité ! L'arrivée du carrosse a fait assez de bruit, sans compter ceux de la cuisine où le maître queux brait comme un âne. Alors voilà Basilio ! Tu ne souhaiterais pas faire appel à ses lumières, Madame la Duchesse ? Parce que tu as des ennuis.

Le langage des cours lui ayant toujours été hermétique, Basilio, arrivé en France dans les bagages de Leonora Galigaï, employait la troisième personne pour lui-même et, universellement, le tutoiement égalitaire des rues de Florence, mais sans jamais oublier le titre qui convenait. Posant sa chandelle sur un coffre, il tira un fauteuil à côté de celui de Marie et s'installa bien au fond, ce qui ne permit plus à ses pieds de toucher le sol.

— Dis-moi, fit-il d'un ton engageant, on t'a mise à la porte ?

— Comment le sais-tu ? bougonna Mme de Luynes.

— Basilio sait toujours tout ! fit-il en tournant vers le plafond un doigt doctoral. C'est même grâce à ça qu'il peut continuer à respirer l'air pur du Seigneur et jouir des succulences autant que des douces odeurs de sa divine Création !

Lui-même sentait l'ail à quinze pas, en dépit du vague effluve de jasmin qu'il répandait avec générosité sur lui quand il se montrait en compagnie. Les parfums étaient cependant sa spécialité initiale. Versé depuis l'enfance dans les herbes, arbres, fleurs et autres plantes, il avait appris d'un vieil apothicaire florentin l'art d'en tirer eaux de senteur, cosmétiques et par la même occasion de confectionner baumes, onguents, potions et autres lotions... Cela lui avait valu la faveur de Leonora Galigaï et accessoirement celle de l'épouse d'Henri IV. Très accessoirement même, car la Concini avait choisi de le tenir en son château de Lésigny à l'écart de la Cour, ce qui avait permis à Basilio de laisser s'épanouir en toute discrétion des connaissances en astrologie ainsi que des dons divinatoires toujours appréciés de sa maîtresse.

L'éloignement où on le tenait l'avait sauvé au moment de la tempête qui s'était abattue sur le maréchal d'Ancre et les siens.

Découvrant le bonhomme – qui n'avait pas jugé utile de fuir ! – à l'étage supérieur d'une des tours, le futur connétable avait été « subjugué » par l'avenir mirobolant que Basilio fit briller devant lui d'entrée de jeu. Quant à Marie, ayant quitté depuis peu sa campagne tourangelle pour entrer aux filles d'honneur de la Reine-mère, sa marraine, elle connaissait naturellement les Concini et si elle détestait d'instinct le mari, elle trouvait la femme très amusante, intéressante même car Leonora savait une foule de choses, s'entendait comme personne à distraire la maussade Marie de Médicis et possédait un goût très sûr pour les agencements intérieurs d'une maison, les toilettes et les bijoux dont sa passion avait fait d'elle une sorte d'expert. Basilio ayant été amené par elle au Louvre à deux reprises, Marie se soucia de lui après le drame qui abattit les Concini, fit emprisonner à Nantes le jeune comte de la Penna, leur enfant de quatorze ans, et envoya la Reine-mère contempler la Loire au château de Blois où elle aurait dû normalement l'accompagner. Mais elle était la fille du duc de Montbazon, vieux et fidèle compagnon d'Henri IV assassiné presque dans ses bras, et il ne pouvait être question de l'inclure dans l'ostracisme dont était frappée sa veuve. La jeune Marie resta donc à Paris dans l'hôtel paternel de la rue de Bethisy. Mais elle réclama Basilio et comme on en était aux préparatifs du mariage avec Charles de Luynes, le parfumeur astrologue fut le premier terrain sur lequel les fiancés se rencontrèrent. Et c'est ainsi que celui-ci put couler des jours paisibles et des nuits étoilées dans le joli château neuf qu'avait bâti Leonora.

Depuis la mort de son époux, Marie n'était pas revenue à Lésigny. Etant donné les mauvaises dispositions affichées par Louis XIII à la suite du décès du Connétable, elle s'était bien gardée de s'éloigner de la Reine. Fière et courageuse de nature, elle n'était pas femme à tourner le dos à l'adversité. Mais maintenant l'adversité la rattrapait.

— C'est vrai, soupira-t-elle. Je ne dois plus paraître au Louvre. Pourquoi ne m'avoir pas prévenue ?

— Parce que tu ne m'as rien demandé, Madame la

Duchesse ! Et Basilio a pour habitude de laisser les gens agir à leur guise tant qu'ils ne font pas appel à lui. Tu aurais dû venir après la mort de ton seigneur !

— Le temps était affreux et j'étais sur le point d'accoucher. A présent me voilà... et je ne sais plus que faire !

Elle s'interrompit : un valet venait l'avertir que le souper était servi dans la grande salle. Cela lui rappela qu'elle avait faim, les pires soucis ne lui ayant jamais coupé l'appétit. Rabattant ses jupes, elle sauta sur ses pieds :

— Veux-tu souper avec nous ?

— Basilio a déjà pris sa nourriture... et il a autre chose à faire. Va te réconforter ! On se reverra tout à l'heure !

Sans répondre, Marie suivie d'Elen descendit dans la longue pièce tendue d'une série de tapisseries flamandes où le feu flambait dans la cheminée. Elle se lava les mains sous l'eau fraîche d'une aiguière d'argent assortie d'une cuvette que lui offrait un petit valet, s'essuya à la serviette de toile des Flandres que lui tendait un autre et s'installa avec sa suivante à l'interminable table de chêne ciré où le couvert pour deux personnes donnait une impression d'abandon en dépit du luxe des chandeliers allumés. La Duchesse et sa suivante goûtèrent deux potages, une fricassée de tripes, un chapon rôti, une sorte de tourte aux pois, un pâté aux pommes, des craquelins et des prunes confites, le tout arrosé de vin clairet[1]. C'était assez modeste pour une grande maison mais l'arrivée tardive de la maîtresse n'avait pas permis un plus grand déploiement culinaire. Pas une parole ne fut échangée tandis que l'on se restaurait, chacune des deux femmes s'absorbant dans ses propres pensées.

1. On appelait ainsi le vin de Bordeaux.

Une heure plus tard, on était de retour dans la chambre dont le lit avait été préparé. Une servante était en train d'y installer un « moine » tandis qu'une autre ranimait le feu de la cheminée. Marie, pour sa part, décida de se déshabiller et de se coucher. Elle était lasse et attendrait aussi bien dans son lit les conclusions de son « mage » comme elle se plaisait parfois à l'appeler.

Avec l'aide d'une chambrière, Elen la débarrassa, devant le feu, de sa fraise, de sa robe de velours noir brodé de jais et des nombreux jupons qu'elle avait entrepris de mettre à la mode en remplacement du vertugadin qu'elle jugeait raide, incommode et disgracieux. Quand elle fut en chemise, une autre servante lui présenta une cuvette pour s'y laver les mains et le bout du nez, après quoi le court linge de jour fut changé pour un long vêtement de nuit en fine soie plissée couvert d'un peignoir en même tissu, et elle alla s'asseoir devant la table à coiffer surmontée d'un miroir de Venise afin de livrer sa tête aux mains expertes d'Elen. Normalement c'était Anna, sa camériste – une véritable artiste ! – qui prenait soin de sa chevelure mais, étant partie en catastrophe, Marie n'avait emmené que l'indispensable : sa demoiselle favorite et son cocher. Anna en avait montré de l'humeur mais le cas était exceptionnel et de toute façon la volonté de la Duchesse faisait loi. Elen d'ailleurs en était enchantée parce qu'elle adorait manier la somptueuse chevelure de Marie. Après avoir enlevé épingles et peignes de l'édifice compliqué permettant au chapeau de cohabiter avec la délirante fraise « en meule de moulin », la jeune fille commença son ouvrage en enfouissant ses deux mains dans l'épaisse toison pour masser doucement le crâne de la Duchesse qui ferma les yeux avec un soupir d'aise et s'abandonna à cette sensation qui apaisait son esprit :

— Elen ! Tu devrais enseigner Anna à faire cela ! J'en éprouve tellement de bien-être !

— Elle a des mains trop puissantes. Ceci demande un toucher délicat et ferme tout en même temps.

— Bon. Alors tu es condamnée à ne jamais te marier et à passer ta vie auprès de moi tant que durera la mienne.

— Je ne demande rien d'autre, murmura la jeune fille. Les hommes sont des brutes et j'ai toujours refusé le mariage.

— Tu es belle pourtant ! Les galants ne doivent pas te manquer ?

— Je n'en écoute aucun ! La plupart ignorent les bienfaits de l'eau et beaucoup sentent le bouc en dépit des parfums dont ils font usage. C'est proprement écœurant !

Marie éclata de rire :

— Qu'aurais-tu dit si tu avais connu le roi Henri ! Il puait comme charogne car outre ses odeurs corporelles il empestait l'ail. Quand j'étais petite fille, je l'ai vu à plusieurs reprises lorsqu'on me menait auprès de ma marraine la reine Marie. Il me prenait dans ses fortes mains, me faisait sauter en l'air en riant très fort et en disant : « Dès que tu auras l'âge, petite dame, je te ferai la cour parce que tu seras une vraie beauté ! » Et là-dessus il m'embrassait ! Pouah !... Pourtant vois-tu, ajouta-t-elle, soudain rêveuse, il avait quelque chose d'extraordinairement attirant. Une sorte de charme... Ses yeux bleus pétillants, son rire immense, sa voix profonde et aussi cette force virile que l'on sentait en lui. C'était un homme de guerre et c'était un amant. J'ai pleuré quand mon père, bouleversé de chagrin, m'a appris sa mort... et je me suis parfois demandé si je lui aurais résisté au cas où il m'aurait priée d'amour...

— Oh, madame !

— Eh oui ! Faire l'amour avec un fauve ne doit pas manquer d'épices... Regarde la princesse de Condé, sa dernière passion ! Elle n'avait pas quinze ans et elle ne cessait de vouloir échapper à son époux afin de rejoindre le Roi. Et elle ne cache pas ses regrets...

— N'est-ce pas une attitude ? Après avoir été la dernière passion du Béarnais au point de faire trembler femme et maîtresse, quelle gloire ! Madame la Princesse ne permet à personne de l'oublier et ne fait pas mystère de sa désolation de n'avoir pu être à lui.

— Tu vois ! Crois-moi, tu devrais essayer au moins une fois... en choisissant avec discernement.

— J'ai déjà essayé, murmura Elen sans autre commentaire, mais d'un ton si ferme qu'en dépit de sa curiosité éveillée, la Duchesse sentit qu'il ne fallait pas aller plus loin et remit à plus tard la suite de la conversation.

— Va plutôt me chercher Basilio, fit-elle pour rompre les chiens. Il devrait en avoir fini...

La jeune fille n'alla pas loin : le petit mage était déjà au seuil de la porte avec sa chandelle. Lui marchant presque sur les pieds, il piqua droit sur Marie :

— Tu dois te remarier, Madame la Duchesse... et vite ! C'est ta seule planche de salut si tu veux rester où tu es.

— J'y songeais, à dire vrai... mais les étoiles sont-elles favorables ?

— Il pleut ! On ne peut pas voir le ciel mais les petits esprits de Basilio disent que tu n'as pas d'autre moyen pour échapper à un énorme naufrage car la Reine – une bonne personne... enfin assez bonne ! – n'entrera pas en guerre contre son époux pour te défendre. Il te faut quelqu'un de suffisamment grand pour que même le Roi soit obligé de t'accepter.

— Je vois ! (Elle voyait même très bien.) Et je te

remercie, Basilio, de ton conseil ! Avant de te retirer dis-moi si j'ai quelque chance d'y arriver ?

Il eut l'amusant sourire qui lui remontait les coins de la bouche jusqu'aux oreilles :

— On dit : « Ce que femme veut, Dieu le veut ! » Basilio, lui, verrait plutôt le Diable dans ce rôle-là ! Quoi qu'il en soit, tu es plus femme que toutes les autres réunies. Prends seulement garde à ne pas en abuser !

Il salua puis disparut si vite que le courant d'air de la porte faillit éteindre la bougie. Après son départ Elen, armée d'une brosse, acheva son ouvrage, tressant les cheveux de Marie en une épaisse natte, puis l'aida à se mettre au lit. Durant ce temps elles n'échangèrent pas une parole mais quand – Marie une fois installée dans ses oreillers – leurs regards se rencontrèrent, elles se sourirent :

— Monseigneur de Chevreuse ! émit la jeune fille. C'est le seul seigneur assez puissant...

— C'est surtout le seul que nous ayons sous la main... enfin je l'espère ! Demain matin nous rentrons à Paris ! Tu donneras les ordres.

Restée seule dans le lit où la veilleuse allumait sous les courtines de velours une tendre lueur rose, Marie se mit à retourner dans sa tête l'idée d'épouser Chevreuse. Ce serait à la fois un coup de maître et une agréable solution : depuis quelques mois en effet, Claude de Chevreuse était son amant et un amant digne de ce nom : ses nombreuses conquêtes antérieures lui avaient donné des femmes une large expérience. En outre, il se disait fou d'elle. La question des nuits – importante puisque dans la vie humaine il y en a autant que de jours ! – se trouverait donc avec lui réglée à l'entière satisfaction de la jeune femme. Mais restaient justement les jours !

Ceux à venir pouvaient être glorieux car, prince lorrain, Chevreuse n'était pas sujet du roi de France. Titré duc d'Aumale puis prince de Joinville et enfin duc de Chevreuse, c'était une altesse indépendante à qui l'on donnait du « Monseigneur » et que le roi de France comme celui d'Angleterre appelaient « mon cousin ».

Son père était ce fameux duc de Guise, Henri le Balafré, qui sous les derniers rois Valois avait tant fait parler de lui et de sa « Sainte Ligue » qu'il avait bien failli coiffer la couronne d'Henri III après l'avoir effacé de la surface de la terre. Moins privé de soutiens que l'on n'aurait pu le croire, le Roi l'avait pris de vitesse à ce jeu mortel en le faisant exécuter au château de Blois par ses « Quarante-Cinq », ce qui ne lui avait valu qu'un assez bref répit : un an plus tard, la sœur de Guise, la redoutable duchesse de Montpensier, séduisait le jeune moine Jacques Clément au point de le convaincre d'assassiner Henri qui mourut d'un coup de poignard dans le ventre. Cependant, si la couronne changea de dynastie, ce ne fut pas au bénéfice de la maison de Guise-Lorraine, mais à celle de Bourbon : le dernier Valois avait légué le royaume à son beau-frère, le huguenot Henri de Navarre, qui allait devenir Henri IV après une spectaculaire conversion. Paris ne valait-il pas unc messe ?

Le Balafré laissait cinq enfants de son mariage avec Catherine de Clèves : Claude de Chevreuse était le dernier. Avant lui on trouvait Charles, l'aîné, duc de Guise, personnage de peu d'envergure, Louis, cardinal de Guise et archevêque de Reims, ami des arts mais de moralité douteuse, Louise-Marguerite, devenue par mariage princesse de Conti et de réputation telle que l'austère Louis XIII l'avait surnommée « le péché » ! Le quatrième, c'était le chevalier François, duelliste impénitent qui vivait pratiquement l'épée à la main, ne rêvant que ferrailler avec quiconque s'aventurait dans son champ de vision. A la limite Claude était le meilleur de la bande. De caractère mou et indéterminé dans la vie quotidienne, c'était au combat la vaillance en personne. Il s'était distingué à maintes occasions jusques et y compris chez les Turcs quand, par hasard, on ne se battait pas en France. Et comme son frère François, il avait à son actif quelques duels retentissants.

Passionnément attaché à la personne d'Henri IV – et ensuite à celle de son fils ! –, Claude poussait l'affection jusqu'à être tombé amoureux des différentes maîtresses du Béarnais : d'abord la belle comtesse de Moret qui lui avait valu un « séjour » en Angleterre puis chez son aîné au château de Marchais, ensuite l'infernale Henriette d'Entragues, marquise de Verneuil dont le Roi était si féru qu'il avait parlé de « couper le cou » à l'imprudent, d'autres encore jusqu'à ce qu'enfin, il tombe sous le charme de Marie. Leur liaison, favorisée par l'industrieuse princesse de Conti, avait fait scandale – tout le monde était au courant sauf le mari comme d'habitude ! – au point que le duc Hercule de Montbazon, père de la jeune femme, était allé prier Louis XIII de faire cesser des ébats amoureux qu'il condamnait sévèrement. On en était là quand l'accident de la salle du trône avait jeté Marie dans les limbes d'une disgrâce si soudaine que le temps avait manqué pour savoir ce qu'en pensait un amant dont elle avait tout lieu de croire qu'il embrasserait sa cause avec fougue...

Arrivée à ce point de son raisonnement et de sa nuit sans sommeil, la jeune femme s'avoua qu'elle venait de mettre le doigt sur le côté incertain de la question : Chevreuse l'aimait-il assez pour braver la colère – inévitable ! – d'un maître qu'il révérait en faisant d'elle une altesse de Lorraine ? Il importait de s'en assurer au plus tôt ! Aussi, à peine un premier coq eut-il fait entendre sa voix enrouée qu'elle sonnait le branle-bas de combat en réclamant à la fois sa toilette, son déjeuner et son carrosse : le tout dans l'ordre annoncé. Une heure plus tard, Peran, toujours, flanqué de son laquais terrifié, lançait derechef ses quatre coursiers sur le chemin de Paris.

On mit deux heures à atteindre l'enceinte fortifiée de la ville mais il en fallut une de plus pour aller de la porte Saint-Antoine à la rue Saint-Thomas-du-Louvre où, dans l'ombre du vieux palais, s'érigeait l'hôtel de Luynes tant il y avait d'encombrements aux alentours de la place Royale d'abord, des Halles ensuite et enfin de la Croix-du-Trahoir où il y avait exécution. Résultat : la Duchesse était à peu près hors d'elle quand elle put mettre pied à terre dans la cour de sa demeure juste au moment où son écuyer, Gabriel de Malleville, se faisait amener un cheval harnaché. En la voyant paraître il y renonça et courut à sa rencontre :

— Dieu soit loué, Madame la Duchesse, vous voilà ! Je me disposais à vous aller chercher.

— Vous saviez où je me trouvais ? Vous étiez absent lors de mon départ et je n'avais pas ordonné de vous le dire...

— Ce n'était pas difficile à deviner : dès qu'un souci vous tourmente vous vous précipitez à Lésigny.

— Et qu'aviez-vous à me confier de si urgent ?

— Ceci ! M. de Brantes est arrivé il y a un quart d'heure... avec des bagages !

En effet, au milieu de l'agitation normale d'un hôtel ducal – écurie, ravitaillement, etc. –, deux valets déchargeaient un coffre de l'arrière d'un carrosse trop poussiéreux pour une lecture facile des armoiries. Marie fronça le sourcil :

— Mon beau-frère ? Que vient-il faire ?

— S'installer. Du moins cela y ressemble.

— Et vous l'avez laissé faire ?

Le nez du gentilhomme normand se plissa légèrement tandis que, dans ses yeux noisette, une flamme amusée s'allumait. Bien que n'appartenant à la maison de Mme de Luynes que depuis une année, il s'était attaché à elle juste ce qu'il fallait pour en faire un garde du corps attentif et dévoué. Par bonheur une blessure d'amour déjà ancienne l'avait gardé de sa séduction et, ayant toujours pris plaisir à l'étude de ses contemporains, il en avait trouvé un plus vif encore à « délabyrinther » les méandres de cette petite âme frivole, un rien friponne, avide de rencontrer enfin celui qui saurait enflammer à la fois ses sens exigeants et un cœur dont il était facile de deviner qu'il ignorait tout des affres de la passion, n'ayant pas encore battu réellement. En revanche, Marie l'amusait beaucoup et s'il avait conçu une inquiétude en voyant débarquer l'ineffable beau-frère, il supputait avec un brin de gourmandise la réception dont la belle Marie allait le régaler.

Au physique, Gabriel de Malleville n'empruntait pas grand-chose à son archangélique patron sinon une épée qui, pour n'être pas flamboyante, n'en avait pas moins prouvé à maintes reprises sa redoutable efficacité. Né dans le Cotentin, il avait néanmoins le cheveu noir, le teint brun et l'un de ces profils aquilins peu répandus sur sa terre natale laissant supposer qu'une de ses aïeules pouvait avoir eu quelques bontés pour un Sarrasin migrateur. Tout en longueur avec des bras et des jambes interminables, c'était un faux maigre dont l'ossature solide se couvrait d'une mince couche de muscles durs comme fer. Entre la moustache conquérante et la « royale » agressive, sa grande bouche abritait des dents carnassières dont il entretenait la blancheur à l'aide d'une poudre que lui procurait un apothicaire de ses amis. Toujours tiré à quatre épingles, il croyait aux vertus de l'eau et du savon, détail qu'appréciaient les dames de la maison. Comme l'avait fait remarquer Elen, ce n'était pas si courant à une époque où les parfums servaient souvent à masquer de déplaisantes odeurs corporelles.

Il s'apprêtait donc à suivre la Duchesse à la rencontre de son beau-frère, mais elle le pria de n'en rien faire et de s'occuper plutôt à ce que les coffres déjà déposés réintégrassent le carrosse.

— Dans un quart d'heure, M. de Brantes les aura rejoints, prédit-elle. Peut-être même avant...

Ayant dit, elle rentra chez elle et, suivie d'Elen, gagna à pas rapides son appartement où le prédateur entendait s'installer. Elle le trouva en effet dans son cabinet particulier tendu de précieuses tapisseries des Flandres à personnages dont les vives couleurs se relevaient de fils d'or. Vautré au coin de la cheminée dans un vaste fauteuil de velours vert, ses pieds bottés posés sur les chenets, il sirotait un verre de vin dont le laquais planté auprès de lui tenait une bouteille à sa disposition.

— Voulez-vous me dire, mon frère, ce que vous faites chez moi ? attaqua Marie dont l'entrée en trombe le fit sursauter ainsi que son satellite à qui elle montra la porte : « Toi, dehors ! Je suis seule maîtresse ici : ne l'oublie plus ! »

Effrayé, l'homme s'exécuta, emportant avec lui le flacon tandis qu'un peu effaré le frère du défunt Luynes s'extrayait de son siège après avoir avalé d'un seul coup le reste de son vin.

— Ne serait-ce pas, au contraire, à vous, ma sœur, qu'il faudrait demander ce que vous y faites ? Ne devriez-vous pas être en route pour l'exil ?

— L'exil, moi ? Et pourquoi donc ?

— Parce que c'est la seule chose qui convienne lorsque l'on vient d'être chassée de la Cour !

Marie haussa les épaules et, repoussant Brantes du bout d'un doigt, alla occuper le fauteuil qu'il venait d'abandonner, s'y campa en indiquant du geste à Elen de la débarrasser de son chapeau.

— Qui a bien pu vous dire que j'avais été « chassée » ? Fi ! Le vilain mot que l'on ne saurait entendre quand on est une Rohan ! Quant à l'exil, je viens bonnement de ma terre de Lésigny. Simple déplacement n'ayant rien à voir avec ce qui pourrait être ce genre de départ. Tout mon service est resté ici jusques et y compris M. de Malleville. En ce qui concerne mes enfants...

— Parlons-en puisque c'est justement en leur nom que vous me voyez céans ! Vous disparue, il convenait qu'un de leurs oncles prît soin de leurs intérêts comme de leurs biens. Notre plus aîné, le maréchal de Cadenet, duc de Chaulnes, résidant ces jours sur ses terres de Picardie, je me devais de m'en charger. Cet hôtel est de leur héritage...

Marie s'accorda le temps d'examiner dans le détail son intempestif visiteur avec un léger sourire parfaitement insolent. Des trois frères, Léon d'Albert, sieur de Brantes, était selon elle le moins réussi, encore qu'une réelle ressemblance existât entre eux. D'assez haute stature il pouvait passer pour bel homme, mais sa moustache de chat ne parvenait pas à donner du caractère à des traits mous dont il accentuait le côté féminin en portant aux oreilles de longues perles. Il s'efforçait d'ailleurs d'en lancer la mode mais tel qu'il était, cet « élégant » avait réussi à épouser la duchesse de Piney-Luxembourg, fille du prince de Tingry, ce qui lui permettait de porter « par courtoisie » l'un des rares titres ducaux transmis par voie féminine. C'est dire qu'il ne lui appartenait pas vraiment. Il n'en était pas moins extrêmement glorieux et infatué.

— L'héritage d'un duc, c'est d'abord son duché, dit Marie. Si mes ordres ont été bien suivis, mon fils et ses sœurs ainsi que leur maison doivent avoir atteint Luynes. Ils s'y trouvent parfaitement en sûreté. Quant à cet hôtel, il fait partie de mon douaire et j'y suis maîtresse...

— Jusqu'au jour... prochain où vous allez être obligée de le quitter, plus vite que vous ne le souhaiteriez sans doute quand le Roi saura que vous vous obstinez à rester assise à sa porte et il vous en fera tirer par ses gardes pour vous enfermer dans un carrosse bien clos à destination d'un...

Marie frappa du pied avec colère et leva vers lui des yeux fulgurants :

— Cessez donc de débiter des sornettes et de prendre vos désirs pour des réalités ! Je n'ai pas, que je sache, attenté à la Majesté Royale pour être traitée ainsi que vous le décrivez avec tant de complaisance. En outre, si je n'ai plus d'époux, j'ai encore un père, un frère qui sont plus grands que vous, et aussi des amis...

— Des amis ? Vous vous apercevrez sans tarder qu'il ne vous en reste guère...

— Je n'ai pas l'intention de vous inviter à les compter avec moi ! Etant dit, faites-moi la grâce de disparaître ! Vous n'êtes pas le bienvenu et vous me gênez !

Le visage du « duc de Luxembourg » devint jaune comme si la bile s'y infiltrait. Il prit un air de tête superbe, essaya de friser sa moustache hérissée d'un geste qu'il voulait insolent et qui n'était que ridicule, puis secoua la tête, ce qui fit cliqueter ses boucles d'oreilles :

— Je reviendrai peut-être plus tôt que vous ne pensez et vous ferai regretter vos paroles insultantes...

— Soyez logique pour une fois ! Si vous revenez, c'est que je serai en route pour l'exil et je serais fort étonnée que l'on fît choix de vous pour veiller au patrimoine de mon fils ! Vous semblez oublier, mon cher beau-frère, que depuis la mort de mon époux regretté, la faveur des d'Albert – qu'ils soient de Luynes, de Cadenet ou de Brantes – n'est plus ce qu'elle était. Soyez certain que si le Roi ne m'aime plus autant que naguère il ne vous porte pas davantage d'affection. Alors imitez Cadenet qui a au moins la sagesse de rester dans son gouvernement et allez respirer l'air de la campagne ! Sur ce, je vous donne le bonjour. Vous connaissez le chemin, je pense ?

Outré, Léon de Brantes lança à la jeune femme un regard furibond, tourna les talons et, sans saluer, partit à grands pas vers l'escalier tandis que Marie se dirigeait vers une fenêtre pour assister à son départ.

— Quelle mouche l'a piqué ? remarqua Elen. Jusqu'à présent l'entente semblait régner entre vous et la famille du défunt Connétable.

— Eh bien, c'était un faux-semblant ! Quant à la raison qui l'a poussé jusqu'ici, elle n'est pas difficile à deviner : en dehors de la simple cupidité, il y a le vif désir d'essayer d'arranger ses affaires auprès du Roi en me traitant comme brebis galeuse !... Ah ! Le voilà qui remonte en voiture ! Oublions-le s'il te plaît et va me chercher Malleville !

Tandis que Mlle du Latz s'acquittait de sa commission, Marie alla s'asseoir devant sa table à écrire, prit du papier, une plume en s'assurant qu'elle était taillée, la trempa dans l'encre et se mit à rédiger un billet d'une écriture à la fois rapide et un rien extravagante. Elle l'achevait – le texte était court ! – lorsque Elen introduisit Gabriel. Celui-ci arborait un large sourire :

— Vous voilà de belle humeur tout à coup ? observa Marie.

— Le départ de M. de Brantes était des plus réjouissants. Ses naseaux fumaient plus que ceux de ses chevaux... mais Madame la Duchesse sait qu'un rien m'amuse !

— Alors j'espère que votre nouvelle mission vous amusera tout autant : cherchez M. de Chevreuse et me l'amenez sur-le-champ !

— Lui remettrai-je un message ? fit le gentilhomme louchant sur la lettre que Marie cachetait.

— Plus tard si d'aventure il n'était pas à Paris. Montrez-vous pressant, cependant : je dois le voir au plus vite !

— Pourquoi pressant ? Jusqu'à présent, il n'a jamais eu besoin d'aiguillon pour accourir et se mettre au service de Madame la Duchesse...

— Jusqu'à présent sans doute mais tant de choses changent ces temps-ci !... soupira la jeune femme.

Malleville fronça le sourcil. Il n'aimait pas la nuance de doute qu'elle venait d'exprimer. Cet imbécile de Brantes aurait-il réussi à fêler, si peu que ce soit, sa cuirasse de certitude et de confiance en son étoile ?

— Pas vous, madame, et c'est là l'important ! Demandez à votre miroir ce qu'il en pense.

Comme par enchantement le compliment, formulé surtout par un homme qui n'en était pas coutumier, rendit à Marie son sourire :

— C'est ce que nous verrons ! Allez, vite !

Gabriel balaya le tapis des plumes de son chapeau avant de s'éclipser. Ce faisant, il passa près d'Elen qui, les mains nouées sur son giron, n'avait pas articulé une parole. Il l'entendit cependant marmonner entre ses dents :

— Courtisan !

— Pécore ! riposta-t-il même jeu.

Mme de Luynes replongée dans ses réflexions n'entendit rien, ce qui lui évita de s'étonner d'un échange aussi peu conforme aux lois de la galanterie. Elle ignorait tout de l'antipathie que sa suivante nourrissait envers son écuyer depuis le lendemain du jour où il était entré à son service.

C'était au retour d'une chasse à Lésigny. La jument de Mlle du Latz avait bronché au moment où celle-ci glissait de sa selle d'amazone. En même temps un coup de vent soulevait le tissu de sa jupe découvrant de si jolies jambes que Gabriel, qui se portait alors à son secours, avait laissé échapper un sifflement qui, pour être admiratif, n'en était pas moins d'un goût douteux. Du coup Elen, rouge jusqu'à la racine des cheveux, repoussa son aide avec colère en le traitant de malotru.

— Ce n'était qu'un hommage, mademoiselle, riposta le fautif, et c'est bien la première fois qu'une femme prend à offense un signe d'admiration. Mais peut-être n'êtes-vous pas une femme ?...

Ayant dit, il lui avait tourné le dos et depuis leurs relations en étaient restées là sans que Malleville tentât quoi que ce soit pour les améliorer. Pour lui la belle Elen était une irrécupérable pimbêche. Ses goûts actuels le portaient plutôt vers les blondes. En l'espèce la rieuse Eglantine, la patronne du cabaret de La Vigne en Fleur dans la rue des Nonnains-d'Yerres, et il n'avait que faire de la brune confidente de leur maîtresse commune. En outre, elle était bretonne, lui normand, et leur voisinage géographique n'avait jamais suscité l'entente cordiale entre deux duchés dont l'un, assaisonné au sang viking, était resté anglais beaucoup trop longtemps...

La brève escarmouche n'occupa guère l'esprit de Gabriel qui l'avait déjà oubliée en allant prendre son cheval à l'écurie : la mission dont Marie venait de le charger lui apparaissait beaucoup trop importante vu la situation de la jeune femme. Il savait ce qu'elle signifiait : ce n'était pas son amant qu'elle appelait à elle mais assurément le seul homme qui, en l'épousant, lui rouvrirait à deux battants les portes du Louvre. Et ce fut par le château royal qu'il commença sa quête.

Le duc de Chevreuse y logeant, par privilège spécial, au-dessus de l'appartement du Roi, il était normal d'avoir une chance de l'y trouver, mais il n'y était pas. Gabriel ne s'en émut pas. Connaissant les habitudes des hommes de la Cour, il se rendit au faubourg Saint-Honoré où près de la Grande Ecurie du Roi se trouvait l'Académie équestre fondée par feu M. de Pluvinel, mort deux ans plus tôt mais que continuait de diriger René Menou de Charnizay, son meilleur élève et disciple. L'art équestre y était porté à la perfection et, quand il était à Paris, Louis XIII y venait quotidiennement ainsi que les principaux seigneurs de son entourage menés par le Grand Ecuyer de France, Roger de Bellegarde, que l'on appelait uniment Monsieur le Grand.

Passionné de chevaux, Chevreuse y allait fréquemment mais comme par un fait exprès, Malleville n'y rencontra que le marquis de Souvré et le baron de Termes dont aucun n'avait vu le duc.

— Il ne doit pas être à Paris, lui confia ce dernier. Hier soir, au Louvre, j'ai remarqué son absence... Etant donné que je ne l'aime guère – lui et le duc s'étaient battus en duel quelques semaines plus tôt –, l'air que l'on y respirait était beaucoup plus agréable. Il doit avoir cherché refuge dans ses terres...

— Refuge contre quoi ?

Le baron se mit à rire :

— Allons, mon cher, vous ne nous ferez pas croire

qu'étant à Mme de Luynes vous ignorez sa disgrâce ? Soyez sûr que Chevreuse la sait et qu'il a jugé plus prudent de prendre ses distances.

Et de ricaner cependant que M. de Souvré faisait chorus ! Devant ces deux faces hilares, Gabriel eut peine à résister à l'envie de tirer l'épée pour leur rendre le sens des valeurs, mais la Duchesse avait trop besoin de lui pour qu'il s'offrît ce genre de récréation. Il remit donc l'affaire à plus tard, tourna le dos aux deux plaisants et s'en alla réfléchir hors du manège. Se rendre à Chevreuse ne lui posait guère de problème autre que faire patienter Mme de Luynes, mais encore fallait-il être certain d'y trouver celui qu'il cherchait. Aussi, avant de retourner rue Saint-Thomas-du-Louvre s'équiper pour la route, jugea-t-il prudent de passer chez la princesse de Conti pour essayer d'obtenir au moins une confirmation. On pouvait espérer de la sœur de Chevreuse qui avait été la cheville ouvrière de son aventure avec Marie qu'elle garderait son amitié à la disgraciée.

Bien lui en prit, car il n'eut pas besoin de se faire recevoir par la princesse : au seuil de son hôtel il rencontra l'un de ses gentilshommes, M. de Flaine, dont il apprit que Mme de Conti n'était pas au logis et quand Malleville demanda si elle avait rejoint son frère à Chevreuse, il se mit à rire :

— S'il y était, cela pourrait se faire mais elle a peu de goût pour les pèlerinages, vous le savez aussi bien que moi.

Les sourcils de Gabriel remontèrent d'un doigt sous l'ombre de son feutre :

— Monseigneur fait un pèlerinage ? Lui qui...

— ... ne s'est jamais beaucoup encombré de religion ? Eh bien, c'est pourtant le cas : Monseigneur est parti hier, avec quelques amis, se mettre sous la protection de Notre-Dame-de-Liesse à l'occasion du séjour qu'il a soudain décidé de faire au château du Marchais chez son frère aîné le duc de Guise. Amusant, non ?

— Très ! Et surtout inattendu ! Monseigneur aurait-il quelque chose à se faire pardonner ?

— Il paraît ! Cette idée a fait beaucoup rire Madame la Princesse. Elle lui a dit qu'il était un fameux hypocrite et que, si elle était à la place de la Seigneur, elle les enverrait promener, lui et sa trop opportune repentance.

Ainsi renseigné, Gabriel revint auprès de la Duchesse qui en l'écoutant ouvrit des yeux énormes avant d'éclater de rire :

— Il est allé demander secours à Notre-Dame, ce mécréant ! Je m'attendais à tout sauf à cela ! Et secours pour quoi... ou contre qui ?

— A votre avis ?

Marie cessa de rire :

— Contre moi, n'est-ce pas ? C'est moi qu'il fuit... comme les autres et comme si j'étais une pestiférée ? Oh ! C'est indigne... Indigne !

Des larmes jaillirent de ses yeux mais elle les essuya avec rage du revers de sa main, puis virant sur ses talons retourna à son écritoire, déchira la première lettre et, sans cesser de parler, se mit à en écrire une autre.

— Vous allez vous rendre là-bas, Malleville ! Après tout, Liesse a souvent vu des reines prier à ses autels et si M. de Chevreuse a eu l'idée de demander son secours, pourquoi n'en ferais-je pas autant ?

— Vous voulez y aller aussi, madame ?

— Non, *vous*... pour y déposer en mon nom un présent aux pieds de Notre-Dame afin qu'elle me prenne en pitié. Moi, je suis souffrante et comme le bruit m'est venu du départ de Monseigneur, je vous remets ce billet... au cas où vous le rencontreriez...

— Et bien entendu je le rencontrerai ?

— Bien entendu... Elen ! M'apportez ma cassette rouge !

Femme d'ordre et de grande précision lorsqu'il s'agissait de ses biens, la Duchesse rangeait ses bijoux dans des petits coffres dont la couleur variait avec celle des pierres qu'ils contenaient. Dans la rouge, elle choisit une grande croix de rubis, de diamants et de perles qui avait appartenu à Leonora Concini, l'enveloppa dans un mouchoir de soie blanche après en avoir baisé le pied, glissa le tout dans un étui de daim gris et le tendit à Gabriel :

— Vous déposerez cela en mon nom aux pieds de Madame Marie, ma très sainte et très douce patronne, en y joignant mes prières affligées. Il serait bon cependant...

— ... que je choisisse pour ce faire le moment où Monseigneur de Chevreuse approchera lui-même de l'autel ?

Les yeux d'outremer se remirent aussitôt à pétiller et Marie offrit à son écuyer son plus beau sourire à fossettes :

— Je ne remercierai jamais assez mon défunt époux de vous avoir donné à moi, Malleville ! Vous comprenez toujours à demi-mot ! Dépêchez-vous maintenant ! Le temps presse plus que jamais !

C'était une évidence. Gabriel courut vers son logis où il trouva Pons son valet, occupé à faire griller des saucisses devant la cheminée.

— Je t'ai déjà défendu de faire la cuisine ici quand tu n'as qu'à descendre à celles de la maison.

— Ils ne savent pas les faire comme moi. J'ai l'habitude d'y mettre de la marjolaine, marmotta l'interpellé : ça sent bon, non ?

Malleville en convint mais ordonna à son valet de

lui préparer son bagage pour un court déplacement. Il changea son pourpoint de velours pour du daim gris assorti à ses hautes cuissardes, prit une longue et solide rapière, vérifia ses pistolets et le fond de sa bourse qui lui parut satisfaisant. La Duchesse – comme feu son époux d'ailleurs ! – était généreuse et ne laissait jamais les siens manquer d'argent.

— Je vais avec Monsieur le Chevalier ? demanda Pons en couvant des yeux ses saucisses.

— Non. Je préfère que tu restes et que tu observes ce qui s'y passe. Il m'étonnerait fort qu'il y ait beaucoup de visites mais il faut que je sache qui aura le courage de venir... Au besoin... veille un peu au grain ! Tu peux toujours aller chercher du secours à l'hôtel de Montbazon, chez le père de Madame la Duchesse.

Le valet fit signe qu'il avait compris et, reconnaissant de ne pas avoir à courir les grands chemins, offrit à son maître de partager son dîner. Au contraire de Malleville qui était un Normand brun, c'était un Provençal blond et paisible. Venu à Paris sur la trace des trois frères d'Albert, il s'était rapidement trouvé débordé par l'agitation et la violence de la ville capitale. Il en était pratiquement réduit à la misère quand Malleville l'avait découvert assis sur une borne à la porte d'un cabaret, pleurant comme une fontaine : un malandrin venait de lui voler son dernier morceau de pain et, quoique bon chrétien, il songeait sérieusement à aller se noyer dans la Seine parce qu'il était honnête et qu'à part rejoindre le dangereux grouillement des cours des miracles, il ne voyait pas d'autre solution à son problème. Sa carcasse solide, sa bonne figure – plus très ronde il est vrai ! – et ses yeux candides avaient décidé le gentilhomme à lui donner sa chance auprès de lui. Il y avait de cela sept ans et Gabriel ne l'avait jamais regretté : Pons Pain-Perdu, comme

Malleville l’avait surnommé, était un lent mais il faisait bien son travail et, à l’occasion, savait montrer du courage. Il avait en outre un don pour la cuisine.

Après avoir partagé ses saucisses – qui étaient excellentes ! –, Gabriel lui délivra encore quelques recommandations et dégringola aux écuries où son cheval l’attendait, prêt à partir. Un moment plus tard il franchissait au galop la Porte du Temple et s’élançait sur la route du Nord.

CHAPITRE II

UN AMANT RÉCALCITRANT

En atterrissant devant l'auberge des Trois Rois à Liesse après avoir couru toute la nuit, toute la journée et changé de monture trois fois, Malleville se sentait presque aussi dispos que s'il avait dormi dans son lit. Homme de cheval dans toute l'acception du terme, il adorait les longues courses même par mauvais temps et celui de ce mois d'avril, s'il sentait bon la terre humide et l'aubépine en fleur, semblait se tourner vers une certaine douceur.

A l'aubergiste qui vint à sa rencontre il réclama une chambre et, dans l'immédiat, un solide souper car au long de la route il avait à peine pris le temps de grignoter quelque chose. Impressionné par sa mine martiale, sa tenue et la beauté de ses armes, maître Ducrot l'assura qu'il serait servi dès qu'il serait passé à se laver les mains et Malleville se retrouva bientôt la serviette au cou en compagnie d'une matelote d'anguilles – celles des marais voisins étaient fameuses ! – dont le fumet aurait réveillé un mort et d'un pichet de vin blanc de certains coteaux du Laonnois.

Trouver une aussi bonne table dans une petite ville

de campagne n'était pas vraiment surprenant. Le pèlerinage à Notre-Dame-de-Liesse, une miraculeuse Vierge noire rapportée jadis de Terre sainte par les croisés, drainait alors nombre de pèlerins fortunés. Point trop éloigné de Paris, il était de ceux que fréquentent les Rois. Ainsi le maître-autel avec retable et arc triomphal était un don d'Henri IV et de Marie de Médicis à l'occasion de la naissance de Louis XIII. La sacristie était due à la générosité du même Louis XIII et de sa jeune épouse Anne d'Autriche. Dévotions royales mais aussi princières : à trois quarts de lieue s'élevait le château du Marchais appartenant au duc de Guise où les princes lorrains effectuaient de fréquents séjours. Ainsi la piété d'Henriette de Joyeuse, épouse de Charles de Lorraine, était-elle à l'origine du grand jubé de marbre blanc. Desservie par les chanoines de Laon et pourvue d'un séminaire, Liesse se devait de posséder au moins une auberge convenable et celle des Trois Rois était célèbre à dix lieues à la ronde.

Dûment restauré et l'esprit clair, Malleville profita de la relative tranquillité de ce jour de semaine pour entreprendre son hôte en le félicitant de sa cuisine – outre sa matelote il avait dévoré un poulet entier, du fromage et une grande tarte aux prunes ! – et ajoutant qu'elle devait lui valoir la plus belle clientèle, à commencer par celle des gens du duc de Guise, sans parler des chanoines qui devaient sans doute faire appel à lui de temps en temps.

— Certes, certes, mon gentilhomme ! Chaque fois que Monsieur le Duc, Madame la Duchesse ou quelqu'un de leur famille viennent prier Madame Marie, ils me font l'honneur de prendre un repas chez moi. Ainsi, demain, nous avons Monseigneur Claude, le duc de Chevreuse, qui est arrivé au château avant-hier et s'est annoncé pour la messe du matin.

— Ah ! Il est là ? fit Gabriel, jouant les surpris. Je suppose que vous l'avez vu ?

— Bien entendu, quand il est passé. J'avoue que... je lui ai trouvé la mine soucieuse, lui toujours si jovial. Il faut qu'il ait un gros ennui pour venir au pied de nos autels car, à ne vous rien cacher, s'il vient volontiers goûter à mes anguilles ou à mes terrines, il se contente de saluer notre belle église sans y entrer. Alors, c'est un peu étonnant, ce soudain besoin de prier... Vous qui venez de Paris, monsieur, vous sauriez pourquoi ?

— L'humeur de Monseigneur vous tourmente à ce point ? demanda Gabriel en souriant.

— Mon Dieu, oui ! fit maître Ducrot avec un soupir. Nous avons presque le même âge, vous savez, et j'avoue que je l'aime bien.

— Désolé ! J'ignore ce qui pourrait le tourmenter... mais je me ferai une joie d'aller l'accompagner dans ses prières. Il n'est pas venu seul, j'imagine ?

— Oh non ! Plusieurs de ses amis l'accompagnent et semblent prendre de lui un soin tout particulier...

L'émissaire de Marie n'aimait pas beaucoup cela. Seul, Chevreuse – girouette tournant au vent qui passe ! – était assez facile à circonvenir, mais s'il était entouré cela pourrait compliquer les choses.

— Et... ses amis, vous les connaissez ?

— Ma foi non ! A l'exception de M. de Liancourt, qui lui est proche depuis longtemps, je ne les connais pas. Ils ont grande mine, c'est tout ce que j'en peux dire...

C'était déjà suffisant et Gabriel frémit intérieurement : le marquis de Liancourt détestait Mme de Luynes pour la plus simple des raisons : elle l'avait dédaigné à sa façon cavalière et sans orner son refus de la moindre fleur de rhétorique, ajoutant même qu'être l'ami de Chevreuse ne lui conférait aucun droit à partager sa maîtresse.

Ainsi renseigné, il réfléchit sur ce qu'il convenait de faire. Se rendre au château du Marchais – l'idée l'en avait effleuré ! – n'arrangerait pas ses affaires : il y serait en terrain hostile et peut-être même ne le recevrait-on pas. En outre, la garde rapprochée du duc serait mise en éveil. Mieux valait attendre le lendemain, entrer dans la basilique à l'heure des petites messes, s'y cacher au besoin jusqu'à l'office solennel qui serait dit très probablement pour le seul Chevreuse et sa suite...

Il passa un moment à fignoler sa stratégie puis, comme il ne voyait rien de plus intelligent pour employer son temps et que la fatigue de sa longue chevauchée se faisait sentir, il alla benoîtement se coucher et dormit comme une souche jusqu'à ce que le cri enroué des coqs d'alentour le ramène à la réalité.

Il se leva, descendit dans la cour afin de se laver à la fontaine, réclama de l'eau chaude pour débarrasser sa moustache et sa « royale » des repousses superflues, brossa ses vêtements et ses bottes, refusa le déjeuner que lui proposait maître Ducrot en disant qu'il devait songer à ses dévotions et, après s'être assuré que la croix de Marie était toujours à sa place, il se dirigea vers l'église de façon à arriver avec suffisamment de retard pour n'être pas mêlé aux fidèles de la première messe. Là, il se fit aussi léger et silencieux qu'une ombre, chercha un endroit où se dissimuler, le trouva dans une chapelle latérale proche du grand jubé d'où il pouvait voir à peu près tout ce qui se passait dans la nef, pria sans états d'âme Notre-Dame et son saint patron, l'archange Gabriel, qui était aussi celui des messagers, pour le succès de son entreprise, se garda prudemment d'aller communier – il ne s'était d'ailleurs pas confessé ! – puis, dans son coin sombre, attendit l'heure de la grand-messe sans bouger plus que les statues environnantes.

Dans un sanctuaire de pèlerinage il règne toujours un peu d'animation et Gabriel n'eut pas le temps de s'ennuyer. Enfin, tout se déclencha : le sacristain vint illuminer l'autel que dominait la petite Vierge noire vêtue de satin blanc et couronnée de pierres précieuses. Ensuite, les cloches se mirent en branle juste un instant après que l'écho d'une cavalcade se fut fait entendre. Le portail principal s'ouvrit tandis que le clergé s'en allait à la rencontre du prince. Gabriel alors vint s'agenouiller à l'entrée du chœur au moment même où le duc et les siens effectuaient leur entrée et commençaient leur remontée de la nef. Naturellement un prêtre le repéra car il était, cette fois, bien visible.

— Que faites-vous là, mon fils ?

Gabriel tourna vers lui un regard angélique à force d'innocence...

— Mais... je prie, mon père !

— Sans doute, sans doute, mais vous devez vous retirer. Voici Monseigneur de Chevreuse qui approche et...

— ... et moi je viens faire offrande à Notre-Dame au nom de la Très Haute et Très Puissante Dame Marie de Rohan, duchesse de Luynes...

Il avait, pour répondre, élevé la voix et le nom résonna comme le marteau sur l'enclume. Ce disant, il prit dans son pourpoint l'enveloppe de daim dont, d'un geste vif, il tira la croix de pierreries, où les flammes des cierges allumèrent des éclairs quand il la présenta sur le plat de sa main avant de mettre genou en terre devant l'Archiprêtre qui arrivait avec Chevreuse. Celui-ci en eut un haut-le-corps :

— Malleville ? Vous ici ?

— Pas en mon nom, Monseigneur, mais en celui de Madame la Duchesse trop souffrante pour venir elle-même...

L'Archiprêtre cependant ne cachait pas sa satisfaction devant la beauté de l'offrande...

— Nous déposerons ensemble ce joyau aux pieds de la Très Sainte Mère de Dieu à l'issue de la messe, mon fils, et nous en remercierons la généreuse donatrice. Mais comprenez que pour l'instant la cérémonie doive reprendre son cours.

Gabriel recula en saluant et prit place à l'écart des gentilshommes composant la suite du Duc, de manière à pouvoir les observer à loisir. Il reconnut le marquis de Liancourt qui le regardait sans cacher son animosité, mais les trois autres « amis » n'étaient guère plus rassurants parce que tous étaient des adversaires déterminés de Marie. Il y avait là Jean Zamet, le fils aîné du grand financier décédé dix ans plus tôt qui avait été l'ami d'Henri IV, François du Val, marquis de Fontenay-Mareuil, lettré et homme de guerre, enfin le comte de Blainville, tous familiers du duc Claude et attachés au Roi presque autant qu'il l'était lui-même. Il ne serait pas facile d'isoler Chevreuse de ce quatuor pour un entretien face à face. Ces hommes étaient capables d'aller jusqu'à la provocation. Ce qui ne l'effrayait pas : l'épée à la main, il se connaissait peu d'égaux et aucun de supérieur pour le coup d'œil et la rapidité. Et cela se savait mais il n'était pas venu pour se battre en duel : ce serait simplement du temps perdu.

La messe et les cérémonies d'offrande achevées – Chevreuse remit une bourse rebondie pour les œuvres de Notre-Dame –, Gabriel se précipita hors de l'église tandis que l'Archiprêtre raccompagnait solennellement l'auguste pèlerin que ses amis étaient bien obligés de suivre. Un carrosse et des chevaux de main qu'une foule restreinte entourait attendaient sur le parvis. Quand il vit le Duc s'avancer vers l'équipage, Gabriel se précipita pour lui barrer le passage en le saluant profondément :

— Que je parle à vous, Monseigneur ! Daignez m'accorder un instant. C'est d'une extrême urgence...

La réaction de Liancourt fut immédiate :

— Monseigneur n'a rien à vous dire ! s'écria-t-il en essayant de se glisser entre eux, mais d'un geste – courtois ! – de la main Gabriel le retint :

— Jusqu'à ce jour, Monseigneur n'a jamais eu besoin d'un truchement pour s'adresser à moi, fit-il avec une douceur qu'il était loin d'éprouver, mais il avait cru remarquer une lueur dans les yeux du Duc et l'ombre d'un sourire sous sa moustache blonde : à l'évidence il n'éprouvait aucun déplaisir de la rencontre.

A quarante-cinq ans, le duc Claude était encore un fort bel homme. Grand, le corps puissant mais dépourvu de graisse par l'exercice quotidien des armes quand il n'était pas en guerre, il avait un front haut, un visage jadis fin dont les traits s'accusaient avec l'âge, des yeux bleus un peu proéminents, des cheveux blonds grisonnants et une expression généralement affable. Il eut un sourire pour son ami dressé sur ses ergots comme un coq de combat :

— Il a raison, Liancourt ! Pourquoi veux-tu que je refuse de lui parler ?... Faisons quelques pas, Malleville, et donnez-moi des nouvelles : Mme de Luynes serait malade ? Elle toujours si fraîche ?

— Assez pour m'envoyer à sa place réclamer avec instances la protection de Notre-Dame-de-Liesse.

— Mais de quoi souffre-t-elle ?

— De chagrin, Monseigneur ! De la profonde douleur de se voir, si tôt après la mort de Monsieur le Connétable, quasi abandonnée et livrée avec ses enfants à la vindicte de ses ennemis qui l'ont desservie auprès du Roi en dépit des prières de la Reine. Seule Mme la princesse de Conti lui garde son affection...

— Desservie auprès du Roi ? Mais... pourquoi ? fit Chevreuse avec une naïveté trop facile pour tromper Gabriel.

— Ce malheureux accident survenu à la Reine dans la salle du trône. On veut en rendre responsable Mme de Luynes et aussi Mlle de Verneuil. Menacée de disgrâce, Madame la Duchesse se tourne vers le Ciel ! Cependant, en m'envoyant ici...

Le rusé prit un temps pour permettre à son interlocuteur de se pénétrer de l'inquiétude répandue sur sa figure.

— En vous envoyant ici..., reprit Chevreuse.

— Elle espérait, après vous avoir cherché partout, que mon chemin croiserait le vôtre et que vous lui seriez secourable...

— Nous y voilà ! s'écria Fontenay-Mareuil qui écoutait sans la moindre discrétion. Je me doutais bien en vous conseillant un séjour à Marchais que cette femme tenterait de vous entraîner dans sa chute. Elle vous poursuit sans vergogne !

— J'ai dû mal m'exprimer, reprit froidement Malleville. Madame la Duchesse en m'envoyant à Liesse demander le secours de Notre-Dame a souhaité que je pousse jusqu'à Marchais afin de prier Monseigneur le duc de Guise d'avoir la bonté de se charger d'un message pour son frère dans l'espérance qu'il saurait où le trouver. Le Ciel doit être avec elle puisque j'ai eu le bonheur que Monseigneur vienne prier ici en même temps que moi...

— Vous avez un message ? fit Chevreuse d'une voix presque timide.

— Oui. Le voici !

— Ne lisez pas, cher ami ! intervint Liancourt. Sinon vous êtes perdu !

— N'exagérons rien ! fit Chevreuse avec un peu d'agacement.

Et sans plus hésiter il fit sauter le cachet, déplia le billet et le lut. Gabriel qui l'épiait vit, avec angoisse, que son visage s'assombrissait sous l'emprise d'une vive contrariété. Enfin, repliant le papier, il le rendit en murmurant :

— Dites-lui mes regrets... mais je ne puis. Je ne saurais à ce point braver la colère du Roi.

— Que veut-elle ? réclama Liancourt, mais le Duc écarta l'indiscrète question en même temps que l'importun.

— Paix, Liancourt ! Dites à Mme de Luynes, ajouta-t-il revenant à Gabriel, que je lui conseille la sagesse, le silence qui seront aux yeux du Roi sa meilleure défense. Qu'elle se retire à Luynes sur les terres de son fils... ou mieux encore peut-être à Couzières chez son père ? Notre sire apaisé, il sera plus facile à ses amis de plaider sa cause. La Reine, très certainement, sera la première...

— Il suffit, Monseigneur ! coupa l'émissaire. J'ai déjà dit que Madame la Duchesse est malade, au bord du désespoir et je ne saurais ajouter à sa douleur avec des conseils que n'importe quel indifférent pourrait dispenser mais certainement pas un... ami – il retint à temps le mot amant ! – aussi proche, aussi attentif il y a peu encore...

— Je gage qu'elle vous demande de l'épouser ! s'écria Fontenay-Mareuil qui ne manquait pas de finesse.

— Et quand cela serait ? riposta Gabriel avec hauteur. Je ne crois pas que cela vous regarde, monsieur de Fontenay-Mareuil ! Les princes entre eux respirent un air qui n'est pas le nôtre ! Ne vous en mêlez pas !

Le marquis ébaucha un geste vers son épée mais une fois encore Chevreuse s'interposa :

— Paix ! Mme de Luynes m'offre, en effet, sa

main... que j'eusse reçue avec un bonheur infini en d'autres temps, mais la fidélité et l'obéissance que je dois au Roi...

— L'obéissance, Monseigneur ? Je ne pensais pas qu'un prince de Lorraine y fût assujetti !...

— Je suis son chambellan !

— C'est vrai, je l'avais oublié ! Madame la Duchesse aussi sans doute. Il faudra le lui rappeler...

L'ironie du ton échappa à Chevreuse. Il posa une main presque amicale sur l'épaule du gentilhomme et sourit :

— Sans doute. Mais dites-lui que...

Malleville s'inclina et s'écarta :

— Je ne dirai rien, avec votre permission, Monseigneur ! Elle est trop haute dame et vous trop grand prince pour que vous l'évitiez. Ce que vous voulez qu'elle entende, venez le lui dire vous-même ! Vous le lui devez bien !

Liancourt prit le relais :

— N'y allez pas, c'est un piège !

Le sourire faunesque de Malleville fut un chef-d'œuvre de dédain...

— Depuis quand un homme de guerre comme Monseigneur reculerait-il devant un possible piège ? En l'occurrence, il ne s'agit de rien d'autre qu'assener le coup de grâce à une femme abattue par le chagrin. Cela ne demande qu'un brin de courage... Même si ce n'est pas celui que je préfère. Viendrez-vous, Monseigneur ?

Il avait planté son regard dans celui du Duc, indécis comme souvent, qui, sous le coup d'une sorte de fascination, se fixa :

— Oui. Je viendrai !

Un cri d'indignation à plusieurs voix s'éleva mais il n'était plus possible à Chevreuse de se rétracter :

— Je prendrai la route de Paris demain. Dites à

Mme de Luynes que je passerai chez elle avant de rentrer au Louvre !

— Soyez-en remercié, Monseigneur, et que Dieu vous bénisse !

Le salut du gentilhomme fut à la hauteur de son soulagement. La plume frisée de son feutre balaya la poussière quand il livra passage au Duc regagnant son carrosse. Il n'en saisit pas moins les expressions furieuses de ceux qu'il venait de vaincre.

— Nous nous retrouverons, monsieur de Malleville ! lâcha Liancourt.

— Où et quand il vous plaira, marquis !

Gabriel regarda s'éloigner la brillante cavalcade et rentra à l'auberge pour y réclamer, dans l'ordre : un copieux repas, sa note et son cheval. Une heure plus tard, il reprenait la route de Paris. Le combat avait été rude mais il était assez satisfait du résultat de son ambassade. Il savait que le Duc allait subir le feu roulant de ses amis mais la promesse avait été publique et bon gré mal gré il fallait qu'il s'y tînt sous peine de se déshonorer à ses propres yeux. Et cela Gabriel était fermement décidé à le lui rappeler au cas où il céderait à la tentation de renier sa parole. Parce que alors, Marie définitivement disgraciée, son dernier défenseur n'aurait plus rien à perdre – sinon peut-être sa tête ? – et Chevreuse se retrouverait un beau matin en face de lui, l'épée à la main aux Carmes-Deschaux, sur la place Royale ou au Pré-aux-Clercs. Sans beaucoup de chances d'en sortir vivant... Mais on n'en était pas là.

En arrivant rue Saint-Thomas-du-Louvre, vers la fin de la journée du lendemain, il fut frappé par le silence dont s'enveloppait l'hôtel de Luynes alors que son voisin, l'hôtel de Rambouillet, débordait de vie. Les carrosses qui n'avaient pas trouvé place dans la cour s'alignaient devant le portail, cependant que de nombreux flambeaux éclairaient l'intérieur où des violons faisaient entendre une musique tout à la fois douce et légère, fond harmonieux des conversations savantes et même alambiquées telles que les goûtait la belle maîtresse de ce lieu, Catherine de Vivonne, marquise de Rambouillet qui, de sa chambre bleue, régnait sur le bel esprit parisien. Le contraste était presque angoissant : d'un côté la lumière, la vie, de l'autre une quasi-obscurité annonciatrice d'un oubli qui, pour Marie, serait plus cruel que la mort.

Malleville la trouva dans son cabinet, assise sur un coussin à même le tapis devant la cheminée, les bras noués autour de ses genoux, les yeux fixés sur la danse des flammes qui se reflétaient dans ses prunelles. Occupée sans doute dans la pièce voisine, Elen du Latz était invisible.

A l'entrée de son émissaire, Marie se contenta de tourner la tête pour le regarder. Elle était triste et son visage portait la trace de larmes récentes :

— Alors ?... Il n'est pas avec vous ?

— Non, Madame la Duchesse, mais il va venir.

— Quand ?

— Dès qu'il sera de retour. Il a dû quitter Marchais ce matin. Il a promis de passer ici avant de rentrer au Louvre.

Elle haussa des épaules pleines de lassitude :

— Il a promis, dites-vous ? Il n'est jamais avare de promesses. De là à les tenir...

— Il est gentilhomme, madame, reprocha doucement Gabriel. Sa parole l'engage, surtout si elle a été publique.

— Publique ? Voilà qui est mieux...

Un souple mouvement des reins la remit debout avant d'aller s'asseoir dans un fauteuil et de désigner à Gabriel un tabouret rouge passementé d'or placé en face :

— Vous devez être las ! Asseyez-vous, Malleville ! Et racontez !

Conscient que l'ombre d'Elen s'encadrait à présent dans la porte, Gabriel rapporta son entretien avec Chevreuse. Sa mémoire était sûre et il n'en omit pas une syllabe, aussi Marie se garda-t-elle de l'interrompre et l'écouta avec attention. Celle qui parla, ce fut Elen :

— Pourquoi avoir dit que Madame était malade ? fit-elle sans bouger du seuil de la chambre.

Gabriel sourit sous sa moustache :

— Il m'a paru bon de chercher à éveiller le chevalier qui somnole dans un homme normalement constitué. M. de Chevreuse n'est pas fait autrement que les autres.

— L'idée me semble excellente, à moi, reprit la Duchesse. Il suffit de savoir quelle sorte de malade on sera. La fièvre autorise un certain désordre auquel le Duc pourrait être sensible, surtout quand elle se présente dans un lit parfumé à autre chose que l'odeur des clystères.

— Oh, madame ! émit Elen, choquée mais pas autrement surprise d'une évocation aussi crue... Du coup Marie se mit à rire et cet éclat joyeux détendit l'atmosphère :

— Eh bien quoi ? Le moment n'est plus où il faut hésiter sur les moyens d'atteindre le but et de jouer les bégueules ! Je n'ai plus beaucoup d'armes, ma fille, ajouta la Duchesse sur un ton plus grave. Et j'ai fermement l'intention d'employer celles qui me restent. Je suis jeune et belle. Il est temps que M. le duc de Chevreuse s'en ressouvienne !

Tout était dit pour ce soir. Laissant les dames à leurs préparatifs, Gabriel regagna enfin son logis où Pons, averti de son retour, était en train de disposer pour lui le souper qu'il était allé chercher aux cuisines. Il s'attabla avec plaisir devant un ragoût fleurant délicieusement l'échalote et le persil, l'attaqua vigoureusement puis demanda combien de visites s'étaient annoncées depuis son départ.

— Sauf Mme la princesse de Conti, personne ! On dirait que nous avons la peste. Les carrosses passent devant le portail sans s'arrêter. On va aux nouvelles à l'hôtel de Rambouillet comme si être voisin permettait de voir à travers les murs. Il nous manque même quelques domestiques : on dit par la ville que si Madame la Duchesse ne se hâte pas de quitter Paris, elle pourrait être conduite à la Bastille !

— N'importe quoi ! éructa Gabriel qui venait d'avaler de travers. La venue de Mme de Conti aurait dû couper court à de tels ragots ! Dieu merci, c'est une amie fidèle, mais peut-être pas au point d'accepter d'être atteinte par une disgrâce retentissante.

Pons n'ayant rien à répondre, Gabriel acheva son souper et s'en alla faire le tour de la maison où il nota en effet des vides aux cuisines comme parmi les valets. Sur quatre-vingts personnes employées par les Luynes, il en manquait une bonne vingtaine. Du coup, il rassembla ceux qui restaient et leur tint un discours bref mais musclé : si la Duchesse décidait de quitter son hôtel, elle le leur ferait savoir. En outre, il existait bel et bien un héritier, un petit duc, et lui-même, chevalier de Malleville, saurait lui conserver ses serviteurs : au moins ceux qui en valaient la peine. Les autres pouvaient aller se faire pendre ailleurs... à leurs risques et périls ! La mercuriale porta ses fruits et le majordome vint l'assurer, l'échine courbe, qu'il n'y aurait plus de défections et que lui-même en faisait son affaire...

Tranquillisé sur ce point, Gabriel vérifia la fermeture des portes et des volets puis, au lieu de regagner son logis, s'établit dans l'antichambre de Marie un pistolet chargé à portée de main et son épée entre les jambes : parmi les serviteurs en fuite, il pouvait s'en trouver qui eussent emporté les moyens d'introduire un ennemi quelconque. Supprimer la duchesse ferait disparaître les problèmes qu'elle posait. L'inquiétude gardant l'esprit en alerte, il ne ferma pas l'œil. Mais il ne se passa rien...

Marie non plus ne dormit guère. En dépit de l'assurance qu'elle s'obligeait à afficher, elle avait conscience que son sort dépendait plus que jamais de Claude. Il était homme d'honneur sans doute, mais il fallait tout de même compter avec son quarteron d'amis bien « intentionnés ». Tous la détestaient et elle les imaginait accrochés à lui comme des guêpes autour d'un pot de miel. Saurait-il leur résister ? La parole donnée à Malleville et les souvenirs d'un passé si proche garderaient-ils assez de poids ?

La journée se traîna, interminable. Marie la passa en robe de chambre, les cheveux dénoués, prête à se jeter dans son lit à tout instant et incapable d'avaler la moindre nourriture. L'agitation aidant, quand le jour commença à baisser, elle se sentait vaguement fiévreuse et son miroir lui renvoyait une image angoissée aux yeux trop brillants. Que l'attente se poursuive encore vingt-quatre heures et elle serait très réellement malade.

— C'est à devenir folle ! ne cessait-elle de répéter à une Elen aussi désemparée qu'elle-même et qui ne savait plus à quel saint se vouer.

Enfin, au moment où les portes de l'hôtel allaient se fermer pour la nuit, un carrosse attelé de six chevaux et passablement boueux s'engouffra sous le porche. Marie arrêta sa promenade fiévreuse et regarda Elen, les yeux dilatés.

— Va voir !

Sa chambre en effet donnait sur le jardin. La jeune fille se précipita dans le cabinet, revint aussitôt :

— C'est lui, madame ! C'est Monseigneur ! Malleville est en train de l'accueillir au bas des marches.

Sans répondre, Marie arracha sa robe de chambre et se jeta dans son lit, non sans avoir récupéré au passage une goutte de parfum et interrogé son miroir d'un œil inquiet. Les dalles de l'escalier résonnaient sous le pas solide de celui dont elle attendait tout... et d'abord la seule vie qui pût lui convenir. La voix de Gabriel se fit entendre au seuil du cabinet où Elen était retournée :

— Monseigneur le duc de Chevreuse !

L'émotion de Marie fut si forte qu'elle se mit à pleurer et lorsque le visiteur s'approcha du lit, il vit sur les oreillers que la chevelure couvrait en partie une femme aux yeux clos d'où coulaient des larmes. Seule la tête était visible, les draps brodés et la courtepointe de soie blanche étaient remontés jusqu'au menton.

— Madame..., commença-t-il, sans aller plus loin. Elle n'avait pas l'air de l'entendre et n'ouvrit pas ses yeux dont les larmes continuaient de couler. Or il s'attendait à des reproches formulés de ce ton ironique et mordant dont il gardait le souvenir. Cette douleur muette le désarçonna. Il ignorait bien sûr que, tout en pleurant, Marie l'observait à travers ses longs cils. L'image était certes un peu brouillée mais satisfaisante tout de même. Elle put le voir tourner la tête à gauche et à droite pour s'assurer qu'ils étaient seuls. Alors il se pencha :

— Marie ! murmura-t-il. C'est moi, Claude. Regardez-moi au moins ! Pourquoi pleurez-vous ?

— Vous le demandez ?...

— Certes ! Malleville m'a dit que vous êtes malade : que pensent vos médecins ?

— Des âneries puisque ce sont des ânes ! Et que pourraient-ils comprendre à la douleur d'une femme rejetée de tous, abandonnée au sort cruel dont ses ennemis rêvaient pour elle, tourmentée par ses beaux-frères qui veulent la chasser de sa maison, l'éloigner de ses enfants...

— Mon Dieu ! Est-ce possible ?

Il s'assit sur le bord du lit et, faute de trouver une main cachée sous les draps, sortit son mouchoir pour essuyer doucement le visage mouillé.

— Ouvrez les yeux, Marie, et regardez-moi ! Je ne peux pas supporter de vous voir dans cet état...

— Qu'est-ce que cela peut vous faire ? Alors que c'est vous qui m'avez donné le coup de grâce... Je vous en supplie, laissez-moi à mon destin ! Allez-vous-en, Monseigneur ! Je n'ai plus rien à vous dire... Si Dieu m'accorde rémission, je me retirerai dans un couvent...

— Vous, moniale ? Allons donc ! Vous n'y résisteriez pas.

Cette fois elle ouvrit les yeux – deux lacs bleus chargés de nuages ! –, dardant sur lui un regard sévère :

— Qu'en savez-vous ? Fontevrault, ce refuge des reines blessées dont l'abbesse est princesse, me conviendrait assez et, au moins, le silence se ferait sur moi après les éclats d'une passion que je déplore à présent !

— Vous regrettez de m'avoir aimé ?

— Oh oui ! Si j'avais écouté d'autres prières que les vôtres, je ne souffrirais pas sottement à cause d'un homme qui ne le mérite pas... qui ne me méritait pas et qui, après m'avoir poussée au scandale, me refuse réparation et hurle avec les loups...

Le malheureux semblait si déconfit que Marie eut soudain envie de rire. C'était, bien entendu, la dernière chose à faire.

— Ne croyez pas cela, Marie ! J'étais, je serai toujours votre ami.

— Mon ami ? Vraiment ? Jusqu'à maintenant vous étiez mon amant et j'imaginais que vous en étiez fier...

— Je choisis mal mes mots, pardonnez-moi ! Je voulais dire que je ne cesserai jamais de vous aimer...

— En ce cas prouvez-le !

— En vous épousant ? Je donnerais ma vie pour ce bonheur... mais ce serait offenser le Roi et vous savez la fidélité que je lui garde.

— Non, je ne sais pas ! Si elle ressemble à celle que vous me juriez naguère, notre sire ne s'en trouvera pas beaucoup plus riche ! Quel genre d'homme êtes-vous donc, Chevreuse ? Ou plutôt en êtes-vous seulement un ?

— Madame ! Vous m'offensez !

Sans lui répondre, elle s'assit dans son lit en se tournant à demi pour bourrer ses oreillers de coups de poing. Ce faisant elle découvrit le haut de son corps, offrant ainsi à Chevreuse le ravissant spectacle de ses épaules et de ses seins à peine couverts d'une fine batiste blanche et de dentelles de Malines que la violence de son mouvement – habilement calculé ! – animait d'une vie troublante. En même temps, son parfum intensifié par la chaleur du lit enveloppa le Duc en réveillant des souvenirs encore trop frais pour ne pas le mettre mal à l'aise. Achevant son mouvement, Marie s'adossa à ses coussins et sans remonter les draps croisa les bras sur sa poitrine en soupirant :

— Où voyez-vous offense ? Il ne suffit pas d'être guerrier valeureux ni même de pouvoir soumettre un corps de femme à son désir sans y être trop maladroit pour être vraiment un homme ! Il faut surtout avoir le courage de vivre à la hauteur de son nom et de son rang en dédaignant les petitesses d'autrui... et en sachant ce que l'on veut.

Elle leva les bras pour soulever quelques mèches de sa somptueuse chevelure et les rejeter en arrière, puis s'étira avec une grâce de chatte. Claude vira à l'écarlate et, incapable de se maîtriser plus longtemps, voulut se jeter sur elle. Mais cela aussi était prévu. Marie évita souplement la charge d'un corps dont elle connaissait le poids, glissa à terre et s'éloigna dans la chambre tandis qu'il s'affalait sur le lit :

— Tout beau, Monseigneur ! Je ne suis pas de celles que l'on force ! Voyez-vous, je vous ressemble en ce sens que j'aimerais... infiniment retrouver nos folies de naguère, mais jamais plus vous ne me posséderez à moins de faire de moi votre épouse !

Il la regarda avec une douleur qui n'était pas feinte. Maintenant qu'elle était debout, son indiscrète chemise ne cachait plus grand-chose de son corps.

— C'est impossible, Marie ! Le Roi...

— En voilà assez avec le Roi ! Cessez donc de vous abriter derrière lui ! Lui aussi me désirait il n'y a pas si longtemps au point de rendre l'Espagnole jalouse. Peut-être m'aimait-il... et m'aime-t-il encore, ce qui expliquerait cette détestation qu'il affiche. Pourquoi ne pas lui laisser la joie secrète de m'approcher sans irriter sa conscience ? Et s'il venait à me prier d'amour...

— Vous lui céderiez ? gronda Chevreuse.

— Il est le Roi et ne me déplaisait pas ! Je me comporterais alors en obéissante sujette... tout comme vous faites vous-même !

Furieux, il s'élança pour la saisir en criant qu'il allait la prendre qu'elle le veuille ou non, mais à nouveau elle s'échappa et quand il lui fit face elle braquait sur lui un long pistolet :

— Ne m'obligez pas à appeler mes gens pour vous jeter dehors ! dit-elle froidement. N'oubliez pas qui vous êtes, ni qui je suis ! J'ai nom Marie de Rohan et j'ai juré sur les mânes de mes ancêtres que vous ne me toucheriez plus sans avoir fait de moi une duchesse de Chevreuse ! Quant à notre sire Louis, dont vous avez si peur, ajouta-t-elle sur un ton plus doux, je crois qu'il suffirait simplement de lui demander sa permission de nous marier. Quelque chose me dit qu'il accepterait !

Et sur ce, elle lui offrit un ensorcelant sourire.

— Vous croyez ?... souffla-t-il, surpris par cette éclaircie inattendue dans leur ciel d'orage.

Posant son pistolet Marie saisit sa robe de chambre posée sur un fauteuil à portée de sa main et s'en revêtit :

— Vous devriez consulter votre sœur : l'idée vient d'elle. La princesse de Conti pense qu'unis nous pourrions conquérir le monde !

— Elle est venue vous voir ?

— Pourquoi non ? Elle sait ce que l'on doit à une amitié vraie. Elle estime qu'il suffirait que j'écrive au Roi pour me mettre à ses pieds, demandant à la fois son pardon... et sa bénédiction ! Je suis prête à le faire sur l'heure et Malleville partira aussitôt rejoindre l'armée. Savez-vous où elle est en ce moment ?

— Vers Saumur sans doute, dit Chevreuse après avoir réfléchi un instant, en route vers La Rochelle et l'île de Ré que l'on veut reprendre aux huguenots de M. de Soubise... votre parent !

Marie balaya la flèche d'un revers de main et se rendit dans son cabinet pour s'asseoir devant son écritoire... Maté, le Duc la suivit et resta debout auprès d'elle, bras croisés en tripotant sa moustache, tandis qu'elle rédigeait une longue épître sans même lui avoir demandé s'il était d'accord. Tout à coup il dit :

— Je n'ai pas d'hôtel à Paris comme vous le savez et j'aimerais que nous habitions celui-ci, mais il est à votre fils ?

Marie comprit que, désormais, l'affaire était entendue et sourit sans cesser d'écrire :

— Il suffirait que vous en fassiez l'acquisition... fictive bien entendu pour... disons trois cent mille livres ? J'ai le sentiment, en effet, qu'il ferait un parfait hôtel de Chevreuse.

— D'autant que je l'agrandirais et l'embellirais plus encore. Il me vient une foule de projets...

De mieux en mieux ! Marie pensa qu'il était au fond très heureux qu'elle lui ait forcé la main mais quand, sa lettre achevée, elle se leva et qu'il voulut la prendre dans ses bras en disant :

— Puisque nous avons fait la paix, Marie, ne me donnerez-vous pas une récompense ?

Calmement mais fermement, elle le repoussa :

— J'ai juré, Claude, ne m'obligez pas à vous le rappeler ! Au soir de nos noces seulement mais là... de toute mon âme... et de tout mon corps !

— Alors marions-nous vite ! s'écria-t-il, oubliant qu'avant de recevoir l'approbation royale il passerait de l'eau sous les ponts.

— J'y consens... En ce cas, je verrai Monsieur mon père dès demain afin que le mariage se déroule chez lui selon la tradition. Cela fera taire les mauvaises langues...

— A merveille !

Avec une fougue de gamin, il la prit aux épaules pour l'embrasser sur les deux joues avant de s'élancer vers l'escalier en fredonnant une marche guerrière, laissant Marie un peu étourdie découvrir qu'en forçant les défenses de son amant, elle venait d'en faire un bienheureux. Au fond il suffisait de lui faire toucher du doigt ce qu'en son for intérieur il désirait le plus sans en avoir vraiment conscience. Un signe de faiblesse sans doute mais, libérée du poids qui l'étouffait, sûre de sa victoire, Marie, reconnaissante en dépit du fait qu'en l'épousant, il écoutait surtout ses pulsions charnelles, se promit de lui être une épouse aussi agréable que possible...

En attendant il fallait expédier la lettre et, après avoir songé un instant à l'envoyer par un chevaucheur de sa maison, elle se résolut à en charger Gabriel. Il avait sa confiance et, en outre, ses yeux vifs et son esprit alerte seraient sans doute d'un grand secours : il avait su amener Chevreuse dans le piège et serait donc capable de plaider sa cause auprès d'un Roi grincheux.

— Quand vous aurez rejoint l'armée, lui conseilla-t-elle, voyez d'abord M. de Bassompierre ! Etant l'amant de Mme de Conti en même temps que son cousin, il est notre ami. Il sera fort utile pour adoucir l'humeur de Sa Majesté.

— Puisqu'il devient aussi votre cousin, Madame la Duchesse, je l'aurais cherché de toute façon et j'espère que vous n'aurez pas à attendre trop longtemps l'assentiment royal...

Marie se mit à rire :

— Inutile de vous presser ! Eussiez-vous des ailes que nous serons mariés avant votre retour... Que notre sire approuve ou pas !...

Et comme Gabriel haussait un sourcil interrogateur, elle ajouta :

— Vous ne sauriez croire la hâte qui s'est emparée de Monseigneur depuis que nous nous sommes accordés !

S'autorisant un large sourire, Malleville s'inclina :

— Je n'en suis pas surpris le moins du monde. Qui ne le comprendrait...

Prenant le message, il rejoignait la porte quand elle le retint :

— Malleville !

— Madame la Duchesse ?

— Vous progressez. En cinq jours c'est le deuxième compliment que vous me faites. Deviendriez-vous galant ?

— Admiratif ! Simplement admiratif, Madame la Duchesse ! Nier l'évidence n'a jamais aidé personne !

Et il sortit, heureux au fond de rejoindre le monde des hommes qu'il avait tant regretté de quitter quand Luynes l'avait attaché à son épouse, même s'il avait trouvé plutôt amusant d'observer celle-ci de plus près. A son retour, elle serait mariée et son rôle de chien de garde prendrait fin, mais il ne lui en conserverait pas moins son admiration. Elle savait bien se battre et c'était une qualité qu'il appréciait.

Le lendemain matin, flanqué cette fois de son valet, il prenait la route du Sud. De son côté Marie, qui avait dormi comme un ange, se préparait pour une nouvelle escarmouche : il s'agissait de convaincre son père de donner sa bénédiction à un mariage qu'il serait loin d'approuver. Et ce ne serait pas si facile parce que n'ayant généralement qu'une seule idée à la fois, Montbazon avait coutume de s'y cramponner avec obstination. Sachant cependant qu'il était généralement de bonne humeur le matin, elle se rendit rue de Bethisy à l'heure de son dîner[1]. En outre, il faisait beau et elle voyait un encouragement dans le joli ciel bleu étendu sur les toits de Paris, parce qu'elle n'aimait pas l'hôtel de Montbazon. L'ombre de l'amiral de Coligny assassiné là dans la nuit tragique de la Saint-Barthélemy parlait à son imagination et elle en appréciait peu le séjour, même si c'était une belle et riche demeure et s'il fallait qu'elle s'y marie.

Grâce à Dieu, elle ne l'avait guère habité. Pas plus

1. On appelait ainsi le déjeuner de midi.

que le revêche donjon ducal de Montbazon, au sud de Tours. Née chez sa grand-mère Françoise de Laval, au château de Coupvray à l'est de Paris, elle avait perdu sa mère Madeleine de Lenoncourt lorsqu'elle avait deux ans et son frère Louis quatre. Aussi leur enfance s'était-elle écoulée en grande partie dans le ravissant château de Couzières, au bord de l'Indre, auquel s'attachaient les plus agréables de ses souvenirs jusqu'à ce qu'à seize ans sa royale marraine Médicis l'appelle auprès d'elle pour en faire une fille d'honneur, l'installant du même coup au Louvre, ce qui lui permit de ne faire à l'hôtel de Montbazon que de très rares visites. Mais puisqu'elle allait s'y marier mieux valait essayer de le considérer d'œil plus clément.

Lorsqu'elle y parvint, le duc Hercule était à se laver les mains avant de passer à table. L'arrivée de sa fille n'eut pas l'air de le remplir de joie. A cinquante-quatre ans, c'était un homme grand, fort – voire brutal ! –, qui habillait d'une indéniable majesté une solide couche de stupidité. Cependant il n'était pas complètement idiot et surtout il n'était ni sourd ni aveugle. Les bruits de la disgrâce de Marie avaient dû atteindre ses grandes oreilles.

— Quel vent vous amène, Madame la Connétable ? Vous venez me demander à dîner avant de prendre le chemin de l'exil ? Je vous croyais déjà loin ! Serviteur, mademoiselle du Latz ! ajouta-t-il à l'adresse d'Elen qui plongeait dans sa révérence.

— Rien de tout cela, mon père ! lança joyeusement la jeune femme en ôtant ses gants. Cependant je ne refuserai pas une aile de volaille et un doigt de votre vin de Touraine car nous avons à parler, vous et moi.

Il la regarda d'un œil méfiant : il lui savait la langue agile, ce qui n'était pas son fort, et surtout il ne comprenait pas pourquoi une femme, frappée d'opprobre, qui n'aurait dû marcher que couverte des voiles du deuil saupoudrés de cendres, se présentait à lui le nez au vent, la prunelle étincelante en arborant la mine satisfaite d'une triomphatrice.

— Parler de quoi ? grogna-t-il après avoir avalé un plein verre de vin pour se donner du cœur au ventre.

— Mais... de moi, mon père. Et de mon avenir.

— Avenir ? Vous n'en avez plus sinon peut-être devenir abbesse du couvent où vous devriez vous retirer. Et encore !

Elle se mit à rire et ce rire fit virer au noir l'œil gris du duc :

— Si c'est tout ce que vous me souhaitez, vous ne vous montrez guère ambitieux ! Heureusement je vois les choses autrement et c'est la raison de ma présence. En fait, je viens vous demander votre bénédiction.

— Pour quoi faire ?

— Mais... pour me marier, mon père ! Dans une semaine, avec votre permission, je serai duchesse de Chevreuse.

Hercule attaquait à cet instant un pâté de venaison qu'un valet venait de placer devant lui. Il avala de travers, s'étrangla, devint cramoisi, toussa et finalement cracha le corps du délit avant de boire un nouveau coup. Compatissante, Marie lui tapa dans le dos :

— Vrai, je ne pensais pas vous faire cet effet ! commenta-t-elle. Qu'y a-t-il de si extraordinaire à ce qu'un homme épris de moi depuis longtemps...

— Votre amant ! Honteusement étalé à la face du monde !

— Si vous voulez ! fit-elle, conciliante. Et puisque me voici veuve, nous avons pensé, d'un commun accord, que rien ne s'opposait plus à notre bonheur et qu'il en allait de notre gloire, à l'un comme à l'autre, de... régulariser une situation dont l'ardeur de notre passion nous a peut-être fait négliger le côté... un peu trop flamboyant !

— Une liaison infâme, d'autant plus répugnante que le mari fermait les yeux et que cette maquerelle de Conti servait obligeamment...

— Du calme, monsieur mon père ! C'est une princesse du sang que vous insultez ainsi, doublée d'une altesse lorraine ! N'importe, je viens de vous dire que, si scandale il y a eu, nous souhaitons justement l'effacer par une union dont vous devriez être fier au lieu de vous emporter de la sorte. Soulagé aussi à moins que votre conscience ne vous ait jamais reproché la vilaine délation dont vous vous êtes rendu coupable en allant tout raconter au Roi ?

Le coup de poing que Montbazon assena sur la table fit vaciller le chandelier d'argent massif qui en éclairait le centre :

— Et je recommencerais s'il le fallait ! Je m'en vais lui écrire cet après-midi pour lui apprendre ce qui se trame derrière son dos car je suppose que l'idée de sa colère ne vous a même pas effleurés ?

— Détrompez-vous ! Je lui ai envoyé Malleville avec une belle épître demandant à la fois son pardon et son autorisation à notre mariage.

— Il jettera Malleville hors de sa vue et votre billet au feu...

— Sûrement pas si c'est M. de Bassompierre qui plaide notre cause. Il est lorrain lui aussi et fort ami de la maison de Guise. En outre le Roi l'aime bien. Aussi l'approbation royale ne fait-elle aucun doute pour moi et, dans une semaine, M. de Chevreuse et votre fille se marieront ici même... avec votre permission, bien sûr, ajouta-t-elle, angélique.

— Ici ? Jamais de la vie !

La jeune femme eut un soupir excédé mais sa voix garda sa suavité pour expliquer patiemment :

— Vous ne pouvez pas refuser d'abriter une union

qui a l'agrément de la Reine, que le Roi acceptera... et qui fera de votre fille l'une des plus grandes dames d'Europe, cousine du roi d'Angleterre... et de quelques autres ! Ne perdez pas de vue que si Monseigneur de Chevreuse sert le roi de France, c'est par dévouement personnel et que, dépendant plutôt de l'Empereur, il n'a pas besoin de son aval. Le lui demander n'est qu'une preuve d'attachement et de courtoisie. Quant à la cérémonie, vous savez pertinemment qu'elle ne peut avoir lieu que dans la maison de la fiancée !

— Avec Luynes vous vous êtes mariés au Louvre, non ?

— Sans doute mais cette fois c'est impossible puisque le Roi n'y est pas. L'hôtel de Luynes que mon fiancé va racheter à la succession et où nous demeurerons ne serait pas plus convenable. Reste ici... et j'ai peur d'avoir à vous dire, avec le respect que je vous dois, monsieur mon père, que vous ne pouvez pas refuser.

Hercule de Montbazon se dressa sur ses grands pieds comme si un ressort venait de le propulser. Il était à nouveau cramoisi et ses yeux lançaient des éclairs car il se savait battu :

— Soit ! clama-t-il, furieux. Vous vous marierez peut-être en ma demeure mais sans moi ! Je refuse d'assister à cette mascarade !

— Tant pis ! soupira la jeune femme. Ce me sera pénible mais j'espère que mon bonheur me permettra de l'oublier...

— Il faudra qu'il vous permette d'oublier les autres, tous les autres car – écoutez-moi bien ! – je veillerai à ce que personne de la famille ne signe votre contrat ! Et...

— Mon frère est en Bretagne et ne pourra pas revenir à temps ! A mon regret, mais à l'impossible nul n'est tenu... En dehors de lui et de sa femme, les autres...

— ... et je suis certain qu'il n'y aura pas non plus le moindre parent de votre Chevreuse ! Vous vous marierez seuls !... Seuls !

— Croyez-vous ? Cela me surprendrait beaucoup ! A présent...

— A présent laissez-moi finir mon dîner en paix ! Je ne vous retiens pas, Madame la Duchesse !

— Voilà au moins un titre qui ne vous changera pas ! Bon appétit, monsieur mon père !

Elle lui offrit une révérence désinvolte puis flanquée d'Elen qui, naturellement, n'avait pas pipé mot durant l'escarmouche, elle alla rejoindre son carrosse en riant. L'important était d'avoir obtenu ce qu'elle voulait. A la vérité elle n'était pas persuadée de regretter énormément la présence paternelle : n'étant pas homme à garder sa lumière sous le boisseau, le noble duc était assurément capable d'assaisonner ses discours de quelques-unes de ces balourdises dont il semblait détenir le secret.

Malgré les apparences, cette histoire d'absence de ses proches la tourmentait et, dans l'espoir d'un miracle, elle dépêcha un messager à son frère Louis, prince de Guéménée, et à son épouse Anne pour laquelle elle avait de l'affection en les priant de venir au plus vite mais sans réel espoir qu'ils pussent arriver à temps.

Ils n'étaient pas là, effectivement, le 19 avril quand, dans la salle d'honneur de l'hôtel de Montbazon, les notaires procédèrent à la lecture du contrat. En revanche le marié était entouré de presque toute sa famille. Il y avait son frère aîné, le duc de Guise, son oncle le duc de Nemours, ses cousins Gonzague et Harcourt et du côté des femmes : sa mère, Catherine de Clèves veuve du Balafré, sa sœur la princesse de Conti qui était venue présider à la toilette de la mariée, ravissante dans une robe dorée avec des « crevés » de satin blanc, sa gorge parée de diamants modestement découverte par la haute collerette Médicis en dentelle d'or diaprée d'éclats scintillants. La tante Condé – l'orgueilleuse Charlotte de Montmorency –, s'était déplacée elle aussi ainsi que quatre cousines, les duchesses de Mercœur, de Vendôme, d'Elbeuf et de Longueville. En résumé les plus grands noms de France, de Lorraine et même de Bretagne à l'exception des seuls Rohan dont l'absence fut vivement critiquée par la princesse de Condé qui les détestait.

— Je me suis laissé dire que Montbazon rimait avec « âne sans raison », mais cela n'a jamais été plus vrai que ce soir ! La moindre des politesses voulait qu'il soit présent au moins pour « me » recevoir !

C'était une dame qui avait une haute idée de sa personne depuis qu'avant de se faire assassiner par Ravaillac, Henri IV avait pour la conquérir et l'arracher à son époux commis toutes les folies possibles et imaginables, allant jusqu'à faire trembler la reine Marie de Médicis, sa femme, pour la suite de son mariage.

Rien, cependant, n'atteignit Marie, entièrement à la joie de sentir se desserrer l'étau qui menaçait de l'étouffer et elle était sincèrement reconnaissante à son époux de lui avoir rendu un avenir qu'elle voulait exceptionnellement brillant.

Comme elle n'était veuve que depuis quatre mois – et même si elle l'avait été depuis plus longtemps ! –, la bénédiction nuptiale ne fut pas suivie de fêtes mais d'un repas de « famille » suffisamment copieux et arrosé pour satisfaire les invités, après quoi, dans la nuit, les nouveaux mariés montèrent en carrosse pour s'en aller cacher leur bonheur à Lésigny même si d'aucuns pouvaient juger la chose choquante : à Lésigny, Marie était vraiment chez elle, persuadée qu'elle était de la protection de la Galigaï par Basilio interposé.

Les nouveaux époux y vécurent quatre jours et quatre nuits torrides, enfermés dans leur chambre sans voir personne que le valet chargé de les ravitailler. Devenue enfin duchesse de Chevreuse, Marie payait sa dette de reconnaissance... et la payait royalement !

CHAPITRE III

LE RETOUR

Si séduit qu'il eût été par Lésigny, les délices nocturnes qu'on y goûtait et les immenses bois environnants qui lui promettaient de belles chasses, Claude finit par émerger de son nirvana amoureux pour proposer un autre séjour à sa ravissante épouse.

— Vous êtes duchesse de Chevreuse, ma chère. Il est temps pour vous de faire connaissance avec votre duché et pour moi de montrer à nos sujets quelle adorable souveraine va désormais régner sur eux. J'ai annoncé notre arrivée et nous sommes attendus.

Marie ne se fit pas prier. Du temps de leurs amours semi-clandestines, Claude ne l'avait jamais emmenée chez lui et elle avait hâte à présent de découvrir ses nouvelles possessions. On partit donc par des chemins ensoleillés qui rachetaient leurs ornières et leur poussière par des haies d'aubépines en fleur, l'herbe toute neuve des talus et les jeunes feuilles d'un vert si tendre dont se paraient les arbres...

Assise au bord de l'Yvette à la rencontre des vallons de la Rochecouloir et de Choisel, la petite ville capitale ne déçut pas la jeune femme. Le site était charmant, l'antique bourg tranquille et propret, calé au pied du coteau de la Madeleine que couronnait l'ancien château fort, ne manquait ni de caractère ni de grâce surtout en ce jour de fête où la nouvelle duchesse vit venir à elle, dans leurs plus beaux habits, ceux qui, dans le duché, occupaient une fonction quelconque : le bailli flanqué de son greffier et d'un tabellion, les officiers de justice, les gardes chargés de la paix des domaines, le châtelain de la vieille forteresse, les capitaines des chasses suivis de leurs épouses, de leurs enfants et de leurs serviteurs, plus le clergé sous ses plus beaux ornements. Il y eut messe à l'église Saint-Martin, discours, fleurs et cantiques avant de monter au château où un souper allait être servi dans la salle d'honneur du gros donjon rectangulaire auquel un toit à quatre pentes surmonté d'un clocheton n'arrivait pas à conférer un aspect avenant, et même si le repas était servi avec magnificence. A contempler les murs sévères où entre des trophées d'armes pendaient de vieilles bannières, Marie avait froid dans le dos. Ce fut pire encore quand elle comprit que l'on coucherait là. Au moins, la salle possédait une énorme cheminée où l'on avait fait du feu mais dans la chambre à coucher médiévale, en dépit de deux tapisseries murales et d'un bouquet de lilas sur la table, il faisait froid et humide.

— Devrons-nous vraiment vivre dans ce mausolée quand nous viendrons à Chevreuse ? demanda-t-elle d'une voix de petite fille déçue. N'avons-nous pas d'autres domaines ?

— Nous ferons le tour du propriétaire demain, répondit son époux qui, pour une fois, devinait ce qu'elle pensait et s'en amusait. Mais je ne vois pas ce que vous reprochez à notre château ?

— Je suis gelée !

— Cela vous passera. Allons nous coucher, je vous réchaufferai. Et en été, vous verrez, il fait délicieusement frais...

Elle n'arrivait pas à surmonter sa déception et, pour une fois, subit les assauts de Claude sans y participer. Ils furent brefs d'ailleurs : le Duc avait beaucoup mangé, bu plus encore et il tomba bientôt dans un profond sommeil accompagné de ronflements si triomphants qu'elle essaya, en le secouant, de les faire taire. Mais au fond de sa léthargie, il opposa une si belle résistance qu'elle en pleura de dépit.

Furieuse elle se leva, enfila des pantoufles et sa robe de chambre puis, s'avisant qu'il y avait une cheminée dans cette glacière, elle alla voir s'il n'y aurait pas de quoi allumer un feu. Or il n'y avait rien. Evidemment, elle aurait pu sonner pour qu'un valet vienne faire une flambée mais, par orgueil, elle résista, ne voulant pas qu'on la vît errant comme une âme en peine devant le lit où son époux dormait si bien. Elle ne savait même pas où était Elen...

En désespoir de cause, elle retourna se coucher mais sans ôter son vêtement et mit ses pieds glacés contre le flanc de Claude qui grogna vaguement avant de se retourner pour poursuivre son somme en paix. Marie se calma peu à peu après s'être promis d'exiger le retour à Lésigny dès qu'on aurait accompli le tour des fermes, villages et autres domaines... Elle finit par s'endormir et le moment venu Elen eut du mal à la réveiller. Cette fois, des flammes dansaient dans la cheminée, les servantes s'activaient autour du lit... et Claude avait disparu.

— Où est-il ? demanda-t-elle.

— Dans la cour où il cause avec ses gentilshommes en vous attendant. Il faut nous hâter !

— Pourquoi n'a-t-on allumé que ce matin, ronchonna-t-elle en désignant l'âtre rutilant. J'ai cru mourir de froid...

— Je crois qu'hier on a oublié. Vos sujets avaient tellement fêté la bienvenue de Madame la Duchesse !

— Et toi tu ne pouvais pas donner des ordres ? Mille tonnerres ! Je suis maîtresse ici et tu es ma voix !

— J'aurais aimé le faire, mais souvenez-vous, madame : Monseigneur a mis tout le monde à la porte en disant que vous vous serviriez vous-même. J'avoue, en outre, que j'étais morte de fatigue...

Marie n'insista pas et ne s'attarda pas à sa toilette. Pour une fois elle fut vite prête, avala un bol de lait chaud et descendit rejoindre son époux, bien décidée à se faire ramener pour la nuit suivante dans un endroit plus civilisé. Le temps, par chance, se maintenait superbe et en l'aidant à monter en voiture, Claude lui promit, avec un large sourire, une belle promenade.

— Après quoi nous reviendrons ici ? demanda-t-elle, méfiante.

— Une duchesse de Chevreuse doit résider sur sa terre ! fit-il, doctoral.

— Encore une nuit dans cette prison des courants d'air et vous me ramènerez à Paris mourante !

— Soyez raisonnable, mon cœur ! Il n'est pas question de rentrer à Paris. Qu'y ferions-nous tant que nous n'avons pas reçu réponse de Sa Majesté le Roi ? Car il ne vous a pas répondu, n'est-ce pas ? Nous n'avons pas vu M. de Malleville depuis des jours...

— Je vous rappelle que l'hôtel de Luynes, qui s'appellera dorénavant hôtel de Chevreuse, est d'un séjour agréable et que vous projetez de l'améliorer encore ! Il serait temps de vous y mettre !

— Laissez travailler les architectes ! J'ai donné des directives en ce sens à Métezeau[1] pour les travaux et afin que nous puissions nous installer au mieux quand viendra l'automne. Allons, mon cœur, ajouta-t-il en prenant une main qu'il baisa, soyez certaine que je n'ai

1. Célèbre architecte de l'époque.

en vue que notre bonheur commun. Admirez plutôt la beauté de notre campagne !... Et souriez ! Vous allez être acclamée tout le long du chemin !

Le duché édifié en pairie dix ans plus tôt ne se limitait pas en effet à la petite ville de Chevreuse, son château, ses tenants et ses aboutissants. Il réunissait les terres, fiefs et seigneuries de Maurepas, Danvilliers, Maincourt plus ceux de Meudon, Saclay, Cottigny et enfin Dampierre...

Après avoir tourné et retourné par nombre de chemins en suivant un itinéraire soigneusement mis au point par le Duc, ce fut là que l'on arriva vers la fin de l'après-midi. Et Marie, soûle d'acclamations, épuisée par d'innombrables descentes et remontées en carrosse – et qui fermait les yeux de lassitude –, tressaillit en entendant son époux murmurer à son oreille :

— Voici Dampierre, Marie ! Ma résidence préférée ! Dites-moi si celle-ci a votre agrément !

Marie ouvrit les yeux et avec une exclamation de surprise, se pencha à la portière pour mieux voir. L'endroit, à la rencontre de trois vallons, était ravissant et le château – briques roses et chaînages de pierres blanches sous des toits d'ardoises bleues – ne l'était pas moins. La route, qui filait entre un bel étang et les douves d'eaux vives entourant les murs, avait de superbes ombrages. On la quitta pour accéder par un pont dormant et un autre que l'on pouvait encore relever, au pavillon d'entrée percé de trois fenêtres sous un comble aigu à la Henri IV. Cela débouchait sur une cour, pas très grande, encadrée de bâtiments en rez-de-chaussée à l'exception du logis principal élevé d'un étage percé de hautes fenêtres donnant sur un vaste jardin où des fleurs, sagement enfermées dans des bordures de buis, dessinaient une joyeuse broderie. Une galerie ouverte sur les eaux courantes des fossés l'entourait. Un autre parterre, plus important et celui-là enveloppé d'un canal que l'on franchissait sur un petit pont, le complétait. Des fontaines animaient cet ensemble où les eaux étaient reines et que Marie contempla avec délices [1]. Comme elle se retournait vers lui pour mieux l'exprimer, il sourit :

— Vous voilà chez vous, Madame la duchesse de Chevreuse ! Dampierre est à vous et vous pouvez l'orner à votre gré. Certes il n'y a pas de parc mais avec les terres que vous voyez d'ici, il sera facile d'en planter un...

— Rien ne presse ! Tel qu'il est il m'enchante. Je l'aime déjà ! s'écria-t-elle...

— Autant que Lésigny ?

Elle rougit comme si elle venait de commettre une faute. Dans son enthousiasme elle avait complètement oublié que, durant sa nuit médiévale, elle n'avait pas caché à Claude sa ferme intention de ne venir à Chevreuse que le moins possible et d'élire définitivement Lésigny comme résidence estivale où d'ailleurs elle souhaitait retourner sitôt achevée la visite du duché. Mais il fallait répondre. Elle s'en tira avec une demi-mesure :

— De façon différente ! Lésigny, après tout, reviendra à mon fils, et pour les chasses d'hiver il sera peut-être plus commode que celui-ci parce que plus proche du Louvre...

Le Duc saisit la balle au bond :

— A propos du Louvre, il faudrait songer à vous y faire revenir avec les honneurs dus à mon épouse ! Vous n'avez toujours pas reçu réponse du Roi ?

Marie retint un soupir : la question devait bien finir par arriver ! Sûr à présent de pouvoir assouvir à son

1. Soixante ans plus tard, ce château fut rasé pour faire place à celui qui existe actuellement et dont Mansart établit les plans.

gré sa passion pour elle, Claude commençait à se faire du souci pour sa position dans l'entourage royal. Comme si elle avait soudain trop chaud, elle prit à sa ceinture un petit éventail d'ivoire et de plumes pour en rafraîchir son visage rougissant. En même temps, elle glissait son bras sous celui de son époux :

— Oh, je suppose qu'elle doit nous attendre à Paris où le chevalier de Malleville est certainement rentré, et comme il ne sait pas où nous sommes...

— C'est vrai, nous nous sommes enfuis comme des amoureux de village à la recherche d'une meule de foin pour s'y cajoler en paix, mais rien n'est plus facile que l'envoyer chercher ! Je vais dépêcher un courrier...

Il avait pris une voix nasillarde que Marie détestait et, en outre, elle n'aimait pas beaucoup la meule de foin accolée à son cher Lésigny, mais ce qu'il proposait était légitime et il n'y avait aucune raison de s'y opposer, d'autant qu'elle aussi souhaitait recevoir des nouvelles.

— Merci d'aller au-devant de mes désirs, mon ami ! J'allais vous le demander... Faites-moi visiter les appartements à présent...

Elle s'en déclara aussi enchantée que des jardins. La grande salle réchauffée de tapisseries de Flandres et de sièges en velours de Gênes, avec sa cheminée monumentale et les six fenêtres qui l'éclairaient, avait de la noblesse. Quant à la chambre conjugale habillée d'un beau damas rouge clair, d'un lit à plumets blancs et de grands tapis d'Orient, elle lui convint en tous points et ce fut avec joie qu'elle s'y installa. Elen non plus ne cachait pas sa satisfaction. Bien que née dans une tour bretonne battue par les vents et les pluies d'hiver, au confort à peine supérieur à celui des maisons du village, elle avait goûté à la douceur d'un tapis sous ses pieds, à la rassurante intimité des rideaux de velours et des tentures murales, aux repas abondants et au divin plaisir d'être servie par une domesticité nombreuse. En revanche Paris boueux et malodorant en dépit de ses magnifiques églises et de ses palais vastes ou étroits ne vaudrait jamais aux yeux de son souvenir la beauté sauvage de sa lande fleurie de bruyères et d'ajoncs, déchiquetée par les assauts d'une mer souvent tumultueuse aux couleurs sans cesse renouvelées. Aussi nourrissait-elle une préférence pour les châteaux champêtres comme Lésigny ou Luynes. Après les austérités de Chevreuse, Dampierre la séduisit : château, dépendances et jardins étaient admirablement surveillés et entretenus par Boispillé, l'intendant :

— C'est un vrai paradis ici, madame, confia-t-elle à la Duchesse en l'aidant à se débarrasser des poussières du voyage. Y viendrons-nous souvent ?

— A la belle saison sans doute. Je sens que je vais beaucoup m'y plaire, mais n'oublie pas que c'est à la Cour et dans les résidences royales que je veux retourner. C'est là ma place et c'est là seulement que je respire même si la Seine charrie des immondices que ne connaît pas cette jolie rivière, ajouta-t-elle en désignant l'Yvette qu'elle apercevait de sa fenêtre.

— Mais... n'êtes-vous pas encore heureuse ? Le danger est écarté et vous avez épousé l'homme que vous aimez !

Un éclair traversa le regard bleu de la jeune femme. Elle réfléchit un instant, prit un peu de parfum au bout du doigt pour en toucher son cou et les lobes de ses oreilles, puis sourit à l'image que lui renvoyait son miroir :

— Je suis... satisfaite, Elen ! Heureuse est un trop grand mot pour ce que je vis...

— Mais enfin... vous aimez Monseigneur le Duc ?

— Je l'aime bien comme j'aimais bien mon défunt époux.

— Sans plus ?

— Sans plus ! La première fois j'ai été mariée sans que l'on me consulte, la seconde j'ai presque obligé Chevreuse à m'épouser. Même si j'ai vécu et vis encore des moments agréables où mon corps trouve son compte, trop d'intérêts sont entrés en jeu et ce n'est pas ainsi que je conçois l'Amour ! D'ailleurs, ajouta-t-elle avec un haussement d'épaules, je ne suis pas certaine qu'il existe autre part que dans les griffonnages fiévreux des poètes. J'ai cru un moment l'éprouver quand le Roi était mon ami déclaré, me venait voir sans cesse et me faisait plus reine que ne l'était sa pauvre infante. Mon cœur battait si fort quand il m'approchait !

— L'orgueil, madame, de voir un si éminent prince à vos pieds, y était-il pour quelque chose ? L'amour ne supporte aucun alliage.

— Tu as peut-être raison !... Pourtant j'ai souffert... et souffre encore de ce qu'il m'a fait ! Et dont il faudra bien que je me venge !

La jeune fille ne répondit pas... A quoi bon discuter ? Dire surtout que c'était d'orgueil blessé que Marie souffrait ? Elle ne l'admettrait jamais.

Quelques jours plus tard, Malleville arrivait à Dampierre, ramené par le messager qui l'avait attendu quarante-huit heures à Paris. Il rapportait une lettre de M. de Bassompierre pour Chevreuse et, au fond de ses yeux, le souvenir de ce qu'il venait de voir et qu'il n'avait pas quitté sans regrets... L'odeur de la poudre lui tenait encore aux narines et il n'accorda au nouveau domaine de Marie qu'un regard distrait. Tandis que son époux lisait le message de son cousin, celle-ci voulut en savoir davantage :

— Mille tonnerres, Malleville, n'avez-vous rien à me dire ? Vous restez là planté comme un piquet à regarder devant vous comme si je n'existais pas ! Avez-vous vu le Roi ?

— De loin, Madame la Duchesse, seulement de loin ! Il était uniquement occupé de la ville de Royan qu'il assiégeait ! Jamais je n'ai vu souverain se donner avec une telle ardeur à sa tâche militaire. Il n'avait pas le temps de me recevoir. Nous avons décidément un grand roi, madame !

Marie sentit la moutarde lui monter au nez :

— C'est possible, mais essayez de vous souvenir que ce n'est pas pour me rapporter cette splendide nouvelle que je vous ai demandé de parcourir quelque trois cents lieues aller et retour. Qu'avez-vous fait de ma lettre ?

— M. de Bassompierre a eu l'obligeance de s'en charger et même m'a fort recommandé de ne pas chercher à approcher Sa Majesté qui, entre parenthèses, était déjà au fait de votre mariage par un billet que Mme la princesse de Conti avait fait tenir à M. de Bassompierre qui, forcément...

— N'a rien eu de plus pressé que d'aller conter la nouvelle à notre sire ! Mais quel âne bâté !... Ne pouvait-il tenir sa langue jusqu'à ce que... je l'annonce moi-même ? Et comment a-t-elle été reçue ?...

— Fort mal ! bougonna Chevreuse, qui avait fini sa lecture. Bassompierre m'écrit que le Roi était en colère et que lui-même, M. de Schomberg et le jeune La Valette ont eu du mal à le calmer en lui rappelant quelques-unes des actions que j'ai eu le bonheur d'accomplir sous ses ordres. Bassompierre dit aussi que le Roi venait de soulever l'enthousiasme de l'armée en opérant une reconnaissance sur la banquette d'une tranchée et d'y rester à découvert sans se soucier des balles qui pleuvaient autour de lui. Pas une seule fois il n'a baissé la tête. Cet éclat a fait diversion de la mauvaise humeur royale mais je vais devoir vous quitter, ma chère.

— Que dites-vous ? balbutia la jeune femme en pâlissant devant l'horizon menaçant que son imagination lui montrait. Il veut que... vous m'abandonniez ?

— Qu'allez-vous chercher ? L'Eglise nous a bénis, que je sache... Non, Bassompierre pense que Sa Majesté pardonnera de meilleur cœur si je vais moi-même plaider votre cause.

— Ma cause ? s'insurgea Marie. N'est-elle plus vôtre ?

— Si, sans doute, mais Bassompierre assure que le Roi sera content de me voir. Aussi vais-je partir sur-le-champ. En attendant mon arrivée nos amis s'efforceront de préparer ma venue...

— Et moi que vais-je faire ?... J'aimerais vous accompagner ! lança-t-elle avec un feu soudain.

— Que ferais-je de vous au milieu d'une armée ? Et je ne crois pas que votre présence serait agréable...

La remarque était brutale et Marie considéra son époux avec un vague mépris :

— Pas même à vous apparemment ! Vous ressemblez à un vieux cheval de bataille qui entend la trompette ! Maintenant que vous me tenez en votre maison, vous brûlez de rejoindre votre maître et de respirer l'odeur de la poudre.

— Je ne dis pas non. Je suis un homme de guerre. Je croyais que vous le saviez. En outre, je pensais que vous aviez hâte de reprendre votre place auprès de la Reine ?

Elle avait tort et s'en rendait compte. C'était stupide de lui chercher querelle simplement parce qu'il venait d'exprimer l'intention d'échapper pour un temps à son emprise mais elle était ainsi faite : qui se mêlait de l'aimer et voyait sa flamme exaucée lui devait de demeurer sous son joug parfumé aussi longtemps qu'elle le voudrait. Claude méritait une punition, elle ne lui fit pas attendre :

— Certes j'y tiens plus que vous ne sauriez le penser ! fit-elle avec un sourire radieux. N'allez pas vous faire tuer au moins !... Tout serait à recommencer et je ne vois pas qui je pourrais bien épouser à présent !

— Madame ! protesta-t-il, blessé. Je croyais que vous m'aimiez...

— Mais je vous aime, Monseigneur ! Que cela cependant ne vous retarde pas. Au fond j'aurai tant à faire ici que je n'aurai pas le temps de m'ennuyer. Il se peut d'ailleurs que j'aille à Luynes chercher mes enfants ! Ils me manquent plus que je ne saurais dire...

Muet et impuissant, Gabriel avait assisté à l'escarmouche sans oser broncher mais en souhaitant éperdument être ailleurs. Il avait songé à demander au Duc la permission de l'accompagner mais il n'était pas difficile de deviner comment la Duchesse réagirait. Il sut très vite comment l'heureux époux aurait reçu sa demande quand il l'entendit déclarer qu'il était charmé de son retour et qu'il confiait Marie à ses soins. Le rêve qu'il avait caressé au long de la route n'était pas près de se réaliser...

En effet, à l'affût de nouvelles armes, le Roi venait d'adopter le mousquet et de créer du même coup la première compagnie de mousquetaires à cheval : une centaine de gentilshommes choisis et placés sous le commandement d'Armand-Jean de Peyre, comte de Tréville. Voué à la garde rapprochée de la personne royale, ce nouveau régiment promettait d'être le plus recherché. Et Gabriel de Malleville souhaitait ardemment, à présent, pouvoir porter un jour la casaque bleue à la croix fleurdelisée... Hélas, pour l'instant il lui fallait rester là où le sort l'avait mis...

Un mois jour pour jour après son mariage, Claude de Chevreuse rejoignait, à Saint-Emilion, le Roi qui arrivait juste après la reddition de Royan. Un peu inquiet tout de même sur l'accueil qu'il allait recevoir... Or tout se passa le mieux du monde. Heureux d'une victoire augurant bien de la suite de sa campagne, Louis XIII reçut son « cousin » comme s'il l'avait quitté la veille et même l'embrassa. En dépit d'un physique austère dont sa gravité naturelle augmentait l'effet, le jeune roi de vingt et un ans pouvait se montrer charmant et ses rares sourires possédaient un charme inattendu.

— Nos armes font merveille, mon cousin, lui dit-il, mais grâce à Dieu il reste encore beaucoup à faire et vous arrivez à point nommé pour en prendre votre belle part.

Pas un mot sur le malencontreux mariage, pas un mot sur Marie !

— Dois-je lui en parler ? Présenter des excuses ? demanda Chevreuse à Bassompierre qu'il retrouvait avec un réel soulagement. Les deux hommes en effet étaient à peu près du même âge et se connaissaient depuis leur enfance lorraine.

François, baron de Betstein – francisé en Bassompierre –, de Haroué, de Remonville, de Baudricourt et d'Ormes n'avait que dix-neuf ans lors de son arrivée à Paris avec le prince de Joinville, futur duc de Chevreuse. MM. de Bellegarde et de Schomberg l'avaient présenté au roi Henri IV qui, tout de suite, s'était pris d'amitié pour ce garçon vif, hardi et entreprenant avec ses cheveux bouclés et sa blonde barbiche parfumée à l'ambre. Très brave, intelligent, cultivé – il lisait le latin et parlait quatre langues : français, allemand, italien et espagnol –, il était en outre élégant, spirituel encore que de langage assez vert, et les femmes l'adoraient. Il en aima beaucoup mais eut le malheur de tomber dans les griffes de Marie d'Entragues, sœur de la marquise de Verneuil, favorite d'Henri IV à laquelle l'opposait, depuis plus de quinze ans, un procès en rupture de promesse de mariage renforcée par la naissance d'un enfant. Ce qui avait valu à l'imprudent les pires ennuis, allant jusqu'à une excommunication heureusement rapportée depuis un an... mais aussi une durable histoire d'amour avec la princesse de Conti. De telles aventures ne pouvaient qu'inciter Bassompierre à une absolue compréhension des problèmes de son ami Chevreuse. Etant lui-même très en faveur auprès de Louis XIII, il prêcha la patience.

— Garde-t'en bien ! Si le Roi feint d'ignorer ton mariage, ce serait la pire maladresse que l'en faire souvenir.

— Que dois-je faire ?

— Combattre... l'ennemi ! Une ou deux actions d'éclat feront plus pour ta cause qu'un long plaidoyer.

Le conseil était bon et Chevreuse, soulagé d'avoir été accepté sans subir l'une des redoutables colères royales, décida de le suivre avec d'autant plus d'empressement qu'à la guerre il se sentait à son affaire. L'armée d'ailleurs poursuivait son chemin, un chemin singulièrement difficile après les pluies de printemps génératrices de boue et d'ornières. Le lendemain de l'arrivée de Claude, 22 mai, on atteignit la Dordogne à Castillon. Le 25 ce fut Sainte-Foy-la-Grande que M. d'Elbeuf, précédant l'armée royale, assiégeait et que défendait M. de la Force, un héros protestant laissé pour mort dans la nuit de la Saint-Barthélemy. Le Roi occupait déjà son château voisin et savait bien ce que représentait un ennemi si valeureux. Il envoya son secrétaire d'Etat Loménie de Brienne traiter avec lui non seulement pour Sainte-Foy mais aussi pour la basse Guyenne. Et, le jour où La Force lui rendit la ville, Louis XIII en fit un maréchal de France avec une indemnité de deux cent mille écus, s'attachant ainsi et à jamais l'une des plus nobles familles du royaume.

Au-delà la route continuait, plus pénible encore : une épidémie de peste avait ravagé la région. Dans les jardins les cadavres abandonnés pourrissaient que le Roi ordonnait de brûler. L'eau était empoisonnée et le pain manquait mais l'armée ne s'arrêta pas. Blême et tendu, Louis XIII voyait tout, entendait tout, comme le devait un vrai chef et, s'il menaça de faire sauter la tête de l'ingénieur pontonnier qui avait pris du retard pour le passage du Lot, quand la cavalerie atteignit l'Aveyron qu'il fallait passer à gué, il se lança lui-même dans le fort courant pour sauver l'un de ses hommes en train de se noyer. L'objectif était la puissante cité huguenote de Nègrepelisse qui refusait toujours de se rendre et se battait avec acharnement. Ce fut Chevreuse qui, montant à l'assaut à la tête des « Enfants perdus » – une colonne d'attaque volante –, suivi de Bassompierre et de Praslin, emporta la position pour le Roi alors miné par une sévère attaque de dysenterie. Le prince de Condé commandait malheureusement à sa place. Nègrepelisse fut saccagée et brûlée sous le prétexte qu'en janvier dernier, elle avait massacré quatre cents hommes des troupes royales.

Chevreuse, cependant, avait accompli l'exploit préconisé par Bassompierre. Louis le félicita et le rapprocha de lui, demandant son avis et l'appelant même à son conseil.

— Je crois le moment venu, déclara Bassompierre. Tu es plus en faveur que jamais. Allons parler au Roi !

Hélas, Louis avait la rancune tenace. Moment favorable ou pas, il rabroua vertement les deux amis...

A Dampierre, pendant ce temps, Marie se morfondait en essayant de n'en rien laisser paraître, multipliant les activités. Elle s'efforçait d'embellir encore ce domaine qu'elle aimait de plus en plus, les jardins surtout qu'elle voulait couverts de roses. Elle avait envoyé Gabriel à Luynes y chercher ses enfants et prenait plaisir à voir son petit duc de deux ans et Louise, sa fille de quatre, gambader entre les broderies de buis débordantes de fleurs. La dernière, Anne-Marie, âgée seulement de quelques mois, se promenait gravement dans les bras de sa nourrice en essayant d'attraper les papillons attirés par son odeur de lait. Et, Marie, auprès d'eux, se retrouvait tout simplement une jeune mère pareille aux autres, détachée de ses préoccupations comme de ses ambitions, heureuse de voir s'épanouir les frimousses enfantines. Louise lui ressemblait et serait certainement jolie, Louis-Charles tenait plus volontiers de son père, ce qui était bonne chose au fond s'il héritait de son charme. Quant au bébé Anne-Marie, à l'exception des légers flocons blonds qui dépassaient de son béguin de dentelle, il était encore trop tôt pour décider de quel côté elle se tournerait. Cette ambiance familiale faisait trouver les jours moins longs à Marie, lui rappelant sa propre enfance dans le château paternel de Couzières en pays de Loire avec son frère bien-aimé...

D'autre part, elle s'acquittait avec conscience de ses devoirs de châtelaine, tout comme elle le faisait à Lésigny. Les gens du village avaient compris qu'ils auraient facile accès auprès d'elle. Chaque dimanche elle se rendait à l'église Saint-Pierre et s'arrêtait volontiers en chemin pour écouter une doléance, faire aumône ou donner un conseil parfois soufflé par Malleville quand cela dépassait un peu ses compétences personnelles. Souriante, gracieuse, naturellement généreuse et sans façons, elle savait se faire aimer et bientôt les gens de Chevreuse prirent l'habitude de couvrir la lieue de chemin qui les séparait de Dampierre pour venir chercher une aide de leur duchesse...

En s'astreignant à une vie aussi calme, aussi jalonnée par les simples devoirs d'une grande dame, Marie avait d'autant plus de mérite qu'elle bouillait intérieurement tandis que passaient les jours sans lui apporter la plus petite nouvelle de son époux ou de l'armée. Cela allait durer trois mois irritants au possible où le moindre écho d'un cheval lui arrachait le cœur.

Enfin, alors qu'avec les chaleurs de juillet, les habitants de Dampierre s'abandonnaient avec délices aux fraîcheurs de ses eaux courantes et de ses ombrages, vint un cavalier couvert de sueur et de poussière dont les premières paroles en descendant de cheval furent pour réclamer de l'eau. Il en but et même s'en inonda : il faisait ce jour-là une température de four et la Duchesse, étendue sur un lit de repos en tenue légère dans les ombres douces de sa chambre, buvait de l'eau d'orgeat tout en se faisant bassiner les tempes à l'eau de rose et en s'éventant. Le cri annonçant « un courrier de Monseigneur le duc de Chevreuse ! » la remit sur pied instantanément prête à courir au-devant du messager quand Elen lui barra le passage pour l'envelopper d'un vaste peignoir de toile fine. Repoussée d'une bourrade, la jeune fille fut obligée de la laisser s'envoler sur ses pieds nus, chemise au vent, mais s'élança derrière elle. Marie d'ailleurs n'alla pas plus loin que le bel escalier de pierre blanche en haut duquel Malleville arrivait en même temps qu'elle, la lettre à la main.

Elle s'en saisit, fit sauter le cachet de cire rouge, déplia le message, le parcourut des yeux et poussa un véritable hurlement de triomphe dont les ondes se répercutèrent jusqu'aux limites du domaine, faisant se signer les paysans, persuadés qu'il y avait un malheur au château.

— Sauvée ! s'écria-t-elle encore en se jetant au cou d'Elen avec tant d'impétuosité que la jeune fille plia sous le choc. Fais préparer mes coffres et vous, Gabriel, donnez l'ordre d'atteler ! Nous partons pour Paris ce soir même et nous roulerons toute la nuit si nécessaire. Il faut que je sois au lever de la Reine dès demain.

— Par cette chaleur ?... Et les enfants ?...

— Les enfants restent ici ! Ils y seront mieux que dans les touffeurs et mauvaises odeurs de Paris ! Ah ! Il faut aussi que l'on m'habille ! Appelle Anna !

Tout en donnant ces ordres décousus, le regard de Marie accrocha celui – amusé – de Malleville.

— Qu'est-ce qui vous fait rire ?

— Je ne ris pas, madame, je souris à voir votre joie. Si j'ai compris, nous ne sommes plus en disgrâce ?

— Absolument plus ! Monseigneur m'écrit que le Roi consent à ce que je reprenne ma place dans les entours de la Reine ! Je conserve mes charges, y compris la Surintendance ! N'est-ce pas merveilleux ? Tenez, lisez ! ajouta-t-elle dans une soudaine envie de partager son bonheur avec celui qui l'avait aidée à le retrouver.

— On dirait que Monseigneur a fait du bel ouvrage, en effet. Il précise d'ailleurs que ce sont ses mérites personnels qui ont obtenu ce résultat ; une sorte de récompense pour services rendus ?

— Mille tonnerres ! Malleville, que ce soit ce que Dieu a voulu...

— ... ou le Diable ?

— Ne dites donc pas de sottises ! Ce qui compte est que demain je rentre à la Cour par la grande porte. Alors cessez d'ergoter et apprêtez-vous à m'accompagner !... Ah ! Je veux un carrosse armorié et Peran sur le siège ! Courez ! Vous devriez être déjà parti.

En moins d'une heure tout fut prêt. Marie avait donné ses instructions à Boispillé, embrassé ses enfants après avoir distribué une volée de recommandations et, sans plus se soucier de la chaleur, reprenait enfin la route de Paris, gonflée d'une joie qu'elle contrôlait mal et qui avait dû être celle des Hébreux découvrant la Terre promise. Dans sa lettre Claude lui recommandait expressément de rentrer discrètement, sur la pointe des pieds en quelque sorte pour ne pas susciter une nouvelle colère du Roi, mais Marie se sentait l'âme conquérante. Elle rentrait au Louvre pour régner à travers Anne d'Autriche, pas pour s'y faire oublier ! Et quand le Roi reviendrait... mais on n'en était pas là ! Selon Claude, l'armée se préparait à quitter Toulouse où Louis avait été malade, se dirigeant vers la Provence à travers des régions qui se soumettaient l'une après l'autre. De l'eau coulerait sous les ponts de la Seine avant que les galeries du Louvre retentissent sous les pas impérieux du souverain. Il s'agissait de le bien employer.

Elle n'y manqua pas. Dès le lendemain matin, en robe de taffetas changeant de la nuance exacte de ses yeux, ouverte sur une jupe de satin neigeux comme le grand col de dentelles rabattu et les hautes manchettes d'où s'évasaient les larges manches à crevés, le cou serti d'un collier de grosses perles soutenant une petite croix d'émeraude et un voile blanc sur la tête, Marie montait dans un carrosse fraîchement lavé où s'étalaient les armes de Chevreuse et se faisait conduire au Louvre afin de donner à son retour le plus d'éclat possible, alors qu'elle aurait pu arriver à pied par les jardins. Mais elle entendait user d'un privilège dont seules les princesses jouissaient : pénétrer en voiture dans la cour d'honneur et n'en descendre que devant le degré de la Reine. Même duchesse, même épouse du Connétable, elle était tenue jusqu'à ce jour de sortir de son véhicule sous la voûte d'entrée.

Le Louvre composait alors un ensemble hétéroclite reflétant l'architecture de plusieurs siècles. La façade d'entrée, sur la rue d'Autriche, était résolument médiévale et plutôt noirâtre. Les tours massives, les fossés emplis d'une eau plus ou moins boueuse, le pont-levis et une première enceinte crénelée et jalonnée de tourelles avaient vu le jour au temps des rois capétiens. La seconde était un peu plus jeune et, entre les deux épaisseurs de muraille il y avait les deux jeux de paume où le Roi et ses gentilshommes aimaient à se détendre.

Pourvu que l'on soit convenablement vêtu... et à pied, l'accès du palais était libre. Aussi, en dépit de l'heure matinale, y avait-il déjà foule sur le pont surveillé par les archers de la Prévôté en hoqueton bleu. Deux d'entre eux croisèrent leurs pertuisanes devant le magnifique attelage à six chevaux. Alors Peran lança toute sa voix :

— Place ! Place à Son Altesse Madame la duchesse de Chevreuse, princesse de Joinville, Surintendante de la Maison de Sa Majesté la Reine !

Un officier vint, chapeau bas, saluer la nouvelle venue et ordonna que l'on la laisse entrer, et Peran engagea ses chevaux sous la longue voûte noire de la Porte de Bourbon. Au-delà et bien que le Roi fût à la guerre, il y avait un monde de courtisans, de marchands, de financiers, de provinciaux et même d'étrangers venus par curiosité. Quelques femmes aussi. Tout cela canalisé par les gardes françaises en habit bleu à parements rouges. Enfin il y avait un carrosse, un seul devant l'escalier menant chez la Reine mais que Marie reconnut avec plaisir : celui de la princesse de Conti, sa meilleure amie et à présent sa belle-sœur.

Saluée par les suisses en casaque rouge à parements bleus et hauts-de-chausses blancs qui veillaient à l'intérieur du palais, Marie monta l'escalier avec un frisson de joie orgueilleuse. Elle était éblouissante et le savait. Point n'était besoin de se retourner pour sentir sur son dos, sur sa nuque, le feu de tous ces regards d'hommes. Une sensation tellement agréable après ces interminables mois de quasi-réclusion !

Dans la salle des gardes où veillaient les gardes du corps, Marie trouva le chevalier de Jars, François de Rochechouart, qui était l'un des écuyers de la Reine. Il s'entretenait dans une embrasure de fenêtre avec le jeune Pierre de La Porte, nommé depuis peu « portemanteau » d'Anne d'Autriche. Le premier vint avec empressement au-devant de Marie :

— Enfin vous, Madame la Duchesse ! Vous ne sauriez croire la joie que j'éprouve de votre retour !

— A ce point ? Si je vous manquais tant, que n'êtes-vous venu me le dire chez moi ?

— Je ne me serais pas permis et, en vérité, c'est surtout en pensant à la Reine que je suis heureux ! On meurt d'ennui chez elle... depuis que vous nous avez quittés ! La Cour n'est plus ce qu'elle était sans votre sourire.

— Que fait donc la Reine de ses journées ?

— Elle prie... et de plus en plus ! Pour la santé du Roi, pour les armes du Roi, pour sa famille espagnole, son père, son frère, ses sœurs puisque pour une fois ce n'est pas contre eux que notre sire est allé en découdre ! Elle consulte son confesseur, brûle des cierges un peu partout et je crois bien, Dieu me pardonne, qu'elle se parfume à l'encens ! Ce n'est plus le Louvre ici, c'est l'Escorial. On s'ennuie beaucoup plus que chez la Reine-mère ! D'autant qu'elle n'est pas là ! Vous l'ignorez sans doute mais elle s'est lancée sur les routes pour rejoindre le Roi... et participer à sa gloire !

— Grand bien lui fasse ! A présent consolez-vous ! Me voici justement pour rendre quelque joie de vivre à Sa Majesté. Elle est à sa toilette, je suppose ?

— Et quelle toilette ! Depuis que la Reine a perdu son fruit, c'est Dona Estefania qui y préside et elle impose les couleurs du deuil !

— Ridicule ! Un deuil de cour dure un mois pour un parent proche. Pas pour un fœtus ! Et nous en sommes à cinq mois ! A quoi pensent la dame d'honneur et la dame d'atour ?

— La vieille connétable de Montmorency qui a daigné reprendre son service après le... euh... le départ de Votre Grâce, comme disent les Anglais...

— Ce que l'on espérait être ma disgrâce ?

— Si vous y tenez ! Elle est donc revenue mais elle fait chorus avec la duègne. Quant à la dame d'atour, Mme du Vernet, elle est tellement dépassée par les événements qu'elle est malade le plus souvent possible. Sans doute ne se sent-elle pas le courage d'assumer à elle seule le poids de la famille d'Albert !

Antoinette du Vernet était, en effet, la sœur de Luynes, de Cadenet et de Brantes. Elle aimait bien Marie qui le lui rendait, mais sans doute avait-elle préféré se montrer le moins possible tant que le sort de sa belle-sœur restait en suspens.

— Seigneur ! Il était temps que je revienne ! Mais au fait, j'ai vu en bas le carrosse de la princesse de Conti...

— Oui, mais elle n'était pas dedans. Seulement sa suivante par elle chargée d'un présent pour Sa Majesté...

Marie offrit un sourire enjôleur à son interlocuteur et lui tendit une main qu'il baisa juste un petit plus longtemps que ne l'exigeait la bienséance :

— Merci, chevalier ! Grâce à vous je sais où nous en sommes ! Faites-moi annoncer, s'il vous plaît !

Ce fut La Porte qui s'en chargea. Précédant la Duchesse, il lui fit traverser l'antichambre où l'on serrait l'argenterie et qui servait de salle à manger, puis le Grand Cabinet au sol carrelé recouvert d'un superbe tapis venu de Turquie. Il y avait là des fauteuils, des chaises, des tables en ébène et de hauts chandeliers d'argent garnis de bougies rouges ; des coffres, des vases précieux, quelques livres richement reliés et une guitare abandonnée sur un siège complétaient l'ameublement de cette belle pièce dont les fenêtres, comme celles de l'appartement, donnaient à la fois sur la Cour Carrée [1] et sur la Seine. Un huissier veillait là en permanence. Ensuite on pénétrait dans la chambre qui était la plus spacieuse et la plus magnifique de toutes, agrémentée en outre d'un balcon regardant le fleuve. Boiseries sculptées et dorées, lambris et plafonds peints de couleurs vives servaient de cadre à un lit monté sur estrade et enveloppé de courtines de brocart brodé d'or et d'argent, qu'une balustrade en argent massif isolait du reste de la salle éclairée par des candélabres accordés à celle-ci. Des tapisseries, non plus flamandes mais françaises [2], complétaient un ensemble décoratif somptueux, œuvre de Marie de Médicis qui, en débarquant à Paris, avait été horrifiée par l'état de délabrement du vieux Louvre où l'on prétendait la faire habiter. Et s'en était allée loger chez les Gondi, ses compatriotes.

Quand, sept ans plus tôt, en 1615, Louis XIII avait épousé l'Infante, la Reine-mère s'était contentée de déménager ses objets personnels les plus précieux – ses

1. Beaucoup plus petite que la Cour Carrée actuelle.

2. C'est Henri IV qui fit venir de Flandres deux experts en tapisseries, François de la Planche et Marc de Comans, qu'il installa dans une maison appartenant à la riche famille Gobelins.

innombrables bijoux notamment – dans l'appartement qu'elle s'était installé au rez-de-chaussée (sur jardin) et à l'entresol du palais. Mais il restait de nombreux coffres en bois rare où se répartissait une partie de la garde-robe royale – le reste se trouvait chez la dame d'atour ou les femmes de chambre [1] –, plus ou moins proches de la table à coiffer devant laquelle la Reine était assise, vêtue d'une veste longue en satin blanc passée sur une chemise brodée d'argent et de violet. Autour d'elle s'empressaient sa première femme de chambre, Mme de Bellière, deux ou trois servantes, plus un valet occupé présentement à remporter l'aiguière et la bassine de cristal grâce auxquelles Sa Majesté venait de se livrer à des ablutions à l'aide d'une énorme éponge réservée à ce seul usage. Le tour de la coiffure était venu et Dona Estefania de Villaguiran, rebaptisée Stephanille, s'apprêtait à officier. Type parfait de la duègne espagnole, c'était une femme déjà âgée, maigre et brune, sèche comme un pruneau et raide comme une planche dans un vertugadin que les filles d'honneur soupçonnaient d'être en fer, mais elle avait élevé la Reine et celle-ci lui conservait une espèce de vénération dont s'agaçaient ses femmes françaises.

Le nom de Mme de Chevreuse claironné par La Porte fit l'effet d'un pavé dans une mare à grenouilles. Stephanille en lâcha son peigne avec une exclamation de colère et les autres se tournèrent vers l'entrée de la chambre que la jeune femme venait de franchir d'un pas rapide avant de plonger dans la plus profonde, la plus parfaite des révérences. Sous le coup de l'émotion, la Reine s'était levée et venait à elle les mains tendues, soudain rayonnante :

1. Les armoires à vêtements n'existaient pas encore.

— Vous, Marie ? Mais quelle joie ! Le Roi mon époux a donc levé votre... pénitence ?

— Il y paraît, madame, puisque me voilà ! Infiniment heureuse de pouvoir à nouveau baiser la main de ma Reine !

— Oh, pour cette fois je vous embrasse ! Vous n'imaginez pas quelle joie vous me donnez !

Les deux femmes s'embrassèrent, formant au milieu de cette chambre somptueuse un tableau à tenter le pinceau d'un peintre... A une année près elles étaient du même âge et rayonnaient d'un éclat égal. Rien d'espagnol en effet dans cette infante aux yeux verts, aux blonds cheveux soyeux, au teint lumineux rougissant facilement parce qu'elle se refusait à porter un masque comme toutes les femmes coquettes et laissait trop souvent les intempéries ou les insectes y faire quelques dégâts. Le nez un peu fort ne déparait pas l'ensemble, et le regard était surtout attiré par une petite bouche ronde, pulpeuse, d'un joli rouge frais. Pas très grande, Anne d'Autriche était admirablement faite sous une peau d'une blancheur de porcelaine et ses mains étaient les plus belles, les plus fines qui se puissent voir.

Tandis qu'elle reprenait sa place devant l'imposant miroir de Venise, Marie recevait – et rendait ! – le salut des autres dames. Une seule, dont elle n'avait pas encore remarqué la présence parce qu'elle se tenait dans l'ombre du lit, s'avança et, le visage fermé, la considéra des pieds à la tête :

— Puis-je savoir si vous êtes toujours investie de la Surintendance ?

— Ma présence devrait vous dispenser de poser ce genre de question, madame de Montmorency ! A mon tour de m'étonner : je croyais que vous aviez renoncé à votre charge de dame d'honneur ?

— Vous n'étant plus là, je n'avais plus de raison

pour quitter mon service auprès de Sa Majesté... et cette fois je ne me retirerai pas.

— Non ? Vous devriez ! Vous étiez furieuse que la Surintendance soit donnée à quelqu'un de plus jeune... et de plus noble que vous...

— Ignorez-vous que les Montmorency sont les premiers barons chrétiens du royaume ?

— Mais pas les Budos dont vous êtes issue ! On chuchote même que vous avez jadis conclu un pacte avec messire Satan afin d'obtenir que le « premier baron chrétien », le connétable duc de Montmorency, épouse la modeste Louise de Budos ?

— Modeste mais de bonne noblesse ! Les d'Albert sont sortis de pas grand-chose !

— Mais je suis, moi, une Rohan avec dans mes veines le sang des rois de Bretagne. Et à présent je suis princesse de Lorraine ! A qui la Surintendance pourrait-elle mieux aller ? Il faut vous faire une raison, madame. Maintenant, c'est moi qui dirige la maison de la Reine !

La figure glacée de la « vieille » dame – elle avait trente ans de plus que Marie ! – jaunit soudain comme si elle s'infiltrait de fiel :

— Encore faudrait-il être sûre que vous n'êtes pas en train de payer d'audace. La Reine n'a reçu aucun courrier vous concernant de son royal époux...

L'huissier ordinaire de la Chambre parut à cet instant portant un message sur un plateau :

— Une lettre pour Sa Majesté ! annonça-t-il. Courrier du Roi !

Cela fit taire les deux antagonistes. Anne d'Autriche qui suivait la dispute sans trop savoir comment y mettre fin, se hâta de prendre connaissance de ce que l'on lui envoyait et son visage soucieux s'éclaira :

— Je pense, mesdames, qu'il n'y a rien à ajouter.

Le Roi, mon époux, m'apprend ici qu'en considération des mérites du duc de Chevreuse, il consent à ce que la Duchesse reprenne auprès de moi ses fonctions et prérogatives.

Son ton imposait le silence mais Mme de Montmorency était dans une telle colère qu'elle n'en tint pas compte :

— S'il en est ainsi, je laisse la place ! Jamais je n'accepterai d'être aux ordres d'une... d'une gourgandine, même princesse ! Et c'est au Roi, abusé par les manigances de ce benêt de Chevreuse, que j'en appellerai !

Et sur la plus raide des révérences, la dame d'honneur quitta l'appartement le nez pincé et la tête haute. Marie la regarda sortir avec une satisfaction narquoise avant de pirouetter sur ses talons pour revenir à la Reine devant laquelle des femmes de chambre étalaient des robes sombres, discrètement brodées, dont la couleur la plus gaie était un violet lie-de-vin foncé dont n'aurait pas voulu un évêque. Dona Estefania, en même temps, se préparait à la coiffer. Mme de Chevreuse intervint :

— Que faites-vous ? Où est la dame d'atour ? C'est elle qui veille à la chevelure de Sa Majesté !

— Mme du Vernet est malade... comme d'habitude ! dit Mme de Bellière...

— En ce cas, je m'en charge !

Otant ses gants qu'elle jeta sur un meuble, Marie alla prendre place derrière Anne d'Autriche, enlevant le peigne des mains de la duègne qui renifla comme un chat en colère. En même temps son regard effleura les toilettes proposées :

— Qu'est-ce que cela ? fit-elle avec dédain. Devons-nous porter quelqu'un en terre ?

— La Reine a perdu son fruit et le Roi est au

combat... c'est du moins l'opinion de Dona Estefania, murmura Mme de Chavigny.

— Quelle sottise ! Le Roi vole de victoire en victoire et le fruit n'avait même pas de forme ! Enlevez-moi ces robes ! Nous sommes en juillet, morbleu ! Je veux des tissus légers, des couleurs claires !

Anne protesta doucement :

— Pas trop, ma bonne ! Je compte ce tantôt diriger ma promenade vers la maison des dames carmélites de Chaillot...

— Ce n'est pas une raison pour vous habiller comme elles ! Cependant pour ne pas choquer leur austérité, je préconiserais la robe de satin gris souris avec la jupe et les crevés de satin blanc. Et des perles. Beaucoup de perles ! Leur éclat augmente celui de la Reine... Allons ! Que l'on s'active !

L'atmosphère avait changé du tout au tout. Anne, enchantée du retour de son amie, retrouvait le sourire et autour d'elle les suivantes bavardaient à présent sans contrainte tandis que s'activaient les doigts agiles de Marie. En peu de temps, elle eut coiffé sa maîtresse de la façon qui avait ses préférences, relevant la masse des cheveux blonds en épais chignon piqué d'épingles et de perles au-dessus de la nuque, laissant libres, autour du visage, des boucles légères.

— Vous avez beaucoup à me raconter, Marie ? observa celle-ci en se regardant au miroir.

— Beaucoup, madame ! Mais... je préférerais que nous soyons seules.

— Nous allons avoir largement notre temps ! Je ne veux plus que vous me quittiez et je vais donner ordre que l'on prépare votre ancien appartement...

— Sous les combles ? émit Marie qui se souvenait sans plaisir du réduit misérable où, après la mort de Luynes, Louis XIII l'avait assignée et où elle avait mis sa dernière fille au monde.

— Non. Celui d'autrefois juste au-dessus de cette chambre... et l'on va rouvrir le petit escalier !

— Il est donc fermé ?

La jeune Reine eut pour sa Surintendante retrouvée l'un de ces sourires rayonnants – rares chez elle ! – qui lui ouvraient les cœurs les plus fermés :

— C'était le chemin de l'amitié, Marie. Je ne pouvais supporter qu'une autre dame l'emprunte.

Touchée, celle-ci, abandonna le flacon d'huile parfumée dont elle s'apprêtait à laisser tomber quelques gouttes sur son œuvre capillaire, plia le genou pour prendre la main de la Reine et la baiser avec une émotion qu'elle ne s'attendait pas à éprouver. Jusqu'à présent, l'Espagnole était pour elle une jolie dinde fraîche et ronde encore engoncée dans de raides contraintes d'infante, plus ou moins terrifiée par son mari et essentiellement égoïste. Cette preuve d'attachement changeait ses plans d'avenir : elle espérait jusque-là se servir d'Anne pour tirer vengeance du Roi qui l'avait déçue. A présent, elle se promit d'essayer sinon de la rendre heureuse, au moins de lui procurer un peu de bonheur.

— Merci, madame, murmura-t-elle. J'espère qu'il me sera donné de prouver à Votre Majesté que si j'ai de nombreux défauts, l'ingratitude et la sécheresse du cœur ne sont pas du nombre...

Le soir même, en compagnie d'Elen, elle reprenait possession avec un extraordinaire sentiment de triomphe de l'élégant logis qui, avant elle, avait abrité les fantasmes et les rêves démesurés de Leonora Galigaï !...

Les semaines qui suivirent furent des plus agréables. Le joyeux cercle des amies se reconstituait autour de la Reine : Antoinette du Vernet, miraculeusement guérie de ses vapeurs opportunes, accourut reprendre son poste ainsi que la jeune Angélique de Verneuil, l'autre responsable de l'accident de la Grande Salle, dont on préparait pour la fin de l'année le mariage avec le fils du duc d'Epernon. Et surtout Louise de Conti, la nouvelle belle-sœur, la plus âgée de la petite coterie – elle avait vingt ans de plus que les autres ! – mais non la moins séduisante. Marie apprit d'elle, d'ailleurs, que la Reine ne l'avait jamais abandonnée, quoi qu'elle ait pu en penser, et qu'elle n'avait cessé d'intercéder auprès du Roi pour qu'on lui rende sa Surintendante.

Ce qu'on savait de la guerre était satisfaisant. Le vieux maréchal de Lesdiguières – quatre-vingts ans ! – avait reçu l'épée de connétable que la mort avait enlevée à Luynes et la portait avec infiniment plus d'éclat. Bassompierre, colonel des suisses, était à présent maréchal de France et Chevreuse Grand Fauconnier. Le duc de Rohan, chef des protestants rebelles, venait de faire sa soumission et le traité de paix mettant fin à la guerre contre les huguenots allait être signé à Montpellier. Quant à la Reine-mère, lasse de courir après son fils sans parvenir à le rejoindre, elle était partie prendre les eaux de Pougues.

Enfin vint le message qu'Anne d'Autriche espérait secrètement : Louis XIII appelait auprès de lui sa femme et sa cour et leur donnait rendez-vous à Lyon où aurait lieu le mariage de Mlle de Verneuil. Au passage de Pougues, le cortège des dames récupérerait Marie de Médicis...

On prépara le départ dans la fièvre. C'était déjà novembre et l'hiver approchait, mais le temps se maintenait beau. Habituée au climat madrilène et aux vents glacés de la Sierra Nevada, la Reine ne craignait pas un long chemin dans une saison difficile. D'autant plus qu'une partie du trajet s'effectuerait par voie d'eau. Marie, elle, se promettait mille plaisirs pour les jours à venir. D'abord elle reverrait son époux dont les ardeurs commençaient à lui manquer. En outre, et ce n'était pas le moindre sujet d'impatience, elle allait se retrouver, enfin, en face du Roi, de celui qui l'aimait naguère et en était venu à la traiter si mal...

La nouvelle qui vint la veille même du départ était, à cet égard, peu réconfortante. Ainsi qu'elle l'avait annoncé, la « vieille » Montmorency avait porté sa plainte devant le souverain et son Conseil. L'un comme l'autre venaient de trancher : Mme de Montmorency perdait sa charge de dame d'honneur et Mme de Chevreuse sa Surintendance qui était à présent supprimée. Un jugement style Salomon qui ne satisfit personne. Surtout pas la Reine qui au fond ne détestait pas la mère du beau Montmorency et que n'enchantait pas de vivre en contact permanent avec la nouvelle dame d'honneur, l'austère et revêche Mme de Lannoy. Elle se hâta cependant de porter quelques consolations à Marie :

— De toute façon votre place auprès de moi reste la même, Marie. Vous êtes et resterez mon amie. Le Roi d'ailleurs a tenu, pour effacer votre chagrin, à nommer votre époux Premier Gentilhomme de la Chambre...

— Qu'il en soit remercié mais qui consolera le charmant duc de Montmorency si fort attaché à Votre Majesté ?

Anne d'Autriche rougit jusqu'à la racine de ses blonds cheveux :

— Quelle sottise, ma chère ! Le jeune duc...

— ... est follement épris de vous, madame, et s'en cache à peine.

— Une reine de France ne doit pas entendre de telles choses, madame, coupa Mme de Lannoy. Tous ses sujets l'aiment d'un cœur égal, cela seul compte...

— A qui le voulez-vous faire croire ? s'écria Marie en riant. De plus il n'y a aucune raison pour cacher une vérité à Sa Majesté... surtout quand il s'agit d'un gentilhomme aussi accompli que M. de Montmorency. Il a vingt-huit ans, il est beau et nombre de femmes en raffolent mais il n'en regarde jamais qu'une seule !

Voyant des nuages d'orage s'amonceler, Anne d'Autriche pria ces dames d'en rester là mais, dans les jours qui suivirent, Mme de Chevreuse put observer que la Reine soignait davantage sa toilette et que son regard vert s'éclairait quand la fière silhouette du jeune duc venait s'incliner devant elle... De là à imaginer une intrigue, il n'y avait qu'un pas, vite franchi par le pied léger de la jeune femme. Ce serait tellement amusant si l'épouse de Louis XIII prenait suffisamment de goût pour un gentilhomme au point d'en faire son amant ? Et quelle plus délectable vengeance pourrait-elle tirer de celui-ci qu'en protégeant de si romanesques amours ?

Le 5 décembre on fut à Lyon où le Roi n'était pas arrivé. La Reine et sa suite prirent logis à l'Archevêché. On eut la surprise – désagréable ! – d'y trouver la Reine-mère installée. Espérant pouvoir s'entretenir en tête à tête avec son fils, la grosse Florentine s'était hâtée de quitter Pougues avant l'arrivée de sa belle-fille.

En effet, bien qu'elle eût été l'artisane du mariage de Louis avec l'Infante – et en même temps de celui de sa fille Elisabeth avec le prince des Asturies, futur roi d'Espagne –, Marie de Médicis détestait sournoisement sa belle-fille dont elle jalousait la jeunesse et la beauté.

Touchant alors la cinquantaine, c'était une imposante et forte femme alourdie de graisse avec une chair très blanche, un visage massif pourvu d'un double menton – elle l'avait déjà quand à vingt-sept ans elle avait épousé Henri IV –, des yeux bleus globuleux à fleur de tête, des cheveux grisonnants, frisés et coiffés en hauteur à la mode florentine au-dessus d'un front étroit, têtu comme le menton grassouillet. Toujours ruisselante de perles, diamants et autres joyaux dont elle avait la passion, sa silhouette épaisse ne manquait pas de majesté et déplaçait beaucoup d'air.

D'une piété étriquée qui l'inféodait au Pape et aux Jésuites, se souciant comme d'une guigne des intérêts profonds du royaume, de cœur sec et d'esprit rusé, Marie de Médicis restait avide de pouvoir au point d'avoir, après la chute de son favori Concini, déclaré la guerre à un fils qui avait osé la chasser du Louvre et l'assigner à résidence au château de Blois... dont elle avait réussi à s'enfuir une belle nuit à l'aide d'une échelle de corde. Auparavant, elle avait franchi une fenêtre non sans difficultés à cause de son tour de taille et des cassettes à bijoux dont elle était bardée. Evasion rocambolesque et passablement ridicule, orchestrée par son vieux complice le duc d'Epernon et dont à Paris on avait ri sans retenue, jusqu'à ce qu'elle prétendît arracher la couronne à son fils les armes à la main. Il est vrai qu'à cette époque son conseiller le plus sage et le plus intelligent, un certain évêque de Luçon nommé Richelieu, avait été exilé dans son diocèse d'abord puis en Avignon.

Des six enfants qu'elle avait eus, la Reine-mère n'aimait qu'un seul : son second fils Gaston, duc d'Anjou, beau jeune homme écervelé mais fourbe, lâche mais aimable. Louis XIII, livré dès l'enfance à une sorte de martyre aux mains d'un gouverneur stupide et cruel, n'avait jamais reçu d'elle la moindre marque d'affection. Et cependant, comme nombre d'enfants maltraités, il avait aimé sa mère. C'est à cause de cela, peut-être, qu'il avait accepté un premier traité de paix dont le jeune Richelieu avait été l'artisan... succès qui n'avait pas duré, la mère abusive souhaitant toujours accaparer le pouvoir. D'où une seconde guerre, brève et sans gloire aucune pour elle qui après une escarmouche en Anjou s'était soldée par une seconde réconciliation pour laquelle Hercule de Montbazon avait prêté son château de Couzières.

Depuis les choses semblaient aller pour le mieux entre une mère et un fils qui lui avait rendu sa place au Conseil. Même si ce n'était pas la première ! Mais ce que Marie voulait à présent, c'était y faire entrer son cher évêque de Luçon que Louis XIII avait pris en grippe parce qu'il le croyait responsable des folies de sa génitrice...

Naturellement, la Florentine s'estimant un Machiavel en jupon, haïssait les Luynes, cause de ses malheurs et de ceux des Concini. Le mariage de Marie, sa filleule, avec l'aîné, l'avait mise hors d'elle mais elle n'en avait pas tenu rigueur à la jeune femme, sachant pertinemment qu'on ne lui avait pas demandé son avis. La place que Marie avait prise auprès d'Anne d'Autriche lui convenait parfaitement : la soupçonnant d'être portée au dévergondage, elle n'espérait rien d'autre que la voir entraîner sa belle-fille sur des chemins assez cahoteux pour, sinon la faire répudier, au moins lui faire perdre tout crédit auprès du Roi qui ne pourrait que lui rendre la première place à elle, sa mère !

C'était au fond plutôt infâme mais on est une belle-mère ou on ne l'est pas !

Anne d'Autriche n'ayant aucune illusion sur cette grosse femme vieillissante qu'elle n'aimait pas mais respectant les lois de la civilité puérile et honnête, les retrouvailles à l'Archevêché de Lyon furent ce qu'elles devaient être : un chef-d'œuvre de maternalisme hypocrite d'un côté, et de résignation fataliste teintée de morgue espagnole de l'autre. Entre elles, cependant, un lien invisible mais solide formé par Mme de Chevreuse et la princesse de Conti qui l'une comme l'autre avaient un pied dans chaque camp : Marie en tant qu'amie de la Reine et filleule de sa belle-mère, Louise de Conti, amie de longue date de la Reine-mère et un des éléments les plus appréciés du cercle d'Anne d'Autriche. Unies par l'affection ainsi que par une communauté d'intérêts, toutes deux s'efforçaient de maintenir à un niveau supportable les relations entre une jeune reine orgueilleuse – souvent exaspérée d'ailleurs ! – et une vieille harpie jalouse acharnée à lui arracher son droit d'occuper le premier rang. Aussi ce petit monde attendait-il avec fièvre le moment où le Roi se retrouverait en face d'elles. Laquelle aurait de lui le meilleur accueil ?

Le 6 décembre, les Reines prenaient place dans un bateau magnifiquement décoré pour s'en aller au-devant de Louis XIII qui arrivait du Midi et, quand vint l'heure de la rencontre, on sut vite à quoi s'en tenir : le Roi embrassa sa mère avec chaleur, lui fit compliment sur sa bonne mine en se déclarant heureux qu'elle eût si bien profité des eaux de Pougues, et ce fut presque à regret qu'il s'en détacha pour se tourner vers sa femme ; celle-ci, les larmes aux yeux mais raidie dans son orgueil, s'efforçait de faire bonne contenance. Il l'embrassa, sans l'étreindre et du bout des lèvres.

— Je vous trouve en assez bon point, madame, et j'espère que vous vous y maintiendrez...

Toujours courtois, cependant, il salua les dames parmi lesquelles était Marie, plongée dans sa révérence :

— Madame la duchesse de Chevreuse ! Votre noble époux a fait preuve des plus grandes vertus durant cette campagne et je compte qu'à l'avenir vous aurez à cœur de lui faire honneur. Surtout de ne plus donner à parler de vous autrement que pour vanter vos mérites...

L'œil était dur, la voix cassante. Il n'attendait pas de réponse. Pourtant Marie osa :

— Que le Roi veuille croire que je n'aurai plus d'autre but que le bonheur de Sa Majesté la Reine ! Et, bien entendu, celui du Roi !

Il passa son chemin sans dire mot mais, en se relevant, Marie croisa le regard de l'évêque de Luçon qu'elle n'avait jamais eu encore l'occasion de rencontrer. Lorsque à seize ans elle était devenue fille d'honneur de la Reine-mère, il était lui-même secrétaire d'Etat pour l'Intérieur et la Guerre dans le gouvernement de la Régente sur lequel régnait Concini. La chute de ce dernier, suivie du mariage avec Luynes, avait jeté Jean-Armand du Plessis-Richelieu sur les chemins de la disgrâce via Blois.

A présent, il était là presque devant elle, droit et hautain dans ses moires violettes. C'était à cette époque un homme de trente-sept ans, maigre et de haute taille, dont l'allure avait quelque chose de souverain. Le visage aux traits fins s'allongeait encore d'une barbiche et la moustache aux pointes relevées corrigeait peu le pli dédaigneux de la bouche mince. Le regard brun était inoubliable quand les paupières ne le voilaient pas : l'intense reflet d'une intelligence exceptionnelle et d'une froide détermination. Pour l'instant, une légère flamme ironique s'y mêlait à ce qui ressemblait à de l'admiration mais dont Marie ne put déterminer si elle s'adressait à sa beauté ou à son audace. Agacée, elle détourna la tête pour répondre à Mme du Vernet qui la pressait de rejoindre le couple royal dans le bateau pour rentrer à l'Archevêché...

Elle oublia vite cependant M. de Richelieu au bénéfice des événements contradictoires du séjour à Lyon. En effet, le soir même de son arrivée le Roi, après avoir applaudi les Comédiens français, rejoignait sa femme dans la nuit mais deux jours plus tard, il conférait à Richelieu le chapeau de cardinal, ce qui représentait une victoire pour sa mère. Même s'il lui refusait encore de le reprendre au Conseil. En outre, le plaisir de retrouver un époux d'autant plus amoureux qu'il ne l'avait pas vue depuis longtemps effaça momentanément de l'esprit de Marie les problèmes du couple royal. Dans son esprit, le lit était un terrain où l'on ne pouvait que s'accorder. La Reine était jeune, belle et il était de bon augure que Louis XIII n'eût pas attendu davantage pour s'en souvenir...

CHAPITRE IV

DES GENTILSHOMMES ANGLAIS...

Suivie d'un valet destiné à recevoir ses achats, Elen du Latz parcourait lentement la galerie du palais où s'alignaient depuis Saint Louis les alléchantes boutiques des orfèvres, les vendeurs de nombreux objets de luxe indispensables à la vie d'une femme ou d'un homme élégant : dentelles, rubans, gants, éventails, plumes, des librairies enfin où l'on trouvait parfois au milieu d'ouvrages pompeux en latin voire en grec, des libelles, des pamphlets même, fonds de commerce de ces colporteurs de la mauvaise parole qui truffaient les marchés et les rues perpétuellement encombrées, ce qui leur permettait de disparaître aisément quand se montraient les pertuisanes des soldats de la Prévôté.

En principe, la jeune fille se rendait chez Taupin munie d'un échantillon de la dernière robe commandée par Mme de Chevreuse, afin d'y choisir des plumes d'une teinte assortie destinées au grand chapeau de velours qu'elle porterait avec. Elle se donnait cependant le temps de regarder les étals des boutiques, flânant un peu pour son seul plaisir. Soudain, comme si une idée lui avait traversé l'esprit, elle hâta le pas pour gagner la boutique du plumassier, s'acquitta de sa mission, paya puis confia son acquisition au valet en lui ordonnant de rentrer au Louvre afin de ne pas faire attendre la Duchesse. Elle-même voulait aller prier un moment à la Sainte-Chapelle. L'homme objecta qu'il pouvait l'attendre, rentrer seule par les rues de Paris ne présentant aucune sécurité pour une demoiselle de bonne maison, mais elle s'entêta : par la place Dauphine et la partie nord du Pont-Neuf, elle serait vite rendue et n'aurait pas grand-chose à redouter, la mante grise à capuche dont elle était enveloppée recouvrant une robe de couleur semblable évoquait davantage une petite bourgeoise que la noble suivante d'une encore plus noble dame. Le valet savait qu'il perdrait son temps à discuter et n'insista pas. Après tout, la demoiselle du Latz que l'on savait bonne Bretonne donc entêtée était assez grande pour savoir ce qu'elle avait à faire, et sa vêture modeste ne risquait pas d'attirer les tire-laine du Pont-Neuf.

Quand il se fut éloigné, Elen, au lieu de se diriger vers la chapelle, prit le chemin opposé et sortit du palais par la rue de la Barillerie[1] d'où entre deux ruelles on avait accès au fouillis de menues artères séparant l'ancienne résidence royale de la cathédrale Notre-Dame. De jour cela grouillait d'une intense activité car, autour du marché Palu, on trouvait maintes échoppes de marchands d'onguents ou d'herbes, de ciriers fournissant en luminaires les petites églises et les chanoines de la cathédrale. Pourtant certains « boyaux » – il était difficile de donner le nom de rues à ces passages étroits aux maisons si rapprochées que le soleil n'y pénétrait pas ! – étaient quasi déserts. Elen s'engagea dans l'un d'eux. Là vivait, dans un semblant

1. Le boulevard du Palais l'a absorbée.

de boutique en contrebas dont l'unique fenêtre était si sale que lorsqu'il y avait de la lumière on ne l'apercevait même pas de l'extérieur, une femme nommée la Sounion – on ne lui connaissait pas d'autre nom – qui tenait commerce de filtres, poudres, liqueurs ayant peu à voir avec les produits d'une honnête apothicairerie mais qui se révélaient parfois plus efficaces. D'où une réputation de sorcellerie apportant une belle clientèle à celle que l'on disait grecque, ce qui la mettait à l'abri des mauvaises surprises parce que l'on redoutait son pouvoir autant que ses relations. Peut-être aussi parce que auprès d'elle les petites gens, les miséreux et les truands recevaient souvent gratuitement des soins et une aide discrète hors de leur portée dans une officine normale. Chez la Sounion les riches payaient pour les pauvres et tous ensemble formaient autour d'elle une sorte de rempart invisible mais plus efficace peut-être qu'une compagnie de gardes.

C'était chez cette femme qu'Elen voulait se rendre sans témoin importun et bavard, car sa maîtresse ignorait qu'elle ait jamais eu à rencontrer une créature de ce genre. Non qu'elle en eût été choquée. Au contraire, les produits de la Grecque eussent été susceptibles de l'intéresser, mais Elen tenait à garder secrète une partie de sa vie dont elle ne pouvait se souvenir sans honte ni douleur. En fait Mme de Chevreuse ne savait rien du viol dont sa suivante avait été victime peu avant de quitter le château des Montbazon, à Couzières, où à l'âge de douze ans elle avait été placée auprès de la fille d'Hercule qui en avait deux de moins. L'histoire d'Elen était tristement classique : un gentilhomme venu chasser chez le duc Hercule, trop beau pour la paix de l'âme d'une fille de dix-huit ans aussi timide qu'éblouie. Elle l'avait aimé dès le premier regard et quand, un soir, il l'avait rejointe dans sa modeste chambre, elle n'avait su se défendre ni contre lui ni contre elle-même. Le lendemain il repartait et elle ne l'avait jamais revu, ne sachant pas ce qu'il était devenu, n'osant interroger parce qu'elle craignait que le seul prononcé de son nom ne révélât son secret. Pourtant à la cour de la Reine-mère qu'elle gagnait une semaine plus tard dans le sillage de Marie, il eût été facile d'apprendre des nouvelles mais peu à peu, le rêve d'une nuit se transforma en cauchemar quand Elen comprit qu'il allait avoir une suite et elle mesura sa solitude. Personne à qui se confier, demander au moins conseil. Pas même à Marie occupée uniquement de ses toilettes et de ses plaisirs, toute à la joie d'être à la Cour. La malheureuse s'efforçait de lutter courageusement contre ce que sa foi profonde lui montrait comme un crime majeur – descendre aux rives de la Seine et laisser le fleuve l'emporter ! – quand le secours lui était venu d'où elle n'aurait jamais eu l'idée de l'attendre : les yeux perspicaces de Leonora Concini surent décrypter ce qui se cachait d'angoisse derrière le masque tendu de cette jolie fille trop grave. Elle l'incita à la confidence et à l'occasion d'un bal à la Cour – ces bals auxquels la Florentine n'assistait jamais –, elle la conduisit chez la Sounion qui, avec une habileté inattendue et en la faisant souffrir au minimum, la délivra d'un fœtus d'environ dix semaines avant de la ramener dans son propre appartement du Louvre où Elen put se reposer quelques heures avant d'aller reprendre son service auprès de Mlle de Montbazon. Celle-ci avait tellement dansé qu'elle ne s'aperçut pas de son absence. La Galigaï d'ailleurs s'était fait prêter Elen pour la nuit sous le prétexte d'étudier avec elle, dont les doigts étaient particulièrement adroits, de nouveaux ornements de tête et de nouvelles coiffures pour Marie de Médicis.

Pendant quarante-huit heures, la jeune fille dut faire appel à son courage pour ne pas s'évanouir à tout bout de champ, mais depuis elle avait gardé une reconnaissance profonde à l'étrange amie de la Reine-mère et quand, après la mort de Concini, Leonora avait été arrêtée, emprisonnée et jugée pour crime de sorcellerie, Elen en avait éprouvé une peine accrue par l'impuissance où elle se trouvait de venir en aide à la malheureuse. Prier, seulement prier et de cela elle s'était d'autant moins privée que Marie, un peu honteuse secrètement d'avoir tant hérité de la condamnée, avait fait dire plusieurs messes pour elle sans que son époux le sût.

Quant à la Grecque, s'il arrivait à Mlle du Latz de retourner chez elle, c'était afin de s'y procurer une pommade d'herbes apaisantes pour certaines douleurs intimes qu'il lui arrivait de ressentir, et comme la Grecque en gardait toujours une provision, ses visites étaient généralement rapides.

Elle en sortait ce jour-là, et se hâtait de revenir au palais quand en franchissant un passage obscur ménagé sous une maison, elle vit surgir de nulle part un homme dont elle ne put voir le visage parce qu'il portait un masque grotesque sous l'ombre d'un chapeau à large bord. Avant qu'elle ait compris ce qui lui arrivait, il la plaqua contre le mur si violemment qu'elle en fut étourdie et ne cria que sous la douleur lorsqu'il se mit à fouiller son corsage et sa jupe avec les gantelets de fer qui protégeaient ses mains. Elle comprit, terrorisée, qu'elle venait de tomber au pouvoir d'un bandit que redoutaient toutes les femmes dès que le jour commençait à baisser. Il leur infligeait, en les insultant, des blessures parfois graves pouvant aller jusqu'à la mutilation. Insaisissable comme le Diable dont certaines juraient qu'il était l'incarnation, nul ne savait d'où venait ni qui était ce gredin que la rumeur publique surnommait « le Tâteur [1] ».

Les seins à la torture, Elen hurla mais il lui appliqua sa figure de carton sur la bouche, l'étouffant à demi. Et puis, soudain, ce fut lui qui cria et la lâcha avant de s'enfuir, laissant la jeune femme s'écrouler au pied du mur où il l'avait quasiment clouée... Au bord de la syncope, elle cherchait sa respiration quand elle entendit une voix teintée d'un léger accent d'outre-Manche :

— Je n'ai pas pu l'embrocher par crainte de vous atteindre, disait-elle, mais j'espère l'avoir blessé assez gravement pour qu'il n'aille pas bien loin !

Elen vit alors se pencher sur elle un personnage qui lui parut immense mais dont l'obscurité du passage et le feutre noir à large bord qui le coiffait empêchaient de distinguer les traits. Il l'aida à se relever et la soutint pour l'amener à la lumière tandis qu'elle refermait en hâte la mante sur sa robe déchirée et tachée de sang. Elle s'aperçut que son sauveur était peut-être le plus bel homme qu'elle ait jamais vu quand il se découvrit d'une main rapide en une sorte de salut : de très haute taille avec des épaules carrées mais un corps mince sous un pourpoint de daim noir éclairé d'un col de guipure blanche, il penchait sur elle un visage de dieu grec sauvé d'une trop grande pureté par le pli ironique de la bouche aux lèvres fermes et finement dessinées. D'épais cheveux blonds dont les pointes bouclaient légèrement étaient rejetés en arrière du cou puissant. Des paupières lourdes voilaient en partie des yeux profonds, d'un bleu qui rappela à Elen ceux de Marie. Les vêtements, les hautes bottes cuissardes, les gants à crispin, le chapeau et sa plume frisée étaient sans fioritures aucune mais annonçaient le gentilhomme, et sa

1. Authentique.

protégée, émerveillée, pensait que peu de princes possédaient autant d'allure.

Amusé par son évidente surprise, il lui sourit mais son regard resta sérieux.

— Il y a là-bas l'enseigne d'un cabaret, proposa-t-il. C'est un endroit indigne de vous mais la bière n'y est pas mauvaise et vous avez besoin d'un réconfort.

— Vous êtes anglais ? avança-t-elle.

— Aucun doute là-dessus ! fit-il avec bonne humeur. Cela s'entend, je suppose ? Et vous êtes, vous, une lady qui ne devrait pas se trouver seule dans une ruelle borgne de la Cité. Venez boire quelque chose !

— Non, merci. Je me suis mise en retard et je préfère rentrer au plus vite !

— Dans ce cas je vous accompagne ! Votre pas ne me paraît pas si sûr pour ces mauvais pavés. Prenez mon bras, ajouta-t-il avec une autorité qui ôta à Elen toute velléité de refus. D'autant qu'elle mourait d'envie d'accepter pour le simple plaisir de le garder auprès d'elle un moment encore. Cet homme dégageait, outre un léger et subtil parfum aux antipodes des remugles sauvages tant redoutés d'Elen, une vitalité qui agissait sur elle comme un charme et quand, en recoiffant son feutre, il demanda où il devait la ramener, elle n'hésita pas :

— Au Louvre, dit-elle en regrettant seulement que ce ne fût pas à une ou deux lieues tant elle souhaitait éterniser l'instant.

Elle guetta sa réaction mais il se contenta d'un : — Ah !... où n'entrait pas la moindre surprise et du coup elle s'en offensa : la prenait-il pour n'importe quelle domestique du palais ? Néanmoins elle ne fit aucune remarque. Ils se mirent en route et marchèrent sans échanger une parole. Elle, très droite en dépit des écorchures de sa poitrine, n'offrait à son compagnon qu'un profil fier vers lequel l'inconnu tournait son regard de temps en temps. Les règles de la civilité puérile et honnête eussent voulu qu'il se présentât mais, figée par une incompréhensible timidité, Elen n'osait pas le lui demander encore qu'elle brûlât de poser une foule de questions... Enfin, elle tourna son visage vers lui et le vit sourire. Se moquait-il ? Du coup elle s'en irrita : ce beau monsieur n'était sans doute qu'un fat gâté par trop de succès féminins. Il ne fallait pas lui laisser supposer qu'il en comptait un de plus.

Cette idée fouetta son orgueil et lui rendit son aplomb. De sa voix la plus gracieuse elle demanda :

— Vous m'avez sauvée d'un péril extrême, monsieur, et j'aimerais savoir qui je dois recommander à Dieu dans mes prières... ?

Il se mit à rire et ce rire était si insolent qu'elle en rougit de colère. Voyant flamber les yeux sombres qui le dévisageaient, il s'excusa :

— Veuillez me pardonner un oubli dont je n'ai pas eu conscience tant j'avais l'impression que nous nous connaissions.

— Je ne suis jamais allée en Angleterre et vous ne vivez sans doute pas à Paris.

— Non, mais j'aime y venir. C'est une ville qui me plaît... et ne me dites pas qu'elle est sale : Londres l'est davantage...

— Quoi qu'il en soit, je peux jurer ne vous avoir jamais vu.

— Peut-être alors vous ai-je vue en rêve ! soupira-t-il. Puis s'arrêtant, il ôta son chapeau pour la saluer : Je me nomme Henry Rich, de famille... honorable et ainsi que je vous l'ai dit je voyage pour mon plaisir.

— ... dans ce que vous appelez les rues borgnes ? fit-elle avec une ironie qu'elle regretta aussitôt en comprenant qu'elle lui donnait des verges pour la fouetter.

— Elles ont tant de pittoresque ! soupira-t-il. Mais vous devez y être aussi sensible que moi puisque nous nous y sommes rencontrés ?

— Un simple message à délivrer, murmura-t-elle furieuse de sentir ses joues brûler. Nous avons ici un fournisseur...

— Nous ? Ce pluriel de majesté dénonce-t-il une jeune dame au service de la Reine ?

— Tout le monde en France est au service de la Reine ! riposta-t-elle sèchement. Mais je ne souhaite pas vous intriguer : j'appartiens à Mme la duchesse de Chevreuse, j'ai nom Elen du Latz et je suis née en Bretagne.

Le parcours s'achevait. La porte de Bourbon était devant eux. Elen se détacha de son sauveur et le salua courtoisement :

— Me voici arrivée. Souffrez que je vous quitte... en vous rendant mille grâces ?

— Aurai-je la joie de vous revoir ?

Sans se l'avouer, elle attendait ces mots-là surtout appuyés par un regard presque grave. Un frisson de bonheur la parcourut :

— Ce sera au plaisir de Dieu. Lorsque je ne loge pas ici, je suis à l'hôtel de Monseigneur le Duc, rue Saint-Thomas-du-Louvre... ou au château de Dampierre quand viennent les beaux jours, mais Madame la Duchesse ne quitte guère Sa Majesté la Reine et moi je ne quitte guère Madame la Duchesse.

— Alors ce sera facile ! lança-t-il joyeusement. Je quitte Paris après-demain...

— Pour l'Angleterre ?

— Non. Pour l'Espagne... mais je reviendrai bientôt !

Elle lui tendit spontanément une main qu'il effleura de ses lèvres puis recula de trois pas pour lui offrir, cette fois, un salut digne d'une princesse mais avant de s'éloigner, il se ravisa :

— Voulez-vous me faire une promesse ?

— Laquelle ?

— Ne plus jamais retourner dans cette abominable ruelle ! Sans moi du moins !

La réalité repoussa le rêve et serra le cœur d'Elen. Se pourrait-il qu'elle pût en venir à ne plus avoir besoin de l'onguent de la Sounion ? Et si, comme elle l'espérait follement maintenant, le bel Anglais la recherchait et donc la priait d'amour, oserait-elle lui offrir un corps défloré et devenu, peut-être, incapable de retrouver l'éblouissement de la nuit de Couzières ?... Il attendait une réponse et, brusquement, la jeune fille repoussa violemment cette barrière dressée par le passé. Elle sourit à Henry :

— Je vous le promets.

Elle s'engouffra sous la voûte obscure, se retourna un instant et sentit la joie l'inonder en constatant qu'il la suivait des yeux... puis se hâta de regagner la chambre qu'elle occupait auprès de celle de Mme Chevreuse. A cette heure, celle-ci devait être chez la Reine et ce fut avec soulagement qu'elle retira sa robe lacérée et maculée de sang et la roula en boule pour la cacher au fond d'un coffre en se promettant de la jeter un jour prochain. Grâce à Dieu Marie était généreuse et sa suivante ne manquait pas de vêtements. En outre, Elen put constater que si le grand décolleté lui serait défendu pendant quelques jours à cause des bleus de sa poitrine, ses écorchures n'étaient pas profondes et s'effaceraient vite. La beauté parfaite de ses seins n'en serait pas altérée et si même une ou deux marques légères subsistaient, celui qui les découvrirait n'aurait pas de questions à poser sur leur origine...

Un moment plus tard, rafraîchie et rhabillée, elle

rejoignait Marie qui venait de rentrer pour changer elle aussi de toilette...

A cent lieues d'imaginer les états d'âme de sa suivante, la Duchesse n'avait en tête pour l'instant que le souci d'avancer auprès de la Reine les affaires du jeune Montmorency et ne manquait aucune occasion de le mettre en valeur. Ce qui à dire vrai n'était pas très difficile : le jeune homme, dont partout on vantait la valeur, possédait ce qu'il fallait pour séduire. En outre, comme la mode en venait, il protégeait un poète de valeur nommé Théophile de Viau. La vérité oblige à dire que Viau appartenait surtout à sa duchesse, la charmante Maria-Felicia Orsini, née princesse romaine, qui le cachait à Chantilly depuis que, poursuivi pour ses écrits, il avait dû s'enfuir afin d'éviter que l'on fît un feu de joie de sa personne en même temps que de ses ouvrages littéraires. Tombé amoureux de sa protectrice, il ne cessait de rimer pour celle qu'il appelait « Sylvie » des vers tendres et respectueux. Ce qui n'empêchait pas le mari de faire appel à lui pour son propre compte.

Ainsi Montmorency lui avait-il demandé d'écrire le rôle qu'il devait jouer dans l'un de ces ballets que l'on donnait au Louvre, sortes de bals costumés à thème avec entrées et prestations individuelles. Les plus grands y prenaient part à commencer par le Roi qui, sans être excellent danseur, adorait monter ces machineries imposantes où il tenait souvent le premier rôle.

Le lendemain de la rencontre entre Elen du Latz et Henry Rich, on donnait au Louvre un de ces ballets, *Les Plaisirs de Junon*, où Louis XIII incarnait Jupiter et Anne d'Autriche Junon. Or, Marie attendait beaucoup de cette fête dont elle espérait un rapprochement significatif entre la Reine et Montmorency. Pas jusqu'à en faire un amant peut-être car la vertu de l'Espagnole lui semblait solide. Tout du moins pas dans l'immédiat. Sachant les choses humaines sujettes à usure, la vertu des reines ne devait pas faire exception et l'insolente rêvait tout simplement de faire porter des cornes à Louis XIII. Ce serait pour elle la plus délectable des vengeances...

La Grande Salle, revêtue d'admirables tapisseries rehaussées d'or, était éclairée par douze cents flambeaux qui faisaient scintiller les murs et les soieries, les diamants, les parures somptueuses des assistants. La scène, adossée à l'antichambre, était étroite et mal commode d'accès mais couverte de tapis turcs dont les couleurs s'accordaient aux différents décors qui allaient s'y succéder. Au pied s'installaient les musiciens et chanteurs et dans la salle même il y avait les fauteuils surélevés destinés au couple royal, ceux plus bas des princes et des grands, enfin des banquettes où prendrait place la Cour... si elle occupait les lieux assez tôt pour ne pas être débordée par les gens de la ville. Louis XIII tenait en effet à ce que ces divertissements soient ouverts à son peuple et les invitations étaient toujours plus nombreuses que les places. D'autant qu'accouraient aussi ceux qui n'étaient pas invités et que les gardes se trouvaient vite débordés.

Le spectacle, en vérité, était pleinement réussi. Quand il voulait s'en donner la peine, le royal metteur en scène montrait infiniment de talent. Moins peut-être en tant qu'acteur mais son Jupiter de pourpre et d'or, s'il était un peu raide, ne manquait pas d'allure. La Reine, elle, rayonnait drapée d'un tissu vert et or de la nuance exacte de ses yeux, sous une coiffure de plumes, d'émeraudes et de diamants un peu extravagante mais qu'elle portait à ravir.

Mme de Chevreuse ne participait pas au spectacle : le Roi dont la rancune ne cédait pas, n'en avait pas voulu, avanie qu'elle ajoutait à ses anciens griefs mais qui ne semblait pas la troubler outre mesure. Elle s'en consolait en occupant une place proche du siège où trônait Marie de Médicis, littéralement couverte de perles et dont l'œil, pétrifiant à force d'être fixe, ne quittait pas sa belle-fille.

Marie adorait le théâtre mais si elle appréciait, en femme de goût, la magnificence des décors et des costumes, elle ne s'intéressait guère à ce qui se passait sur la scène parce qu'elle attendait quelqu'un. Autrement dit l'entrée de Montmorency. Enfin, le voilà ! Couvert de rubans et de pampres, il s'avança à pas précautionneux vers Junon-Anne d'Autriche et, le regard mourant, déclama avec âme :

Plût au Ciel qu'un jour seulement
Jupiter m'eût donné sa face
Et qu'il voulût pour un moment
Me laisser régner à sa place
Les beautés que je vois ici...

Jupiter, apparemment, en avait assez entendu et son œil à lui n'avait rien de mourant quand il le darda sur le malheureux candidat à la divinité. Il se plaça entre lui et une Junon devenue pourpre, lui montra la sortie du doigt et fit avancer un chœur de bacchantes dont les clameurs couvrirent les protestations du jeune homme condamné à jouer le reste de son rôle à l'autre bout de la scène. Marie, de son côté, s'amusait franchement de cet épisode imprévu, soutenue d'ailleurs par la Reine-mère enchantée de voir sa bru dans l'embarras et qui applaudit à tout rompre mais, le ballet terminé, elle prit son fils à part afin de lui jouer la comédie de l'indignation apitoyée où elle excellait.

— Il est évident que le jeune Montmorency a perdu

la tête. Oser une déclaration d'amour publique ! Il faut dire à sa décharge qu'il y a été amené sans vraiment s'en rendre compte...

— Je crois au contraire qu'il savait fort bien ce qu'il faisait mais sa mère est votre amie et vous avez pour lui toutes les indulgences...

— N'en croyez rien ! Je suis seulement mieux placée que vous pour observer ce qui se passe chez votre épouse. Montmorency n'aurait jamais osé cela s'il n'y avait été encouragé par une coquetterie dont notre chère Anne ne sait pas encore apprécier les effets néfastes. Elle est encore si jeune !

Indignée, Marie s'en serait volontiers mêlée mais la froideur quasi polaire de ses relations avec Louis XIII lui faisait éviter de tomber sous sa coupe. Elle se dirigea vers le fond de la salle pour rejoindre Elen qui avait pris place derrière les filles d'honneur de Marie de Médicis. Celles-ci rejoignaient leur maîtresse et Marie put voir que sa suivante restait assise sur sa banquette, le regard fixé sur un groupe de quatre hommes au milieu desquels Mme de Chevreuse reconnut son mari.

— Eh, mais que regardez-vous là ? Vous connaissez ces gentilshommes avec lesquels le duc s'entretient ?

— Non, madame, mentit la jeune fille qui avait cependant parfaitement reconnu Henry Rich.

— Il est vrai qu'ils méritent attention ! Mille tonnerres ! Deux d'entre eux sont les plus beaux hommes que j'aie jamais vus... et le troisième n'est pas si mal ! Je veux savoir !

Et, maniant son éventail avec nonchalance, Marie s'approcha de l'embrasure de la fenêtre où se tenaient ceux qui l'intriguaient.

— Que faites-vous céans à comploter dans un

coin ? fit-elle en allumant pleins feux son plus éblouissant sourire. Auquel son époux ne répondit pas. Il semblait contrarié d'une intrusion cependant naturelle quand on connaissait la curiosité de Marie.

— Nous ne complotons pas, madame. Encore qu'un minimum de discrétion s'impose mais puisque vous voilà ! Monseigneur, ajouta-t-il en se tournant vers le plus petit, le moins beau mais le plus important des trois personnages, souffrez que je présente à Votre Altesse Royale la duchesse de Chevreuse, mon épouse. Et vous, Marie, oubliez que vous avez devant vous le prince de Galles Charles Stuart qui voyage incognito et vous autorise à le saluer comme vous feriez de l'un des nôtres.

La révérence de Marie, juste un peu plus profonde qu'il n'aurait fallu, fut un chef-d'œuvre de grâce diplomatique. Elle en fut remerciée par un sourire, un baisemain plus chaleureux qu'on ne pouvait l'attendre d'un Anglais et un :

— Vous êtes un homme heureux, Chevreuse ! Je ne pense pas avoir jamais rencontré plus jolie dame ! Vous êtes... une merveille, Duchesse ! Mais je vous présente mes amis : voici George Villiers, comte de Buckingham, qui m'est presque frère tant nous sommes proches, et Henry Rich, vicomte Kensington, de la maison de Warwick, qui prétend veiller sur notre « folle jeunesse » bien qu'il ne soit pas tellement plus âgé que nous.

Ce fut celui-là qui retint l'attention de Marie dont la gorge sécha d'un seul coup. Elle éprouva en face de lui une émotion telle que jamais elle n'en avait ressenti devant un homme. Son compagnon était sans doute plus séduisant – Marie reconnaissait même n'avoir jamais vu pareille perfection chez un homme –, mais c'était l'autre qui l'attirait comme un irrésistible aimant et quand leurs yeux se rencontrèrent – on pourrait presque dire : se prirent –, il lui sembla que son être entier, sa vie étaient suspendus à ce regard. Elle sut alors que pour l'amour de cet homme elle se sentait prête aux pires folies. Il était l'incarnation de ce qu'elle cherchait sans le trouver depuis que sa gorge avait commencé à fleurir, l'Amant avec un grand A parce qu'en lui se concrétisait l'Amour. Lorsqu'il toucha sa main de ses lèvres elle ressentit un frisson si violent qu'elle s'évanouit.

Quand elle reprit connaissance, étendue sur une banquette, Elen, à genoux près d'elle, bassinait son front avec de l'eau fraîche tandis que Louise de Conti lui faisait respirer des sels. Aussitôt elle se redressa :

— Où sont-ils ? demanda-t-elle tandis que ses yeux cherchaient une haute silhouette vêtue de velours noir.

— Si vous cherchez mon frère et ses... amis, fit Louise avec bonne humeur, ils se sont éloignés en hâte, raccompagnés par Claude. Quelle idée de vous trouver mal en face d'un prince qui voyage incognito ! Une sacrée bonne manière d'attirer l'attention sur eux !... Il est vrai que ces discrets visiteurs n'ont vu dans votre malaise que le prélude à un heureux événement dont ils ont félicité votre époux... Le voilà tout fier à présent !

Marie ouvrit la bouche pour dire qu'il n'en était rien, du moins à sa connaissance, mais la referma prudemment. C'était la meilleure version possible pour la galerie. Comment expliquer sans embarras, sinon qu'elle venait de subir, à la lettre, ce coup de foudre dont elle n'avait jamais rien cru ?

Cependant, Chevreuse, fringant comme un coq, revenait vers les trois femmes en répondant aux compliments des quelques personnes témoins de l'incident :

— Eh bien, madame ? fit-il en lui prenant la main.

Vous sentez-vous mieux ? J'aurais préféré d'autres circonstances pour l'annonce d'une si bonne nouvelle mais la nature vous joue de ces surprises ! Et le prince Charles m'a chargé de vous offrir ses vœux chaleureux ! C'est vraiment quelqu'un d'admirable pour un Anglais ! Sensible, aimable ! Le roi Jacques Ier, son père... et notre cousin, a toutes raisons d'être fier de lui...

— Mais enfin, coupa sa sœur, que faisait-il ici incognito, quand il eût été si facile de venir par la grande porte avec les honneurs qui lui sont dus ?

— Parce qu'il ne souhaitait pas que la Cour sût son passage et celui de ses amis. Ils ne sont chez nous que depuis deux jours, logent à l'auberge et partent demain pour l'Espagne.

— Que vont-ils y faire ? demanda Marie non sans s'apercevoir que son époux s'assombrissait.

— Le prince Charles veut se rendre compte *de visu* de la beauté de l'infante que son père voudrait lui voir épouser. Il n'est venu ici ce soir que pour admirer le ballet au milieu de la foule et, à vous dire vrai, je ne suis pas certain de lui avoir fait grand plaisir en le reconnaissant...

Mme de Conti cependant s'indignait :

— Epouser une infante catholique comme on ne l'est pas alors qu'il est protestant ? C'est de la folie !

— Aussi j'espère sincèrement que cela ne se fera pas. Le Roi et la Reine-mère songent depuis longtemps à une alliance avec l'Angleterre, par le truchement de leur sœur et fille, la petite Henriette-Marie. Et c'est ce qui me contrarie ! Henri IV visait ce rapprochement dès la naissance de sa dernière fille et s'en était ouvert à moi étant donné nos relations familiales avec le roi Jacques. J'ai, en outre, l'assurance que notre sire Louis y songe pareillement.

— En ce cas, conclut Louise de Conti, il faut espérer qu'il ne se sera pas aperçu de leur présence.

Cette affaire de mariage n'intéressait guère Marie. En revanche elle voulait en savoir davantage sur celui qui l'avait à ce point bouleversée :

— Qui sont ses compagnons ? Ce Buckingham, ce Kensington ?

— Buckingham est le nouveau favori du roi Jacques Ier qui le couvre d'honneurs et il a su devenir l'ami intime du prince Charles. Quant à Lord Kensington, il est très lié avec les deux autres et j'avoue être étonné qu'il les accompagne en Espagne. C'est un protestant convaincu... Presque un puritain et voir une infante sur le trône d'Angleterre doit lui faire horreur.

— Peut-être n'y va-t-il que pour mettre des bâtons dans les roues ? Est-il marié ?

— Ma foi, je n'en sais rien... mais je le crois : il est le frère du comte de Warwick, donc membre de l'une des plus puissantes familles de Grande-Bretagne. Et on se marie vite à la Cour, Buckingham a déjà trois enfants.

Chacune de ces paroles tombait comme une pierre sur les illusions de la pauvre Elen qui écoutait de toutes ses oreilles. Son beau rêve n'aurait pas duré longtemps car même si ce grand seigneur avait été libre, il n'aurait jamais tendu sa main à une fille de petite noblesse, fût-elle bretonne.

Que Kensington fût marié ou non importait peu à Marie. Pour elle, les serments échangés devant un prêtre n'avaient qu'une importance relative. Ce qui l'inquiétait davantage c'était l'éventuel puritanisme de cet homme qu'elle s'était déjà juré de séduire. Auprès de lui aucun autre n'existait, même ce sublime Buckingham, et elle savait que sa vie, à elle, n'aurait plus jamais le moindre sel si elle ne parvenait pas à lui inspirer une passion au moins égale à celle qui la brûlait. Elle rencontrerait sans doute une résistance car ces gens-là passaient pour mépriser la chair et ses plaisirs mais la victoire n'en serait que plus grisante. Peut-être conviendrait-il seulement de changer sa tactique habituelle, les armes à employer contre un tel homme ne pouvaient pas être les mêmes que celles employées pour réduire un Chevreuse, et elle se félicita d'avoir, pour ce soir, choisi une robe somptueuse assurément mais modestement décolletée sans aller tout de même jusqu'à imiter Elen qui, elle, était, Dieu sait pourquoi, revenue à la fraise. Simple hypocrisie à l'usage du Roi dont Marie veillait soigneusement à ne pas exciter la colère toujours latente. Aussi avait-elle adopté depuis quelque temps un comportement sage et digne – dont son époux émerveillé s'attribuait le mérite ! –, réservant les éclats de sa gaieté pour les instants où elle était seule avec Anne d'Autriche ou en compagnie de Louise de Conti et d'Antoinette du Vernet. Il ne s'agissait pas de donner à Sa Sévère Majesté le moindre prétexte à lui faire quitter la Cour. Quant à Kensington, si elle réussissait à ne pas l'effaroucher, elle était persuadée d'être assez forte pour l'amener à ses pieds. Le regard plein d'admiration dont il l'avait enveloppée tout à l'heure et qui ne l'avait plus quittée était lourd d'enseignement...

Elen aussi avait saisi ce regard alors qu'il n'avait pas eu l'air de la voir. Elle en ressentit une peine amère mais s'efforça de se réconforter en se disant que Henry était trop gentilhomme pour la reconnaître publiquement, ce qui eût provoqué des explications gênantes pour elle. Peut-être finalement était-il venu au Louvre caché dans la foule avec ses compagnons afin de vérifier si elle lui avait dit la vérité sans imaginer une seconde qu'il allait être reconnu et obligé à lever l'incognito. Il lui avait dit qu'il partait le lendemain pour l'Espagne et c'était vrai. Alors peut-être suffisait-il de se montrer patiente et d'attendre la suite qu'il pensait donner à leurs relations. Même s'il ne pouvait plus être question de mariage, l'amour demeurait possible ! Quant à ce regard, après tout il ne tirait pas à conséquence : presque tous les hommes en posaient un semblable sur la Duchesse la première fois qu'ils la voyaient et si le beau Henry était puritain, il ne pouvait que fuir une femme pourvue d'une si désastreuse réputation. Cela empêcha néanmoins Elen de trouver le sommeil.

Marie ne dormit pas davantage sans se douter un instant de ce qui se passait chez la Reine. L'imprudence de Montmorency était en train de prendre les dimensions d'une affaire d'Etat. Au lieu de se rendre chez sa femme, Louis XIII était allé déverser sa bile chez sa mère. Celle-ci, trop heureuse de la tournure prise par l'événement, feignit de prendre la défense de sa belle-fille, sachant bien que c'était le meilleur moyen d'attiser la fureur du Roi. Anne était jeune, un peu inconséquente, néanmoins sans malice. Elle aimait jouer avec le feu, mais comment imputer un crime à une jeune et jolie femme ? La sagesse viendrait avec l'âge, etc. Le résultat fut que Louis pria la Florentine d'aller sermonner son épouse. Ce que celle-ci fit d'autant plus volontiers qu'elle adorait mettre l'Espagnole dans son tort. Or la Reine refusa la mercuriale avec hauteur. Marie de Médicis retourna se plaindre à son fils qui, cette fois, exigea de la coupable qu'elle présente des excuses à sa belle-mère. Autrement dit personne ne dormit beaucoup au Louvre cette nuit-là...

Quand au matin Mme de Chevreuse se présenta au petit lever de la Reine, elle lui trouva mauvaise mine et les yeux gonflés tandis que Dona Estefania, visiblement d'une humeur de dogue, l'aidait à enfiler sa chemise de batiste brodée d'or et ses bas de soie rouge et blanc. Autour d'elles, les dames gardaient un silence prudent. En apercevant son amie Anne se mit à pleurer, ce qui déclencha un flot de paroles en espagnol chez la duègne mais elle ne fit pas signe à Marie de s'approcher. Du coup celle-ci rejoignit Mme de Lannoy, la dame d'honneur occupée à examiner avec Mme Bertaut, femme de chambre, le contenu d'un coffre à robes, sans doute pour se donner une contenance parce que cela ne relevait absolument pas de ses fonctions.

— Que s'est-il donc passé ? chuchota-t-elle.

De mœurs austères, Mme de Lannoy ne raffolait pas de Marie mais elle reconnaissait qu'en sa présence, on s'ennuyait un peu moins. Elle leva les yeux au plafond :

— Un vrai drame. Avez-vous vu un gentilhomme quelconque traversant l'antichambre ?

— Non. Pourquoi ?

— Le Roi a interdit qu'aucun homme soit admis chez la Reine hors de sa présence. Sauf les ecclésiastiques, bien sûr !

— Doux Jésus ! Allons-nous de ce fait vivre au Louvre comme à l'Escurial ?

— Il y paraît !

— C'est à cause de M. de Mont...

— Chut ! Il y a des noms qu'il vaut mieux ne pas prononcer en ce moment. Ce que je sais est que le Duc doit être en route pour son château de Chantilly.

— Cela fera au moins plaisir à sa femme, mais un tel drame pour si peu de chose ! Il n'y avait pas de quoi fouetter un chat !

La voix grondeuse de « Stefanille » réclamant, avec son furieux accent espagnol, du silence au nom de la Reine souffrant de la tête, mit fit à l'entretien. Le ballet des femmes de chambre reprit dans une atmosphère digne d'un couvent troublé parfois – oh, à peine ! – par un soupir. Etant donné les nouveaux ordres, il n'y eut pas de grandes entrées ce matin-là et quand la toilette fut achevée, on fut tout droit entendre la messe, après quoi Anne d'Autriche déjeuna seule, son époux étant parti tôt le matin chasser à Saint-Germain. Pas une seule fois elle n'avait adressé la parole à Marie – aux autres non plus d'ailleurs – et celle-ci, n'ayant plus de charge officielle, choisit d'écourter sa visite. Elle savait bien que l'humeur sombre de la Reine ne durerait que jusqu'au moment où elle remarquerait l'absence de son amie et en sentirait le manque. On allait sans doute prier beaucoup dans les heures à venir et Marie, peu portée sur la religion, n'avait pas la moindre envie d'y prendre part. Elle s'éclipsa discrètement suivie des yeux par l'escadron envieux des filles d'honneur qui osaient à peine respirer...

Pour essayer d'en apprendre davantage sur les événements de la nuit, elle descendit chez la Reine-mère mais n'y trouva que sa dame d'honneur, Mme de Guercheville : Sa Majesté était allée visiter le chantier du palais qu'elle se faisait construire sur la rive gauche de la Seine en compagnie de son chancelier, autrement dit le tout nouveau cardinal de Richelieu. La présence de ce personnage en qui elle devinait une force contraire n'enchantait pas Marie, mais Mme de Guercheville ayant ajouté que Sa Majesté était d'une humeur charmante, elle décida d'aller la rejoindre, rentra à l'hôtel de Chevreuse par les jardins, commanda son carrosse, laissa Elen assise au coin du feu rêver sur une broderie qui n'avait guère avancé depuis la veille, demanda Malleville, ne le trouva pas – il s'absentait souvent ces temps-ci et elle se promit de lui en toucher un mot dès qu'elle pourrait mettre la main sur lui ! –, et finalement partit pour s'en aller visiter ce qui promettait d'être la plus belle résidence de Paris [1].

Il y avait déjà un moment qu'elle était en construction.

Lorsqu'elle s'était retrouvée veuve en 1610, Marie de Médicis s'était préoccupée de se procurer un logement à elle, plus commode que le vieux Louvre dont elle s'était arrangée tant bien que mal, et surtout plus champêtre et mieux aéré. Son choix s'était porté sur la propriété du duc de Luxembourg rue du Vaux-Girard, qu'elle convainquit assez aisément le Duc de lui vendre. Cet hôtel était pourvu d'un joli jardin mais celui-ci, comme d'ailleurs le bâtiment, lui paraissant insuffisant, elle se mit en devoir d'agrandir son pré carré en achetant toutes les terres qu'elle put trouver autour, après quoi elle envoya un courrier à la grande-duchesse de Toscane, sa tante, pour la prier de lui faire relever les plans du cher palais Pitti, à Florence, où elle avait passé son enfance. Ceux-ci furent remis à l'architecte en vogue du moment, le grand Salomon de Brosse, petit-neveu d'Androuet du Cerceau que la Reine-mère avait déjà employé pour son château de Montceaux en Brie et qui achevait le château de Coulommiers tout en exécutant les plans du parlement de Bretagne à Rennes.

Salomon de Brosse sut adapter le modèle proposé aux traditions purement françaises et, le 2 avril 1615, Marie de Médicis posait glorieusement la première pierre accompagnée de trois médailles d'or et de trois médailles d'argent tandis que pour mieux surveiller les travaux l'architecte s'installait avec son fils Paul dans l'ancien hôtel ducal, déjà rebaptisé Petit-Luxembourg [2].

1. C'est le palais du Luxembourg, siège actuel du Sénat.
2. Résidence actuelle du président du Sénat.

Malheureusement la construction eut à pâtir des démêlés entre la Reine-mère et Louis XIII et, durant leurs « guerres », les travaux furent complètement arrêtés trois ans. A présent la propriétaire entendait les mener tambour battant afin que son beau palais fût le symbole de sa « gloire » retrouvée et d'une puissance qu'elle espérait reconquérir entièrement sur son fils.

Mme de Chevreuse n'y était pas venue depuis que, jeune fille, elle accompagnait la Reine-mère quand elle venait au Petit-Luxembourg avec ses enfants pour leur montrer les animaux de la ferme qu'elle y avait installés – poules, lapins, canards, chiens, ânes, etc. – et leur permettre de courir dans le jardin. Lorsque son carrosse arriva en haut de la rue de Tournon, elle fut impressionnée par l'importance et l'élégance du bâtiment : le grand corps de logis était achevé et couvert mais toutes les fenêtres n'étaient pas posées. Dans la cour, deux hommes discutaient avec une animation frisant la dispute. Elle reconnut Florent d'Argouges, le trésorier de la Reine-mère, et Salomon de Brosse. Un peu à l'écart, sur les marches du perron, M. de Richelieu les observait, un demi-sourire à ses lèvres minces, mais ce fut lui qui vint accueillir Marie à sa descente de voiture.

— Madame la duchesse de Chevreuse ? Quelle aimable surprise ! Sa Majesté sera enchantée... autant que je le suis moi-même !

— Votre Eminence est bien bonne ! murmura Marie qui dut faire un rapide effort pour se souvenir que le titulaire de « l'évêché-crotté » de Luçon était à présent un prince de l'Eglise et que c'était à elle de baiser l'anneau orné d'un rubis qu'il portait sur son gant. Je ne pensais pas lui faire un tel plaisir !

— On peut être prêtre et sensible à la présence de la plus belle dame de la Cour. La Reine-mère est dans la Grande Galerie avec M. Rubens... mais laissez-moi vous guider ! Il y a encore des passages difficiles.

Le ton était aimable, la courtoisie entière ; pourtant Marie ne put s'empêcher de penser qu'une curiosité se cachait derrière et que le Cardinal espérait certainement saisir quelques bribes de la conversation entre deux femmes dont l'une, surtout, avait le verbe haut. Néanmoins ce que Marie voulait savoir ne relevait pas du secret d'Etat.

Guidée par lui, elle monta à l'étage où s'affairaient plusieurs corps de métier, traversa une imposante pièce carrée enrichie d'une magnifique cheminée de marbre blanc et d'or destinée à devenir la chambre de la maîtresse des lieux et déboucha dans la longue galerie de l'Ouest dont une pièce était encore inachevée. La Reine-mère s'y trouvait en compagnie du peintre flamand dont Richelieu avait mentionné le nom d'une façon naturelle parce que sa célébrité était acquise. Proche de la cinquantaine, c'était un homme de belle mine et de taille imposante avec un visage plein et coloré, vêtu avec une richesse en rapport avec son renom. Il était occupé à présenter à Marie de Médicis, assise dans un fauteuil d'ébène qui avait peine à contenir sa vaste personne augmentée du vertugadin et des amples jupes, trois tableaux plus hauts que larges, posés sur des toiles à même le sol du précieux parquet. La Reine-mère, son menton grassouillet appuyé sur sa main, les examinait avec attention.

Il s'agissait de peintures appartenant à une série de vingt-quatre destinées à décorer cette même galerie et dont le sujet unique était la vie de Marie de Médicis. Somptueusement vêtue ou un rien dénudée – une épaule et un sein, pas plus ! –, elle y figurait au milieu d'allégories dodues voire débordantes et d'angelots copieusement nourris, mais les couleurs d'une extraordinaire fraîcheur en étaient admirables.

— Celui-ci, disait l'artiste avec un solide accent flamand, représente...

— Mon couronnement ! C'est aisé à voir. Et celui-là ?

— Régence et gouvernement de la Reine.

— A merveille... mais cet autre ?

— Comme Votre Majesté peut le voir, il s'agit de l'apothéose du roi Henri IV, son auguste époux...

Elle fronça le nez et avança sa lèvre inférieure :

— Vous pourriez peut-être le réunir au précédent ? Après tout, et puisque j'ai commandé une série pour le Roi destinée à la galerie de l'Est, cela risque de faire double emploi... Quand pensez-vous avoir terminé ?

Rubens s'apprêtait à défendre son point de vue mais dut y renoncer pour faire face à la nouvelle exigence qu'il sentait poindre.

— Madame, madame ! Votre Majesté doit songer que le travail est énorme et que dans mon atelier d'Anvers où j'ai cependant trente assistants et élèves...

— Ventre Saint-Gris, comme disait feu le roi Henri. Pourquoi donc faire un tel chemin ? Venez travailler ici avec le monde qu'il vous faudra ! Ce n'est pas la place qui manque ! Vos ouvrages sont magnifiques et me plaisent mais comme vous pouvez le constater les travaux de ce palais avancent vite et je veux pouvoir m'installer dans une demeure achevée à tous égards. Je vous donne... six mois !

— Six mois ? Miséricorde !

— Ne l'implorez pas en vain, monsieur Rubens ! coupa le cardinal de Richelieu. Songez que cette œuvre magnifique portera votre réputation au pinacle... et que vous avez tout intérêt à satisfaire Sa Majesté ! Vous devriez suivre son conseil et travailler ici. Puis se tournant vers Marie de Médicis : J'ai l'immense plaisir d'amener Mme la duchesse de Chevreuse à Votre Majesté !

La Reine-mère s'extirpa de son fauteuil et ouvrit les bras :

— Ah, Maria !... Comme c'est gentil... mais aussi imprudent ! En fait, je suis très fâchée !

— Je cherche en vain en quoi j'ai eu le malheur de déplaire à la Reine ? marmotta celle-ci du fond de sa révérence. Je venais seulement m'inquiéter de sa santé pour l'avoir trouvée pâle hier au soir !

— Si j'étais pâle, c'est de colère ! Qu'est-ce qu'il te prend de pousser ce jeune fat de Montmorency dans les affections de ma bru ?

— Moi ?... Je ne pousse personne, madame ! Si Montmorency est amoureux de Madame Anne je n'y suis pour rien.

— Cela vaudrait mieux pour toi. Tu n'es déjà pas si bien avec le Roi mon fils et tu devrais veiller davantage sur elle. Jeune et inconséquente comme elle est, elle a besoin de conseils avisés... surtout si elle éprouvait quelque sentiment pour le Duc... Il faudrait qu'elle apprenne à se faire violence... à dissimuler faute de pouvoir éteindre la flamme de ce fol. D'autant que les hommes séduisants sont de plus en plus nombreux à la Cour, tu ne trouves pas ?

— Mon Dieu... Non ! émit la jeune femme, fermement décidée à jouer les idiotes si besoin était.

— Vraiment ? Alors apprends-moi donc qui sont ces splendides gentilshommes avec lesquels toi et ton époux vous entreteniez hier au Louvre après le ballet ? Je ne crois pas en avoir jamais vu d'aussi beaux ! Tu devrais me les présenter...

— Eux ?... Ah !... Des voyageurs anglais que mon seigneur Claude a déjà rencontrés à Londres et qui, passant par Paris, sont venus applaudir le spectacle...

— A merveille... mais ils ont certainement un nom ?

— J'ai du mal à me rappeler ces noms anglais. Il me semble que l'un s'appelait...

— Mylord Buckingham et Mylord Kensington, intervint Richelieu. Quant au troisième, je ne pense pas me tromper en avançant qu'il s'agissait du prince de Galles...

— Puisque Votre Eminence a l'air de tout savoir, riposta Marie, furieuse, elle devrait savoir qu'ils sont venus incognito.

— Incognito ! s'écria la Reine-mère, déjà en selle sur ses grands chevaux. Et pourquoi incognito ?

— Parce qu'ils ne font que traverser la France en route pour Madrid. Le Prince a eu l'idée tellement romantique de voir de près l'Infante qu'il espère l'épouser. L'ambassadeur espagnol à Londres a dû lui en faire un portrait idyllique...

— Ridicule ! hurla Marie de Médicis, hors d'elle. Feu mon époux souhaitait l'alliance anglaise pour notre fille Henriette-Marie ! A quoi songe le roi Jacques ?

— D'après les rapports que j'en ai, je le crois sincèrement désolé, malheureusement il vieillit. Il est entièrement sous la coupe de Mylord Buckingham, son favori affiché, et du prince Charles qui en a fait son meilleur ami.

— Où allons-nous si les souverains se laissent mener par de vulgaires favoris, déclara dignement la Reine-mère, ce qui fit sourire Marie : la chère femme avait décidément effacé de son souvenir les Concini, mari et femme.

— Ce sont des choses qui arrivent, fit Richelieu, philosophe, mais peut-être serait-il bon, pendant leur absence, de contrebalancer l'influence de Gondemar, l'ambassadeur d'Espagne, en envoyant à Londres une sorte d'ambassadeur extraordinaire doublé d'un... parent du Roi ? Dans ce rôle Monseigneur le duc de

Chevreuse pourrait réussir à merveille. Le roi Jacques a de l'amitié pour lui...

— Eh bien, proposez cela à mon fils !

Richelieu baissa les paupières et frotta ses longues mains l'une contre l'autre d'un air gêné :

— Sa Majesté ne m'a pas encore rappelé au Conseil mais l'avis d'une mère tendrement aimée...

Marie décida qu'il était temps d'intervenir :

— Si le prince Charles est amoureux de l'Infante et s'il gagne le cœur de celle-ci, toutes vos manigances seront inutiles !

— Fais attention à ce que tu dis, Maria ! Une reine ne manigance pas !

— Précautions serait plus juste, émit doucement le Cardinal. Le Prince et son ami sont deux jeunes fous et l'on n'aime guère les fous à Madrid. Moins encore si le duc d'Olivares, le tout-puissant ministre du roi Philippe IV, recevait un écho discret sur la présence en Espagne de ces deux trublions.

— Ces trois ! corrigea Marie. Son Eminence oublie...

— Le vicomte Kensington ? Pas le moins du monde, mais ce huguenot convaincu est hostile au mariage espagnol et je serais fort étonné que le prince le tolère jusqu'en Castille !

Marie de Médicis retrouva aussitôt sa bonne humeur :

— Le Roi, décidément, n'a pas de meilleur serviteur que vous, mon ami ! Il faudra qu'un jour il en prenne conscience ! Je lui parlerai de votre idée au sujet de Chevreuse...

Ainsi approuvé, Richelieu prit une mine modeste qui ne trompa pas Marie. Elle venait de mesurer à quel point un homme aussi renseigné pouvait devenir un redoutable adversaire... à moins que, devenu un ami, elle ne réussît à s'en faire un instrument. Qu'il la trouvât belle ne faisait aucun doute. Elle était trop habituée aux regards des hommes pour se tromper sur leur expression. Qu'il soit prêt à la servir était plus problématique. Elle sentait en lui une force redoutable en dépit de l'humilité qu'il affectait devant sa bienfaitrice, la Reine-mère. Il y avait là-dessous un immense orgueil et un appétit de puissance qui ne se contenteraient pas de demi-mesures. Comme par exemple remettre le pouvoir à la Florentine en ne conservant que les apparences. Et s'il y parvenait resterait à savoir quel camp il se choisirait. A tout hasard et puisque cela ne tirait pas à conséquence, elle opta pour le sourire. Quant à son idée d'expédier Claude en Angleterre, elle n'était pas si bête au bout du compte ! Marie, pour sa part, ne pouvait qu'approuver un resserrement des liens avec le pays de ce Kensington dont elle ne pouvait s'empêcher de rêver un peu trop souvent.

— Je suis certaine, dit-elle en caressant Richelieu du regard, que mon seigneur époux serait enchanté de se mettre au service d'une aussi noble cause qu'un mariage entre le prince de Galles et Madame Henriette-Marie.

— Certes, certes ! approuva distraitement la Reine-mère. Et dites-moi encore, mon ami, si vous avez remarqué l'attention avec laquelle l'un de ces hommes regardait ma bru ?

— En effet, madame, c'était Mylord Buckingham, répondit le prélat d'une voix brève. Grâce à Dieu, Sa Majesté n'en a rien vu. La colère du Roi retenait son attention.

— Pourquoi grâce à Dieu ? intervint Marie.

— Ce qu'on y pouvait lire manquait par trop de respect ! Surtout s'adressant à la reine de France !

— Ah, vous croyez ? Et toi, Maria, tu as remarqué la même chose ?

La Duchesse haussa les épaules :

— Seulement qu'il est extraordinairement beau. J'étais toute à la surprise de rencontrer au Louvre le prince héritier d'Angleterre et je n'ai guère vu que lui !

— Cela ne te ressemble pas ! Tu retournes au Louvre ?

C'était une façon comme une autre de faire entendre à la jeune femme qu'on l'avait assez vue et Marie ne s'y trompa pas :

— Ma foi non ! Je rentre chez moi où l'on fait également des travaux d'importance. Et puis la reine Anne est lugubre aujourd'hui. C'est Dona Estefania qui mène le branle et l'on s'occupe à prier !

Le visage olympien déjà envahi de graisse s'épanouit comme une salade sous l'arrosoir :

— Vraiment ?... Puis reprenant aussitôt son masque réprobateur : Ce serait une bonne raison pour te joindre à elle. La Reine est très pieuse et toi tu ne pries pas assez ! Bonsoir !

— Je raccompagne Madame la Duchesse à son carrosse ! proposa Richelieu avec empressement.

Ce qui lui valut un regard glacé :

— Oh, que non ! Nous avons à parler !

On échangea les saluts rituels et Marie, guidée par un valet en livrée bleu et blanc, rejoignit sa voiture, satisfaite au fond de ce qu'elle venait d'apprendre.

L'attelage descendait la rue de Tournon quand, soudain, Marie se pencha pour ordonner à Peran de s'arrêter de façon à barrer le passage à deux gentilshommes qui s'apprêtaient à traverser pour se rendre sans doute dans un cabaret de renom situé en face : l'un était Gabriel et l'autre un mousquetaire. Elle interpella le premier :

— Mais quel heureux hasard de vous rencontrer, monsieur de Malleville ! persifla-t-elle. Il y a des siècles que je n'ai eu ce plaisir. Il me semblait pourtant me rappeler que vous étiez mon écuyer ces temps derniers !

Elle s'adressait en principe à Gabriel mais regardait son compagnon dont les traits fins, la tournure élégante, les yeux vifs et le pli ironique de la bouche annonçaient un homme d'esprit. En outre il la fixait avec admiration. Gabriel, cependant, répondait :

— Avec la permission de Madame la Duchesse, j'irai ce soir même lui rendre mes devoirs et implorer son pardon...

— Ah, voilà qui est réconfortant ! En attendant présentez-moi donc ce gentilhomme !

Le ton était moqueur mais le sourire charmant et Gabriel ne s'y trompa pas. C'était toujours comme ça quand Mme de Chevreuse rencontrait quelqu'un qui lui plaisait. Il étouffa un soupir résigné :

— Avec le plus grand plaisir ! J'ai l'honneur de présenter à Madame la Duchesse le baron Henri d'Aramits...

CHAPITRE V

LES AMBASSADEURS

L'entrevue entre Marie et son écuyer, qui eut lieu ce soir-là, fut plus pénible à la jeune femme qu'elle ne s'y attendait. En entendant Gabriel lui dire qu'il souhaitait quitter son service pour entrer aux Mousquetaires du Roi, elle eut l'impression qu'on lui volait quelque chose et réagit en conséquence :

— Mille tonnerres, Malleville ! Quelle mouche vous pique ? Mon service vous déplaît-il à ce point qu'il vous faille en chercher un autre ?

— Me déplaire ? Oh, non ! C'est un bonheur que servir Madame la Duchesse ! Ou plutôt c'en serait toujours un si je me sentais utile. Ce qui n'est plus le cas depuis le plus heureux des mariages. Monseigneur le Duc, en tant que prince lorrain, peut mettre à la disposition de son épouse toutes les épées dont elle pourrait avoir besoin...

— N'en était-il pas de même lorsque j'étais mariée au Connétable ?

— Non. D'abord, quand je suis entré ici, feu Monsieur le Duc n'avait pas encore reçu l'épée aux fleurs de lys...

— Qu'il n'a pas portée longtemps, je sais !

— Ensuite, continua Gabriel, imperturbable, la situation pouvait devenir dangereuse d'un moment à l'autre à cause de ses nombreux ennemis et il était important que Madame la Duchesse soit protégée. Ce qui n'est plus le cas maintenant : Madame a repris sa place auprès de la Reine, Monseigneur le Duc est si avant dans l'amitié du Roi qu'on pourrait presque voir en lui son bras droit...

— Une excellente raison de demeurer où vous êtes puisque, si je vous ai bien compris, vous voulez servir notre souverain !

Malleville retint un soupir mais s'accorda une grimace. Marie faisait semblant de ne pas comprendre et il n'aimait pas cela. Il allait donc falloir lui mettre les points sur les i.

— En effet mais pas en restant céans ou à Chevreuse ou à Lésigny au milieu des femmes et des serviteurs. Mon épée s'y rouille...

— Dans ce cas donnez-lui de l'air en pourchassant mes ennemis ! Un bon duel de temps en temps vous désennuierait...

— C'est la vie d'un spadassin que vous m'offrez et ce n'est pas servir le Roi !

— Le Roi, le Roi ! Vous n'avez que ce mot à la bouche ?

— Peut-être parce que je l'ai vu à l'œuvre durant la dernière campagne. Toujours sur la brèche en dépit parfois des pires conditions, d'une santé qui n'est pas des meilleures et de sa jeunesse. Je ne sais encore s'il sera un grand souverain mais c'est un chef qu'il y a honneur à suivre. Je désire moi aussi faire mes preuves comme le faisaient mes ancêtres. Vivre en homme et non en chien de manchon !

— Passez chez mon époux, alors ! Lui aussi est un homme de guerre.

— Mais, prince étranger, il peut choisir ses causes... et il lui arrive de changer d'avis, si j'ai bonne mémoire.

— Faites attention à ce que vous dites ! Il a donné trop de preuves de sa fidélité au royaume pour qu'il risque un jour de changer !

L'entrée d'Elen portant avec précaution une buire à parfums en verre de Venise apporta une diversion. Mme de Chevreuse se retourna vers elle :

— Tu entends cela ? Il veut quitter mon service pour celui du Roi afin de guerroyer tout à son aise ! Il veut devenir un pion parmi cent autres en endossant la casaque des Mousquetaires ! N'est-ce pas incroyable ?

Mlle du Latz enveloppa le coupable de son beau regard sombre pour cette fois dépourvu d'animosité :

— Non et peut-être l'imiterais-je si j'étais un homme !

— En vérité, je ne vois pas pourquoi je te demande ce que tu en penses. Tu l'as toujours détesté et son départ doit t'enchanter.

— Oui, mais seulement parce que j'en conçois plus d'estime pour lui...

— Ce qui veut dire que vous n'en aviez guère ? ronchonna Gabriel. Merci beaucoup !

Elle alla poser un des flacons près de la Duchesse, le déboucha pour qu'elle pût en respirer l'odeur.

— J'ai toujours estimé qu'une épée n'avait rien à faire parmi les épingles de chignon et les aiguilles à broder. Surtout dans un hôtel parisien ! Laissez-le partir, madame ! Il vous en sera reconnaissant... du moins je le suppose et si d'aventure vous aviez besoin de son bras, j'ai le sentiment qu'il ne se ferait pas attendre...

— C'est aimable à vous de vous faire mon interprète mais je suis assez grand garçon pour m'en charger moi-même... Bien sûr j'accourrais...

— ... Sauf si vous étiez en campagne à l'autre bout

de la France ! s'écria Marie. On ne peut pas servir deux maîtres à la fois. Si vous choisissez le Roi...

— Madame, madame ! coupa Malleville, prenez garde que vos paroles ne dépassent votre pensée ! Je croyais qu'un brillant retour en grâce vous rangeait à nouveau parmi les fidèles sujettes de Sa Majesté ?

Les poings serrés et les yeux pleins d'éclairs, Marie fit face au gentilhomme :

— Moi ? Sa fidèle sujette après ce qu'il m'a fait ? Ecoutez-moi bien, Malleville ! Si vous choisissez ce camp-là, je ne vous connais plus !

Une colère folle l'envahissait qui lui faisait perdre toute prudence. Elen s'en effraya et voulut dire quelque chose, mais la Duchesse la fit taire d'un geste de la main :

— J'avais mis ma confiance en vous et je m'aperçois que j'avais affaire à un traître !

Gabriel devint blême et serra les dents :

— Jamais je ne vous ai trahie et j'ai conscience d'avoir accompli les missions dont j'étais chargé en ne voyant que votre intérêt... et parce que ce faisant je ne manquais en rien au serment que mon père m'a fait prêter avant que je ne quitte notre manoir : celui de ne jamais tirer l'épée pour une cause contraire aux intérêts du royaume donc à celui du Roi. En servant Monsieur le Connétable qui était l'ami de notre sire je ne reniais pas ma parole. Ni en vous servant...

— J'étais en disgrâce pourtant !

— Certes et il était de mon devoir de vous aider à trouver les moyens de vous en sortir même s'il s'agissait de forcer quelque peu la main de Sa Majesté mais, dès l'instant, Madame la Duchesse de Chevreuse, où vous vous déclarez son ennemie, où vous vous considérez dans un camp hostile, cela je ne peux l'accepter !

— Et qui vous demande d'accepter quand vous

n'avez qu'à obéir ? hurla Marie. Vous êtes à mon service...

— ... jusqu'aux limites de l'honneur, madame ! Et je ne suis pas un valet ! La colère vous égare, et je ne crois pas que Monseigneur le Duc...

— Ah, ah ! On parle de moi ici !

Et Chevreuse, aimable et souriant comme à son habitude, pénétra de plain-pied dans le débat sans pour autant calmer son épouse, qui le prit aussitôt à partie :

— Je vous fais juge, mon ami ! Voici M. de Malleville qui prétend quitter mon service pour entrer aux Mousquetaires de M. de Tréville... Faites-moi la grâce de lui dire ce que vous en pensez puisque, tout justement, il vous invoquait...

Claude prit la main de sa femme, la baisa et la garda dans la sienne pour la tapoter sur le mode apaisant :

— Là, là, ma chère ! Ne montez pas sur vos grands chevaux. Je suis au fait de la question. Bassompierre aussi, d'ailleurs : c'est lui qui a demandé pour Malleville l'entrée chez Tréville...

— Sans m'en parler ? Si je comprends bien, c'est un complot !

— Absolument pas ! Bassompierre sait évaluer un homme et il a été frappé par les qualités de celui-ci quand il est venu devant Royan. Nous en avons parlé ensemble. N'importe, ajouta-t-il d'un ton plus sérieux, il appartenait à la maison de votre défunt mari et, sauf à rejoindre à Luynes le jeune duc votre fils, il vaut mieux qu'il aille chez le Roi. C'est à mon sens le plus convenable !

— Convenable ? s'insurgea Marie. Ne suis-je plus maîtresse de ma propre maison ?

— Vous êtes duchesse de Chevreuse à présent et il est préférable pour tous que l'on oublie Mme de Luynes... Félicitations, Malleville !

— Merci, Monseigneur.

Sauf pour les dernières paroles, le ton de Claude s'était fait sévère. C'était tellement inhabituel chez lui que Marie ne trouva rien à répondre. En même temps, elle comprenait que son époux souhaitait effacer peut-être les traces d'un passé contestable... Et cela lui donna à réfléchir. Se pourrait-il que, sa passion assouvie, il en soit déjà à regretter leur mariage ? Un mariage auquel Gabriel avait largement participé. Ce qui expliquerait qu'il n'ait plus envie de voir autour d'elle ce rappel vivant de ses hésitations et de sa déconfiture...

— C'est bon, dit-elle. Allez, monsieur de Malleville, je ne vous retiens plus ! D'ailleurs, je ne suis pas certaine d'en avoir encore envie !

C'était une vengeance assez mesquine mais elle lui permit de retenir les larmes qu'elle sentait monter. Elle était tellement habituée à s'appuyer sur Gabriel que sa défection la touchait comme un abandon parce qu'elle le croyait plus solidement attaché à elle. Habituée à asservir les hommes, elle découvrait qu'ils pouvaient s'unir contre elle et lui opposer une barrière qu'elle ne pouvait franchir. Et cette barrière, c'était encore au nom du Roi qu'on la dressait devant elle ! Sa rancune y puisa un surcroît d'aliment...

Il était tard pourtant mais Gabriel mit un point d'honneur à vider les lieux sur-le-champ. La façon dont s'était déroulé le dernier entretien ne lui laissait pas le choix. Il grimpa donc chez lui pour opérer son déménagement qui ne prit guère de temps et remit à un moment plus adapté de consoler Pons, désespéré de devoir abandonner un logis commode et des cuisines qui, en dépit de ses critiques, lui donnaient le plus souvent satisfaction.

— Et où allons-nous comme ça, mon maître ? pleurnicha-t-il.

— Tu le verras bien ! Et cesse de gémir ! Tu montes en grade.

— Ah oui ?

— C'est évident ! Tu servais l'écuyer d'une grande dame et maintenant tu deviens le valet d'un mousquetaire du Roi ! Un corps d'élite commis à la garde de sa personne !

— Il y a les gardes du corps pour ce faire !

— Oui, mais ceux-ci veillent sur lui dans ses palais. Nous autres allons le suivre partout où il l'ordonnera.

— Partout ? Ce qui veut dire à la guerre ?

— Naturellement ! Fini de mener une vie de paresseux ! Nous sommes des hommes, que diable !

Pons hésita un instant avant d'émette un « oui » peu convaincu mais qui fit rire son maître :

— Cela nous fera du bien à tous les deux ! A toi en particulier : tu commences à prendre du ventre !

Quelques soupirs encore et l'on descendit dans la cour pour se rendre aux écuries prendre le cheval qui était le bien propre de Malleville même s'il pouvait emprunter les autres quand il le voulait.

Il le chargea de ses peu encombrantes richesses puis, le prenant par la bride, entreprit de traverser la cour d'où l'approche de la nuit chassait les tailleurs de pierre et les sculpteurs chargés de rénover l'hôtel. Cette entreprise coûtait une fortune mais il était de plus en plus évident que Chevreuse voulait effacer jusqu'au souvenir de feu Luynes !

On s'apprêtait à franchir le portail quand une ombre s'en détacha :

— Un mot, s'il vous plaît, chevalier !

— Mademoiselle du Latz ? fit l'interpellé en se découvrant. Vous avez quelque chose à me dire ?

— Oui. Où allez-vous loger désormais ?

— Cela vous intéresse ?

— Personnellement non mais pour le service de Madame, je préfère le savoir.

— Je ne suis plus au service de Madame...

— Sans doute, cependant je refuse de croire que vous lui refuseriez une aide si le besoin s'en faisait sentir.

— Ai-je dit quelque chose de semblable ? Naturellement elle pourrait compter sur moi... sauf si elle se mettait en tête de s'en prendre au Roi... et quelque chose me dit que cela pourrait venir, que vous le savez et que, c'est vous, alors, qui pourriez avoir besoin de secours.

— Donnez-moi tout de même votre adresse...

— Dans l'immédiat l'auberge La Vigne en Fleur des Nonnains-d'Yerres près l'hôtel de Sens. J'espère par la suite trouver un logis aux alentours de l'hôtel de Tréville. Et maintenant si vous le permettez, je vous tire ma révérence. Si nous arrivons trop tard, Pons et moi, nous risquons de ne plus trouver à souper. Alors je vous baise les mains, mademoiselle du Latz. Veillez sur votre maîtresse. Quoi que vous pensiez, je l'aime bien... mais je crois sincèrement que je ne lui suis plus utile. Et je m'ennuyais vraiment !

L'inquiétude de Gabriel concernant le repas du soir était sans fondement. Enchantée de voir son amant venir s'installer chez elle, la belle Eglantine eût tué le veau gras s'il l'avait fallu. Ce qui n'était pas le cas. Elle lui offrit le meilleur de sa cuisine et de sa cave sans compter sa chambre où il eut droit à un festival de mignardises et autres échauffements bien propres à lui faire oublier sa triste condition de sans domicile fixe. Elle s'était toujours méfiée de la « Chevreuse » qu'elle jugeait beaucoup trop séduisante pour la paix de son cœur aimant. Ce soir qui amenait son « chevalier » sous son toit était le plus beau de sa vie et, farouchement décidée à le garder, elle lui offrit dès le lendemain une chambre personnelle pour lui et son valet. Et si celui-ci consentait à donner de temps en temps un coup de main, l'arrangement financier entre eux pourrait être aussi satisfaisant pour la bourse de Malleville que pour sa dignité. Pons, lui, se déclara enchanté : il avait eu un bon souper, même si cette première nuit, il avait dû la passer couché sur une couverture devant la pierre de l'âtre, et son séjour à l'hôtel de Chevreuse lui avait donné le goût du confort.

Les choses ainsi réglées, Gabriel s'en alla rue du Cherche-Midi se mettre à la disposition de son capitaine.

Quelques jours plus tard, le duc Claude partait pour Londres rendre une visite amicale à son cousin le roi Jacques dont la santé laissait à désirer. Livrée à elle-même, Marie ne tarda pas à se morfondre entre son hôtel en travaux et le Louvre où la Reine n'avait toujours pas le droit de recevoir des hommes. Anne d'Autriche finit par tomber malade ce qui n'arrangea ni son humeur ni l'atmosphère de son appartement où l'habituel élément distrayant – Mmes de Chevreuse, de Conti et du Vernet ! – perdait son temps à essayer d'améliorer l'ambiance. Le Roi, lui, était quasiment invisible.

Laissant les affaires de l'Etat à des ministres plus ou moins incapables, voire à sa mère dont les incessantes cajoleries cachaient mal l'intérêt et l'avidité, Louis XIII, cherchant en vain l'homme d'Etat – qu'il n'était pas mais dont il savait que la France avait besoin –, se réfugiait de plus en plus fréquemment dans ses forêts où il chassait dès que c'était possible. Les pas de son cheval moreau favori l'entraînaient le plus souvent vers Versailles, un maigre village à l'écart des grandes routes, une poignée de chaumières au bord du chemin qui menait à Montfort-l'Amaury, avec des étangs, quelques vignes et pommiers mais autour des bois immenses, drus, giboyeux. Et le Roi se plaisait de plus en plus dans cet endroit où il se sentait comme nulle part ailleurs. Non loin de là deux hostelleries, A la Corne de Cerf et A l'Image de Notre-Dame de Versailles, pouvaient recevoir des voyageurs à condition de ne pas être difficiles. Et plus Louis allait là-bas, plus il sentait le besoin d'y revenir. Alors sur la butte où s'égrenaient les quelques habitations, il décida de se faire construire une maison à lui, trop petite pour contenir plus de monde que son entourage immédiat et ses domestiques. Pas un château : une gentilhommière plutôt, vouée à la chasse et à la vie entre hommes dans laquelle rien ne devait être prévu pour sa femme et sa mère – seulement les indispensables servantes. Le fulgurant Bassompierre parlera avec un peu de dédain du « chétif château de Versailles » mais Louis y sera chez lui et interdira à quiconque de venir l'y troubler à moins d'une invitation formelle ou dans un cas grave. Ce qui ne se produira guère qu'une seule fois...

Enfin le duc de Chevreuse revint d'Angleterre avec des nouvelles des plus satisfaisantes : Jacques Ier l'avait confidentiellement chargé de tâter le terrain du Louvre en vue de la reprise du vieux projet de mariage entre son fils, le prince de Galles, et la dernière fille d'Henri IV, après quoi des ambassadeurs seraient accrédités pour entreprendre les pourparlers.

En effet l'équipée espagnole du prince Charles et du cher Buckingham – « Steenie » dans l'intimité ! – se soldait par un échec retentissant en dépit de l'accueil courtois du roi Philippe IV et de la reine Elisabeth de France[1]. Des réceptions avaient été données mais la sévère Espagne plus catholique que le Pape et son étiquette encore plus rigide voyaient d'un mauvais œil le

1. Fille d'Henri IV et de Marie de Médicis.

comportement extravagant de ces Anglais protestants qu'elle considérait plus ou moins comme des suppôts du Diable. Le comble fut atteint dans une aventure décidée par Buckingham pour que l'infante Maria, sœur du Roi, pût apprécier par elle-même la galanterie et le charme de son prétendant qu'elle n'avait pas eu l'occasion de voir.

Ayant appris que l'Infante avait pour habitude de se promener le matin dans le jardin d'un agréable pavillon d'été, la Casa de Campo, l'industrieux « Steenie » tira son maître de son lit aux aurores et l'emmena jusqu'à la Casa où il réussit à l'introduire dans la partie la plus extérieure des parterres. Le verger où l'Infante venait respirer la fraîcheur de l'air matinal en était séparé par un mur de clôture et une porte fermée à double verrou. Il en aurait fallu bien davantage pour décourager l'envahisseur. Buckingham fit la courte échelle à son maître et Charles se retrouva à califourchon sur le mur d'où il put apercevoir, en effet, la charmante Maria – elle était aussi blonde que ravissante ! – errant sous les arbres escortée de sa gouvernante Doña Margarita de Tavara et d'un vieux gentilhomme chargé de veiller à ce qu'aucun incident ne vînt troubler la promenade. Ce que voyant, Charles se laissa tomber de l'autre côté, se reçut sans mal et se précipita vers l'Infante avec l'intention évidente de la prendre dans ses bras. L'effet fut immédiat : Doña Maria poussa un grand cri, ramassa ses jupes et prit la fuite en courant. Charles voulut la suivre mais il trouva devant lui le vieux gentilhomme qui, l'ayant reconnu, tomba à genoux en le suppliant de s'en tenir là et de repartir d'où il venait. Si l'on découvrait qu'il avait laissé un homme approcher la princesse, sa tête tomberait...

Il fallut bien se résigner, mais repartir par le même chemin paraissait impossible puisqu'il n'y avait plus la haute stature de Buckingham pour l'aider à grimper : Charles obtint donc de ressortir par cette porte même qu'il n'avait pu franchir et retrouva son ami de l'autre côté. Non seulement c'était raté mais il dut répondre de ses agissements devant le roi Philippe et aussi devant son redoutable ministre, Gaspar de Guzman, duc d'Olivares, qui n'avait pas pour habitude de donner dans la dentelle. Ce que le Prince entendit, ce fut un ultimatum : s'il voulait l'épouser, il serait d'abord obligé de se convertir au catholicisme et de jurer que les enfants à venir seraient tous reçus dans le sein de l'Eglise. L'impossible pour un prince anglais qui, s'il passait outre, mettrait en danger le trône de son père !...

Il ne restait qu'à repartir, bredouille évidemment. Cependant lors de la dernière audience qui lui fut accordée, le prince Charles entendit la reine Elisabeth lui murmurer :

— Que n'épousez-vous plutôt ma petite sœur Henriette ?

— N'est-elle pas catholique elle aussi ?

— Sans doute ! N'oubliez pas cependant qu'elle est la fille de celui qui a dit « Paris vaut bien une messe ». En outre elle est tout à fait charmante...

Ce fut la fin de l'aventure. Les héros malheureux repartirent, par mer cette fois, pour l'Angleterre où le bon roi Jacques ouvrit grands ses bras pour accueillir ceux qu'il appelait ses « chers babies » et s'efforça de les consoler. « Steenie » devint duc et pair et l'on se mit à considérer d'un œil nouveau un mariage avec la France.

— Avant peu, j'ai l'impression, confia Chevreuse à sa femme, que nous allons voir venir une ambassade chargée d'engager des pourparlers auprès du Roi et de son Conseil.

A propos du Conseil, il allait plutôt mal. Mécontent de tout et de tous, Louis XIII ne cessait d'en changer les membres, soit en les renvoyant chez eux, soit en les expédiant tranquillement en prison. Il lui fallait un homme d'Etat digne de ce nom avec lequel, ce qui était primordial, il pût s'entendre. Or il avait en aversion le cardinal de Richelieu dont sa mère – bien inspirée pour une fois mais intéressée au premier chef car elle espérait bien gouverner à travers lui ! – ne cessait de lui rebattre les oreilles. Finalement, alors que la Cour s'en était allée voir éclore le printemps à Compiègne – Marie et son époux y compris –, Louis XIII, un beau matin, pénétra chez sa mère pour lui donner le bonjour comme il le faisait régulièrement mais, ce jour-là, au lieu de s'asseoir un instant pour causer, il ne fit que traverser la chambre, tout botté et le fouet de chasse en main, pour embrasser la vieille dame et lui annoncer que l'après-midi même son cher Richelieu prendrait place au Conseil.

— Ah, mon fils ! Jamais vous ne le regretterez ! s'écria-t-elle sans imaginer une seconde que ce serait elle qui, un jour, le regretterait.

Quelques semaines seulement suffirent au Cardinal pour en devenir le chef après avoir fait une sorte de ménage en envoyant son prédécesseur La Vieuville à la Bastille sous divers chefs d'accusation. La Surintendance des Finances fut supprimée et remplacée par deux directions confiées l'une à Marillac, l'autre à Champigny, mais cela ne se fit qu'après avoir obtenu l'aval du Roi. Richelieu était trop fin diplomate et trop perspicace pour ne pas avoir retenu les leçons du passé. Envers ce jeune roi qui le regardait encore d'un œil méfiant, il se montrerait scrupuleusement respectueux de son autorité et de ses prérogatives royales. Il le tiendrait au courant de tout mais aussi lui faciliterait le travail et même les distractions comme la chasse parce qu'il savait pertinemment que sa santé devait être préservée afin d'effacer au maximum le côté atrabilaire de son caractère. Par nature, Louis XIII était indépendant et autoritaire, et ce serait l'honneur du Cardinal de laisser leur place à ce qu'il considérait comme de vraies qualités royales. Ainsi réussirait-il à trouver la manière d'inspirer à son maître les décisions qu'il souhaitait lui voir prendre cependant que lui-même abattait un ouvrage de titan en dépit d'une santé qui ne serait jamais bonne.

On en était là quand les ambassadeurs annoncés par Chevreuse arrivèrent à Paris avec une suite réduite et naturellement s'en allèrent prendre logis à l'hôtel de Chevreuse à présent terminé et qui passait pour l'une des habitations les plus agréables de la ville.

Le monumental portail d'entrée orné de statues, de pilastres et de trophées présentait de riches vantaux en bois sculpté de médaillons à personnages. Un suisse gigantesque, chamarré sur toutes les coutures, veillait là depuis une petite loge où se trouvait un râtelier abondamment fourni en armes. La cour intérieure était carrée et de style essentiellement français. Métezeau, l'architecte, s'était inspiré du Louvre de Pierre Lescot et, entre les hautes fenêtres de l'habitation, des pilastres encadraient des niches peuplées de statues surmontées de bandeaux plats à entablements. Les fenêtres à frontons de l'étage supérieur se détachaient sur l'ardoise des combles. Noble et magnifique, l'ensemble se complétant d'un vaste jardin où entre les parterres fleuris, on avait aménagé des tonnelles, des bancs de pierre et de petits bosquets où il faisait bon s'isoler – à un ou à deux ! – pour rêver, deviser, se confier et même s'abandonner à des plaisirs plus doux encore.

L'intérieur était superbe. Sous leurs plafonds peints et dorés, les diverses pièces regorgeaient de tentures précieuses, de meubles incrustés de nacre, d'ivoire ou de pierres fines, de sièges aux coussins moelleux de ce rouge corail clair que Marie affectionnait et qui ressortait si bien sur les lambris d'appui des fenêtres de l'habitation, des pilastres encadrant les niches peuplées de statues dont les bois sombres se relevaient d'or et que surmontaient des tentures de damas ou de brocart. Des cheminées monumentales en bois peint et doré réchauffaient l'atmosphère, accompagnées de centaines de bougies parfumées que l'on allumait, le soir venu, dans leurs flambeaux d'argent. Dans ce décor à faire envie à plus d'un Roi, animé par une armée de domestiques en livrée rouge, blanc et or, les Chevreuse recevaient souvent et avec une prodigalité qui laissait loin derrière les autres hôtels, princiers ou non.

C'est dans cet ensemble chatoyant, joyeux et accueillant qu'au soir de leur arrivée les envoyés anglais furent reçus par le Duc et la Duchesse avec, chez le maître de maison, une cordialité due au fait qu'il les connaissait déjà et chez son épouse une joie si forte qu'elle eut peine à la dissimuler. Le premier était le comte de Carlisle, le second le comte de Holland, tous deux pairs du royaume et proches de la famille royale. Mais ce Holland n'était autre que le beau gentilhomme entrevu le soir du ballet et dont l'image n'avait cessé d'obséder Marie, et, quand il s'inclina sur sa main, soudain froide et tremblante, elle eut un frisson au moment où il posa ses lèvres sur sa peau à peine plus longtemps qu'il ne le fallait. Elle faillit retenir cette main qui les réunissait mais garda assez d'empire sur elle-même pour n'en rien faire. Peut-être était-ce aussi à cause du regard dont il l'enveloppa et qu'elle déchiffra aisément. Lui non plus n'avait pas oublié... Profitant même de l'inattention de Claude qui échangeait des politesses fleuries avec Carlisle, il osa murmurer :

— Enfin, je vous revois après ces longs jours...

Elle lui sourit de tout son cœur, ébloui comme celui d'une adolescente à son premier battement trop rapide et, quand elle parla, sa voix fut d'une douceur exquise :

— Cette demeure est heureuse de vous recevoir, Mylord Holland... et s'il est possible, je le suis plus encore !

Si Chevreuse n'avait rien vu, rien entendu, quelqu'un n'avait manqué ni une parole ni un regard. Elen les avait reçus comme autant de blessures. Elle non plus n'oubliait rien de sa rencontre avec « Henry Rich » ni de l'espoir alors formulé d'une prochaine et tendre réunion. Même le sachant grand seigneur et ami d'un futur roi, elle n'avait pu s'empêcher de rêver encore mais ce qu'elle venait de voir la frappait au plus sensible parce qu'elle pressentait ce qui ne pouvait manquer de suivre si, comme elle le craignait, Marie désirait Henry et Henry désirait Marie.

Incapable d'en supporter davantage et sans réfléchir aux explications qu'il faudrait donner, elle s'enfuit de la salle d'honneur puis de l'hôtel et chercha refuge dans l'église Saint-Thomas-du-Louvre qui se trouvait à proximité. C'était l'heure de vêpres et il y avait là deux ou trois personnes en dehors des chanoines qui, calés chacun dans sa stalle, chantaient l'office avec des voix plus ou moins sûres. Ce n'était guère exaltant pour l'âme et la jeune femme chercha la chapelle de la Vierge que les illuminations du chœur maintenaient dans une semi-obscurité. Là elle se laissa tomber sur le dallage et, le visage enfoui dans ses mains, se mit à pleurer beaucoup plus qu'à prier. Encore la prière se résumait-elle à une seule supplication : que le séjour du séduisant Anglais à l'hôtel de Chevrcuse ne se prolonge pas.

— Qu'il s'en aille, je vous en supplie, ô Notre-Dame-de-Pitié ! Qu'il retourne chez lui ! Je préfère ne plus le voir qu'être contrainte d'assister à ce qui ne manquera pas de se produire...

Perdue dans son angoisse et sans en avoir conscience, elle avait quitté la prière intérieure pour le murmure et ne s'en rendit compte qu'au moment où une main se posa sur son épaule tandis qu'une voix basse chuchotait :

— Que va-t-il donc se produire de si affreux, ma fille, qui vous mette dans cet état ?

La main était ferme, chaude, le timbre doux et compatissant. Levant les yeux, Elen vit auprès d'elle une soutane noire surmontée de la tache plus claire d'un visage encadré de cheveux raides et d'une courte barbe en pointe, mais sans en distinguer les traits. Elle se releva pour mieux voir mais à cet instant, l'office s'étant achevé, on éteignit les cierges du chœur et la lumière fut encore plus faible :

— Je ne pensais pas avoir prié si haut, balbutia-t-elle, confuse.

— Ce n'est pas une faute mais la réaction normale de l'âme en peine qui, inconsciemment, élève la voix dans l'attente d'être mieux entendue. C'est pourquoi le prêtre que je suis s'est permis de vous questionner dans l'espoir, peut-être, de vous aider ?

— Je ne pense pas que ce soit possible... à moins de détenir les pouvoirs du Roi...

— Ceux de Dieu ne sont-ils pas plus puissants ? Vous êtes Mlle du Latz, n'est-ce pas, la suivante de Mme de Chevreuse ?

— En effet... et vous-même, mon père ?

— Je viens souvent ici où les bons chanoines m'accueillent en ami et je connais... tout le quartier.

Et comme elle ne répondait pas, partagée entre l'envie de se confier – depuis qu'elle avait vu Henry le soir du ballet royal, sa solitude n'avait fait que grandir ! – et la crainte d'être ridicule, l'inconnu poursuivit :

— Des visiteurs viennent d'arriver chez Monseigneur le Duc. Il était difficile de ne pas les remarquer, leur train encombrait entièrement la rue. De là à conclure que vous souhaiteriez voir repartir l'un d'entre eux il n'y a qu'un pas. Est-ce Mylord Carlisle qui vous occupe ?... Non, ce ne peut être lui ! Par conséquent... Et soudain, comme si l'idée l'en traversait : Voulez-vous que je vous entende en confession ? Ainsi vous pourrez soulager votre âme sans crainte que le secret en soit révélé...

— Je n'aurais pas osé le demander.

— Dans ce cas, venez !

A travers les semi-ténèbres, il la guida vers le plus proche confessionnal, l'y fit agenouiller avant de prendre place lui-même à l'intérieur. Il y faisait tellement sombre que derrière la grille de bois, elle ne distinguait plus rien. Mais l'impression de s'adresser à l'invisible n'en fut que plus forte et la rasséréna. Elle raconta ce qui s'était passé : sa rencontre avec Henry, ses espoirs si vite envolés, sa douleur lorsque enfin elle l'avait reconnu dans l'un des deux ambassadeurs d'Angleterre et surtout le coup de poignard reçu en voyant comment il regardait la Duchesse et comment elle le regardait...

— Je suis persuadée qu'il l'aime déjà et qu'il sera payé de retour. Et moi je vais devoir assister à leurs amours, sans doute même les favoriser. Je ne pourrai pas ! Je ne pourrai jamais ! Demain j'irai demander à un couvent...

— Devenir l'épouse du Seigneur n'est pas un pis-aller ! Quant à ce que vous redoutez, cela ne sera et ne se produira certainement pas. Le rang de votre maîtresse, la situation où elle est parvenue dans de telles circonstances l'obligent à la prudence vis-à-vis de son époux... et du Roi ! Et au sujet de Lord Holland : il est marié...

— Comment le savez-vous ? fit-elle, surprise qu'un simple prêtre fût à ce point renseigné.

— Je suis au service d'un haut personnage et au fait de nombre de choses. Rentrez à présent ! Je vais vous donner l'absolution...

Lorsqu'il eut chuchoté sur sa tête courbée les paroles sacramentelles, Elen se sentit mieux :

— Merci, mon père ! J'avais besoin de me confier et vous m'avez entendue. Avec votre permission, je reviendrai vers vous...

— Je ne suis pas là souvent mais si d'aventure, d'autres cas de conscience vous venaient, voyez ici le chanoine Lambert et dites-lui d'en aviser le père Plessis...

Quand elle rentra à l'hôtel, personne ne s'était aperçu de son absence. Le souper battait son plein. Le bruit des conversations et le son des violons sur fond de tintement d'argenterie emplissaient la maison avec le fumet des viandes, mais elle n'avait pas faim et monta se coucher en se contentant de charger une chambrière de l'excuser auprès de Madame. Elle s'était soudain sentie mal...

Elle réussit cependant à dormir quand se fut éteint le brouhaha rituel et jusqu'à ce que Mme de Chevreuse regagne sa chambre et se livre aux mains de ses caméristes pour la déshabiller et la préparer pour la nuit. Elen nota qu'elle semblait bien joyeuse ce soir car, de son lit, elle pouvait l'entendre chantonner. Un flot d'amertume l'envahit : ce soudain besoin d'expansion musicale n'était pas dans les habitudes de Madame. Il fallait qu'elle se sente terriblement heureuse ce soir et, pour la première fois, l'idée vint à Elen qu'elle pourrait se mettre à la détester. Mais subitement les bruits cessèrent, le Duc venait de faire son entrée chez sa femme avec l'intention d'y passer la nuit. Les suivantes se retirèrent, les portes se refermèrent, ainsi sans doute que les rideaux du lit sur l'intimité du couple.

En faisant l'amour cette nuit-là avec Claude, Marie ne participa guère. L'époux avait abusé des vins et liqueurs, il en portait les relents sur lui. Son haleine aurait pu tuer des mouches à dix pas et Marie détestait cela. En temps ordinaire elle pouvait s'en accommoder surtout si elle-même s'était laissée aller à boire un peu plus que de raison mais ce soir, elle n'avait autant dire rien avalé dès qu'elle s'était aperçue que Holland ne prenait que de l'eau. Un besoin forcené de lui plaire en toutes choses s'était emparé d'elle. Au milieu du tintamarre du banquet ce détail les avait en quelque sorte isolés et s'ils n'avaient échangé que peu de paroles leurs yeux se parlaient un langage si enflammé que la jeune femme, parfois, se sentait rougir et détournait son regard. Mais alors il lui semblait sentir une brûlure sur sa gorge, sur ses épaules, comme si le lourd collier d'émeraudes et de diamants qui les couvrait en partie s'était changé en autant de minuscules charbons ardents. Jamais un homme ne lui avait fait comprendre aussi clairement qu'il la désirait. Et tandis qu'elle subissait distraitement l'assaut – rapide à vrai dire ! – de son mari, c'était à l'autre qu'elle pensait en une grisante anticipation. N'était-il pas chez elle pour la durée de son ambassade ? Des semaines, des mois peut-être ? Elle s'en promettait de longs enchantements : rien que la chaleur de ses lèvres sur sa main la faisait défaillir...

Le lendemain cependant elle le vit peu. Chevreuse, complètement dégrisé –, il avait cette qualité que l'ivresse chez lui était sans suite ! – conduisait ses invités chez le Roi d'abord, puis chez la Reine-mère, enfin chez la Reine où Mme de Chevreuse attendait modestement parmi les autres dames. Elle fut heureuse de constater que Holland la cherchait souvent des yeux. Le soir il y eut concert et collation dans une ambiance des plus agréables. Le jour suivant les ambassadeurs furent admis en présence de celle dont ils espéraient faire la fiancée du prince Charles et ils s'en déclarèrent séduits. Très jeune – elle avait à peine quatorze ans –, Henriette-Marie était menue, gardant encore des fragilités d'enfance mais elle était fine, gracieuse, vraiment charmante et les deux Anglais convinrent qu'elle n'aurait aucune peine à faire oublier l'Infante. Le lendemain on chassa en forêt de Rouvres ; il y eut réception dans l'appartement de la Reine-mère avec chanteurs et violons comme c'était la règle chez cette passionnée de musique ; enfin, les distractions officielles ayant pris fin, les visiteurs furent remis à leurs hôtes chargés de les occuper pendant les loisirs entre les discussions qui allaient s'ouvrir avec les représentants du Roi en général et en particulier le cardinal de Richelieu. Et ce ne serait pas une mince affaire. La princesse Henriette-Marie était catholique elle aussi, un peu moins que l'Espagnole peut-être puisque fille d'un homme qui avait beaucoup jonglé avec les religions, mais catholique tout de même, fille d'une femme qui n'entendait pas la plaisanterie à ce sujet. Il ne pouvait être question pour elle d'une quelconque abjuration. Si elle devait régner un jour sur l'Angleterre, ce serait avec la bénédiction du Pape. D'autant que, si les protestants de France se tenaient à peu près tranquilles pour le moment, cela pourrait bien ne pas durer.

— Je crains fort que nous ne vous encombrions encore longtemps, déclara Lord Carlisle à Chevreuse au soir de la première discussion... Cela risque de durer.

— Si c'est le cas nous allons essayer de rendre votre séjour le plus agréable possible. Les lettres gracieuses que m'ont adressées Sa Majesté le Roi et le prince Charles n'ont fait que renforcer mon dévouement à votre cause. Ce dernier ne m'écrit-il pas qu'il ne veut tenir sa fiancée que de moi ? Et je mettrai tout en œuvre pour justifier une confiance qui m'honore plus que je ne saurais dire... La Duchesse et moi-même sommes à vous !

Marie se contenta d'approuver d'un sourire, ce qui allait dans le droit-fil de ses vœux secrets. Claude était tellement fier du rôle prépondérant que sa parenté avec les Anglais lui offrait dans ce mariage qu'il ne voyait rien d'autre que sa gloire, ce qui le rendait aveugle aux contingences extérieures. Elle le comprit et en fut heureuse, sachant qu'elle ne résisterait pas une éternité à la passion qu'elle sentait couver en elle. Cette passion encore jamais rencontrée et qui, à présent, la dominait de son impérieuse puissance... Jamais elle n'avait eu envie d'un homme comme elle avait envie de celui-ci !

Il y avait bal, ce soir-là à l'hôtel de Chevreuse, et ceux qui comptaient à la cour de France s'y pressaient. Le Roi avait fait une apparition, la Reine-mère aussi accompagnée de son plus jeune fils, Gaston, duc d'Anjou, qui avait ses préférences. Il ne ressemblait en rien à son père : joli garçon si l'on aimait les visages un peu mous, ondoyant, caressant, charmeur lorsque son intérêt était en jeu, il eût fait, selon sa mère, un roi idéal parce qu'il eût assuré la réalité du règne. Jouisseur et cupide, aimant le luxe et le faste, il s'était toujours très bien entendu avec Marie de Chevreuse dont la gaieté et la frivolité s'accordaient avec les siennes. Il lui fit l'honneur de danser à plusieurs reprises avec elle.

Ce fut une soirée mémorable : Chevreuse avait dépensé une fortune et le souper fut somptueux. Tellement qu'au sortir de table un certain nombre d'invités éprouvait quelque peine à marcher droit. Le maître de maison était de ceux-là. Les « Santé ! » qu'il avait portées avec ses amis Bassompierre, Schomberg, Liancourt et Carlisle ne se comptaient plus.

Marie, elle, n'avait rien bu, ayant observé que Holland touchait à peine aux vins. De même il n'avait pas dansé et tant que dura le bal il se contenta du rôle de spectateur, debout dans une embrasure, les bras croisés sur la poitrine, échangeant parfois une parole ou deux avec des invités plus âgés, mais quand Marie évoluait au rythme d'une sarabande, d'une carole, d'une volte de Provence ou d'un passe-pied, il ne la quittait pas des yeux.

Surprise qu'il ne l'invite pas, elle s'en était inquiétée :

— N'aimez-vous pas danser, Mylord ?

— Pas ce soir...

— Pas même avec moi ?

— Surtout avec vous.

— Pourquoi ? demanda-t-elle, froissée...

— Je vous le dirai quand la nuit sera plus avancée. Ici il y a trop de bruit, trop de monde mais si vous voulez me permettre de vous accompagner au jardin tout à l'heure...

— Est-ce donc au jardin que vous préférez danser ? fit-elle, moqueuse.

— Peut-être. La nuit est divine et pour ce que j'attends de vous le parfum des fleurs est un accompagnement plus suave que les relents d'un banquet...

La gorge soudain sèche, Marie sentit un frisson glisser dans son dos. La forme du discours était sans doute poétique mais sous-entendait une réalité brutale. Cet homme était en train de lui dire qu'il la voulait sans même se soucier de ce qu'elle en pensait. Il parlait en maître sûr qu'on ne le refuserait pas et au lieu de se rebeller contre une pareille audace, elle fut heureuse de se sentir prête à toutes les soumissions parce qu'il était celui qu'elle attendait depuis toujours...

— Quand pensez-vous changer d'air ? émit-elle avec un rire qui lui parut sonner horriblement faux.

Imperturbable il répondit :

— Dans une heure. Votre époux n'est pas encore suffisamment ivre...

Elle lui parut interminable, cette heure qu'elle occupa en continuant à jouer son rôle d'hôtesse mais d'une façon machinale. Enfin, elle vit Holland quitter son coin de fenêtre et sortir discrètement de la salle de bal. A cet instant d'ailleurs, Marie donnait des instructions à son majordome pour faire apporter de nouvelles bouteilles et personne ne faisait attention à elle. Alors, ramassant ses jupes de satin azuré, elle s'élança vers le jardin où l'éclairage des plates-bandes commençait à faiblir et, immédiatement, elle vit la haute silhouette de l'Anglais se détachant à peine d'un if taillé et alla vers lui. Mais elle s'aperçut vite qu'ils n'étaient pas seuls et que certains bosquets étaient déjà occupés. Elle voulut le faire remarquer à son compagnon mais il lui fit signe de se taire, prit sa main et l'entraîna en direction d'un petit pavillon dont elle avait demandé la construction afin de pouvoir s'y retirer quand un besoin de solitude lui ferait rechercher le calme odorant d'alentour. Elle voulut résister :

— Prenez garde ! Il doit y avoir quelqu'un là aussi...

— Non. Le pavillon est fermé à clef et j'ai volé cette clef hier au soir...

Un moment plus tard, il refermait sur eux la porte vitrée par laquelle arrivait un peu de lumière et sans dire un mot il la prit dans ses bras, la renversa sur les coussins de velours du lit de repos qu'elle avait fait placer là et se mit à couvrir sa gorge, son cou et ses épaules de baisers furieux. Il s'était laissé tomber sur elle comme un homme mourant de soif se jette sur de l'eau fraîche. En même temps, il ouvrait son corsage, cherchait ses seins qu'il froissa avant de remonter jusqu'à sa bouche dont il s'empara avec la même violence. Jamais Marie n'avait subi pareil traitement. La brutalité des caresses lui arrachait des gémissements mais – chose étrange ! – elle n'avait ni l'envie ni la possibilité de s'en défendre. Il la traitait comme un reître traite une femme après l'assaut d'une ville. Il lui griffa les cuisses en retroussant sa jupe et l'instant suivant il était en elle, lui arrachant cette fois un cri de douleur qu'il étouffa sous ses lèvres... et pourtant ! Quasiment violée, écartelée, Marie sentit monter du fond de son corps une sensation inouïe, telle qu'elle n'en avait jamais ressenti de sa vie et qui la fit se pâmer...

Quand elle reprit ses esprits, il était étendu contre elle, nu, et il achevait de la déshabiller. Voyant s'ouvrir ses yeux, il se mit à rire :

— Pardonnez-moi mais je ne pouvais plus attendre. Jamais je n'ai désiré une femme comme je vous désirais...

— Et... maintenant ? murmura-t-elle en essayant de se relever.

— Plus encore qu'auparavant mais nous allons, à présent, nous donner du temps. Je peux être tendre... vous savez ?

Il entreprit aussitôt de le lui démontrer et Marie, éblouie, découvrit qu'elle ne savait rien de l'amour, ou si peu parce que avant ce merveilleux amant qui savait si bien jouer de son corps, son cœur, lui, n'était pas engagé.

L'aube était proche quand il la quitta avec l'intention de sortir discrètement de l'hôtel pour revenir un moment plus tard en homme qui éprouve le besoin d'une promenade. Cependant Marie resterait dans le pavillon jusque dans la matinée comme si elle y avait cherché refuge contre le vacarme de la fête...

Avant de s'éloigner, Henry l'avait étreinte une dernière fois :

— Comment allons-nous faire dans les jours à venir ? Passe pour cette nuit mais nous ne pouvons plus utiliser ce pavillon... et la faim que j'ai de vous n'est pas près d'être assouvie...

D'une voix ensommeillée elle promit d'y penser. Elle se sentait à la fois lasse à mourir... et merveilleusement bien, comblée au-delà de ses espérances et, pour l'instant, elle ne souhaitait que dormir. Avec un petit rire, Holland la reposa au milieu des coussins en désordre, la rhabilla sommairement en évitant le contact direct de ce corps ravissant dont il éprouvait déjà tant de peine à se séparer...

Ce fut Elen qui découvrit Marie endormie dans sa retraite après l'avoir cherchée partout. Un instant elle contempla le joli spectacle qu'elle offrait avec une fureur grandissante. Les marques sur la peau délicate n'étaient que trop explicites ainsi que les lèvres gonflées et l'expression de béatitude du visage aux yeux clos. Un instant elle fut tentée d'aller chercher Chevreuse, mais elle réussit à se dominer. Si elle dénonçait sa maîtresse, elle ferait sans doute les premiers frais de la colère du Duc. On la chasserait et elle ne saurait plus rien des faits et gestes d'une femme qu'elle détestait à présent d'une jalousie dévorante...

Au lieu de cela, elle la secoua en répétant qu'il fallait se hâter, l'aida à remettre sa robe, fourrant les jupons sous le lit de repos dans l'intention de revenir les récupérer plus tard, puis courut prendre une cape pour cacher les traces révélatrices du décolleté, la chaussa et l'entraîna en la portant presque à travers les jardins. Marie se laissait faire comme une petite fille, se contentant de sourire aux anges quand Elen lui parlait. Grâce à Dieu l'hôtel était livré au grand ménage obligatoire après une fête de cette importance, et comme la suivante choisit d'emprunter l'escalier dérobé menant directement à l'appartement de la Duchesse, elles ne rencontrèrent personne. Arrivée dans la chambre de Marie, elle entendit celle-ci lui dire :

— Pourquoi m'as-tu réveillée ? J'ai tellement sommeil...

— Je vous mets au lit. Vous pourrez y dormir toute la journée et même toute la nuit ! C'est la meilleure solution et je dirai que vous êtes souffrante... Après tout vous pouvez fort bien avoir trop bu, vous aussi !

— C'est cela !... Très bonne idée !... Bonne nuit...

Marie se rendormait déjà. Elen ferma les courtines, ordonna à la chambrière Anna qui accourait de ne pas réveiller sa maîtresse et, incapable de se contenir plus longtemps, voulut aller jusqu'à l'église voisine dans l'espoir d'y trouver l'apaisement de l'autre soir mais, en sortant de l'hôtel de Chevreuse par la porte de service, elle se heurta si violemment à Holland qui rentrait après s'être promené un moment le long de la Seine, qu'elle tomba sur un genou. Il la releva, naturellement :

— Eh bien, où courez-vous si vite ?

— Je ne pense pas que cela vous regarde... Mylord Holland !

Il eut un bref sourire qui montra, en un éclair, la blancheur de ses dents... qu'elle jugea irrésistible :

— Vous me jetez mon nom à la figure comme une insulte ! Je croyais que nous étions amis ?

— Je le croyais aussi. Cependant, depuis votre arrivée, vous semblez m'ignorer et en votre présence j'ai l'impression d'être devenue transparente. Cette attitude ne ressemble guère à de l'amitié...

— Allons, ma chère, soyez raisonnable ! Si j'avais dit que nous nous connaissions, il eût fallu fournir des explications, dire dans quelles circonstances nous nous sommes rencontrés... et ce n'eût été bon ni pour l'un ni pour l'autre. A présent ce sera plus facile... surtout si vous me permettez de vous accompagner un instant.

— Je n'en vois ni la raison ni l'agrément !

— Moi si, fit-il avec beaucoup de douceur. J'aimerais développer cette sympathie... non, je n'aime pas ce terme et pas davantage celui d'amitié dont nous venons de nous servir. Disons cette attirance que vous m'avez inspirée dès notre rencontre.

Il cherchait à prendre sa main. Elle recula, furieuse de sentir qu'à nouveau le charme de cet homme opérait sur elle, et trouva dans la colère une sorte de refuge.

— Pourquoi ne pas dire l'amour pendant que vous y êtes ?... L'amour alors que vous avez cette nuit souillé la maison de votre hôte en couchant avec sa femme ! Et vous osez maintenant...

— Oui, j'ose ! Ne confondez pas les élans du cœur avec ceux du corps, et votre maîtresse n'est pas de ces vertus rigides que l'on ne peut approcher. J'en suis heureux parce qu'elle est merveilleusement belle et qu'elle m'inspire un violent désir ! Vous, c'est autre chose.

— Et votre épouse c'est encore autre chose, j'imagine ? lança Elen, tremblante de rage. Vous êtes marié, si je ne me trompe ?

— En effet ! admit-il paisiblement. Depuis six ans et j'ai trois enfants. Lady Isabel, ma femme, est une grande dame, aussi noble que belle mais elle ne saurait me contraindre à une fidélité dont elle sait fort bien que je ne suis pas capable. Et la passion, essentiellement charnelle, que m'inspire Mme de Chevreuse, n'a rien à voir avec ce qui m'attire vers vous... Elen !

— Je vous défends de m'appeler Elen... Vous n'êtes qu'un monstre et je vous hais ! Vous n'imaginez pas comme je vous hais...

— Comme vous voudriez bien me haïr ! rectifia-t-il en riant. Mais je saurai vous faire changer d'avis...

Incapable d'en entendre davantage, elle se précipita à Saint-Thomas où elle s'engouffra. Il n'y avait pas d'office à cette heure et la fraîche et calme pénombre l'apaisa. Ainsi que l'autre soir, elle alla s'agenouiller devant l'autel de la Vierge et s'y abîma dans une prière dont personne cette fois ne vint la distraire. Elle pria éperdument pour être délivrée du sortilège dont elle était captive, pour que l'image de Henry Holland s'éloigne de son esprit en espérant seulement qu'il ne lui faudrait pas aller jusqu'à l'exorcisme, car un homme capable de tenir des propos aussi pervers ne pouvait être que le Diable en personne...

Pourtant, en rentrant à l'hôtel de Chevreuse, elle ne put s'empêcher de lever la tête en direction des fenêtres de l'appartement qu'il partageait avec Lord Carlisle...

En arrivant au Louvre le lendemain, Marie fut rejointe dans l'escalier de la Reine par Louise de Conti qui l'embrassa avec effusion avant de prendre son bras pour achever l'ascension.

— Quelle belle fête vous nous avez offerte, ma chère ! s'écria-t-elle. J'en ai rarement vu de mieux réussie... à tous égards !

La princesse avait baissé considérablement la voix sur les derniers mots et comme Marie tournait vers elle un regard interrogateur, elle ajouta contre son oreille :

— Celle que nous nous sommes donnée dans les jardins était encore plus réussie qu'à l'intérieur. Vous êtes de mon avis, je pense ? Allons, ne faites pas cette tête, je suis votre amie et je vous l'ai prouvé. Lord Holland fait-il convenablement l'amour ?

— Louise ! Mais comment savez-vous ?

— C'est simple : je vous ai vus entrer tous deux dans le pavillon dont la porte était si hermétiquement fermée ! Et ne me demandez pas comment je sais qu'elle était close, c'est parce que nous n'avons pas pu entrer, John Carlisle et moi. Nous avons dû nous réfugier sous une tonnelle de chèvrefeuille.

— Vous et...

Le rire de Louise qui était un de ses charmes s'égrena en cascade, incroyablement joyeux :

— Pourquoi non ? C'est un friand morceau et nous nous convenons ! Aussi avons-nous l'intention de réitérer prochainement des jeux aussi délicieux.

— Quelle chance vous avez ! soupira Marie. Vous êtes libre de votre personne et vous pouvez le recevoir chez vous ! Ce qui m'est impossible...

— Donc j'avais raison. Il fait bien l'amour et vous êtes à lui ?

— Plus que vous ne sauriez dire ! murmura la jeune femme. Nous brûlons l'un et l'autre de nous rejoindre... et je ne peux pas vous demander asile comme au temps où votre frère était mon amant...

— Croyez que je le regrette, mais il m'est impossible de faire ça à Claude. En revanche je peux vous donner une adresse sûre. Une de mes anciennes femmes de chambre m'a quittée pour épouser un aubergiste assez fortuné. Elle est veuve à présent mais elle a repris l'auberge qu'elle mène avec autant de bonne grâce que de jugement. Et elle n'a rien à me refuser... Allez chez Eglantine Corbier. Sa maison de La Vigne en Fleur est sise rue des Nonnains-d'Yerres près de l'hôtel de l'archevêque de Sens, dans un endroit tranquille. Elle a deux entrées dont l'une sur un petit jardin à demi couvert par une treille magnifique... La maison est propre, le vin est bon et vous y serez fort bien à l'écart de la salle où nombre d'ivrognes se donnent rendez-vous. Leurs clameurs et leurs chansons peuvent même être utiles pour étouffer les gémissements au plus fort du plaisir ! Allez-y ! je vais faire prévenir Eglantine...

Pour seule réponse, Marie se haussa sur la pointe des pieds et embrassa sa belle-sœur...

Deux jours plus tard, sous les habits d'une caméristе, Marie rejoignait son amant dans une chambre aux murs blanchis à la chaux, carrelée de rouge, dont l'unique fenêtre donnait sur de la verdure et où les attendait un large lit de bois ciré aux draps fleurant bon la lessive.

C'est là qu'un soir, alors qu'encore haletants, tous deux buvant du vin frais pour éviter de se laisser aller au sommeil, Henry dit à Marie :

— Savez-vous qu'il y a à Londres un homme qui rêve, à en devenir fou, de faire connaître à votre reine des moments semblables à ce que nous vivons ensemble ?

— Comme vous le dites : c'est un fou.

— Pourquoi ? Parce qu'elle est l'épouse d'un roi qui n'a pas l'air de la toucher souvent ?...

— Non, mais parce qu'en Espagne on élève les infantes dans un corset de fer et qu'on leur apprend que l'amour est péché mortel. Cela dit, l'idée m'était venue, il n'y a pas si longtemps, d'essayer de lui donner Montmorency. Ce qui a causé un drame. Alors qu'est-ce qu'un malheureux Anglais peut espérer ?...

Henry éclata de rire :

— Un malheureux Anglais ? Savez-vous seulement de qui vous parlez ? Vous souvenez-vous de Buckingham ?

— Ah, c'est lui ?

— Oui, c'est lui, à présent duc et sans doute l'homme le plus riche et le plus puissant d'Angleterre ! Le plus beau aussi !

— Vraiment ? Moi je vous préfère...

— C'est du moins ce que tout le monde dit et vous n'êtes pas tout le monde. Georges a plus de pouvoir que le roi Jacques parce qu'il règne d'abord sur le roi Jacques. Toutes les grâces passent par lui, toutes les condamnations aussi je pense. Et voilà celui qui donnerait tout pour être aimé de votre Reine...

— C'est beaucoup, mais croyez-vous que ce soit suffisant pour une reine de France et *a fortiori* pour une infante qui, aux yeux des Espagnols, représente beaucoup plus. Pourtant...

Laissant sa phrase en suspens, Marie s'étira puis, se levant, alla jusqu'à la fenêtre où sa silhouette gracieuse se dessina en ombre chinoise. Holland, lui, n'avait pas bougé : étendu sur le lit dévasté, il la regardait :

— Pourtant ? reprit-il.

La jeune femme ne répondit pas. Elle réfléchissait. Soudain, elle se retourna, les yeux pétillants de malice et, sautant sur le lit, se blottit dans les bras de son amant :

— L'idée me vient que ce pourrait être amusant de nouer une intrigue d'amour entre ces deux-là ? Vous avez raison : il a ce qu'il faut pour plaire, ce Buckingham ! Même à moi !

— Sans doute... mais je vous prie de ne pas oublier que vous m'appartenez et que je n'aime pas partager ! gronda-t-il, l'œil devenu cruel. J'entends à l'exception de nos époux respectifs... et encore ! Moi je m'en tire en engrossant ma femme régulièrement mais que faites-vous du Duc ?

Marie éclata de rire et lui posa un baiser sur le bout du nez :

— Pas grand-chose ! Depuis quelque temps j'éprouve le soir une grande lassitude... mais revenons à notre affaire !

— Parce que c'est notre affaire à présent ?

— A qui d'autre ? Dès demain je commencerai à glisser le plus souvent possible votre amoureux dans mes entretiens avec la Reine. Peu à peu, je suis presque certaine de parvenir à lui donner du goût pour lui et quand il viendra... car il viendra, j'espère ?

— Si le mariage se conclut, aucune force humaine ne l'empêchera de mener en personne l'ambassade qui viendra prendre possession de la princesse.

— Et nous ferons en sorte qu'un amour si fidèle trouve sa récompense ! Oh oui... faire connaître à cette pauvre petite les brûlures de la passion, la faire tomber dans les bras du beau George... quelle joie ce serait pour moi ! Et quelle revanche !

— Contre qui ?

— Le Roi, évidemment ! Ne vous ai-je jamais dit que je le hais ? Ajouter des cornes aux lys de sa couronne m'enchanterait !...

Sa voix devenait si dure que Henry fronça le sourcil et prit le menton de Marie pour l'obliger à le regarder :

— Soyez prudente ! Louis n'est pas un petit sire dont on peut se moquer impunément et je serais navré que si jolie tête soit livrée au bourreau !

— Vous m'aimez donc ? Pourtant vous ne me l'avez jamais dit !

— Je vous le prouve. N'est-ce pas mieux ? Le mot aimer n'a guère de sens pour moi...

— Peut-être...

Elle aurait tant voulu, pourtant, entendre au moins une fois ce mot vide de sens...

CHAPITRE VI

OÙ BUCKINGHAM PERD LA TÊTE...

En se levant sur Paris, le soleil du 8 mai 1625 se préparait à illuminer le premier des quatre jours de gloire absolue de Claude de Chevreuse. A savoir : les fiançailles de la princesse Henriette-Marie avec le roi Charles Ier d'Angleterre. Or, le roi Charles, c'était pour cette période le bienheureux Chevreuse, chargé par lui de le représenter et d'épouser « par procuration » la plus jeune fille du défunt Henri IV. Et jamais le Duc ne s'était senti aussi fier qu'en contemplant dans un miroir que tenaient deux valets sa propre personne, revêtue d'un superbe costume de satin noir à bandes blanches scintillantes de diamants avec des aiguillettes de pierres précieuses. Jamais il ne s'était trouvé aussi à son avantage !

En effet, le prince de Galles qui courait voici peu l'aventure en Espagne s'était mué en souverain quand, le 27 mars dernier, le vieux roi Jacques Ier, son père, avait rendu l'âme dans son palais de Hampton Court. Le mariage avec la Française était alors devenu sa préoccupation première encouragée en cela par son ami Buckingham, son presque frère dont l'influence grandissait à vue d'œil. Il se trouvait que le beau duc brûlait de venir en France afin d'y remporter la plus fière victoire. Les lettres de Holland ne lui répétaient-elles pas qu'Anne d'Autriche, déjà conquise, l'attendait avec impatience ? Il avait de ce fait pressé les pourparlers du mariage.

Ce qui n'était pas si facile, Louis XIII et Richelieu à présent à la tête du Conseil royal n'entendant pas se montrer moins attachés à la religion de Rome que Philippe IV et le duc d'Olivares, même si cette union leur semblait souhaitable. A dire le vrai, Carlisle et Holland ne faisaient pas le poids en face d'un Richelieu. Celui-ci leur avait déjà arraché des mesures de clémence pour les catholiques anglais persécutés et la liberté de culte pour la future reine et sa suite, mais on butait sur le baptême des enfants à venir et les négociations traînaient en longueur. De Londres Buckingham avait alors brusqué la situation en proposant que « la première éducation des enfants serait confiée à leur mère », ce qui revenait à lui permettre d'en faire de bons petits catholiques. Et bien sûr les Français acceptèrent. Le favori n'avait plus qu'à venir cueillir les tendres lauriers que lui préparait la reine de France sans se soucier un seul instant des réactions probables du peuple anglais. Il annonça son arrivée.

Ce qui n'enchanta ni le Roi ni surtout Richelieu, trop intelligent pour ne pas l'avoir jugé à sa juste valeur : un bel homme follement vaniteux, prêt à faire tout et n'importe quoi pour se mettre en valeur et assurer son pouvoir. Malheureusement il était impossible de l'éviter.

Donc, le 8 mai se jouait le premier acte d'une pièce à grand spectacle qui allait occuper la Cour, la ville et même la France entière jusqu'au départ de la petite reine pour son nouveau pays. Les satisfactions vaniteuses de Chevreuse dureraient plus longtemps puisque à la demande de son « bon cousin Charles » il devait accompagner celle-ci jusqu'à Londres et y séjourner quelque temps. Et cette fois, sa duchesse serait de la fête. Ce qui l'enchantait.

A l'heure fixée, les ambassadeurs vinrent prendre Chevreuse dans sa chambre du Louvre pour le mener dans celle du Roi. Le lit en avait été remplacé sous un dais de velours cramoisi et à l'intérieur de la balustrade dorée isolant la moitié de la pièce par un fauteuil à haut dossier et une table. Au-delà trois autres sièges plus petits attendaient la Reine, la Reine-mère et la fiancée. Celles-ci firent aussitôt leur entrée : Marie de Médicis en noir avec voile de veuve, Anne d'Autriche en satin incarnat brodé d'or et Henriette-Marie, ravissante dans une robe en toile d'argent semée de lys d'or et rehaussée de perles.

Le Roi s'assit cependant que M. de la Ville-aux-Clercs, secrétaire d'Etat, donnait lecture du contrat de mariage annonçant le chiffre de la dot qui était de huit cent mille écus. Le duc de Chevreuse produisit la dispense papale – obtenue non sans mal par Marie de Médicis qui avait bonnement menacé le Saint-Père de s'en passer s'il ne l'envoyait pas ! – que le cardinal légat avait apportée à un train inhabituel pour une éminence. Lecture en fut donnée puis Chevreuse prit place auprès de la petite princesse et le cardinal de la Rochefoucauld procéda à la cérémonie des fiançailles.

Trois jours plus tard, le dimanche 11 mai, tout le monde se retrouvait à Notre-Dame. La cathédrale était décorée des plus belles tapisseries des collections royales et l'on avait construit, devant le portail principal, une sorte de scène de tissu fleurdelisé qu'un chemin en pente douce menait à l'entrée du chœur. En outre, ce « théâtre » était relié à l'Archevêché par une galerie couverte sur laquelle défilerait le cortège.

A neuf heures du matin, Henriette-Marie et sa mère arrivaient à l'Archevêché, où à onze heures, un carrosse de la Reine amenait Chevreuse que ses deux mentors anglais étaient allés prendre, cette fois, à son hôtel de la rue Saint-Thomas-du-Louvre. Pendant ce temps les corps d'Etat – Parlement, Cours des Aides, Prévôts des Marchands, etc. – prenaient place dans la nef de l'église. Et l'on attendit le Roi, qui devait avec sa cour au grand complet aller chercher sa sœur à l'Archevêché pour la conduire à l'autel.

On l'attendit longtemps car il n'arriva qu'à quatre heures et demie et le cortège ne se mit en marche qu'à cinq heures. Magnifique ô combien ! En tête, encadré par Carlisle et Holland, tout de suite après le Grand Maître de la Maison du Roi et le Maître des Cérémonies, venait Chevreuse toujours en noir mais plus richement paré encore que pour le contrat. Ensuite venaient les Cent-Suisses, les gardes du corps, une fanfare composée de tambours, de trompettes et de hautbois, les chevaliers du Saint-Esprit, sept hérauts d'armes, trois maréchaux de France, une poignée de ducs et de pairs, enfin Henriette-Marie que conduisaient chacun par une main, le Roi, vêtu d'or, et Monsieur son frère. La longue traîne de la fiancée, étincelante de diamants, était portée par les princesses de Condé, de Conti et la comtesse de Soissons. Les Reines suivaient puis les duchesses de Montpensier, de Guise, de Chevreuse et d'Elbeuf, toutes en robe à traîne. On avait construit sur le parvis des tribunes pour les gens de quelque importance et pour les dames de la bourgeoisie, mais il y avait tant de monde que celle où Rubens avait trouvé place s'écroula sous le poids. Le peintre réussit à se retenir à l'un des montants de la construction, tandis qu'une trentaine de personnes étaient jetées au sol. Heureusement sans grand dommage...

Sur l'estrade, le cardinal de la Rochefoucauld procéda au mariage en plein air, après quoi le cortège pénétra dans Notre-Dame pour entendre la messe. Le pseudo-roi d'Angleterre et ses deux ambassadeurs appartenant à la religion réformée ne pouvaient y assister et se retirèrent. Pour revenir prendre leur rang à la sortie. A l'issue de la célébration on regagna l'Archevêché où un somptueux festin était préparé cependant que Paris, illuminé, se livrait à la fête, dansant dans les carrefours où les fontaines faisaient couler du vin tandis que s'allumaient les feux d'artifice et que tonnaient les canons.

Pour Marie cette journée avait été un enchantement. Durant la cérémonie dont son époux était le héros, elle avait occupé une place privilégiée. En outre elle se savait plus belle que jamais dans une robe couleur d'aurore givrée de petits diamants, écrin scintillant pour son cou et sa gorge dont aucun joyau ne masquait les contours charmants. En revanche, des étoiles de diamants étincelaient dans son épaisse chevelure. Personne n'aurait pu deviner qu'elle était enceinte et d'ailleurs elle n'y pensait même pas ! Et puis, Holland étant son voisin au souper, leurs mains s'étaient souvent rencontrées cependant que leurs jambes se frôlaient. Trop souvent peut-être pour leur paix intérieure. Ils évitaient de se regarder, mais un bref coup d'œil avait suffi à Marie pour reconnaître, sur le visage de son amant, la légère crispation qu'amenait le désir. Quand on se leva de table, il se pencha pour murmurer à son oreille :

— Cette nuit ! Dans le pavillon du jardin...

— Non ! s'effraya-t-elle. Ce serait imprudent...

— Je le veux !... à moins que vous ne préfériez votre chambre ?

Elle ne répondit pas, sachant qu'au risque de se perdre et d'être surprise par son époux, elle lui obéirait parce qu'elle l'aimait de plus en plus. Au point de ne pouvoir envisager le jour, encore lointain sans doute mais inévitable, où il leur faudrait se séparer...

En rentrant au logis en même temps que Claude, elle lui fit, au seuil de sa chambre, une révérence de cour :

— Je souhaite une bonne nuit à Votre Majesté ! fit-elle. Je suppose qu'après cette journée triomphale, elle doit être bien lasse ?

Chevreuse n'en avait pas vraiment l'air. Il irradiait encore de mille feux et pour ne pas se priver une seconde de ces moments exceptionnels, il avait à peine bu.

— Las, moi ? Où le prenez-vous, ma belle ? Il me semble au contraire qu'à tant de gloire il faut un couronnement. Et pourquoi donc ce soir, le roi d'Angleterre ne se choisirait-il pas une favorite ? Vous êtes particulièrement indiquée pour ce rôle car jamais je ne vous ai vue plus belle ! ajouta-t-il en l'entraînant vers le lit...

Refuser était impossible. Il fallut en passer par là et, malheureusement, Claude se montra cette nuit-là aussi gaillard qu'aux premiers temps de leur mariage. Quand, enfin, il s'endormit, l'aube n'était plus très loin. Craignant les réactions souvent violentes de Henry, Marie se glissa hors du lit, passa des pantoufles, sa robe de chambre et s'élança dans l'escalier pour gagner le jardin, craignant et redoutant à la fois qu'on ne l'eût pas attendue. Elle se mit à courir, sans trop y voir clair, en direction du pavillon quand, soudain, elle se sentit saisie au passage par une main sans douceur et attirée sous une tonnelle.

— Il était temps ! gronda Holland. J'allais vous chercher !

— Pas auprès de mon époux, tout de même !

— J'en suis parfaitement capable quand ma patience est à bout !

En même temps, il la dépouillait de son léger vêtement pour l'étendre sur le sable. Et Marie oublia qu'ils commettaient là une folle imprudence, que le jour approchait et que n'importe quel serviteur pourrait les voir. Seuls comptaient leur union et ce plaisir à la limite de la souffrance qu'elle recevait de lui... Au moment de le quitter cependant, elle le supplia de ne plus la mettre dans une situation aussi dangereuse. Même les visites à La Vigne en Fleur lui semblaient difficiles : mais il ne fit que rire de ses craintes :

— La reine Henriette-Marie ne part que le 2 juin et vous savez que nous attendons Buckingham. Il ne devrait plus tarder maintenant. Où en êtes-vous avec la Reine ?

— Au point où nous le souhaitions ! Je lui en ai tant parlé, tant vanté cet amour qu'il a pris pour elle, qu'elle doit rêver de lui autant qu'il en rêve lui-même...

— A merveille ! Nous allons bientôt tenir entre nos mains des fils singulièrement puissants... Rentrez à présent ! Nous en reparlerons plus à loisir dans notre nid d'amour... après-demain ? Vous voyez que je sais être raisonnable ! dit-il en posant sur ses lèvres un baiser léger.

Quand Marie regagna sa chambre, Claude ronflait à faire tomber le plafond. Elle se glissa près de lui en prenant soin de ne pas le toucher. Elle avait vraiment besoin de dormir maintenant.

Au jour levé, Elen se rendit à la première messe de l'église Saint-Thomas, chercha le chanoine Lambert et le pria de faire savoir au père Plessis qu'il lui fallait recevoir au plus vite les secours de sa sagesse... Sûre de ce qui allait se passer, elle ne s'était pas couchée et avait épié les deux amants...

Cinq jours plus tard, Marie de Médicis inaugurait son beau palais tout neuf – bien qu'il ne soit pas encore complètement terminé – en présence du Roi, de la Reine et de la Cour. En dehors de sa vaste chambre carrée donnant sur des parterres de broderies, on admira en particulier la galerie qui y menait et où la série des tableaux de Rubens, enfin achevée, éclatait de toutes ses couleurs sous le haut plafond doré à la feuille. Le peintre, remis de sa chute, était là et goûtait visiblement les louanges qui allaient vers lui. Certains de ces panneaux, les plus réussis sans doute, s'expliquaient d'eux-mêmes. Ainsi de « Henri IV recevant le portrait de la Reine », du « Mariage à Lyon », de la « Naissance de Louis XIII » et surtout du prodigieux « Couronnement de la Reine ». D'autres semblaient un peu plus obscurs comme « Félicité de la Régence » et Louis XIII, qui ne gardait pas un souvenir ébloui de cette période de sa prime jeunesse, demanda des explications. Que le peintre se hâta de lui donner :

— Cela dépeint l'état florissant que le royaume connaissait alors ainsi que le relèvement des sciences et des arts par la libéralité et la splendeur de la Reine, que Votre Majesté peut admirer assise sur ce trône brillant et tenant en main une balance pour dire que sa justice et sa prudence tiennent le monde en équilibre.

L'humour n'était pas la qualité première de Louis XIII, mais devant ce monument de flagornerie, il ne put s'empêcher de sourire :

— On voit bien que vous n'y étiez pas ! dit-il seulement, et il s'intéressa au tableau suivant.

Passant devant des nymphes rebondies et autres déesses plantureuses aux chairs débordantes dont étaient truffées les toiles, il les considéra d'un œil perplexe qui devint franchement hostile en face du portrait de sa mère en déesse de la guerre, casquée, une épée sous le bras et vêtue d'une sorte de tunique pourpre dont le drapé laissait nus un bras, une épaule dodue et un sein en pomme qui attirait irrésistiblement le regard... Cependant il ne dit rien mais abrégea sa visite et prit congé emmenant avec lui dans son carrosse le cardinal de Richelieu. Un peloton de Mousquetaires encadra aussitôt la voiture royale qui dévala la rue de Tournon. D'une fenêtre du palais, Marie les regarda s'éloigner. Tout à l'heure à l'arrivée du Roi, elle avait fort bien reconnu Gabriel. Contente de le revoir, en dépit de leur différend et trop insouciante pour être rancunière – sauf envers Louis XIII –, elle lui avait souri mais, à sa surprise, elle l'avait vu détourner la tête, le visage dur, un pli sévère entre les sourcils, et elle en avait conçu une peine, fugitive sans doute, mais aussi inexplicable que l'attitude de son ancien écuyer. Elle remit à plus tard de chercher la raison d'un comportement aussi offensant, ayant à préparer l'arrivée du duc de Buckingham dont on avait en haut lieu décidé qu'il descendrait chez elle. Ce qui d'ailleurs l'enchantait.

Une semaine après l'inauguration du Luxembourg, le 26 mai au soir, il était là accompagné du duc de Montgomery et de quelques seigneurs lui composant une suite brillante mais peu nombreuse. Sa réputation de beauté, d'élégance et de faste l'avait précédé et quand il s'inclina devant elle, Marie ouvrit de grands yeux : « Steenie » était encore plus beau que dans son souvenir et elle put mesurer son amour pour Holland en constatant qu'en face de cette merveille son cœur, son corps aussi restaient muets. Grand et mince, avec de larges épaules et les plus beaux yeux que l'on ait jamais vus, éclairant un visage triangulaire à fine moustache et lèvres sensibles, les cheveux d'un blond fauve et le sourire charmant, Buckingham avait en effet tout ce qu'il fallait pour séduire une reine, fût-elle la femme la plus difficile qui soit. Auprès de ce demi-dieu, Louis XIII ne pèserait pas lourd...

Quant à sa renommée de splendeur elle était entièrement justifiée et à peine les Parisiens eurent-ils entrevu l'irrésistible ministre de Charles Ier qu'ils en restèrent éblouis, et il y avait de quoi : pour la circonstance, Buckingham ne s'était pas fait confectionner moins de vingt-sept habits plus magnifiques les uns que les autres et comme il disposait librement, en outre, des joyaux de la couronne anglaise, perles, diamants, rubis, émeraudes et saphirs constellaient ces atours de conte de fées. On disait même qu'il avait poussé le raffinement jusqu'à ordonner que certaines de ses perles ou de ses pierres fussent mal cousues afin de pouvoir les perdre galamment aux pieds des dames[1]. Son séjour à Paris devait durer une semaine avant de prendre avec la jeune reine le chemin de l'Angleterre.

Naturellement, des discussions politiques étaient en vue. Buckingham se donnait deux buts précis : empêcher la France de faire avec l'Espagne une paix définitive et préparer une alliance avec l'Angleterre – au bénéfice de celle-ci bien sûr ! – contre les princes allemands. Mais entre ce brouillon et celui que l'on commençait à appeler le Cardinal tout court, il y avait un univers et si le bel Anglais fut reçu courtoisement on ne lui fit pas cadeau de grand-chose. En revanche il fut accueilli comme il convenait par le Roi et la Reine-mère, pas fâchée de lui assener les splendeurs de son palais. Vint le moment tant attendu de sa visite chez la Reine...

Mme de Chevreuse avait veillé spécialement à la parure d'Anne d'Autriche, positivement ravissante

1. Il pourrait s'agir d'une légende lancée par les Anglais pour discréditer la noblesse française. En réalité, il n'aurait perdu qu'un seul diamant qui lui fut scrupuleusement rapporté.

dans un satin brodé d'or du même vert que ses yeux, avec un petit bonnet assorti surmonté d'une plume de héron qui lui donnait de l'insolence. Et elle fut largement payée de sa peine : entre la Reine infante et le bel Anglais, ce fut un véritable coup de foudre. Un témoin de la scène, La Rochefoucauld, devait écrire plus tard : « Elle – la Reine – lui parut plus aimable que son imagination ne lui avait pu représenter et il parut à la Reine l'homme du monde le plus digne de l'aimer. Ils employèrent la première audience de cérémonie à parler d'affaires qui les touchaient plus vivement que celles des deux royaumes et ils ne furent occupés que des intérêts de leur passion... »

Le Diable était apparemment avec les amoureux et leurs fidèles soutiens Marie et Holland. En effet, pour cet ambassadeur extraordinaire, il avait bien fallu lever la fameuse interdiction de laisser un homme pénétrer chez la souveraine hors de la présence de son époux. Louis XIII, ce jour-là, était malade mais évidemment il ne manquait pas d'yeux attentifs à observer les événements pour les lui rapporter. Ce dont il enragea. Il n'aimait déjà pas beaucoup « Bouquinquant » comme on l'appelait à Paris[1], mais il se mit à le haïr. D'autant plus que sa maladie n'étant pas diplomatique, il devait garder le lit et ne pouvait arrêter les fêtes et réunions prévues pour la circonstance : ainsi du bal de la Reine-mère qui embrasa le Luxembourg.

Marie, elle, exultait. Après sa première entrevue avec l'Anglais, Anne l'avait appelée auprès d'elle dans sa chambre et sans témoins.

— Eh bien, madame, s'était-elle exclamée du fond de sa révérence, n'avais-je pas raison ? Le Duc n'est-il l'homme du monde le plus merveilleux qui soit ?

1. Voir page 247.

Spontanément, la Reine lui tendit ses deux mains qu'elle baisa :

— Ah, ma « chevrette [1] », vous aviez absolument raison. Jamais il ne m'a été donné de rencontrer quelqu'un qui lui ressemble. Même dans *Amadis de Gaule* ! Aucun héros ne l'approche.

— Encore ne pouvait-il devant une telle assistance laisser parler son cœur. Il est tout à vous ce cœur qu'il ouvre grand devant moi et il faudrait l'entendre lorsqu'il évoque Votre Majesté ! Cet homme-là est dévoré par une passion à nulle autre pareille !

— Tant que cela ? émit Anne dont le visage s'empourpra. N'est-ce pas un peu... excessif ?

— Pas quand il s'agit de vous, madame. Vous êtes plus belle que jamais ! Surtout depuis ce tantôt ! Vous rayonnez... preuve que vous n'êtes pas vraiment insensible à un amour sincère et passionné.

— Peut-être, Marie, peut-être... mais s'il a su me toucher, je vous défends formellement de le lui dire. Une femme peut, sans manquer au devoir, se laisser adorer mais ne peut en donner témoignage. En Espagne les dames ne pèchent pas en écoutant des déclarations d'amour. Jamais cependant elles n'y répondent... quels que puissent être leurs sentiments... quand elles sont mariées bien sûr. En outre, je suis reine...

Marie se mit à rire :

— Je pourrais vous parler de reines à qui il est arrivé d'écouter leur cœur et d'en ressentir grand bonheur...

L'entrée de Dona Estefania, qui se méfiait de Mme de Chevreuse comme de la peste, interrompit le dangereux entretien que celle-ci n'essaya pas de reprendre. Elle en savait assez comme cela et, de retour

1. C'était le surnom d'amitié qu'elle lui donnait.

au logis, elle n'eut rien de plus pressé que de mettre Holland au courant :

— Elle l'aime déjà, j'en jurerais et je crois en vérité qu'il peut tout espérer. A condition de faire preuve d'un peu de retenue : il s'est comporté tout à l'heure comme s'ils étaient seuls et... comment dire ? Comme s'ils se connaissaient depuis toujours, ou encore se rejoignaient après une très longue absence. Je pense sincèrement qu'ils sont faits l'un pour l'autre.

— Malheureusement nous n'avons pas beaucoup de temps ! Ni beaucoup de possibilités. Comment leur ménager des instants de solitude ?

— Il me semble que vous savez vous montrer un maître en la matière ! ironisa Marie.

— Votre époux a les idées larges... ce qui n'est pas le cas du roi Louis. Savez-vous s'il honore souvent la couche de la Reine ?

— Souvent non mais relativement régulièrement, même si l'on a un peu l'impression qu'il accomplit une corvée. Ce qu'il veut, c'est un enfant. Ce qui ne l'empêche pas d'être jaloux comme un Espagnol !

— Les jaloux sans amour sont les plus redoutables. Il ne s'agit pas de faire répudier Anne d'Autriche mais... de lui donner une ombre de bonheur tout en nous assurant une position privilégiée. La santé du Roi n'est pas des meilleures et si sa femme devenait régente, nos conseils seraient les plus écoutés...

— Nos conseils ? Songeriez-vous à vous établir ici ?

— Vous savez que c'est impossible, mais je viendrai souvent et je saurai vous guider.

— Vous parlez comme si Buckingham devait lui aussi disparaître ? observa Marie, quand même un peu surprise.

— George est une merveille mais c'est une bulle de

savon. Il est tellement mégalomane que son orgueil finira par l'étouffer. Vous devriez le voir en face du Cardinal, jetant feu et flamme, bouillonnant d'impatience devant la réserve glacée de l'autre. C'est de celui-là qu'il faudrait se méfier si le Roi venait à défuncter...

Marie haussa des épaules insouciantes :

— Il serait vite effacé. La Reine ne l'aime pas... et moi non plus.

Cependant la date du départ approchait, attendue avec impatience par Louis XIII et son ministre, avec angoisse par Anne d'Autriche et ses amis.

Il avait été convenu que la Reine accompagnerait sa petite belle-sœur jusqu'à Boulogne, mais son époux étant toujours souffrant, le Conseil, par la voix du secrétaire d'Etat Brienne, lui suggéra de rester au chevet du malade.

— Il vous en saura gré, madame !

— Je n'en suis pas certaine. En outre, la reine d'Angleterre tient à ma présence. Je partirai donc avec elle.

Un ordre marital eût été fort mal vu. On se contenta en haut lieu de modifier l'itinéraire prévu : Marie de Médicis et sa belle-fille ne rejoindraient Henriette-Marie et son dangereux mentor qu'à Montdidier. Encore M. de Putange, écuyer de la Reine, et La Porte, son « portemanteau », reçurent-ils en sous-main des ordres formels : en aucun cas Mylord Buckingham ne devait être laissé seul avec Anne d'Autriche.

Le 2 juin, Henriette-Marie et sa suite – dont le couple Chevreuse – plus Buckingham quittaient Paris au grand soulagement de Louis et de Richelieu exaspérés par les rapports et les bruits qui n'avaient cessé de leur parvenir. Certes, les deux « amoureux » ne pouvaient se rencontrer qu'en public au milieu des fêtes successives. Outre celle du Luxembourg, il y avait eu concert à l'hôtel de Rambouillet pour faire entendre la célèbre Mlle Paulet, cantatrice et beauté fameuse, surnommée la « Lionne » et dont on ne comptait plus les amants [1]. Richelieu lui-même avait donné un souper fastueux au Petit Luxembourg qu'il devait à la générosité de la Reine-mère. D'autres encore où l'on se voyait, où l'on réussissait malgré tout à se parler. Le Duc ne cachait pas sa passion. Quant à la Reine...

Le 1er juin au soir, elle avait appelé Mme de Chevreuse dans son cabinet privé et celle-ci, en la rejoignant, vit qu'elle était nerveuse, agitée et qu'elle avait pleuré. Elle voulut la réconforter mais Anne coupa court :

— Vous partez demain et nous avons peu de temps devant nous. Vous savez combien Mylord est désolé de regagner l'Angleterre. Il assure qu'il ne pourra y survivre que si je lui donne un gage de... de...

— De votre amitié ? avança Marie de son air le plus innocent.

— Ne faites pas la sotte ! Vous savez pertinemment ce que j'en pense : si une honnête femme pouvait aimer un autre homme que son mari, il eût été le seul qui pût me plaire...

— Sans doute, je le sais. Mais lui ?

Anne détourna la tête, gênée en dépit de son intimité avec sa « chevrette ».

— Je le lui ai dit hier. Il en a montré une joie inimaginable, jurant même qu'il ne quitterait la France que je ne lui ai donné...

— ... un témoignage auquel il pourrait accrocher ses rêves jusqu'à votre prochain revoir ?...

— Je ne crois pas que ce revoir soit si proche. Lui non plus peut-être...

1. Parmi lesquels Henri IV. Il se rendait chez elle quand Ravaillac avait frappé.

— Pour cela, madame, vous pouvez lui accorder pleine confiance : il remuera ciel et terre et bouleversera s'il le faut la politique des deux royaumes pour avoir le bonheur de baiser vos belles mains...

— C'est ce que je crains. Aussi dans l'espoir de lui apporter quelque apaisement, je me suis résolue à lui donner ce qu'il demande...

— Oh, vous allez le combler de bonheur ! Qu'avez-vous choisi ? Un mouchoir ?

— Non, un mouchoir peut se déchirer, se perdre... Je préfère un objet pouvant convenir aussi bien à un homme qu'à une femme...

Marie observa alors qu'il y avait sur une table voisine l'un des coffres à bijoux de la Reine. Celle-ci y prit un écrin de velours noir dans lequel étaient six ferrets sertis de diamants qu'elle tendit à son amie :

— Tenez, ma chevrette ! Portez-le-lui et dites qu'en échange je le supplie instamment de garder la plus grande prudence quand nous nous rencontrerons au cours du voyage.

— Il va en être si heureux ! Mais... n'est-ce pas le Roi qui jadis vous a donné ces bijoux ? fit Marie qui lorsqu'il s'agissait de joyaux faisait preuve d'une science et d'une mémoire infaillibles.

— Si mais il y a longtemps qu'il ne doit plus guère s'en souvenir. De plus, je possède tant de parures que l'absence de ces ferrets ne se remarquera pas.

Au reçu du présent, « Steenie » fut transporté de joie et Mme de Chevreuse eut toutes les peines du monde à l'empêcher de les faire coudre immédiatement sur l'un de ses habits.

— Si vous ne me promettez de ne les porter qu'une fois revenu en Angleterre, je vous les reprends pour ne vous les rendre qu'en Albion !

— Vous ne serez pas si cruelle ! s'écria-t-il en serrant le coffret contre sa poitrine.

— Oh, que si ! Je ne suis pas seule à connaître les joyaux de la Reine. Ceux-ci seraient vite identifiés... J'ai votre parole ?

— Il le faut bien.

Il avait convenu que le Roi escorterait sa sœur jusqu'à Compiègne mais quand, le lendemain, à cinq heures du soir, Henriette-Marie prit place dans une litière en velours rouge brodé d'or comme les harnachements des deux solides mulets qui la portaient, ce fut Paris qui usant d'un ancien privilège fournit les compagnies d'archers à cheval, les cinq cents bourgeois, montés eux aussi, plus le Prévôt des Marchands, les Echevins et les Quarteniers. En dépit de l'apparat dont on l'entourait, Henriette-Marie était si frêle, si gracieuse et si touchante que plus d'un œil se mouillait en la voyant partir pour un pays dont le peuple pensait volontiers qu'il était habité par des sauvages ayant renié le Christ et sur lequel régnaient des gens dégoulinants de perles et de diamants comme « Bouquinquant » lui-même, qui venait derrière le cortège parisien avec les ambassadeurs et la suite de carrosses et de cavaliers.

A mi-chemin de Saint-Denis, les gens de la capitale se retirèrent pour laisser place à l'escorte royale, Louis XIII monta auprès de sa petite sœur cependant que la déjà fameuse compagnie des Mousquetaires enveloppait l'attelage. Mal remis de sa maladie mais tenant essentiellement à donner cette ultime marque d'affection à Henriette-Marie, Louis XIII était pâle et triste plus qu'à son habitude, mais il faisait d'héroïques efforts pour sourire à celle qui s'en allait et que, peut-être, il ne reverrait plus.

On coucha à Stains, puis le lendemain à Compiègne où, au matin suivant, les chemins se sépareraient,

Louis XIII ayant décidé de se rendre à Fontainebleau. Les Chevreuse, assimilés aux ambassadeurs anglais, furent logés au château. Marie s'appuyant sur une grossesse qui non seulement ne se voyait pas mais ne la tourmentait guère se déclara fatiguée et refusa d'assister au souper, préférant aller « respirer » dans les jardins où elle descendit avec Elen. En fait, elle voulait parler à Gabriel de Malleville qui était de garde avec le baron d'Aramits. Elle alla s'asseoir sur un banc en vue des deux hommes et envoya Elen prier son ancien écuyer de venir lui parler un instant. Ce que la jeune fille obtint facilement puisqu'il ne s'agissait que de s'éloigner de quelques pas.

Quand il fut devant elle, il la salua avec le respect dû à son rang sans sonner mot, attendant visiblement qu'elle parlât, ce qui la fit changer d'humeur :

— Eh bien, fit-elle, froissée, est-ce là tout ce que vous avez à me dire ?

— Je pensais, Madame la Duchesse, que tout avait été dit entre nous puisque vous m'avez en quelque sorte chassé.

— C'était votre volonté, non ? Mais ce que je veux savoir, aujourd'hui, c'est la raison pour laquelle à la sortie du palais de la Reine-mère vous avez osé me regarder comme vous l'avez fait ? Vous aurais-je par hasard offensé en une quelconque circonstance ?

— Moi ? Non, Madame la Duchesse !

— Mille tonnerres, Malleville, ne me racontez pas d'histoires ! Je vous connais et je n'ai pas envie que nous soyons ennemis. Si vous avez quelque chose à me reprocher, dites-le ! Ce soir-là nous ne nous étions pas vus depuis des mois...

— Madame la Duchesse ne m'a pas vu, rectifia Gabriel, mais moi je l'ai vue... et fort bien et à deux reprises à une fenêtre de La Vigne en Fleur alors que sous la treille, je buvais un pot de vin d'Anjou en compagnie d'un camarade...

Marie s'attendait à tout sauf à cela et se sentit pâlir :

— Que faisiez-vous à cet endroit ? L'hôtel des Mousquetaires est de l'autre côté de la Seine et la rue des Nonnains-d'Yerres loin du Louvre.

— J'y ai habité après mon départ de votre demeure et j'y conserve des habitudes. C'est une auberge agréable mais où l'honneur d'une si noble dame ne devrait jamais s'aventurer ! Surtout en si dangereuse compagnie. Je vous offense, sans doute, mais j'ai toujours eu mon franc-parler et vous le savez.

— Que connaissez-vous de la compagnie en question ? demanda Marie, hautaine. Je vous trouve hardi.

— D'oser dénigrer devant vous ce grand seigneur moi qui ne suis qu'un soldat ? Madame, Madame, quand vous trompiez M. de Luynes avec Monseigneur de Chevreuse, je n'y trouvais rien à redire : votre époux d'alors n'aimait que lui-même et menait l'Etat à sa perte. Mais cette fois...

— Je ne vous savais pas si chaud partisan de M. de Chevreuse, ironisa-t-elle, et comme il semble l'homme du monde le plus heureux, je ne vois pas ce qui peut vous inquiéter !

— Aussi n'est-ce pas pour lui que je m'inquiète mais pour vous. Voulez-vous me permettre de vous poser une question ?

— Au point où nous en sommes, faites toujours !

— Aimez-vous Lord Holland ou n'est-il pour vous qu'un... caprice... un peu trop durable peut-être ?

— Cela fait-il une différence ?

— Enorme. Si votre cœur vous a échappé, reprenez-le vite si vous voulez lui épargner de cruelles blessures ! Depuis qu'il est à Paris et que je le sais votre amant, je me suis renseigné et je l'ai suivi dans les bas quartiers de la ville où il aime à se rendre pour assouvir d'étranges instincts... même pour des Anglais que l'on dit portés à s'encanailler.

— D'étranges instincts ? Alors qu'il est un huguenot convaincu voire austère et qu'il a fallu la passion que je lui inspire...

— Désirer une femme comme un forcené est une chose, l'aimer en est une autre. Et cet homme ne vous aime pas, parce qu'il n'aime personne en dehors de lui-même. Ni le feu roi Jacques dont il a été le mignon, ni sa femme épousée pour le titre et la fortune qu'elle lui apportait et qu'il engrosse régulièrement pour avoir la paix...

— Taisez-vous, gronda Marie, qui sentait une main de glace se refermer sur son cœur. Vous vous faites l'écho de ragots de cuisine que je me refuse à écouter plus longtemps. Il est impossible que vous ayez pu apprendre ce ramassis de choses écœurantes...

— Impossible non. Il suffit d'être patient et de savoir interroger. Faites-moi confiance, madame, fuyez cet homme quand il en est temps encore ! Et d'abord renoncez à ce voyage en Angleterre où rien ne vous protégera de lui...

— Vous rêvez, ma parole ! Rien ? Et mon époux, qu'en faites-vous ?

— C'est vous qui en faites ce que vous voulez ! En outre, il est tellement heureux d'avoir épousé la Princesse par procuration, qu'il est plus coiffé que jamais de l'Angleterre et de ses chers Anglais. Soyez raisonnable et laissez-le partir seul ! Il vous sera facile de préférer rester avec la Reine quand elle reviendra à Paris.

— Non ! C'est clair, je pense !... Ce qui l'est moins, c'est votre conduite puisque vous prenez tant d'intérêt à mes affaires. Si je ne vous avais pas appelé, vous m'auriez laissée partir sans broncher vers cette Angleterre qui vous fait si peur ?

— A mon tour de dire non...

Il prit, à l'intérieur du crispin d'un de ses gants d'uniforme, un papier soigneusement plié qu'il lui remit :

— J'avais décidé, ma garde terminée, de chercher Mlle du Latz et de lui donner ceci... qui vous supplie de m'accorder quelques instants d'entretien. Vous m'avez facilité la tâche et je vous en remercie puisque j'ai pu vous avertir. C'est fait à présent et même si vous ne me croyez pas, essayez de penser parfois à ce que je vais vous conseiller : cet homme est un démon dont le seul but est de s'approprier la totalité de ce qui le tente ! Essayez d'aimer ailleurs ! Vous n'avez que l'embarras du choix...

Ayant dit, Malleville salua profondément, en reculant comme il l'aurait fait devant la Reine, puis recoiffa son feutre gris empanaché de rouge et rejoignit son compagnon. En même temps Elen revenait vers la Duchesse qui n'avait pas bougé de son banc où elle semblait pétrifiée. La jeune fille aussitôt s'inquiéta :

— Vous êtes souffrante, madame ?

Sans un mot, Marie se leva, lui sourit et reprit le chemin du château illuminé et bruissant de la fête intérieure. Rentrée dans sa chambre elle renvoya son service et se coucha rapidement, faisant semblant de dormir quand son époux la rejoignit, mais elle ne réussit pas à avoir une minute de repos...

Le lendemain, elle vit s'éloigner les Mousquetaires avec un vif soulagement. L'amour ardent qu'elle éprouvait pour Henry lui avait fait balayer avec colère l'avertissement de Malleville ainsi que les années de fidélité qu'il lui avait données. Elle lui en voulait maintenant d'avoir osé surveiller son amant, d'avoir glané jusque dans les ruisseaux les pires ragots. Démolir une réputation était depuis toujours le passe-temps favori des gens de cour. Gabriel y avait vécu longtemps et elle n'essaya pas de trouver une raison convenable à sa sévère mise en garde. C'était trop facile pour elle de l'attribuer à la plus simple jalousie. Déjà quand il avait quitté l'hôtel de Chevreuse, l'idée avait effleuré Marie qu'il pouvait être amoureux d'elle, comme nombre d'hommes, et craignait de se trahir un jour ou l'autre. En découvrant sa liaison avec Holland cette jalousie s'était exacerbée voilà tout ! Et pour le moment elle avait d'autres chats à fouetter que s'étendre sur les états d'âme de son ancien écuyer...

Le soir on fut à Montdidier où l'on rejoignit le cortège des deux reines escortées par deux compagnies de gardes du corps. Cette fois la plus grande partie de la Cour était présente. Cela faisait une masse de gens qu'il fallait loger tant bien que mal. Attachée provisoirement à Henriette-Marie, Mme de Chevreuse ne put joindre Anne d'Autriche, la méfiance du Roi ayant fait en sorte que les deux groupes se trouvent éloignés l'un de l'autre. Donc pas question pour Buckingham d'approcher la dame de ses pensées !

Le lendemain soir Amiens faisait aux trois reines un accueil triomphal, Louis XIII ayant exigé que les honneurs dus à une souveraine fussent dès ce moment rendus à sa sœur. Or, le gouverneur de la ville comme de la province n'était autre que l'ex-beau-frère de Marie, cet Honoré d'Albert de Cadenet – l'homme aux cadenettes ! – à qui son épouse avait apporté le comté de Chaulnes, érigé pour lui en duché-pairie et dont la faiblesse du jeune Louis XIII avait fait un maréchal de France. Tenu à distance comme son frère Brantes-Luxembourg depuis le retour de Marie de Médicis qui haïssait en bloc la famille, Chaulnes, qui ne quittait plus guère sa province, s'était jeté avec enthousiasme sur cette occasion de briller et de revenir à la surface de la Cour. Il alla au-devant de l'imposant cortège entouré de la noblesse locale – trois cents cavaliers ! –, de cinq mille bourgeois en armes et des notabilités d'Amiens au complet. Le premier échevin fit un beau discours après quoi, dans une débauche de trompettes, de coups de canon et d'arquebusades, Madame Henriette-Marie pénétra dans la ville et gagna la cathédrale pour entendre un *Te Deum*.

Elle fut logée à l'Archevêché cependant qu'Anne d'Autriche et Marie de Médicis se voyaient attribuer une belle et grande demeure pourvue de jardins ombreux descendant jusqu'aux bords de la Somme. Peut-être l'atmosphère en était-elle un peu fraîche car, à peine arrivée, la Reine-mère se mit à éternuer et dut se coucher aux prises avec un gros rhume bientôt accompagné de fièvre. On avisa aussitôt le Gouverneur : le séjour dans sa ville serait plus long que prévu, la reine d'Angleterre refusant de poursuivre le voyage tant que sa mère serait malade.

La nouvelle enchanta Buckingham et ses deux complices : ce serait bien le diable si au cours de ces vacances inespérées on ne réussissait pas à ménager le tête-à-tête dont rêvait l'amoureux, agacé au plus haut point de ne pouvoir échanger avec son idole que des paroles conventionnelles, des regards éloquents sans doute mais insuffisants et dont le déchiffrage faisait cependant le bonheur des initiés. En dehors de cela il ne pouvait être question d'obtenir un entretien privé. L'écuyer Putange ne quittait pas la Reine d'une semelle sauf dans sa chambre à l'inviolabilité de laquelle veillait le jeune La Porte.

Au Logis du Roi, une grande et vieille demeure du centre de la ville, Chaulnes donna un bal qui fut le plus fastueux et le plus gai qui soit. On y fit assaut d'élégance et de somptuosité. Marie, satin blanc, velours noir et fabuleuse parure de diamants et de rubis, fut la plus élégante mais, pour une fois peut-être pas la plus belle, éclipsée par une souveraine qui, habitée du feu que donne l'amour partagé, brillait d'un éclat incomparable. Quant à Buckingham, il resplendissait comme un soleil dans un habit tellement cousu de diamants et de perles que l'on n'en distinguait plus la couleur originelle. Et quand Anne fit à son amoureux la faveur de danser avec lui, le couple qu'ils formaient coupa le souffle des assistants qui, d'un accord tacite, s'arrêtèrent d'évoluer au rythme lent de la pavane afin de mieux les admirer. Les yeux du Duc flambaient d'orgueil... Il était persuadé de tenir sa victoire.

— Faites en sorte, je vous en supplie, que je puisse être seul quelques instants avec elle, chuchota-t-il plus tard à Marie. Je sens qu'elle est à moi !...

— Patience ! répondit la Duchesse. Il est certain qu'elle est entièrement sous le charme mais, par grâce, ne brusquez rien ! N'oubliez pas qui elle est et ne brisez pas par une hâte intempestive le rêve que nous vous avons aidé à tisser !

— Quelques minutes ! Juste quelques minutes pour lui faire connaître l'étendue de ma flamme, pour qu'elle accepte... au moins une correspondance et aussi de me recevoir en secret lorsque je viendrai à Paris !

— Vous, venir à Paris en secret ? fit Marie en riant. Mon cher Duc, outre que les Parisiens vous connaissent à présent, vous êtes aussi voyant que le soleil au milieu du ciel !

— Je saurai m'effacer, je vous le jure ! Mais accordez-moi ces instants qui m'aideront à attendre...

— Soit ! Le temps est doux, les nuits sont magnifiques et plus délicieuses encore dans le jardin de la maison de la Reine...

— Je sais que l'on s'y précipite pour goûter la fraîcheur du soir... grogna-t-il.

— Mille tonnerres, mon ami, contentez-vous de ce que je vous offre ! Je n'ai aucun moyen de vous introduire dans sa chambre. Venez demain soir et j'organiserai une promenade... dont vous pourriez être content.

Ainsi fut fait. Le lendemain soir, alors que la Reine tenait cercle dans les salons, Mme de Chevreuse proposa de descendre au jardin : la nuit était vraiment trop belle pour rester à l'intérieur, même toutes fenêtres ouvertes. La compagnie descendit donc vers le fleuve que l'on voyait briller comme un ruban de satin au-delà des parterres. La Reine avait accepté avec enthousiasme. Buckingham lui offrit sa main avec un beau salut et Putange voulut leur emboîter le pas, mais Mme de Chevreuse l'écarta d'un geste suave et d'un sourire. Elle suivrait Sa Majesté de conserve avec Lord Holland. Lui se joindrait aux autres.

D'un bleu de velours sombre le ciel avait quelque chose de magique et les jardins embaumaient le tilleul et le chèvrefeuille. Buckingham et sa royale compagne suivaient un itinéraire mis au point par Marie. Elle-même, après un temps où elle se maintint si près du couple qu'elle eût pu entendre ce qu'il se disait, ralentit soudain la marche sous le prétexte d'un caillou indiscret dans son soulier. Et naturellement, elle retint du même coup la suite des courtisans qui n'osèrent pas les dépasser, elle et Holland. Cela se produisit aux approches d'un bosquet que le chemin contournait et derrière lequel Buckingham et la Reine disparurent. La halte de Marie qui se prétendait blessée au pied et tenait la largeur du chemin assistée de Mme du Vernet – elle était du complot ! – dura quelques instants... Jusqu'à ce que l'on entendît la Reine pousser un cri de douleur suivi d'un appel à ses femmes. Le pied de la

Duchesse guérit subitement et elle se précipita avec son amie, toutes deux très inquiètes et sachant bien que le couple n'était pas derrière le bosquet mais dedans, où il y avait un banc. Holland suivit, de même Putange ainsi que La Porte qui de cette façon bouchèrent l'entrée du nid de verdure. Le spectacle qui les attendait fit dresser les cheveux sur la tête des dames. Anne d'Autriche, en larmes, le corsage en désordre et les jupes retroussées, semblait sur le point de perdre connaissance tandis que son amoureux, à genoux devant elle, s'évertuait à la calmer.

Holland bouscula ledit amoureux sans ménagement en lui soufflant de se réajuster parce que sa toilette à lui aussi laissait à désirer. Cependant que Marie et son amie se hâtaient de porter secours à leur maîtresse, rectifiant sa mise avant même de la consoler, Holland se hâta d'emmener Buckingham du côté opposé à celui où était la Cour que Putange et La Porte, s'efforçant de cacher leur affolement, rassuraient en disant que le pied de Sa Majesté lui avait tourné causant une souffrance qui avait manqué lui faire perdre connaissance. Anne d'Autriche fut rapportée plus que ramenée chez elle par Marie et Antoinette du Vernet, aidées par Mme de Conti qui cachait mal son envie de rire. Une fois Anne d'Autriche étendue sur son lit, elle attira sa belle-sœur à part :

— Il n'a tout de même pas essayé de la violer, j'espère ?

— J'ai bien peur que si. Tout à l'heure quand j'ai rabattu ses robes, j'ai remarqué des griffures sur ses cuisses. Cet imbécile a dû se jeter sur elle après l'avoir troussée sans prendre garde à la multitude de broderies d'or et de diamants de ses chausses ! On n'a pas idée d'être aussi inconséquent ! Quel rustre ! Ces Anglais sont vraiment des sauvages !

— Pas tous, ma belle, et vous le savez. En attendant il nous faut faire l'impossible pour éviter le scandale...

C'était plus facile à dire qu'à faire. La première à être mise au courant fut la Reine-mère. Du fond de son lit, elle prit les mesures qui lui semblaient s'imposer : son indisposition l'invalidant encore pour quelques jours, elle décida que sa fille quitterait Amiens dès le lendemain accompagnée seulement de Monsieur son frère. Il importait de débarrasser au plus tôt le royaume d'ambassadeurs aussi dangereux. En fait l'incident l'enchantait assez car elle y voyait un bon moyen de discréditer encore davantage sa belle-fille auprès de son fils.

Dès le matin le cortège d'Henriette-Marie, un peu surprise d'être ainsi expédiée, quittait Amiens avec ses turbulents sujets et, naturellement, les Chevreuse, dont l'époux ne comprenait rien à ce départ brusqué. N'ayant guère de goût pour les promenades nocturnes et sentimentales, il avait passé sa nuit à jouer et à boire chez le Gouverneur avec Carlisle et plusieurs gentilshommes.

Le protocole exigeait que la Reine accompagne Henriette-Marie jusqu'à deux lieues en dehors de la ville. Anne prit donc place dans son carrosse en compagnie de la princesse de Conti à qui d'ailleurs elle n'adressa pas la parole durant le court voyage. Droite, fière, tirée à quatre épingles et le visage immobile, elle était plus infante que jamais et la princesse n'essaya pas de restreindre la distance ainsi établie entre elles. Elle devinait sans peine à quel point la jeune reine se sentait humiliée, frappée d'une blessure intolérable pour un orgueil espagnol. Sans doute à cette heure en voulait-elle à la terre entière.

Quand on fut au point fixé pour la séparation, les deux belles-sœurs descendirent de leurs voitures respectives pour s'embrasser et s'échanger des souhaits de bonheur et, pour la seule Henriette-Marie, de voyage agréable. Puis chacune regagna son carrosse. A ce moment, Buckingham s'approcha de celui d'Anne d'Autriche afin de prendre congé. Il était très pâle et sa voix incertaine était coupée de larmes. La Reine le regarda à peine :

— Adieu, Mylord ! dit-elle seulement en détournant la tête.

Cette froideur le foudroya :

— Madame ! supplia-t-il. Votre Majesté ne consentira-t-elle pas à me dire...

— Rien ! Cela suffit ! laissa-t-elle tomber sans le regarder.

Alors il éclata en sanglots et voulut s'agripper aux rideaux du véhicule comme pour l'empêcher de s'en aller, balbutiant des paroles incompréhensibles. La scène, sous les regards avides des deux cortèges, devint rapidement intolérable et Mme de Conti prit sur elle d'y mettre fin :

— Retirez-vous, Mylord ! ordonna-t-elle d'un ton sec. La Reine souhaite repartir...

Il hocha la tête et s'écarta mais resta planté au milieu de la route tandis que le cocher royal faisait tourner ses chevaux, si évidemment misérable que Holland vint le chercher. Cependant, Louise de Conti, après que l'on eut roulé un moment, ne put s'empêcher de murmurer :

— Je ne savais pas Votre Majesté si cruelle ! Le malheureux fait pitié...

— Il n'a que ce qu'il mérite ! Les hommes en vérité ne sont rien d'autre que des brutes !

La Princesse ne jugea pas utile de discuter une opinion aussi tranchée et s'installa plus commodément dans son coin. Ce faisant, elle rencontra le regard du chevalier de Jars qui galopait à la portière de son côté. Elle lui sourit avec un mouvement fataliste des épaules et il lui répondit en levant les yeux au ciel. Lorsque l'on fut à Amiens, la Reine s'enferma aussitôt avec son confesseur. Cependant elle n'en avait pas fini avec Buckingham..

Le cortège d'Henriette-Marie poursuivait son chemin sous des nuages qui n'annonçaient rien de bon. Par Abbeville et Montreuil on gagna Boulogne, cette fois sous une pluie battante charriée par un vent qui se renforçait d'instant en instant. Depuis Montreuil on avait pu voir que la mer était démontée et personne ne fut surpris en constatant qu'aucun des navires anglais chargés de transporter la nouvelle reine et sa suite ne se trouvait dans le port. Tout le monde en fut enchanté : après une fin de voyage aussi pénible, l'idée d'embarquer sur-le-champ ne souriait à personne. Surtout pas à Marie, très contrariée du retentissant échec du joli roman dont elle avait si soigneusement mis au point la scène maîtresse. Avec son franc-parler, elle n'avait pas caché au malencontreux « Steenie » ce qu'elle en pensait :

— On n'a pas idée d'être d'une telle maladresse ! Ne vous avais-je pas recommandé la retenue ? Vous vous êtes conduit comme un soudard vis-à-vis d'une femme, non seulement mal mariée, mais imprégnée d'idées romanesques, d'amours chevaleresques et que sais-je encore ? Même son époux qui n'est pas un chef-d'œuvre de délicatesse ne l'a jamais traitée ainsi !

— Je sais, mon amie, je sais ! Avouez cependant qu'elle m'y a encouragé ! Et je suis un homme, que diable ! Pouvais-je imaginer que ses beaux yeux noyés, ses lèvres tremblantes n'étaient pas autant d'appels à d'autres caresses ? Et nous avions si peu de temps ! Si seulement je pouvais la revoir, lui expliquer...

Le Diable apparemment était pour lui car on vit au matin accoster une chaloupe montée par de hardis marins qui, en dépit du mauvais temps, apportaient du courrier pour la Cour. Marie et Holland sautèrent sur cette occasion inespérée : ils conseillèrent à Buckingham d'aller lui-même porter les dépêches à la Reine-mère, seule habilitée à recevoir des nouvelles d'Angleterre.

Ils avaient à peine fini leur discours que le Duc était en selle et galopait en direction d'Amiens. Là, il se fit annoncer chez Marie de Médicis.

Celle-ci encore mal remise gardait le lit mais elle ne l'en reçut pas moins, prit les lettres, l'en remercia et l'écouta d'une oreille bénigne quand il lui exprima son désir d'être reçu par sa belle-fille aux pieds de laquelle il souhaitait s'humilier. Le propos lui semblant d'autant plus louable qu'elle cultivait, pour sa part, un faible pour le beau ministre, elle lui conseilla de s'y rendre sur-le-champ.

Anne d'Autriche qui s'était fait saigner le matin gardait le lit elle aussi, dolente de sa récente aventure. Quand elle sut que son amoureux demandait audience, elle s'exclama :

— Encore revenu ? Je pensais que nous en étions délivrés !

Et chargea sa dame d'honneur, Mme de Lannoy, de dire qu'elle ne recevait pas. Celle-ci s'acquitta de la commission avec un maximum de raideur :

— Il ne plairait pas au Roi, expliqua-t-elle au duc, que la Reine permît l'entrée de sa chambre à des hommes dans le temps où elle est au lit !

Et Buckingham retourna chez Marie de Médicis, l'implorant avec tant d'insistance qu'elle finit par répondre :

— Pourquoi donc ? Je le fais bien moi-même.

Il fallut évidemment que Mme de Lannoy en passe par cette espèce de consensus, mais elle prit ses précautions : lorsque le Duc fut introduit, la chambre était pleine de monde et deux princesses du sang, Mmes de Condé et de Conti, étaient assises au chevet de la Reine. Buckingham s'approcha du lit, se mit à genoux, prit la main d'Anne... et éclata en sanglots. Mme de Lannoy se précipita :

— Il n'est pas d'usage à la cour de France de parler à genoux à la Reine. Veuillez vous asseoir !

Et lui fit donner un siège. Qu'il refusa avec colère :

— N'étant pas français je n'ai pas à observer les lois de ce pays. Veuillez me laisser en paix !

Et il voulut se lancer dans un plaidoyer qui eut le don d'irriter Anne. Après lui avoir arraché sa main, elle resta de glace, ne l'honorant même pas d'un regard. Ce que voyant, Mme de Conti pria courtoisement Sa Grâce de ne pas insister afin de ne pas incommoder Sa Majesté qui était souffrante et avait besoin de repos.

— De repos ? Vraiment ? Et au milieu de cette foule ! gronda l'Anglais, furieux. Rassurez-vous, madame, je pars mais vous apprendrez que l'on ne se moque pas de moi impunément.

— Nul ne songerait à se moquer de vous, Mylord, si vous consentiez à agir de façon sensée, riposta la Princesse. C'est manquer de respect à une souveraine que l'importuner.

Il lui lança un coup d'œil exaspéré, recoiffa son chapeau et sortit en bousculant les laquais et en annonçant qu'il reviendrait...

Quelques heures plus tard, Mme de Chevreuse, assez inquiète tout de même, apprit de quelle façon il entendait revenir si on ne lui faisait pas meilleur accueil : par la force des armes !

DEUXIÈME PARTIE

L'ÉCHAFAUD DE NANTES

CHAPITRE VII

DEUX FERRETS DE DIAMANTS

La mer ayant enfin consenti à se calmer, la flotte anglaise put jeter l'ancre devant Boulogne et, le 22 juin à midi Henriette-Marie et sa suite embarquaient à bord du *Prince*, l'un des plus grands navires qui eussent jamais été construits. L'un des plus luxueux aussi puisqu'il offrait trois salles de plain-pied tendues de tapisseries de haute lice rehaussées d'or dont le capitaine Phinéas Pett fit les honneurs à sa jeune reine et à son imposante suite française : outre les Chevreuse et l'ambassadeur de France à Londres, le comte Le Veneur de Tillières et sa femme, il y avait l'évêque de Mende, Mgr de La Mothe-Houdancourt, chapelain de la Reine... et cousin de Richelieu, qu'il allait tenir fidèlement au courant de tout ce qui se passerait à Londres, la comtesse de Saint Georges[1] et la comtesse de Sipierre, le comte d'Effiat plus une quarantaine d'ecclésiastiques, secrétaires, gentilshommes, écuyers, valets, médecins et musiciens – comme sa mère, Henriette-Marie adorait la musique –, et une bonne dizaine

1. Elle était la fille de Mme de Montglat qui avait été la gouvernante des enfants d'Henri IV.

de femmes de chambre. Presque personne ne parlait anglais, cela allait donner pas mal de fil à retordre à sir Toby Matthew, traducteur officiel. Mais les proches étaient sans conteste Mmes de Chevreuse et de Saint Georges.

Devinant son inquiétude – inavouée par fierté –, Marie s'attachait à la petite reine qu'elle connaissait bien. Elle et Holland s'étaient appliqués, depuis le début des pourparlers, à lui tracer un portrait assez séduisant de son futur époux, cependant que par lettres, Henry en faisait autant pour Charles Ier. Il fallait que ce mariage-là fût réussi même si Buckingham, ulcéré, montrait déjà une certaine mauvaise volonté envers Henriette-Marie.

Le *Prince* rallia Douvres en une dizaine d'heures. La Manche s'était montrée relativement accommodante et personne ne fut malade, même pas Marie que sa grossesse n'incommodait en rien et qui se montrait au contraire plus pétulante que jamais.

L'accueil de Douvres où entrait une solide dose de curiosité fut plutôt chaleureux. Le sourire d'Henriette-Marie, sa jeunesse et ses grands yeux lui ouvraient facilement les cœurs. Elle descendit du vaisseau sur un « pont mobile artificiel », prit place dans une litière qui la mena au château en compagnie de Mmes de Chevreuse et de Saint Georges. La vue dudit château rappela quelque chose à Marie : si la nuit de noces devait se dérouler dans ce monument médiéval, elle ne serait certainement pas plus agréable que sa première nuit à Chevreuse, l'endroit étant lugubre et le mobilier antique. Néanmoins elle se rassura en constatant que Charles Ier n'y était pas et comme elle interrogeait Holland, celui-ci lui apprit que Marie de Médicis, agissant en cela en bonne mère, avait obtenu de son gendre que la jeune fille pût disposer de sa première nuit sur le sol anglais pour se reposer d'une traversée qui, même au milieu du luxe, était toujours éprouvante.

Cependant le roi anglais brûlait de rencontrer son épouse. Il se trouvait à Cantorbéry et, le matin venu, sauta en selle pour accourir à Douvres où il tomba au milieu du petit déjeuner de la mariée. Ravie de cette hâte Henriette-Marie, mettant de côté la gravité qu'elle s'efforçait d'observer, courut au-devant de lui, dégringolant les escaliers pour venir mettre genou en terre à ses pieds et baiser sa main. Enchanté il la releva, la prit dans ses bras et l'embrassa à plusieurs reprises avec un certain enthousiasme puis il écouta en souriant le charmant discours qu'elle avait préparé pour lui. Et que, soudain, elle interrompit pour éclater en sanglots, persuadée qu'il l'examinait et s'étonnait de sa petite taille. Charles s'efforça de la consoler mais elle tenait à mettre les choses au point et, relevant un peu sa jupe de brocart, elle lui montra ses souliers qu'aucun artifice ne surélevait :

— Voilà, Sire ! Je me tiens sur mes propres pieds. Ainsi grande suis-je, ni plus ni moins !

— Lord Holland m'avait écrit que vous étiez exquise : il ne m'a pas menti...

On se disposa à quitter Douvres pour Cantorbéry où Henriette-Marie vivrait sa nuit de noces. A cet instant se place un incident que Marie jugea désagréable. Il eût été normal que Mme de Saint Georges et elle-même qui avaient la Princesse en charge prissent place dans le carrosse royal, mais le Roi s'y opposa : c'étaient des dames anglaises qui devaient à présent accompagner son épouse et, en dépit de ses prières, on fit monter la mère – insupportable – de Buckingham, sa femme – beaucoup plus agréable – et la comtesse d'Arundel. Les deux Françaises eurent cependant leur revanche le soir même en conduisant la nouvelle reine à la chambre nuptiale où Mme de Chevreuse eut le privilège de lui donner sa chemise... et de la réconforter au seuil de cette nuit avec un inconnu toujours redoutée des princesses quand venait le moment de les marier.

Le roi Charles simplifia les choses. Une fois dévêtu il mit tout le monde à la porte et ferma les sept verrous – sept ! – qui la défendaient en interdisant qu'on le réveille, et ce ne fut qu'à sept heures – tard pour un homme habitué à se lever à cinq ! – que l'on entendit claquer les fameux verrous. Derrière se tenait Charles, souriant et d'humeur charmante cependant qu'Henriette-Marie se montrait rose de confusion. Le mariage était réussi. On prit alors le chemin de Londres avec une franche gaieté qui reçut tout de même un bémol quand, à Gravesend, on s'embarqua sur la barge royale qui devait amener le nouveau couple au cœur de sa capitale. D'abord il faisait un temps affreux et, plus grave, on apprit qu'une centaine de personnes étaient mortes de la peste durant la semaine écoulée. A la surprise générale, la petite reine n'en montra aucune crainte :

— Là où vous irez, j'irai, mon cher Sire, dit-elle en lui tendant une main qu'il baisa. Rien de mauvais ne saurait arriver. Je veux partager avec vous les mauvais jours comme les bons.

Et chacun d'applaudir devant tant de crânerie. Cette gamine de quinze ans que l'on allait couronner ne manquait pas de courage : elle était la digne fille d'Henri IV. Charles ordonna alors que l'on ouvre la grande baie de la barge et tous deux, vêtus du même satin vert brodé d'or et de perles, se tinrent debout, à l'avant de l'embarcation pour remonter la Tamise en saluant ceux qui, en dépit de la pluie, se pressaient sur les rives et dans une multitude de petits bateaux portés par la marée. Au passage de la Tour de Londres, les canons tonnèrent, relayés par ceux des vaisseaux d'escorte, et l'on arriva ainsi jusqu'à Denmark House, du nom d'Anne de Danemark, la mère de Charles, qui en avait fait sa résidence préférée. Le Roi venait de la faire restaurer pour sa jeune épouse par Inigo Jones. Celle-ci y resterait jusqu'à la cérémonie du lendemain où, au palais de Whitehall, le mariage serait confirmé par le Parlement, et déclaré légitime puis officiellement consommé, après quoi Denmark House serait gracieusement attribuée aux Chevreuse, pour le temps de leur séjour en Angleterre. Mais, à cause de la peste, ils pourraient résider aussi au château de Richmond.

Ce soir-là, il y eut un grand dîner au palais suivi d'un bal où Marie, n'étant plus concurrencée par Anne d'Autriche, écrasa de son éclat toutes les autres femmes, ce qui lui valut quelques solides inimitiés, à commencer par celle de Lady Carlisle...

La femme de l'ambassadeur était une splendide créature au charme de laquelle Buckingham – toujours lui ! – ne s'était pas montré insensible. Elle était sa maîtresse quasi déclarée et si la soudaine passion de son amant pour la reine de France ne l'avait guère gênée, elle trouva insupportables les liens d'amitié complice noués avec Mme de Chevreuse et entreprit sans plus tarder une campagne de dénigrement qui, à vrai dire, ne rencontra pas beaucoup d'échos : dès son arrivée la folle Duchesse fut à la mode et remporta tous les suffrages.

On ne pouvait malheureusement pas en dire autant d'Henriette-Marie.

Dès le lendemain de la fête à Whitehall, Charles l'avait emmenée hors de Londres dans son magnifique château de Hampton Court, sur la Tamise, et là, presque du jour au lendemain, les choses commencèrent à se dégrader. Par la faute de l'éternel Buckingham qui ne digérait toujours pas son retentissant échec auprès d'Anne d'Autriche. Sa tête chimérique lui avait tant brossé le séduisant tableau d'une reine de France entièrement soumise à son charme et intervenant dans la politique du royaume selon ses idées et directives qu'il faisait peser sur Louis XIII et Richelieu une rancune qui ne cessait d'enfler, au point de lui faire prendre en grippe tout ce qui était français... y compris la pauvre Henriette-Marie.

Désireux d'effacer dans l'esprit du roi Charles la désastreuse impression laissée par les conditions du mariage acceptées par les ambassadeurs et par lui-même, le Duc chargea le cardinal de Richelieu qu'il accusa ouvertement d'avoir plus ou moins falsifié les traités et, manifestement, de les avoir outrepassés en fournissant à Henriette-Marie une suite ecclésiastique plus importante que prévu. Et si l'on n'osa pas lui enlever Monseigneur de La Mothe-Houdancourt, on fit repasser assez vite la Manche à une bonne partie des autres. De même, les dames françaises – principalement Mme de Saint Georges et Mme de Sipierre – furent remplacées par la mère, la femme et la nièce de Buckingham... La petite reine, d'abord surprise puis désolée, commença par demander posément la raison de cet ostracisme, pleura et finalement s'indigna. En digne fille d'Henri IV, elle exigea des explications qu'on lui refusa. Reine d'Angleterre, elle devait se conformer aux us et coutumes du royaume et s'estimer heureuse qu'on lui permît d'avoir un chapelain catholique et de prier comme elle l'entendait. La lune de miel tournait court et même se teintait de sang : au lieu de libérer des catholiques incarcérés pour leur foi, Buckingham en fit exécuter quelques-uns.

Seuls, les Chevreuse échappaient à cette mauvaise volonté. Au contraire même, ils étaient en cour mieux que jamais. Leur luxe et leur élégance leur valaient la faveur de la jeunesse dorée du royaume et l'on s'arrachait leurs invitations. Claude chassait avec le Roi qui le recevait souvent en son particulier et il s'en montrait ravi, trop heureux d'être ainsi honoré pour se soucier de ce qui se passait au palais. Quant à Marie, plus amoureuse que jamais de Holland avec qui elle affichait sans vergogne sa liaison, elle était devenue l'amie de Buckingham avec qui elle bavardait en tête à tête durant des heures sans se soucier de l'effet déplorable de ces apartés. La Mothe-Houdancourt qui entretenait une correspondance assidue avec son cousin Richelieu l'accusait clairement : « Mme de Chevreuse, écrivait-il, demeure chaque jour cinq ou six heures enfermée avec Buckingham : Holland lui a lâché sa prise ! » Autrement dit lui a passé sa maîtresse.

Or il n'en était rien. Marie aimait trop Henry pour songer seulement à lui donner un coadjuteur. D'autant que le terme de sa grossesse approchait. Mais elle aimait bien « Steenie » et, sans rien remarquer du mal qu'il faisait, cherchait continuellement le moyen de le réconcilier avec Anne d'Autriche. Celle-ci était le seul objet de leurs entretiens : comment rétablir l'état de grâce des beaux jours, obtenir d'Anne qu'elle accepte de correspondre avec Buckingham puis de le revoir. Marie, habituellement peu portée sur l'écriture, noircissait des pages à destination de Paris dont, avec son « cher ami », elle discutait chaque phrase.

Un incident les rapprocha encore.

Ce soir-là, Buckingham donnait à York House, son palais des bords de la Tamise, une fête en l'honneur de Mme de Chevreuse. Le Roi y vint mais la Reine avait refusé de s'y rendre. Elle n'ignorait plus rien des menées du Duc et, sans accuser Marie d'y avoir part, elle ne voulait pas franchir le seuil d'un homme qui changerait en cauchemar un mariage dont elle avait espéré tant de bonheur.

Marie bien sûr était éblouissante dans ses atours blancs et noirs étincelants de rubis et de diamants en dépit d'une grossesse plus qu'avancée, mais qui, au lieu de l'enlaidir, semblait la rendre plus éclatante encore. L'ampleur de ses robes – à la dernière mode ! – dissimulait son corps, assez peu déformé d'ailleurs, et cernait de mille feux la splendeur de sa gorge découverte aux limites de l'indécence. Son entrain non plus ne souffrait pas. Elle ne manqua aucune danse dont plusieurs avec le maître de maison qui était obligé d'inviter d'autres dames.

Vers une heure du matin, il revenait vers elle pour l'inviter à nouveau quand elle fronça le sourcil et, au lieu de se laisser emmener au centre du salon, elle se déclara fatiguée, demanda cependant à lui dire quelques mots en privé : il l'entraîna sous les ombrages illuminés des jardins mais n'eut pas le temps de s'enquérir de la raison d'un entretien si urgent.

— Avec qui avez-vous dansé, depuis notre dernier branle ?

— Attendez que je me souvienne ? Ma nièce Arundel... Lady Stratford, Lady Montaigu... Pourquoi ?

— Vous portiez les ferrets de diamants que l'on m'avait chargée de vous remettre ?

— Pourquoi dites-vous « portiez » ?

— Parce qu'il vous en manque deux. Tenez, ajouta-t-elle en soulevant les deux bouts de ruban qui les avaient supportés. Voyez vous-même ! Ils ont été bien proprement coupés. Par qui ?

Buckingham se mit à réfléchir tout haut :

— Aucune de ces trois dames n'avait de raison de

chercher à me nuire : elles me sont affectueusement attachées. Et puis manier des ciseaux en dansant, au vu et au su de tous, cela me paraît difficile.

— Ne vous êtes-vous pas, à un moment donné, entretenu privément avec la comtesse de Carlisle ?... D'assez près il me semble ?

— Lucy ?... C'est impossible, voyons ! Une des plus hautes dames, fille du duc de Northumberland...

— Peut-être mais elle était votre maîtresse, si j'en crois nos relations, une maîtresse singulièrement jalouse. En outre, par son époux, elle ne doit rien ignorer de vos exploits à Paris et à Amiens et, si elle vous aime, elle doit haïr la Reine !

— Oh, elle sait très bien haïr, mais en l'occurrence que pourrait-elle faire de ces deux ferrets ?

— Innocent que vous êtes ! fit Marie en lui tapotant la joue du bout de son éventail. Mais tout simplement les envoyer au roi Louis... ou même au Cardinal. Hier au soir je l'ai vue en grande conversation avec La Mothe-Houdancourt. Si ces maudits affiquets arrivent sous les yeux du Roi, la Reine est perdue ! Elle sera d'autant plus joyeusement répudiée que l'on en est toujours à attendre un héritier pour le royaume.

— Alors elle n'aura qu'à venir à moi, mes bras lui seront ouverts et ma fortune à ses pieds...

— ... en compagnie de votre femme et de vos enfants ? Ma parole, vous rêvez debout, mon ami. Si grand que vous soyez, cela ne saurait suffire à une infante d'Espagne, émit la Duchesse avec dédain.

— Vous avez raison ; je crains qu'il n'y ait d'autre moyen de la conquérir que le fil de l'épée et les canons des vaisseaux qui, un jour prochain, me porteront en France. En attendant... venez avec moi !

Il la prit par le bras pour la conduire jusqu'à son cabinet de travail où il s'assit à sa table pour rédiger une lettre rapide. En même temps, il sonnait, ce qui fit apparaître aussitôt un valet :

— Cette lettre à l'Amirauté, en urgence. Il faut qu'avant une heure des courriers soient partis pour exécuter mes ordres...

L'homme disparut et Marie qui s'était assise dans un fauteuil le suivit des yeux :

— Qu'avez-vous décidé ?

— De fermer tous les ports d'Angleterre. N'oubliez pas que je suis Premier Lord de la Mer. En outre, tous ceux qui voudraient embarquer doivent être fouillés jusqu'à l'os qu'ils soient hommes ou femmes. Enfin...

Un nouveau coup de sonnette amena un autre serviteur qui reçut, lui, l'ordre d'aller chercher le joaillier du duc en le tirant de son lit, au besoin. Ce qui fut réalisé avec une célérité remarquable.

— Ne serait-il pas plus simple, remarqua Marie avec un sourire en coin, de faire appeler Lady Carlisle... et de la fouiller vous-même puisque vous êtes du dernier bien ?

— Elle a quitté le bal à l'instant où je vous amenais ici et si les ferrets doivent aller en France, ils sont certainement déjà en route.

Perkins, le joaillier, fit son entrée quelques minutes plus tard avec la mine ensommeillée de quelqu'un qui n'a pas dormi son content, mais il se réveilla complètement en s'entendant commander deux ferrets semblables à ceux qu'on lui montrait, et ce dans des délais si brefs qu'il allait devoir chercher ses outils et s'installer à York House où les pierres nécessaires lui seraient fournies. Le pauvre homme commença par lever les bras au ciel :

— Cinq jours, Votre Grâce ? Je n'y arriverai jamais !

— Faites venir des aides si vous voulez mais que

ce soit fait dans les cinq jours et chacun vous rapportera mille livres ! En revanche, si vous dépassez le temps imposé, il vous sera retranché la même somme par vingt-quatre heures !

Il n'y avait rien à ajouter à cela. Perkins une fois confié au majordome du palais chargé de l'installer, Buckingham remplit deux verres de vin d'Alicante et en offrit un à Marie. Elle l'accepta avec un sourire moqueur :

— Il y a des moments où je ne vous comprends pas, mon ami. Pourquoi cinq jours plutôt que six ou sept ? Vous mettez ce malheureux sur les dents !

— N'est-ce pas vendredi, donc le sixième jour, que part votre courrier pour la France ? Choisissez vous-même celui à qui nous pourrons confier sans crainte le précieux paquet et la personne à qui il devra le remettre.

Mme de Chevreuse envoya une pensée pleine de regrets à Gabriel qui eût été le messager idéal, mais il fallait trouver autre chose :

— Sans hésiter Peran, mon cocher. Il est à mon service depuis mon enfance et c'est l'homme le plus sûr et le plus silencieux qui soit. Une force de la nature qui ne dit pas trois paroles par jour. Il confiera les bijoux à Mme du Vernet ou à Louise de Conti mais je préférerais la première : elle est dame d'atour et rangera les ferrets à leur place... Je pense qu'il n'y a pas de souci à se faire, il les connaît bien toutes les deux...

Le vendredi suivant, Peran partait pour la France avec les dépêches à destination de Paris. Marie n'avait eu aucune peine à obtenir de l'ambassadeur permanent à Londres, le comte Le Veneur de Tillières, de l'adjoindre à ses messagers sous le prétexte de lui rapporter une parure restée rue Saint-Thomas-du-Louvre.

Or la chaleur s'abattit soudain sur Londres où, dans

les bas quartiers, les cas de peste augmentaient. Marie prit peur quand on retrouva, un matin, le corps boursouflé d'un des palefreniers de Denmark House. Elle voulut quitter aussitôt la maison, ce que son époux, pas beaucoup plus rassuré qu'elle, accepta volontiers.

— Allons à Richmond puisque nous y sommes chez nous, proposa-t-il. Nous y serons à l'abri du danger et vous respirerez peut-être un peu mieux.

— Cette bâtisse sinistre ?

— Sinistre ! Un château au milieu d'un parc giboyeux ! Oh ! émit Claude, scandalisé.

— Est-ce que je suis en état de chasser ? Et vous savez très bien que je n'aime pas le Moyen Age ! Je n'irai pas à Richmond !

Le château construit au XVe siècle n'était pas follement gai en effet. On y gardait pieusement le souvenir du roi Henry VII et surtout de la Grande Elizabeth qui, tous deux, y avaient rendu le dernier soupir, et pour la seconde celui d'y avoir été emprisonnée dans sa jeunesse comme d'ailleurs Marie Tudor, la demi-sœur qui l'avait précédée sur le trône. Rien de très réjouissant dans tout cela mais le prétexte semblait bon à Marie qui avait une autre idée en tête. Son époux cependant reprenait :

— Comme vous ne voulez pas non plus rester ici, me direz-vous où vous comptez aller ?

— Chez notre cher ami Holland, voyons ! A Chiswick, répondit-elle après avoir toussoté pour s'éclaircir la voix. Il y a des jours qu'il nous propose sa ravissante maison au bord du fleuve en assurant qu'il ne gardera pour lui qu'un petit logis. Le jardin est merveilleux, l'air excellent...

— Pas pour moi ! J'aime beaucoup votre « nous propose » mais je voudrais que vous ne me croyiez pas plus bête que je ne le suis. C'est vous qu'il invite. Pas moi ! Et aller faire vos couches chez Holland me paraît stupide. On chuchote déjà partout que l'enfant est de lui.

— Ah ? On dit cela ?

— Oui. On va bientôt le crier sur les toits !

— Ridicule ! Et vous devriez être le dernier à vous faire l'écho de cette sottise ! Oh, je n'ignore rien des ragots de cour. Ne dit-on pas aussi que je suis la maîtresse de Buckingham... alors que, grâce aux excellents rapports que j'entretiens avec lui, nous sommes les seuls Français que l'on ne regarde pas de travers à Whitehall ou à Hampton Court.

— Je suis moi-même en très bons termes avec le Roi ! fit Chevreuse en se rengorgeant.

— Mais vous le seriez certainement moins si je n'entretenais cette vive amitié avec « Steenie ».

— Dans ce cas vous devriez faire en sorte qu'il cesse de tourmenter la pauvre Henriette-Marie ! Et si nous parlions de Henry Holland ? Nos relations avec lui sont-elles aussi... diplomatiques ?

— Peut-être plus que les vôtres avec Lady Carlisle ! Souvenez-vous, mon ami, qu'il a été l'artisan principal de ce mariage qui vous a tant honoré ! C'est lui qui écrivait au roi Charles pour lui vanter la grâce et les belles qualités de notre princesse et, en même temps, il tenait à celle-ci des discours propres à lui donner de l'amour pour son futur époux...

— Certes, certes ! Mais que vient faire Lady Carlisle dans notre conversation ?

Marie ouvrit de grands yeux innocents :

— N'êtes-vous pas du dernier bien avec elle ? C'est du moins ce que proclame la rumeur publique... et si je n'y vois pas offense, je ne laisse pas de m'en inquiéter. Savez-vous qu'elle se donne une peine infinie pour nuire à Buckingham... et aussi à notre reine Anne ?

— Elle ? Oh, c'est incroyable !

— Pourquoi ? Elle était la maîtresse du Duc dont le cœur est pris tout entier en France et elle le sait. Elle ne serait pas femme si elle ne cherchait à se venger... Vous devriez y veiller !... Claude, ajouta-t-elle en venant nouer ses bras autour du cou de son mari, vos mérites ont fait que nous sommes ici le point de mire d'une cour qui ne brille pas par sa sagesse ni par sa retenue. Notre entente ne doit pas en souffrir puisque nous ne sommes pas des gens comme les autres ! Ensemble nous pouvons tout obtenir... tout oser peut-être ! Une chose compte : conserver la bienveillance que nous montre le roi Charles ! Restez donc au plus près de lui... et laissez-moi mettre au monde notre enfant !

— Chez Henry Holland ?

— J'ai besoin d'air et celui de Richmond ne me convient pas... Mille tonnerres, Claude, continua-t-elle en s'éloignant de quelques pas pour qu'il pût avoir une vue d'ensemble de son corps arrondi à travers le déshabillé de fine batiste blanche, de rubans et de dentelles, croyez-vous vraiment que ma vertu ait quoi que ce soit à redouter dans l'état où vous me voyez ?

Avec la masse fauve de ses cheveux répandus sur ses épaules elle était si belle que Chevreuse haussa les épaules avec un demi-sourire :

— Vous êtes simplement merveilleuse !... Souvenez-vous seulement de temps en temps que vous êtes ma femme !

Et il sortit sans rien ajouter...

Si l'on avait interrogé Elen du Latz, elle eût sans doute répondu qu'elle préférait cent fois Richmond, même Denmark House où cependant le fléau venait de frapper, que suivre la Duchesse chez son amant.

Depuis l'arrivée en Angleterre son rôle auprès de Marie ressemblait de plus en plus à celui d'une femme de chambre et non d'une suivante. A la Cour, fastueuse et passablement dépravée, les us et coutumes étaient plus simples et les dames, à l'exception de la Reine, bien sûr, ne s'encombraient guère de demoiselles à accompagner : elles sortaient seules comme les hommes ou avec les hommes dont elles imitaient parfois la vie, chassant, jouant et buvant comme eux. Dans la résidence des Chevreuse, Elen passait le plus clair de ses journées à broder près d'une fenêtre ou dans le jardin pour préparer le trousseau du bébé à venir, s'occuper des toilettes de Marie – il arrivait à la Duchesse d'en changer quatre fois par jour ! – et de l'entretien de ses bijoux. Et s'il lui advenait de croiser Lord Holland dans la maison, il se comportait comme s'ils ne se connaissaient pas, se contentant d'un salut rapide, la plupart du temps, auquel elle ne répondait pas, paralysée par une étrange timidité née de l'amour grandissant qu'il lui inspirait et aussi du fait qu'il possédait le pouvoir de l'impressionner. Toujours vêtu sobrement et le plus souvent de gris ou de noir, il tranchait parmi ses pairs rutilants de parures sur des satins ou des brocarts vivement colorés tout comme son allure hautaine et ses yeux froids maintenaient à distance les éléments les plus turbulents de la jeunesse dorée à l'exception, naturellement, du seul Buckingham. On le savait redoutable aux armes, exact à ses devoirs religieux et s'ils étaient nombreux ceux – et celles ! – qui s'étonnaient de sa liaison évidente avec la belle duchesse française, nul ne se fût permis de lui demander des explications. Marie elle-même subissait cette influence dont elle n'imaginait pas qu'elle l'asservissait, parce qu'elle croyait son amant attaché par les liens de fer d'une passion toujours intense. A défaut de lui parler d'amour, ne lui répétait-il pas qu'elle éveillait en lui une espèce de fureur génésique alternant avec des instants d'une douceur infinie à quoi elle se livrait avec délices ? Il était un amant incomparable et elle se croyait certaine de le garder aussi longtemps qu'elle en aurait envie...

Evidemment, aux approches de la naissance, il avait bien fallu adopter un comportement plus sage – encore que !... –, mais Marie savait que Henry lui laisserait juste le temps des relevailles avant de reprendre leurs étreintes et elle avait accepté avec enthousiasme l'idée un peu bizarre tout de même de faire ses couches chez lui. D'autant plus curieux que Lady Holland était allée vivre sa propre grossesse dans leur château du Kent. Et elle anticipait avec des frissons le moment béni où, délivrée d'un fardeau dont il était peut-être responsable, elle pourrait à nouveau lui offrir le corps qu'il aimait tant...

Elen le savait. Ignorant les sentiments de sa suivante pour Holland, Marie n'avait jamais cessé de se confier à elle aussi bien pour les projets qu'elle formait au sujet des futures relations d'Anne d'Autriche avec Buckingham que de cet amour dont, avec une certaine naïveté, elle avouait qu'elle n'en avait jamais connu de semblable. Excellant aux jeux de la coquetterie, elle ne ménageait pas ses sourires à ses nombreux soupirants mais sans y attacher d'autre importance qu'à un bon moyen d'éveiller la jalousie de Henry en minimisant ainsi, aux yeux de son époux, l'importance de sa relation avec lui. Elen en souffrait, et plus encore de sentir une envie amère l'envahir et prendre peu à peu la place de l'ancienne affection éprouvée pour la Duchesse jusqu'à l'entrée dans leur vie commune du trop séduisant Anglais. Aussi craignait-elle de se retrouver entre eux dans une demeure où il était le maître.

Lorsqu'elles arrivèrent chez lui, en fin de journée, la chaleur ne se décidait pas à lâcher prise. Le temps était lourd, orageux, à peine respirable mais le jardin embaumait les roses dont il était couvert et la grande maison élizabéthaine délicieusement fraîche. Marie se sentait lasse pour la première fois peut-être depuis le début de sa grossesse. Elle était pâle et le cerne de ses yeux ne devait rien aux jeux de l'amour. A Holland qui l'accueillait au seuil, elle demanda de se retirer dans sa chambre sans plus attendre. Elle ne descendrait même pas pour souper. Et comme il s'inquiétait, proposant d'appeler un médecin, elle le rassura d'un sourire :

— Ne vous tourmentez pas : cela signifie seulement que mon heure approche. Il était temps que je quitte Londres. On y étouffe et le fleuve charrie des odeurs putrides insupportables. Ici on respire ! ajouta-t-elle en fronçant son joli nez pour mieux aspirer les senteurs des parterres.

Naturellement la plus belle chambre lui était réservée, mais Elen fut agréablement surprise quand la gouvernante de Holland House ouvrit devant elle la porte d'une chambre voisine, plus petite et moins somptueuse mais sans communication directe. En revanche un lit était disposé non loin de celui de Mme de Chevreuse, pour Anna sa première camériste. C'était la garantie pour Elen de préserver un peu son intimité tout en restant cependant proche de sa maîtresse. Elle avait toujours habité jusque-là des pièces donnant directement chez celle-ci : il n'était donc pas possible d'y entrer ou d'en sortir sans qu'elle le sût. Cette fois elle avait l'impression d'être une invitée comme une autre.

Cette sensation de liberté subsistait encore lorsque Marie, mise au lit après une toilette rapide destinée à la rafraîchir, et un souper léger, renvoya ses femmes en disant qu'elle se sentait vraiment très fatiguée et voulait dormir. Elen, qui n'avait pas faim, eut envie de se promener parmi ces parterres de roses au-delà desquels de longues marches douces descendaient vers la Tamise qui, à cet endroit, coulait dans un écrin vert...

A cause des nuages obscurcissant le ciel, la nuit semblait tomber plus vite. L'orage s'annonçait, cependant la jeune fille poursuivit son lent cheminement, heureuse de découvrir en solitaire cet endroit plein de charme qui était la demeure de Henry. Derrière elle le château peu éclairé se faisait discret comme il convenait pour protéger le repos d'une dame. Elle savait que Holland en avait réservé une partie restreinte pour son usage. Appuyée au tronc d'un vieil arbre, elle essaya d'en deviner l'emplacement... Et, soudain, il fut là.

Sorti de nulle part comme dans la vieille rue de la Cité, l'épaisseur de l'herbe, sans doute, avait amorti le bruit de ses pas. Sa haute taille cachait la vue de la maison.

— Le mauvais temps arrive, dit-il. Vous n'en avez pas peur ?

De faibles roulements de tonnerre s'entendaient en effet vers l'ouest.

— Ni de cela ni de la tempête. Dans mon pays de Bretagne, ce sont choses fréquentes. Et puis ce jardin est si beau, je voulais y faire quelques pas. Madame la Duchesse dort, ce qui m'accorde un moment de liberté. J'ai voulu en profiter...

— Prenez mon bras, je vous guiderai. Les trous de taupes ne sont pas rares et donnent des cauchemars à mes jardiniers. Une cheville de femme est fragile...

Elle accepta avec un battement de cœur, retrouvant l'impression de leur première rencontre lorsqu'il l'avait ramenée au Louvre et comme alors, ils marchèrent d'abord en silence. C'eût été comme un rêve si les grondements du ciel ne se fussent rapprochés.

— Je suis heureux que mon jardin vous plaise, murmura Henry. J'avais tellement envie de vous le montrer !

— A moi ?

— A vous. Je vais peut-être vous surprendre mais en invitant Mme de Chevreuse à venir faire ses couches ici, c'était à vous que je pensais. Ce n'est pas elle que je voulais recevoir mais vous. En vérité je n'espérais pas réussir : il faut être Chevreuse pour supporter que sa femme aille accoucher chez son amant à son nez et à sa barbe ! Surtout d'un enfant dont il ne doit plus être absolument certain d'être le père !

— L'est-il ?

— Franchement je n'en sais rien, fit Henry avec un rire désinvolte. Nous verrons bien à qui le baby ressemblera. Mais cessons de parler d'eux, Elen, et ne me gâchez pas ce moment délicieux auquel je ne croyais pas et que je veux savourer minute par minute.

Oh, la divine sensation ! Sous la voix caressante de Henry, Elen sentait son cœur douloureux s'apaiser, s'épanouir comme après une longue sécheresse la fleur qu'une ondée arrose !... Holland s'arrêta soudain sous les arceaux fleuris d'une tonnelle, fit face à la jeune fille qu'il prit par les coudes :

— Nous sommes seuls, Elen ! Vraiment seuls pour la première fois car ceci est mon univers et nul n'oserait m'y chercher. Voulez-vous comprendre enfin que je vous aime ?

— Vous... m'aimez ? Je pensais que vous ne connaissiez pas ce mot !

— Parce que je ne le prononce jamais ? Parce que je ne lui ai jamais dit, à elle ? fit-il avec un geste de la tête en direction du château. Mais à vous... oh oui, à vous je pourrais ne jamais cesser de le murmurer ! Je vous aime, je vous aime ! Et je veux que vous en soyez convaincue.

Un violent coup de tonnerre éclata au-dessus d'eux, faisant tressaillir Elen au moment où les bras de Henry l'attiraient. Elle se laissa aller contre sa poitrine. Un éclair illumina le ciel noir à l'instant où leurs lèvres se joignaient... Elen oublia tout... y compris le déluge qui s'abattit sur eux sans d'ailleurs desserrer leur étreinte. En quelques secondes ils furent trempés mais c'était comme si cela ne les concernait pas. Etroitement enlacés ils ressemblaient à un arbre dans la tempête...

Mais l'eau finit par avoir le dernier mot.

— Ne restons pas là ! décida enfin Henry qui, sans attendre la réponse d'Elen, l'enleva dans ses bras et se mit à courir vers la maison.

Parvenue dans la lumière des candélabres qui éclairaient le hall d'entrée – rigoureusement désert –, Elen voulut qu'Henry la repose à terre mais il se contenta de la serrer plus fort et de gravir avec elle l'escalier, toujours sans rencontrer âme qui vive. L'immense demeure ressemblait ce soir à quelque château magique où les portes s'ouvraient seules comme dans un rêve. Et quand Henry la remit enfin sur ses pieds, Elen se rendit compte qu'ils étaient dans sa chambre mais que celle-ci semblait différente du moment où elle l'avait quittée. Des veilleuses parfumées brûlaient au chevet du lit déjà ouvert. Il y avait des fruits dans une coupe de malachite, une carafe de vin dorée, des verres d'épais cristal... En dépit de l'ambiance voluptueuse, Elen eut subitement peur et repoussa les mains de Henry qui commençaient à dégrafer sa robe trempée...

— Non ! Je vous en prie !... Pas ici ! Pas à côté d'elle !

— Soyez tranquille ! Elle dort !

— Mais elle peut s'éveiller, m'appeler ! Son sommeil est léger ces temps-ci !...

— Nous n'avons rien à craindre ! J'y ai veillé et notre chère duchesse va dormir comme un ange jusqu'à demain ! Pourquoi pensez-vous que je lui ai attribué ce logis dont les chambres ne communiquent pas ?

Loin de se calmer, l'inquiétude d'Elen grandit :

— Vous dites que vous avez veillé... à son sommeil ? Vous n'avez pas...

— ... mêlé à la compote qu'elle avait demandée un peu de poudre soporifique ? Mais voyons ! Oui ! Soyez sans crainte il s'agit seulement de valériane... Apaisez-vous, ma douce ! C'est notre nuit ! J'ai fait le nécessaire pour qu'il en soit ainsi. Ne nous l'abîmez pas ! ajouta-t-il en reprenant ses lèvres pour un baiser qui la fit défaillir.

Il n'eut aucune peine alors à poursuivre un déshabillage entrecoupé de caresses. Les yeux fermés, Elen, parcourue de frissons, le laissait faire. Quand il la déposa sur le lit pour se dévêtir rapidement, elle eut un gémissement, un geste des bras pour le ramener à elle.

— Dieu, que vous êtes belle ! souffla-t-il. C'est crime que cacher si beau corps sous des habits de suivante quand il mériterait les plus riches atours...

Il vint la rejoindre. Elle sentit contre elle sa peau chaude, ses muscles durs, son odeur étrange, indéfinissable, douce et forte à la fois qui n'avait rien des relents grossiers qu'elle dédaignait tant. Cette odeur avait quelque chose de tellement enivrant qu'Elen chassa de son esprit sa crainte de ne plus pouvoir supporter le contact ultime dans sa chair blessée. Elle l'appelait au contraire de tout son être, prête à subir comme un bonheur de plus la souffrance qu'il lui infligerait, mais quand il s'empara d'elle, Elen sut que la malédiction l'avait quittée et se laissa rouler par la vague qui les entraîna ensemble. Le cri qu'elle ne put retenir et qu'il étouffa d'un baiser n'avait rien à voir avec la douleur.

Quand elle s'éveilla du profond sommeil où elle avait sombré vers la fin d'une nuit inoubliable, il faisait grand jour et quelqu'un frappait à sa porte à coups redoublés. Elle se hâta d'enfiler la chemise qu'elle trouva près du lit avec ses pantoufles et courut à la porte où était Anna.

— Eh bien, mademoiselle Elen, on peut dire que vous dormez bien ! Qu'est-ce qui vous a pris de vous enfermer comme ça ?

En effet, elle avait dû tourner la clef pour ouvrir :

— Je... je ne sais ! répondit-elle en passant sa main sur ses yeux. Hier soir, je suis allée visiter le jardin et j'ai été surprise par l'orage qui m'a trempée de la tête aux pieds. Je suis rentrée en courant et j'ai dû fermer sans m'en rendre compte...

— C'est une chose qui peut arriver à tout le monde. Habillez-vous vite, Madame la Duchesse vous réclame...

— Comment va-t-elle ce matin ?

— Mieux qu'hier je crois. Elle se plaint cependant d'une migraine...

— J'arrive, assura la jeune fille en refermant le battant que d'instinct elle avait seulement entrebâillé pour cacher l'intérieur de sa chambre aux yeux aigus d'Anna.

En se retournant, elle vit que la pièce, dans un ordre parfait, était exactement comme elle l'avait quittée avant sa promenade. Non seulement Henry avait disparu mais aussi les traces de lui et de ce qu'il avait fait disposer. Plus de fruits, plus de vin d'Alicante, plus de veilleuses parfumées. Seuls les vêtements mouillés de la jeune fille restaient disposés sur deux chaises...

En dépit de sa promesse de se hâter, elle s'assit sur le bord du lit pour essayer de comprendre. Comment Holland avait-il fait pour sortir et tout enlever sans passer par la porte ni par la fenêtre ? Elle n'avait pourtant pas rêvé. Son corps chantait encore de bonheur et, quand elle se regarda au miroir, le cerne de ses yeux rappelait indiscrètement ce qu'elle venait de vivre...

Après une toilette rapide, elle s'habilla, se coiffa et se passa sous les yeux un peu de lait d'amandes pour faire tenir une couche de poudre. Mais ces soins étaient inutiles. Marie que son mal de tête mettait de mauvaise humeur ne la regarda même pas, se contentant de lui rappeler qu'elle devait être auprès d'elle dès son réveil, après quoi elle la chargea de veiller à ce qu'on lui prépare un bain, et finalement réclama un médecin dans l'espoir qu'une petite saignée apaiserait sa douleur. Le rite quotidien de la toilette se déroula dans une atmosphère d'orage vraiment inhabituelle : Marie refusait l'une après l'autre les robes qu'on lui présentait, l'une ne convenant pas à son teint pâle, l'autre la serrant trop, la troisième lui paraissant mal nettoyée. Tant et si bien qu'elle décida de ne voir personne. Surtout pas Lord Holland quand il viendrait s'enquérir de sa santé :

— J'ai une mine affreuse, confia-t-elle à Elen. Je ne veux pas qu'il me voie ainsi ! Dis-lui que j'ai... que j'ai mes vapeurs !

Commission dont la jeune fille se chargea volontiers lorsqu'elle rejoignit leur hôte au seuil de l'appartement, en prenant soin de s'exprimer à haute et intelligible voix. Avec un sourire de connivence à Elen, Henry assura la Duchesse de ses regrets, de ses souhaits de meilleure santé en parlant un peu plus fort, après quoi il chuchota :

— Cette nuit je vous rejoindrai...

— Comment avez-vous fait, ce matin ?

— Il y a une issue secrète... j'emprunterai ce chemin !... Puis moins bas : Priez Madame la Duchesse de me faire savoir ce que je peux faire pour lui être agréable ! Je suis prêt à exaucer le moindre de ses souhaits...

— Je n'en doute pas, soupira Marie quand Elen fut revenue auprès d'elle. Malheureusement il ne peut rien pour ce que je désire le plus : être débarrassée au plus vite de ce sacré marmot !...

— Oh, Madame ! Votre enfant !...

Préférant ne pas répondre, Marie se contenta de hausser les épaules en fermant les yeux. Ce matin elle se sentait d'humeur à déclarer la guerre au monde entier, furieuse de cette impression – nouvelle pour une femme chez qui grossesse et maternité n'avaient jamais posé le moindre problème ! – d'être prise au piège alors qu'elle aurait dû exulter de bonheur d'être dans cette ravissante demeure pratiquement seule avec Holland. Même l'idée qu'une autre femme, « sa femme », la partageait normalement avec lui ne la troublait pas : elle était de celles pour qui l'amour, souverain maître, balaie tout, remplace tout. Et voilà qu'elle se retrouvait quasiment malade aux approches d'un accouchement, elle dont la facilité à mettre ses enfants au monde faisait rire Charles de Luynes :

— Vous n'y mettez pas plus de façon qu'une poule qui pond son œuf ! Savez-vous à qui vous me faites penser ? A la Jacotte des Muides, à Luynes. Quand son onzième enfant s'est annoncé, elle était en train de cueillir des cerises. Les douleurs l'ayant prise, elle est allée se coucher, elle a fait son petit... et le lendemain elle retournait cueillir ses cerises, laissant le marmot à sa fille aînée ! Ce n'est pas le comportement d'une noble dame.

— Vous me préféreriez allant de pâmoisons en

vomissements ? Mille tonnerres, monsieur mon époux, je vous fais de beaux enfants ! Cela devrait vous suffire...

Or, cette fois elle se sentait la bouche pâteuse, la tête lourde et en venait à se tourmenter : le bébé à venir serait-il moins beau, moins fort que ses demi-frères et sœurs ?

Sans rien en dire Elen s'inquiétait elle aussi. La compote de la veille était-elle pour quelque chose dans l'état si peu normal de la Duchesse ? Sûre à présent de l'amour de Henry, elle répugnait à acheter son bonheur au prix de la santé de Marie. Et même si elle frissonnait déjà en pensant à la nuit à venir, elle se promit de le supplier de ne pas renouveler l'expérience... Mais elle n'eut pas le temps de lui en parler.

Vers midi, une barge royale rouge et or à tendelet de soie montée par une douzaine de rameurs vint s'amarrer à l'appontement au bas des jardins de Chiswick. Elle amenait la comtesse de Buckingham, mère de George, porteuse d'une invitation pour Mme de Chevreuse : la reine Henriette-Marie, afin d'honorer un couple particulièrement cher, désirait que son « amie » vînt accoucher à Hampton Court...

Holland vit arriver la dame sans aucun plaisir. S'il s'entendait bien avec Katherine, la jeune duchesse, il détestait la « chère Maman » de son ami.

La cinquantaine atteinte, l'ex-Marie Beaumont était encore une femme d'une grande beauté – son fils avait de qui tenir ! – mais aussi d'une astuce infernale et d'une ambition démesurée. Après les politesses de la porte, elle écouta à peine les représentations du Comte sur l'état de santé précaire de Marie et lui fit entendre que son avis ne l'intéressait pas, qu'elle devait joindre sur-le-champ la future mère et diriger son transport

– un élégant brancard porté par quatre valets la suivait – dans la barge d'abord puis dans l'appartement que l'on apprêtait pour elle.

Le discours qu'elle tint à Marie fut à peu près le même, à cette différence près que, sans attendre sa réponse, elle ordonna aux femmes de celle-ci de préparer son départ :

— Il ne saurait en être question, protesta la Duchesse. Veuillez répondre à Sa Majesté la Reine que je suis trop souffrante pour bouger d'ici où je me sens parfaitement bien...

— Vous serez encore mieux à Hampton Court et, au moins, vous serez auprès de votre époux dont nul ne comprend qu'il vous ait autorisée à venir en ce lieu... en l'absence de Lady Holland !

— J'ai peine à croire que Sa Majesté vous ait chargée de me dire cela ! La reine Henriette-Marie qui me connaît depuis longtemps a pour moi trop d'amitié...

— Qui dit autre chose, madame ? J'ajoute que le Roi vous en montre plus encore parce que l'ordre a été donné par lui mais il était plus convenable que l'invitation vînt de son épouse. Et un ordre du Roi ne se discute pas ! Fussiez-vous mourante que je vous sortirais d'ici ! Allons, mesdames, que l'on s'active !

Il fallut bien en passer par là. Tellement furieuse qu'elle en oubliait son malaise, Mme de Chevreuse, suivie de ses femmes et de ses coffres à bagages, fut portée dans la barge avec tout le soin et toutes les précautions voulus, et eut à peine le temps d'adresser un adieu rapide à Henry. Debout sur l'embarcadère, la mine sombre et les bras croisés, il regarda le somptueux bateau décoller du bord et commencer sa remontée du fleuve sous l'impulsion vigoureuse de ses rames dorées...

Assise près d'elle qui gardait à présent un silence de

mauvais augure, Elen regarda s'élargir le ruban d'eau qui la séparait de Henry. Pour seul viatique, elle emportait les quatre mots qu'il avait réussi à lui murmurer :

— Je saurai vous retrouver...

Si durant le trajet Mme de Chevreuse n'échangea pas trois paroles avec la « vieille Buckingham », l'accueil dont elle bénéficia en arrivant à Hampton Court la réconcilia avec l'existence. On la reçut comme si elle appartenait à la famille royale. L'appartement qu'on lui destinait était le plus beau après celui de la Reine, donnant sur le bassin et les parterres fleuris de ce palais de brique rose construit au siècle précédent par le cardinal Wolsey, offert par lui à la jalousie de Henry VIII – ce qui ne l'avait pas sauvé – et dont la Barbe Bleue britannique et sa fille, la grande Elizabeth, avaient fait un séjour à la fois fastueux et séduisant... Une armée de servantes, dont trois nourrices, plus le médecin de la Reine prirent soin de l'invitée. Claude, toujours installé à Richmond, vint la voir deux fois mais son écuyer Damloup fit le chemin deux fois par jour pour avoir des nouvelles.

Henriette-Marie retrouva avec Marie le ton joyeux de naguère, ce dont la pauvre petite reine avait certainement plus besoin que celle-ci. Buckingham vint aussi avec des fleurs et des fruits rares et même Mgr de La Mothe-Houdancourt avec de bonnes paroles. Ce qui ne l'avait pas empêché quelques jours plus tôt d'envoyer à Richelieu un courrier venimeux où il stigmatisait la conduite de la Duchesse en général, le séjour chez Holland en particulier, sans se priver pour autant de jeter le ridicule sur le mari dont il déclarait qu'il « servait de fable aux étrangers aussi bien qu'aux Français »...

Enfin, par une belle nuit d'été, Marie donna le jour

à une petite fille que l'on baptisa Anne-Marie, dont la Reine fut la marraine, et que sa mère confia aux nourrices retenues pour son service. Elle avait accouché selon son habitude avec une facilité déconcertante et souhaitait pouvoir jouir à son aise des fêtes dont Charles entendait célébrer l'événement. Et surtout, surtout retrouver au plus vite Holland qui s'était montré remarquablement discret depuis son départ de chez lui. Peut-être pour ne pas favoriser le jeu des comparaisons auquel la Cour se livrait depuis la naissance pour savoir si l'enfant ressemblait à Chevreuse ou à lui. Il avait tort de se tracasser : la petite Anne-Marie ne ressemblait à personne sinon, un peu, à sa mère dont elle avait les cheveux.

Marie attendait donc ses relevailles – qui furent bénies par l'un des chapelains de la Reine, La Mothe-Houdancourt étant souffrant – quand, au soir de ce beau jour, Claude entra chez elle l'air mi-figue mi-raisin. Il apportait une nouvelle importante : Louis XIII les rappelait à Paris. Aussitôt Marie s'insurgea :

— Pourquoi tant de hâte ? A-t-il à ce point besoin de vous car je suppose que de moi il ne se soucie guère ?

— Détrompez-vous ! Le message est formel : « Le duc et la duchesse de Chevreuse ! » Si vous voulez en savoir plus long d'ailleurs, ce n'est pas la première fois que l'on nous réclame, mais le roi Charles s'était alors opposé à notre départ avec une courtoisie assortie d'une grande fermeté : vous étiez beaucoup trop proche de votre terme pour que l'on aventure votre vie et celle de l'enfant sur les chemins de terre et de mer.

— Partir ?... Maintenant ? gémit-elle, prête à pleurer.

Il vint s'asseoir près d'elle et prit sa main dans la sienne. Avec beaucoup de gentillesse :

— Voyons, Marie, vous deviez bien vous douter que ce jour arriverait ! Nous ne sommes pas chez nous et, si je partage votre goût pour ce pays où tout nous a souri, il n'en demeure pas moins que ce n'est pas le nôtre. N'avez-vous pas envie de revoir Dampierre ?

— Dampierre si ! Et d'autres choses et gens avec lui mais ni le Roi ni son Richelieu !

Elle avait craché le nom plus qu'elle ne l'avait prononcé. C'est que le bruit lui était revenu, porté par de bonnes âmes secrètement réjouies de la correspondance échangée par La Mothe-Houdancourt avec son cousin. En réponse à l'évêque accusant Mme de Chevreuse et quelques autres femmes d'être venues en Angleterre moins pour rétablir la religion catholique que pour ouvrir des bordels, le Cardinal aurait écrit : « Quand elle sera de retour, il ne sera plus besoin de faire venir des guilledines d'Angleterre. » Allusion transparente aux femmes recherchées par ceux qui aimaient à courir le guilledou.

Quelqu'un cependant était enchanté du prochain départ de Marie et il vint le lui dire avec maintes effusions : c'était Buckingham. Il avait été merveilleux de pouvoir évoquer avec elle durant des heures le souvenir de sa reine adorée, d'échafauder mille projets pour reprendre les relations si bien commencées et si fâcheusement interrompues, mais tout deviendrait plus facile quand son amie Marie aurait repris sa place auprès d'Anne.

— Je veux la revoir ! expliqua-t-il, et je suis prêt à passer la mer aussi souvent qu'il le faudra, secrètement au besoin...

— Vous secrètement ? Mon pauvre ami, lorsque vous êtes quelque part, on ne voit plus que vous tant vous attirez les regards...

— Je saurai me déguiser, faites-moi confiance ! Pour elle je suis prêt aux pires folies.

— Oh, non, je ne vous crois pas ! Même en haillons et le visage noir de suie on vous reconnaîtrait... D'ailleurs, vous lui plairiez peut-être moins !

— Alors il faut faire en sorte que je retourne à Paris pour y traiter de nos différends politiques. Il y a là une carte à jouer : nous pouvons peser sur les huguenots français pour les amener à se soumettre en échange de la reprise des hostilités avec l'Espagne !

— C'est votre affaire. Je ne suis pas admise au Conseil, moi ! fit-elle avec irritation.

— Normal ! Au Conseil ne siègent que des hommes...

— Et la Reine-mère ! Pour elle faire la guerre à l'Espagne serait un péché aussi énorme que faire la guerre au Pape !

— Sans doute mais je suis certain que vous êtes de force à gagner ceux qui y siègent.

— Vous oubliez le Roi... et Richelieu ! Le premier me hait et le second m'insulte...

— Parce que vous êtes loin ! Je gage que vous pourriez soumettre ceux-là aussi ! Un évêque est aussi un homme et nulle n'est plus femme que vous ! Ni plus belle ! Pensez-y !... N'importe, je tiens en réserve un moyen de retourner en France... et votre Henriette-Marie m'y aidera !

Holland vint aussi mais au dernier moment. Pendant la durée du séjour de Marie à Hampton Court, il n'y avait pas mis les pieds, sachant que le moindre aparté lui serait impossible. Ce dont la Duchesse avait pensé mourir de rage. Elle avait tant rêvé de leurs retrouvailles ! Or elle repartait sans avoir de lui autre chose qu'un baiser : celui qu'il déposa sur sa main. Sans doute appuya-t-il ses lèvres un peu plus longtemps qu'il n'était permis et ne lâcha-t-il ses doigts qu'en les laissant glisser en une sorte de caresse, mais la cruelle réalité était là : une mer et des lieues de terre allaient s'interposer entre leurs corps qui ne s'étaient pas retrouvés. Sur la barge somptueuse où le couple royal prit place avec ses hôtes français pour les accompagner jusqu'à Gravesend où attendait le *Prince*, Marie se raidissait pour retenir ses larmes en attribuant à son récent accouchement une faiblesse tellement inhabituelle ! Le chemin était-il si long, après tout, que Henry ne puisse le franchir ? Il viendrait à elle ! Voilà ! Trop d'intérêts communs s'ajoutaient à leur commune passion. Oui mais en attendant, elle avait envie de pleurer...

A quelques pas, Elen éprouvait une tristesse mitigée. En dépit de ce qu'il avait promis, elle n'avait pas revu Holland avant ce matin et, au moment des adieux, il ne lui avait pas même adressé un regard mais en passant près d'elle il avait soudain trébuché et elle avait senti qu'il glissait un billet dans sa main en lui présentant de brèves excuses. Et ce billet qu'elle n'oserait pas lire avant longtemps peut-être atténuait le chagrin du départ.

En dépit de l'apparat déployé, Londres était lugubre ce jour-là. Le temps était gris, triste, brumeux, presque froid. Il n'y avait ni musique ni acclamations mais au long des berges, derrière les pertuisanes des gardes, un peuple dont le silence traduisait l'hostilité. Le fleuve charriait ses habituels effluves de vase, de goudron et de pourriture qu'aggravaient les fumées nauséabondes des bûchers où se consumaient les cadavres des victimes de la peste. Le mal continuait ses ravages et c'était tout juste si l'on n'en rendait pas responsables les maudits Français papistes.

Quand on fut à bord du vaisseau, Chevreuse, un mouchoir généreusement parfumé à l'ambre sous le nez, déclara à sa femme :

— Vous je ne sais pas, mais moi je suis bien aise de rentrer ! La peste est une vraie malédiction et si je la déplore pour nos amis, je ne suis pas mécontent de la laisser derrière nous.

— C'est tout ce que vous inspirent les bienfaits que nous avons reçus ici ? La pâleur de la Reine et sa tristesse vous laissent-elles insensible ?

Pour Henriette-Marie, ce départ qui était presque un exode constituait une nouvelle épreuve. Avec les Chevreuse s'en allait la majeure partie de ceux qui l'avaient amenée en Angleterre, même sa chère Françoise de Saint Georges, sa compagne d'enfance, et elle pressentait que son isolement s'aggraverait dans ce pays huguenot où l'on malmenait ses frères en religion sans qu'elle pût rien faire pour eux, où l'on supportait mal qu'elle prie en latin et entendît la messe chaque jour... où l'insolent Buckingham n'avait pas craint de lui faire comprendre que, si l'envie lui prenait d'aller revoir sa famille, il faudrait que ce soit en sa compagnie...

— N'exagérons pas ! fit rondement Claude. Elle n'a rien à craindre de la peste et je crois qu'au fond son époux a de la tendresse pour elle ! Il me l'assurait hier encore ! Quant à moi, ne me reprochez pas de préférer le beau royaume de France à ce pays déprimant... Il y pleut trop souvent !

Marie se contenta de hausser les épaules. La mine affligée de la petite reine lui avait rappelé les bizarres paroles de Steenie, et elle éprouvait à présent une sorte de remords en la laissant à sa merci. Elle devinait que ce bon moyen dont il avait parlé pourrait bien consister à rendre la vie impossible à Henriette-Marie pour la pousser à prier son époux de lui permettre quelques visites à sa mère et à ses frères, sous sa surveillance ! C'était, à dire vrai, assez misérable...

Cependant, la satisfaction béate de son époux lui portait sur les nerfs : elle décida d'y porter un bémol :

— Ne vous réjouissez pas trop vite de rentrer au bercail et de retrouver la chaude amitié de votre cher souverain ! Nous pourrions avoir des surprises...

CHAPITRE VIII

UN JARDIN EN HIVER...

Marie n'avait pas tort d'appréhender un soit peu le retour en France. La Cour était alors à Fontainebleau pour fuir les miasmes de Paris sous les chaleurs d'août. Aussi les Chevreuse ne firent que toucher terre dans la capitale afin d'y rafraîchir leurs bagages. Assez longtemps cependant pour apprendre les suites des audaces de Buckingham dans le jardin d'Amiens.

Le Roi, renseigné par sa mère dont la plume, plus hypocrite que jamais, avait atteint une sorte de sommet – « Je ne peux m'empêcher de rendre témoignage de la vérité mais je vous assure que tout cela est sans gravité. Quand bien même votre femme eût voulu mal faire elle ne l'aurait pu : on l'observait. Certes Milord Bouquinquant[1] lui a témoigné plus que de l'estime : de l'amour mais quoi ! Les jeunes femmes ont du mal à se défendre des hommages masculins... » On devine l'effet sur un caractère aussi sombrement jaloux que celui de Louis XIII ! Interrogée des premières puisqu'elle accompagnait la Reine durant le fameux

1. On francisait alors ainsi le nom de l'Anglais. L'appellation est restée un temps à la bombe de chasse en velours noir dont il avait lancé la mode lors de son séjour à Paris.

voyage, la princesse de Conti s'était contentée de répondre en riant qu'elle répondait de la vertu de Sa Majesté de la ceinture jusqu'aux pieds.

Cet humour un rien brutal, sa haute position aussi la sauvèrent de l'orage qui s'abattit sur les entours royaux. Mme du Vernet fut écartée de la Cour et les deux écuyers d'Anne, le chevalier de Jars et Putange, furent chassés ainsi – Dieu sait pourquoi ! – que le médecin Ripert et un domestique de Mme du Vernet. Ce fut le confesseur du Roi, le père Séguiran, qui fut chargé d'annoncer ces décisions à la Reine. Il revint d'ailleurs le lendemain pour lui apprendre qu'on lui enlevait aussi Pierre de La Porte, son « portemanteau » que l'on avait failli oublier parce qu'il était malade et au lit. Il avait eu deux heures pour quitter le palais. Outrée, alors, Anne pria le religieux de demander à son époux de « nommer une bonne fois pour toutes les personnes qu'il lui voulait ôter afin que ce ne soit plus à recommencer » ! Quant au vrai coupable, le téméraire Buckingham, il était – sans le savoir – interdit de séjour en France. Louis XIII ne voulait plus le voir ni l'entendre sous quelque prétexte que ce soit.

— Vous avez eu de la chance d'être partie pour l'Angleterre avec Madame Henriette-Marie, conclut Bassompierre qui, venu régler une affaire quelconque dans son palais de l'Arsenal, s'était chargé de renseigner les voyageurs. Je ne sais trop ce que l'on aurait fait de vous. Peut-être devriez-vous laisser votre époux se rendre seul à Fontainebleau ?

En dépit de son assurance, Marie se sentit pâlir. Cependant elle garda bonne contenance et même se mit à rire :

— Craignez-vous que l'on m'envoie à la Bastille ? Ce n'est pas moi qui ai poussé la Reine dans ce sacré bosquet et qui ai permis à cet imbécile de Buckingham d'essayer de la violer ! Je ne suis pas gardienne déclarée de sa vertu. D'ailleurs, elle l'a su conserver, non ? Alors quel drame, mon Dieu, pour une bagatelle !

Le rire de Bassompierre fit écho au sien :

— La reine de France troussée dans un massif par un ministre étranger comme une fille de ferme dans une meule de foin, vous appelez ça une bagatelle ? Ma belle cousine, votre jolie tête fait preuve de plus de jugeote d'habitude.

— Que dois-je faire alors, selon vous ?

— Je vous l'ai dit : envoyer Chevreuse en éclaireur...

— Point du tout ! Nous irons ensemble !

— Je ne crois pas que Marie risque grand-chose, intervint Claude. Je suis porteur de lettres du roi Charles à notre sire pleines des choses les plus aimables pour elle et pour moi. Il y dit l'estime et l'amitié où il nous tient et s'offenserait, je pense, que l'on maltraite mon épouse...

— En ce cas, faites à votre guise. Je vous ai seulement donné mon sentiment par pure amitié.

Il importait cependant d'en tenir compte. Chevreuse devait délivrer au plus vite les messages dont on l'avait chargé et Marie tenait à l'accompagner, mais elle obtint de faire un crochet par Lésigny avant de gagner Fontainebleau. Elle voulait interroger Basilio. Elle ne l'avait pas vu depuis longtemps parce que, en dépit de son désir de l'installer à Dampierre, il refusait farouchement de quitter son coin et ses habitudes. Peut-être aussi à cause du fantôme de la Galigaï auquel il restait fidèlement attaché...

Au dernier moment et à la réflexion, elle laissa son époux rejoindre directement la petite cité royale. Elle le sentait piaffer d'impatience et d'autre part elle préférait de beaucoup être seule pour interroger son mage.

Mieux valait avoir une idée du genre d'accueil auquel elle devrait se préparer...

Celui de Basilio ne fut guère encourageant :

— Tu fais des bêtises, Madame la Duchesse, dit-il avec une sévérité dont il n'était pas coutumier. A vouloir te mêler de régenter la vie des plus grands, tu risques d'attirer à nouveau sur toi cette foudre que tu as eu tant de mal à détourner...

— Lorsqu'elle me voulait frapper, je n'étais pas coupable... et ne le suis pas davantage. Pourquoi vouloir toujours s'en prendre à moi des fautes commises par d'autres ?

— Parce que tu n'es pas entièrement innocente ! Et tu le sais parfaitement. De même tu devrais avoir plus de reconnaissance pour celui qui te protège de son nom. Il t'a épousée par amour...

— Euhhh... oui ! On peut appeler cela comme ça !

— On dit que tu as un amant...

Marie quitta son fauteuil et se mit à tourner dans sa chambre :

— Eh bien, on en apprend des choses au fond d'une campagne comme celle-ci ! fit-elle, agacée.

Ce qui n'émut pas le Florentin :

— Les étoiles couvrent le monde comme l'œil de Dieu. La tienne est encore brillante mais j'ai vu dessus l'ombre d'un astre malfaisant. Prends garde qu'il ne l'obscurcisse !

Elle arrêta brusquement sa promenade en face de Basilio qu'elle dévisagea les sourcils froncés :

— Pas de morale, mon ami ! Ce n'est pas ce que je suis venue te demander mais ce qui m'attend dans les jours à venir ! Quant à celui dont tu essaies de m'écarter, sache que je l'aime... passionnément. Comme il m'aime lui aussi !

— Tu en es sûre ?

— Quelle question ! Une femme ne se trompe pas sur ces choses. Ce qu'un homme ne saurait comprendre. Toi le premier !

— Prends garde quand même. Celui-là est le seul capable de te faire du mal, Madame la Duchesse. Les autres, c'est toi qui leur en fais parce que tu es trop portée à vouloir les dominer...

— Revenons s'il te plaît à mon premier propos ! Je rejoins la Cour à Fontainebleau. Comment y serai-je reçue ?

— Selon ton rang et tes mérites, je suppose. Comment veux-tu que Basilio en ait connaissance ?

— Mais..., fit Marie, suffoquée, de la manière dont tu prévois toujours l'avenir. Aurais-tu perdu ta clairvoyance ?

Basilio se mit à rire et alla prendre la main de la jeune femme pour la ramener à son siège devant lequel il se planta de façon à l'empêcher de se relever :

— Basilio ne croit pas. Si tu redoutes d'être arrêtée ou quelque chose d'approchant, il peut te rassurer : rien de semblable ne t'arrivera. C'est après que Basilio craint pour toi.

— Pourquoi ?

— Parce que tu ne sauras jamais rester à ta place, parce que l'esprit d'intrigue vit en toi animé par un violent désir de domination. Alors écoute bien ceci, Madame la Duchesse ! Prends la mesure de ceux auxquels tu t'attaqueras en te demandant s'ils ont le pouvoir de te briser...

— A moins qu'on ne le leur ôte avant qu'ils s'en servent ! Ne me prends pas pour une oie, Basilio !... Et laisse-moi passer ! Je dois repartir. Tu ne veux toujours pas que je t'installe à Dampierre ? C'est si beau ! Je pense que tu aimerais...

— Et toi, tu n'aimes plus cette maison ?

— Si... mais...

— Mais tu préfères ton nouveau domaine. C'est tout ça, toi ! Tu t'enflammes pour ce qui est nouveau sans cesser pourtant de garder un petit sentiment pour l'ancien. Il ne faudrait pas que tu en uses ainsi avec ton époux. S'il venait à te rejeter...

— Il ne le fera jamais, lança Marie, soudain nerveuse. Il tient à moi !

— Le tissu le plus solide peut craquer un jour. Ton duc n'est pas très intelligent mais il est attaché à ses convictions, à ses fidélités. Veille à n'avoir un jour du sang sur les mains. Il ne te le pardonnerait pas...

— Pour le coup tu perds la tête ! L'idée ne me viendrait pas de tuer qui que ce soit ! Sauf peut-être toi si tu continues à jouer les mauvais augures !

Marie aimait bien Fontainebleau. C'était même la résidence royale qu'elle préférait. Antique et solennel, le Louvre avait quelque chose d'étouffant, Saint-Germain ne manquait pas de majesté ni d'une certaine grâce, Compiègne avait grand besoin d'être requinqué tandis que, dans son environnement de forêts, d'étangs, d'eaux vives et de jardins, le château voulu par François Ier, décoré par le Primatice, encore embelli par Henri II et ses successeurs, possédait tout le charme et la gaieté de la Renaissance.

Or, quand elle y arriva, force lui fut de constater qu'en dépit du soleil radieux et de la parure florale, Fontainebleau, s'il n'avait rien perdu de son charme, péchait singulièrement sur le chapitre de la gaieté.

Fidèle à ses habitudes, Louis XIII chasse une partie de la journée, en consacre une autre à s'entretenir avec le Cardinal, voit sa femme le moins qu'il peut – il n'a jamais eu avec elle la moindre explication sur l'affaire d'Amiens – et réserve ses – rares ! – instants de belle humeur à son nouveau favori, le premier depuis la mort de Luynes. Celui-là, François de Barradat, est beau comme une statue, vaniteux comme un paon et d'une intelligence des plus moyennes. Page de la Petite Ecurie au départ, il s'est retrouvé en un rien de temps premier écuyer, premier gentilhomme de la Chambre et capitaine de l'hôtel de Bourbon. Le Roi l'emmène partout avec lui, le traite en camarade – ils sont à peu près du même âge – sans se rendre compte qu'il donne ainsi prise à des suppositions et que Barradat, gonflé de sa nouvelle importance, n'aura jamais assez de réflexion pour ne pas se croire tout permis. En fait, pour le Roi, ce très beau garçon c'est son Buckingham à lui, une sorte de vengeance, et il prend un malin plaisir à l'étaler sous les yeux de l'épouse coupable.

Quand il est arrivé au palais, Chevreuse a reçu de Louis un accueil aimable. On l'a d'autant plus remercié d'avoir mené à bien son ambassade qu'en effet les lettres du souverain anglais ne tarissaient pas d'éloges. En outre Claude, auquel celui-ci voulait remettre l'ordre de la Jarretière, ne l'a accepté qu'après avoir obtenu l'autorisation de son Roi. Cette soumission a plu. Aussi, le duc, devenu en quelque sorte un lien privilégié avec l'Angleterre, se trouve-t-il mieux en cour que jamais.

Pour Marie également, Charles Ier a trempé sa plume dans le dithyrambe : « ... c'est ce qui me fait vous prier de me seconder à lui rendre l'honneur et les remerciements que je lui dois pour le grand honneur et félicité que nous avons reçus par elle, laquelle s'en retourne de vers vous capable d'être l'ornement en tous lieux et d'être un très digne gage de nos mutuelles affections. » Sans apporter cependant beaucoup de modifications à la pensée intime de Louis XIII :

— Mon cousin d'Angleterre vous aime fort dirait-on ? a-t-il décoché à Marie d'un ton acide.

— Et j'aime fort le roi Charles ! Il a fait preuve envers moi d'une infinie bonté.

— Oh, je n'en doute pas un instant ! Vous inviter à faire vos couches chez lui !

— Votre Majesté oublie-t-elle que c'était aussi chez la reine Henriette-Marie ?

— Non pas, non pas ! L'endroit dont vous aviez fait choix pour cet événement était sans doute moins glorieux !

— Je n'espérais certes pas une si haute faveur mais dès l'instant où je me trouvais hors de chez moi, une maison amie pouvait en valoir une autre. Le Roi ne sait peut-être pas que la peste sévit à Londres !

— Soyez certaine que je m'en soucie plus que vous ! A ce sujet, la Reine-mère désire vous voir. Elle est comme moi, fort en peine de sa fille !

Avec un vague signe de tête, Louis mit fin à l'entretien en tournant le dos à la jeune femme, soulagée en un sens, et qui se hâta d'aller présenter ses devoirs à Marie de Médicis. Mais là ce fut une autre chanson...

La Florentine était d'une humeur de chien. Elle trouvait son appartement de Fontainebleau mal commode sans oser tout de même réclamer celui qu'elle occupait jadis quand elle était reine en titre. En outre, elle cherchait – ou plutôt « on » cherchait pour elle ! – certaine agrafe qu'elle proclamait plus précieuse que les autres – et Dieu sait si elle en avait ! –, justement parce qu'on ne la retrouvait pas. Aussi, fidèle à son habitude, elle emplissait sa chambre de vociférations, couvrant son monde de malédictions et d'injures dans un vocabulaire emprunté aux portefaix des « lungarni [1] » de Florence enrichi d'emprunts plus récents à ceux du port du Louvre.

1. Quais le long de l'Arno.

Mme de Chevreuse tomba dans ce maelström comme un pavé dans une mare à grenouilles. Les poings sur les hanches, la Reine-mère l'apostropha :

— Maria ! Te voilà revenue !... Tu en as eu assez de faire la putain chez les Anglais au lieu de t'occuper de ma pauvre petite-fille ?

Prise de plein fouet par ce préambule, Marie eut du mal à terminer sa révérence. D'autant plus furieuse qu'elle se sentit rougir :

— Madame ! protesta-t-elle. J'ignorais que Votre Majesté écoutait les ragots de cuisine. Je n'ai jamais...

— N'essaie pas de te défendre, malheureuse, on sait ici ce qu'il en est. Tu as planté des cornes à ce triste imbécile de Chevreuse avec tout ce qui te tombait sous la jupe !

— Rien que ça ? Si Votre Majesté voulait bien se souvenir que j'étais fort enceinte au moment du départ et que, depuis, j'ai donné le jour à une fille ! Je peux lui assurer que j'aurais eu quelque peine à satisfaire tant de gens !

— Et ton Holland ? Et ce rufian de Buckingham à qui le premier tu as cédé ? Vous passiez des heures ensemble ! Pas pour jouer au reversi ! Hein ? Il t'a culbutée comme il a essayé de le faire avec ma belle-fille. On connaît sa manière et tu as dû apprécier puisque tu y es retournée !...

Suivit une pluie de questions salaces sur l'anatomie intime du beau George qui apporta une heureuse diversion dans l'activité de celles qui, à genoux ou plus ou moins pliées en deux, cherchaient fébrilement les diamants de la furie : on se redressa pour en profiter pleinement. Marie, elle, choisit d'abandonner le terrain. Reculant de trois pas, ce qui la mit à l'abri des postillons de l'auguste mégère – elle avait perdu une dent récemment, ce qui la faisait chuinter ! –, elle plongea dans une révérence hâtive :

— Je vois que Votre Majesté n'est pas bien. Je reviendrai quand elle aura retrouvé sa sérénité...

— Reste ici ! Je te l'ordonne...

Mais, ramassant ses jupes, Marie avait franchi le seuil du Grand Cabinet afin de sortir le plus vite possible du champ d'action de la voix royale. Elle dégringola l'escalier et ne reprit une allure normale qu'en débouchant dans la Cour Ovale où elle heurta violemment un personnage qui s'apprêtait à monter chez la Reine-mère, manquant tomber, et qu'elle reconnut seulement lorsqu'il la retint. C'était Richelieu.

— Madame la Duchesse de Chevreuse ?... Vous êtes-vous blessée ?

— Non... non, Eminence, je vous remercie, répondit-elle en se dégageant parce qu'il la tenait pratiquement dans ses bras.

— La rencontre m'est heureuse car, sachant votre retour, je désirais avoir un moment d'entretien avec vous.

— Avec moi, Monseigneur ?

— Pourquoi non ? N'accompagniez-vous pas votre époux dans son ambassade extraordinaire à Londres ? Nous en avons parlé, lui et moi, mais une femme ressent les choses différemment... avec plus de finesse. Ainsi il semblerait que la reine Henriette-Marie ne reçoive pas du roi Charles toutes les attentions et toute l'affection qu'elle était en droit d'attendre ? Il semblerait aussi que l'on ne respecte guère, à Londres, les clauses du mariage, et que sans aller jusqu'à empêcher la Reine de prier selon sa foi, on l'isole de plus en plus de ceux qui ont en charge sa conscience...

— Etes-vous bien sûr de la véracité de vos renseignements, Monseigneur ? S'il s'agit de l'évêque de Mende, je les tiens pour sujets à caution... en dehors du fait que lui demeure toujours à Hampton Court. Ce qui lui permet de distiller ses mensonges...

Le visage du Cardinal se ferma mais Marie était lancée. En face de cet homme dont elle n'ignorait plus qu'il la méprisait, elle ne se sentait pas capable de dissimuler. Les lèvres minces du Cardinal laissèrent tomber :

— Mensonges ? Le mot reflète-t-il exactement votre pensée, Duchesse ? M. de La Mothe-Houdancourt n'a jamais eu pour habitude de colporter des ragots. C'est un homme qui sait voir et comprendre. Et j'ai le regret d'y attacher du crédit...

— Même quand il m'insulte ?

— Avant de parler d'insultes, madame, il vaudrait mieux faire en sorte de ne pas les susciter... et vous rappeler que le duc de Chevreuse et vous-même étiez en Angleterre pour veiller sur les premiers moments du jeune ménage royal et aussi à la bonne exécution des clauses du contrat. Or, non seulement vous n'en avez rien fait mais, au lieu de démontrer par l'exemple les hautes vertus du catholicisme...

— C'est vous qui m'insultez à présent, Eminence ! s'écria Marie, pâle de rage. D'ailleurs, je n'ignore pas comment vous me traitez dans vos lettres à votre cher cousin. Le bruit en a couru dans Westminster. Quoi que ce soit, le roi Charles, lui, n'en a pas été affecté et puisque vous aimez tant lire des lettres, je vous recommande celle où il assure son cousin français de l'estime et de l'amitié qu'il me porte !

— Je l'ai lue en sachant fort bien qui la lui a inspirée. Depuis la mort du vieux roi Jacques, celui qui règne à Londres n'est pas vraiment Charles Ier mais George Villiers, duc de Buckingham... et votre grand ami, madame !...

— Ici, en tout cas, la couronne est réellement posée sur la tête de notre sire Louis et il n'a fait allusion à rien de ce que vous dites.

— A vous peut-être mais il vous tient responsables, M. de Chevreuse et vous, des maux qu'endure par eux une fille de France. Il se peut que nous renvoyions là-bas votre époux afin d'inciter les Anglais à une plus juste observance d'un traité de mariage... avant que la parole ne soit donnée aux canons !

— La guerre ? s'écria Marie, horrifiée. Vous songeriez à la guerre ?

— Ceci, madame, ne vous concerne pas. Et si le duc de Chevreuse doit repartir, ce sera sans vous ! J'ai bien l'honneur de vous saluer, Madame la Duchesse...

Avant que Marie fût revenue de sa surprise, la haute silhouette rouge avait atteint l'escalier menant chez la Reine-mère, laissant dans les oreilles de la jeune femme l'écho de sa voix méprisante, de son verbe tranchant. Cet homme-là était devenu son ennemi déclaré et, malheureusement, sa puissance allait sans cesse grandissant... Marie remit à plus tard d'examiner la question avec l'attention désirable. Il était temps pour elle de voir où en était Anne d'Autriche.

En rejoignant le bel appartement tant regretté par la Reine-mère dont les fenêtres ouvraient sur les eaux du parc, Marie qui, cependant, le connaissait parfaitement, eut l'impression d'arriver dans un pays inconnu. Plus de chevalier de Jars, plus de Putange dans l'antichambre et plus de La Porte – il était entré dans l'armée – voltigeant d'une pièce à l'autre ! On les avait remplacés par des gens qu'elle n'avait jamais vus, pourvus de figures qui n'avaient pas l'air de savoir sourire. Aussi augurait-elle mal de ce qu'elle allait trouver plus loin.

La Reine était dans son Grand Cabinet jouant aux échecs avec une de ses dames. Dans un coin, Dona Estefania brodait, les lunettes sur le nez, dans un autre coin, le bataillon des filles d'honneur bâillait aussi élégamment que possible et dans un troisième, Mme de

Lannoy, dame d'honneur, lisait un petit livre relié de cuir bleu et or. L'atmosphère était tranquille, à la limite de l'ennui sans doute car à l'annonce de son amie, Anne se leva brusquement, le visage illuminé de joie :

— Ma chevrette ! Enfin vous voilà ! Je désespérais de vous revoir un jour !

— La Reine me connaît-elle si mal ? Moi vivre en Angleterre où le soleil boude la plupart du temps ! Outre la pluie nous avions la peste ! Joli royaume en vérité et comme l'on peut comprendre ceux de ses habitants qui ne cessent de regarder de ce côté-ci de la Manche.

— C'était si désagréable que cela ? demanda Mme de Lannoy d'un ton acide. Le bruit nous est revenu cependant que la vie n'y manquait pas de charme pour vous. Ce qui n'est pas le cas – hélas ! – de notre princesse Henriette-Marie. Elle est très malheureuse, paraît-il.

— Les bruits auxquels vous faites allusion comportent toujours une part d'exagération, aussi bien en ce qui me concerne qu'en ce qui touche le ménage royal... Le roi Charles a reçu sa jeune épouse avec joie. Les difficultés apparues naissent seulement de la différence de religion et ce sont les politiques qui en sont responsables. Ils se sont peut-être contentés d'assurances insuffisantes !

— Vous voulez dire le Roi et Monsieur le Cardinal ? Vos critiques visent haut !

— A Dieu ne plaise que j'aie cette audace ! Il reste que, pour le mieux-être de Madame Henriette, il serait peut-être salutaire de faire revenir les ambassadeurs anglais afin de préciser certains points. Je vous assure que la bonne volonté ne leur manque pas !

— Les ambassadeurs ? Tout de même pas Buckingham ?

A ce nom Anne d'Autriche s'empourpra et Marie, secrètement ravie de constater son émotion, jugea qu'il était temps d'en finir de cette joute stupide avec cette Lannoy qu'elle jugeait fausse et dissimulée. Une aide lui vint alors d'où elle ne l'attendait pas. La dame qui jouait aux échecs avec la Reine – jolie d'ailleurs ! Vive et brune avec des yeux pétillants de malice – prit la parole :

— Quelle conversation ennuyeuse et qu'avons-nous à faire des traités ? Au lieu d'agresser Mme de Chevreuse sur un sujet qui ne la concerne pas, il serait plus amusant pour la Reine, comme pour nous toutes, de l'écouter nous décrire la cour anglaise, les fêtes du mariage, les modes et ces gens qui composent l'entourage de notre princesse !

Des applaudissements accueillirent la proposition de la nouvelle dame d'atour nommée en remplacement de Mme du Vernet. C'était la marquise du Fargis, née Madeleine de Silly de la Rochepot. Son époux Charles d'Angennes occupait alors le poste – ô combien délicat ! – d'ambassadeur de France à Madrid et, pour Marie, ce n'était pas une inconnue puisqu'elle était la belle-sœur de sa voisine, la fameuse marquise de Rambouillet, chez qui elle l'avait rencontrée à plusieurs reprises. Ce qui ne veut pas dire qu'elle l'aimait beaucoup, la soupçonnant d'un certain goût de l'intrigue et d'un amour évident du faste. En fait si elle ne s'en rendait pas compte, c'était peut-être parce qu'elle lui ressemblait...

De toute façon son intervention tombait à merveille et l'on fit cercle autour de la Reine, remise de son émotion, et de la conteuse. Pendant un long moment, celle-ci s'en donna à cœur joie d'égratigner les Anglais en général, les dames en particulier sachant que cela plairait à son auditoire. Et si elle oublia pudiquement

Lady Holland, elle n'épargna ni la mère ni l'épouse de Buckingham, l'une représentée comme une redoutable mégère et l'autre comme une gentille bécasse perpétuellement entre deux grossesses... Elle obtint un franc succès et bien souvent le rire de la Reine se mêla à celui de ses dames. Cependant Marie devinait à certaines expressions de ses beaux yeux verts qu'elle aurait aimé poser d'autres questions et aussi s'entretenir sans témoins avec son amie...

L'occasion se présenta vers la fin de la journée au cours d'une promenade autour de l'étang aux Carpes, en attendant le retour des chasseurs. Anne d'Autriche prit alors le bras de Marie et ralentit le pas, indiquant ainsi qu'elle souhaitait s'isoler avec elle.

Pendant un moment, néanmoins, elle ne dit rien, se contentant de cheminer un sourire aux lèvres en respirant l'air rafraîchi par une brise légère. Supposant qu'elle ne savait peut-être pas trop comment engager le dialogue, Marie prit l'initiative :

— Il vous aime toujours, madame, et plus que jamais ! murmura-t-elle, heureuse de sentir Anne tressaillir. Vous êtes l'unique objet de ses pensées, de ses rêves. Pour retrouver la douceur de votre regard, il est prêt à toutes les folies, tous les renoncements !

— Il m'a grandement offensée, Marie. Comment a-t-il pu, même une seconde, supposer que je pourrais...

— Vous abandonner à lui ? Il se croyait aimé et les minutes lui étaient chichement comptées. Il avait oublié ce que vous êtes l'un et l'autre et s'est laissé emporter par sa passion ! C'est un homme, madame, et chez eux, le langage de l'amour, poussé à son comble, se confond avec d'irrésistibles élans de la chair. Vous êtes si belle que même en vous adorant comme une déesse il ne peut s'empêcher de vous désirer comme une femme...

— Ainsi de Lord Holland envers vous ? Il est votre amant, n'est-ce pas ?

— Oui... et jamais je n'aurais pensé connaître cet éblouissement qui renaît chaque fois que nous sommes l'un à l'autre. Le pauvre George lui, a cru un instant pouvoir vous emporter jusqu'à ce point sublime. Souvenez-vous, madame : vous étiez seuls au cœur de la nuit, au creux d'un jardin. Il vous tenait dans ses bras. Il vous respirait...

— Tais-toi, Marie ! souffla Anne, bouleversée. Tais-toi ! Tu ne dois pas prononcer de telles paroles et moi je n'ai pas le droit de les écouter ! Je suis reine !

— Ce qui vous condamne à ne connaître jamais d'autres caresses que celles d'un époux incapable de vous aimer et pour qui vous n'êtes qu'un corps dont il veut tirer un enfant ! Je sais que vous portez couronne... mais ne fermez pas entièrement devant Buckingham les portes de l'avenir ! Songez qu'il est prêt à vous conquérir les armes à la main en passant sur les décombres de deux royaumes ! Alors au moins pardonnez-lui ! Ne le réduisez pas au plus funeste désespoir !...

— Je n'ai jamais rien souhaité de tel, mais que puis-je faire ?

— Me permettre de lui écrire son absolution et accepter de la lui confirmer s'il réussissait à revenir. Il connaît sa faute et ne cesse de la déplorer. Aussi souhaite-t-il reprendre depuis le commencement, à ces jours charmants où il est apparu au Louvre et où vous lui avez souri...

Le nuage qui assombrissait le front de la Reine se dissipa :

— Vous croyez ?

— Sincèrement, oui ! Donnez-lui une nouvelle chance... et vous verrez !

S'attarder plus longtemps eût été une faute. On rejoignit les autres dames pour revenir vers la cour du Fer à Cheval où se faisaient entendre les trompes de chasse...

Chevreuse avait galopé à la queue du cheval de Louis XIII durant la plus grande partie de la journée. Cependant il était sombre quand il rejoignit sa femme dans le logis qui leur avait été attribué, proche de l'appartement des Reines-mères. Ce qui n'enchantait ni l'un ni l'autre : lui aurait préféré être près du Roi et elle près de la Reine... Marie s'inquiéta de l'humeur de son mari :

— Rien de fâcheux, j'espère ?

— Oh si ! Un courrier est arrivé d'Angleterre et, après la chasse, le Cardinal m'a autant dire convoqué. Il m'a reproché ce qu'il appelle nos « intelligences préjudiciables au royaume autant qu'à la religion » et il a ajouté qu'il m'avertissait comme un ami d'y mettre bon ordre sinon cela pourrait nous causer du tort.

— J'ai eu droit, moi aussi, à quelque chose d'approchant. Qu'allez-vous faire ? Repartir en Angleterre ?

— Non. Je ne suis pas en état. Mon dos me fait souffrir au point qu'il a fallu m'aider à mettre pied à terre. J'ai proposé d'envoyer Bautru avec des lettres de moi suppliant que l'on veuille bien se rapprocher des clauses du traité de mariage...

— Avec votre permission je lui en donnerai une, pour Mylord Buckingham. Le mieux serait qu'il arrive à convaincre le roi Charles de le renvoyer à Paris. Je suis persuadée que l'on arriverait à des accommodements !

— Buckingham à Paris ? Vous rêvez ! Le Roi le hait !

— Qu'il haïsse l'homme autant qu'il veut mais il sera obligé d'entendre celui qui tient en main les rênes de l'Angleterre. Dites à Bautru de se monter convaincant !

— D'autant que s'il n'y parvenait pas, ajouta Claude d'un ton piteux, vous pourriez être obligée de quitter la Cour...

— Encore ? C'est devenu une manie ! Qu'ont donc ces gens à vouloir me jeter dehors toutes les cinq minutes ?

— Depuis l'affaire d'Amiens, on vous sait proche de Buckingham. Si par conséquent il accepte de cesser de rendre la vie impossible à sa souveraine, on vous en saura gré, mais dans le cas contraire...

— Et vous me laisseriez chasser sans mot dire ? s'écria Marie, indignée.

Le Duc haussa ses lourdes épaules. Pour la première fois, Marie remarqua qu'il se tenait moins droit – la douleur dont il se plaignait de temps en temps sans doute ? –, qu'il se voûtait un peu, qu'il y avait davantage de mèches grises dans ses cheveux blonds, en un mot qu'il vieillissait :

— Je vous l'ai dit et je le répète, soupira-t-il avec une lassitude inhabituelle. Je suis le fidèle sujet du roi Louis...

— Du Cardinal aussi dirait-on ? lança-t-elle, méprisante. Cet intrigant, ce valet de la Reine-mère...

— Traiter Richelieu de valet me semble excessif ! Quoi qu'il en soit, il a l'entière confiance du Roi...

— Comme ce freluquet de Barradat ?

— Ne mélangez pas ! Quant à moi, si l'on vous rejetait il y a gros à parier que je serais prié de vous accompagner. A présent souffrez que je vous quitte ! J'ai besoin de repos...

Perplexe, Marie le regarda sortir avec un vague pincement au cœur. Parce que cette nuit qui commençait serait la huitième depuis leur retour de Londres où il ne la rejoindrait pas. Qu'adviendrait-il de leur mariage s'il n'avait plus envie d'elle ?

Le fidèle Bautru – Guillaume, comte de Serrant – partit pour le royaume britannique dès le lendemain. Reçu immédiatement par le roi Charles, il lui expliqua que l'on rendait les Chevreuse responsables de ce qui se passait en Angleterre autour de la reine Henriette-Marie et chez les catholiques à nouveau persécutés. Si les choses ne s'arrangeaient pas, la Duchesse pourrait être exilée. Peu après il remettait à Buckingham une lettre où Marie le suppliait de venir en France afin de rétablir lui-même l'ancienne entente.

C'est ce que le bouillant amoureux d'Anne d'Autriche espérait : il pria Charles Ier d'annoncer sa prochaine arrivée à Paris et convoqua son tailleur pour lui préparer de nouvelles tenues propres à émerveiller la Cour, la Ville... et la Reine.

La réponse de Paris fut aussi brutale qu'inattendue : pour avoir causé un scandale en manquant au respect dû à la personne royale, le duc de Buckingham n'était plus *persona grata* en France. Si le roi d'Angleterre voulait envoyer des ambassadeurs, il devait en choisir d'autres.

Fou de rage, le favori voulut lever une armée, des navires pour fondre, après avoir réveillé les rancunes protestantes, sur un pays aussi inamical, mais cette fois, il trouva en face de lui une volonté ferme qu'il ne connaissait pas encore, celle de Charles Ier. Pas question de déclarer une guerre qui serait désastreuse ! On allait d'abord envoyer les chargés de mission demandés.

Le Roi fit choix de Lord Holland et de Dudley Carleton, Lord Dorchester, qui avait été ambassadeur aux Pays-Bas. C'était un intellectuel courtois, déjà d'un certain âge et que Charles appréciait parce que au temps où il était en poste à La Haye il envoyait quantité de beaux livres au jeune prince qu'il était. En résumé, tout le contraire de Holland et un adversaire plus digne de l'intelligence et de la froide logique de Richelieu... Il fallait au moins ça ! Furieux d'être évincé, soufflant le feu par les naseaux, Buckingham ne rêvait que d'une bonne déclaration de guerre mais Charles Ier, lui, ne l'entendait pas ainsi et affirmait sa résolution : il souhaitait une entente politique plus encore que familiale. Dans ce but il avait ordonné que cesse – momentanément ! – le soutien discret aux protestants de France toujours plus ou moins sous pression. Certes les Rochelais surveillés par M. de Toiras depuis les remparts du fort Saint-Louis se tenaient à peu près tranquilles mais l'incorrigible Rohan gardait toujours les Cévennes et le Haut-Languedoc en dépit du traité de Montpellier.

Aussi, le langage que les nouveaux ambassadeurs venaient faire entendre s'écartait-il quelque peu des clauses du mariage. En gros, les Anglais offraient d'inciter les huguenots à se soumettre entièrement en échange d'une aide contre l'Espagne devenue l'ennemie depuis que le Palatinat, tenu par le beau-frère de Charles Ier, l'Electeur Frédéric V, était occupé par les troupes du duc d'Olivares...

Du côté des dames, si Marie fut déçue de ne pouvoir ramener son ami Buckingham aux pieds de la Reine – et peut-être celle-ci le fut-elle encore plus ! –, le retour de Holland l'enchanta. Enfin, elle allait retrouver son amant ! Il y avait des mois – cela remontait aux jours précédant la naissance d'Anne-Marie ! – qu'il ne l'avait touchée et elle éprouvait une cruelle frustration que ne pouvaient apaiser les étreintes, distraites parfois, d'un époux chez qui l'habitude commençait à se faire sentir.

L'hôtel de la rue Saint-Thomas-du-Louvre continuant à être la demeure la plus agréable de Paris, les

Anglais y vinrent automatiquement et l'accueil du duc Claude fut égal à lui-même : courtois et d'une grande générosité. Ayant eu une petite aventure avec Lady Carlisle, Claude était assez satisfait de ne pas voir revenir le mari, et l'accueil qu'il réserva à Dudley Carleton s'en ressentit même si Holland eut droit à une légère froideur dont Marie, toute à l'attente de ce qui allait venir, ne s'aperçut même pas.

Naturellement, une brillante réception inaugura le séjour des nobles étrangers. Marie avait suggéré qu'il en soit ainsi, comptant sur l'agitation normale d'une fête pour se ménager un moment avec Holland et, pendant le souper où il était son voisin, elle lui chuchota :

— Le pavillon du jardin... A deux heures !

Pour seule réponse, il hocha la tête avec un sourire, cependant que sa main venait sous la table se poser sur la cuisse de la jeune femme que ce contact, même atténué par l'épaisseur du satin et des jupons, fit tressaillir. Par ce geste, il reprenait possession d'elle... Afin de cacher son émoi elle saisit son verre de vin et l'avala d'un trait ! Ce qui le fit rire :

— Prenez garde, madame, ce vin est capiteux ! Il pourrait vous enivrer...

— Buvez-en aussi alors ! De la sorte nous serons à l'unisson.

— Ne l'avons-nous pas toujours été ? Puis plus bas : Est-ce prudent ce soir ?

— Pourquoi pas ? Dans une heure Claude sera ivre... il l'est déjà plus qu'à moitié...

En effet, Chevreuse ne cessait de porter des toasts à ses invités, à l'entente des deux pays réunis ce soir autour de sa table, à la santé de leurs souverains respectifs. Marie, comme un chat qui guette sa proie, suivait les progrès d'une ébriété que partageait d'ailleurs une bonne partie des convives. Et, quand enfin on se leva de table, les valets, habitués, n'eurent plus qu'à transporter dans leur carrosse ceux qui ne tenaient plus debout. On ramena le Duc à son appartement...

Quelques secondes après deux heures, Marie, nue sous une pelisse de velours doublée de renard noir, courait à travers le jardin. La nuit était froide mais il ne gelait pas et son impatience en était à si haut point qu'elle avait presque trop chaud... A sa grande surprise, elle trouva Henry devant la porte du pavillon.

— Il est fermé, constata-t-il. Et cette fois, je n'ai pas la clef !

— Fermé ? Qui a pu le faire ? J'avais donné ordre que l'on fît du feu...

D'un geste il désigna la fenêtre derrière laquelle aucune lumière ne se montrait :

— Pas de feu ! Pas de clef ! Que faisons-nous ?

Elle se serra contre lui.

— Qu'en avons-nous besoin ? Une tonnelle suffira. L'amour tient chaud !

Devinant qu'elle ne portait rien sous ses fourrures, il ouvrit le manteau pour glisser ses bras autour d'elle...

— C'est vrai que vous êtes chaude comme une caille... et si douce, mais ne me demandez pas de me déshabiller dans ce froid. Et ma peau veut épouser chaque pouce de la vôtre ! Un gros rhume n'a jamais rien ajouté aux jeux de l'amour !

— Alors, venez !

— Où voulez-vous aller ?

— Chez moi... chez vous ! Peu importe.

— Non !

Soudain si dure, la voix de Holland fit reculer la jeune femme comme s'il l'avait frappée :

— De quelle façon vous le dites ?... Quand je viens à vous...

Il crut qu'elle allait se mettre à pleurer et la ramena contre lui :

— Chut ! Ecoutez-moi ! Il faut regarder les choses en face : nous aimer cette nuit serait de la dernière imprudence.

— Mais pourquoi ?

— L'idée ne vous vient pas que l'on pourrait nous tendre un piège ? Cette clef que nous n'avons ni l'un ni l'autre, il faut forcément que quelqu'un l'ait prise !

— Qui voulez-vous que ce soit ?

— Est-ce que je sais, moi ? Votre époux ?

Marie eut un rire qu'elle ne prit pas la peine d'étouffer :

— Lui ? Le pauvre homme ! Il dort comme un ange... en admettant que les anges s'enivrent. Que voulez-vous qu'il fasse de cette clef ? C'est sans doute Gomin, le majordome, qui l'aura retirée sans y prendre garde !

— Alors que vous aviez donné l'ordre d'allumer le feu ? Regardez !

Il l'amena près d'une des fenêtres du pavillon à travers laquelle aucun reflet n'apparaissait :

— Regardez ! Pas de feu !

— Mille tonnerres ! s'emporta soudain Marie. Qu'est-ce que ça veut dire ?

— Qu'il faut nous séparer pour ce soir, dit-il doucement. Cela me déchire tant j'ai envie de vous mais je ne veux pas me retrouver en face de Chevreuse l'épée à la main... Demain rejoignons-nous à La Vigne en Fleur à l'heure habituelle...

— Attendre jusque-là ? gémit-elle. Oh, Henry, je ne pourrai jamais... et vous non plus ! ajouta-t-elle en se collant si étroitement à lui qu'elle sut aussitôt à quoi s'en tenir...

— Non... Tu as raison !

L'appliquant rudement contre le mur du pavillon, il allait se libérer pour la prendre quand un pas fit crisser le sable de l'allée, venant vers eux...

Rapide comme l'éclair, Holland enleva Marie dans ses bras pour se glisser avec elle derrière les grands buis qui encadraient le petit édifice et qui les dissimulèrent. Là, il la reposa mais garda une main sur sa bouche pour l'empêcher d'émettre le moindre son. Elle avait compris et elle écarta les doigts qui la bâillonnaient. Le cœur battant, ils attendirent, Marie plus paisiblement que son compagnon. Ce devait être un serviteur quelconque et s'il n'était pas souhaitable qu'il les vît ensemble, elle pensa que son amant devenait tout à coup terriblement pusillanime...

Elle sentit qu'il n'avait pas tort quand la lueur d'un flambeau pointa au milieu des branches, dansant au rythme lent du pas... de l'homme. Lent, si lent !...

Et soudain, Marie étouffa une exclamation sous sa main : le promeneur nocturne, c'était Claude... Bien éveillé apparemment, avec l'œil du chasseur sur la trace d'un gibier. Plus inquiétant encore, il était habillé et son épée pendait à son côté. Epouvantée, Marie comprit alors qu'il n'était ni aussi bête ni aussi aveugle qu'elle le croyait, qu'il avait feint l'ivresse afin de les surprendre et que cette nuit dont elle attendait tant allait se terminer au mieux par un duel, au pire par un meurtre. Il n'y avait pas à se tromper sur l'expression tendue de son visage dont le jeu des flammes accusait l'aspect menaçant. Il se trouvait à sept ou huit toises [1] mais il approchait...

— Surtout ne bougez pas ! souffla Holland dans l'oreille de sa compagne, et aplatissez-vous contre terre : votre manteau est noir... Si par hasard il vous découvrait, faites semblant d'être évanouie.

Elle sentit qu'il s'écartait d'elle. Silencieusement,

1. La toise, ancienne mesure française de longueur, équivalait à 1,949 mètre.

sans bouger même une branchette, il s'éloigna le long du mur dans l'intention de contourner le jardin. Chevreuse approchait toujours. En dépit du froid, la sueur perla au front de la jeune femme tandis que lui revenaient à l'esprit les histoires horribles d'époux trompés qui avaient tiré de leur femme de cruelles vengeances sans avoir à rendre compte à la justice du Roi. Ce qui serait son cas si Claude la tuait. Louis XIII serait trop heureux d'être débarrassé d'elle ! L'assassin serait morigéné pour la forme et pourrait se chercher tranquillement une autre épouse...

Il était très proche maintenant. Elle le vit monter les deux marches, peser sur la clenche de la porte qui résista – il n'avait donc pas la clef lui non plus ? –, puis l'enfoncer d'un violent coup de pied afin de pénétrer à l'intérieur. Marie à cet instant profita du vacarme pour se glisser le long du mur comme Henry précédemment, à cette différence près qu'elle avait ôté ses mules et fuyait pieds nus, tellement terrifiée qu'elle ne sentait ni le froid ni les menus graviers...

Jamais elle n'aurait cru le jardin aussi vaste ! Le douloureux chemin lui semblait interminable d'autant qu'elle ne pouvait plus voir si Claude était toujours dans le pavillon. Elle atteignait au but quand elle entendit le bruit d'une chute suivie d'une série de jurons anglais. Elle comprit que Henry cherchait à attirer l'attention de Chevreuse pour lui permettre à elle de rentrer sans encombre. Elle aperçut en effet sa grande silhouette qui se relevait puis s'éloignait vers le pavillon, alors sans chercher à en savoir davantage, elle se précipita dans la maison, grimpa l'escalier en courant et s'engouffra dans sa chambre plongée dans l'obscurité : avant de partir, elle avait éteint la veilleuse comme elle le faisait habituellement lorsqu'elle allait s'endormir. Là elle jeta son manteau sur un fauteuil, chercha sa chemise de nuit à tâtons – dans la cheminée le feu n'était plus que braises rougeoyantes –, ne la trouva pas et se précipita dans son lit pour se réchauffer. Or s'il avait été bassiné dans la soirée, il n'en restait rien et les draps lui parurent presque aussi glacés que les carreaux du vestibule ou les marches de l'escalier...

Ce fut seulement quand elle eut retrouvé un peu de chaleur qu'elle fit une bizarre remarque : en rentrant elle n'avait rencontré personne et même le fracas venant du pavillon n'avait pas attiré le moindre domestique, la moindre femme de chambre.

Pendant ce temps Claude, sorti en trombe de l'édifice, rejoignait Holland qui arpentait tranquillement une allée en homme qui s'accorde une petite promenade hygiénique avant de s'aller coucher. Quand il le rejoignit, il lui mit son flambeau sous le nez :

— Que faites-vous là ? demanda-t-il avec rudesse.

— Que pourrais-je faire d'autre que me promener ? fit l'autre non sans insolence. Les fumées du vin, vous savez ! J'ai besoin de prendre l'air. Malheureusement j'ai rencontré un arrosoir oublié par un jardinier et j'ai chu. Mais vous-même, Duc ? J'ai entendu un fracas. Vous n'êtes pas blessé au moins ? continua-t-il avec une sollicitude qui ne dérida pas l'époux de Marie.

— Je vais à merveille, merci ! Une porte me gênait : je l'ai abattue... Vous n'avez pas vu ma femme ?

— La Duchesse ? Dans ce lieu et à pareille heure ? Je suppose qu'elle dort !

— Vous croyez ? Il me semblait qu'elle affectionnait particulièrement les promenades nocturnes au jardin et en votre compagnie depuis notre départ pour l'Angleterre...

— Vous avez absolument raison... mais c'était en été. L'hiver n'est guère propice, surtout la nuit, aux errances romantiques...

— Ah ? Eh bien, bonne promenade, Mylord ! Mais prenez garde à ce qui traîne ! Vous pourriez vous rompre une jambe... ou pire !

Et sans rien ajouter Chevreuse rentra chez lui, laissant son hôte plus soucieux qu'il ne voulait le paraître. L'attitude nouvelle de ce mari-là donnait à réfléchir et ce soir, Henry éprouvait la désagréable impression d'avoir eu devant lui un homme entièrement différent de l'aimable et fastueux imbécile qu'il croyait connaître. Ne serait-ce que sa façon d'avoir simulé l'ivresse touchait au grand art. Il allait falloir jouer beaucoup plus serré s'il voulait reprendre avec Marie le duo interrompu. Et il le voulait furieusement. Cette femme avait le don de lui mettre le sang en feu !

N'importe comment, il fallait trouver un prétexte pour changer de domicile : l'idée de continuer à manger le pain d'un mari dont l'œil soupçonneux ne le quitterait plus froissait son orgueil. Il en parlerait dès le matin à Carleton...

Il y réfléchissait en regagnant son appartement à travers l'immense hôtel sombre et silencieux, stupidement heureux à l'idée de s'y retrouver seul et momentanément à l'abri. Mais, en pénétrant dans le salon qu'il partageait avec son compatriote, il y trouva son valet, Pierson, qui lui apprit qu'une dame l'attendait dans sa chambre...

Persuadé que c'était Marie, il sentit monter sa colère. Il fallait qu'elle soit vraiment folle pour les mettre aussi délibérément en danger l'un et l'autre !... Or, ce n'était pas elle. La forme blanche qu'il découvrit assise près du feu qu'elle contemplait, les coudes aux genoux et le menton posé sur ses mains, appartenait à Elen.

— Déjà ? fit-elle sans quitter sa pose et sans cesser de regarder les flammes. Je ne vous attendais guère avant une heure ou deux.

— Que faites-vous là ?

— Je viens de vous le dire : j'attendais ! Avez-vous réussi à trouver un endroit à peu près... confortable comme vous dites chez vous ? L'herbe est rare en cette saison et, même sous d'épaisses fourrures, la terre ou le marbre sont durs pour une peau délicate, n'est-il pas vrai ? Vous eussiez été tellement mieux dans les coussins moelleux du pavillon !

— Il rime à quoi ce discours ?

Elle se leva et vint à lui, les paupières baissées mais le sourire aux lèvres.

— A rien d'autre que vous offrir cette nuit que l'arrivée intempestive de la vieille comtesse de Buckingham nous a empêchés de vivre à Chiswick. Souvenez-vous de notre déception à tous deux !

— Je m'en souviens !... Et vous-même, avez-vous oublié ces lettres que je vous avais demandé de me faire tenir par notre ambassade ?

— C'est que je n'avais rien à vous apprendre dont vous n'eussiez eu connaissance par les dépêches régulières ou par ce qu'avait à dire M. Bautru de Serrant...

— Justement ! J'ai su par lui que Mme de Chevreuse était en danger d'exil. Si vous aviez pris la peine d'écrire, je l'aurais su plus tôt et j'aurais pressé les choses. Ne vous ai-je pas dit que je voulais tout savoir de ses actes et si possible de ses pensées !

— Elle, toujours elle ! s'emporta Elen. En vérité j'en viens à me demander si ce n'est pas à cause de ma position auprès d'elle que vous m'avez fait l'amour !

— Ne dites pas de sottises ! Elle est, sur notre échiquier politique, un personnage de première importance ! Un pivot si vous préférez...

— Je m'en aperçois et je regrette, mais soyez certain qu'à l'avenir je vous tiendrai informé de ce que vous souhaitez savoir ! A présent, ajouta-t-elle en s'approchant davantage, ne pouvons-nous laisser cette histoire de côté et parler de nous ? Ce pavillon où vous souhaitiez tant vous rendre, ne pouvons-nous y aller ensemble ?

— Maintenant que sa porte est brisée et que les courants d'air y pénètrent comme chez eux ? Vous voulez rire ?

— Brisée ? La porte ? Mais par qui ?

— Par votre maître qui pensait nous y surprendre, la Duchesse et moi ! J'avoue qu'il s'en est fallu d'un cheveu et pour un peu je remercierais la personne qui a pris la clef ! L'aventure se serait terminée par un duel !

— Alors remerciez-moi ! La voici ! dit Elen en sortant l'objet de sa gorge à demi découverte et en la lui offrant, mais il la refusa d'un geste.

— Ainsi c'est vous qui l'aviez ? Pourquoi l'avoir prise ?

Elen releva la tête dans un joli mouvement de défi :

— Parce que je ne voulais pas qu'elle vous eût la première ! C'était trop injuste alors que nous avons été si brutalement séparés. Je voulais pour ce soir être à vous. Vous l'auriez rejointe demain mais cette nuit, je la voulais pour moi ! Si j'en crois ce que vous me disiez à Chiswick, le crime n'est pas bien grand et vous devriez être heureux de cette preuve d'amour...

Elle était très belle à cet instant dans sa robe en soie blanche largement ouverte sur la chemise de nuit transparente et elle s'attendait qu'il la prît dans ses bras. Mais au lieu de cela, il lui tourna le dos.

— Il se trouve que je ne le suis pas ! fit-il sèchement. Vous autres femmes croyez pouvoir régenter un homme dès qu'il vous a murmuré trois mots d'amour...

— Que voulez-vous dire ? murmura-t-elle, choquée.

— Qu'avec moi il faut savoir attendre son tour ! Ce soir, ma chère, c'est d'elle que j'ai envie ! Pas de vous ! Remballez tout cela et allez vous coucher !...

Blessée au plus profond par tant de goujaterie, Elen ramena machinalement les pans de son vêtement sur sa poitrine :

— Et vous disiez que vous m'aimiez ? fit-elle, douloureuse.

— L'ai-je dit ? C'est possible. Mais ne me regardez pas de cet air de chien battu ! Je ne suis pas d'humeur ! Quand je le serai, je ne manquerai pas de vous le faire savoir. Bonne nuit, ma chère !

C'était plus qu'elle n'en pouvait supporter. Rapide comme un serpent qui attaque, sa main se leva et s'abattit de toute sa force sur la joue de Holland. La réaction de l'Anglais fut immédiate. Par deux fois, brutalement, il gifla Elen qui vacilla sous les coups. Puis, la prenant aux épaules, il l'expédia dans la galerie extérieure où elle alla s'écrouler contre le socle d'une statue, après quoi il claqua la porte derrière elle...

Plus meurtrie dans son âme que dans son corps, elle se releva avec peine parce que en tombant elle s'était fait très mal au genou. Se tenant aux œuvres d'art jalonnant le large couloir qui reliait l'aile réservée aux hôtes de passage au bâtiment principal, elle s'efforçait de rentrer chez la Duchesse quand soudain elle se trouva en face de Chevreuse qui arrivait en sens inverse, habillé cette fois pour sortir : chapeau en tête, manteau à l'épaule. Il l'arrêta au passage :

— Vous ici, mademoiselle du Latz ? Et dans cet appareil ?... Je devrais dire en cet état ?

Elle s'obligea à sourire, chercha une réponse et ne put que bredouiller des mots indistincts. Le Duc haussa des épaules désabusées :

— Vous êtes sa maîtresse, vous aussi ?...
— Monseigneur !...
— Décidément, il est grand temps que je débarrasse ma maison de ce renard voleur de poules !
Et d'un poing vigoureux, il fit retentir le bois sculpté de la porte sous ses coups redoublés :
— Ouvrez, Holland ! C'est le duc de Chevreuse qui vient vous demander raison !
— Monseigneur ! cria Elen, épouvantée par ce qui ne pouvait manquer de suivre, songez qu'il est votre hôte !
— Il aurait dû y songer avant moi ! Holland ! Vous ouvrez, oui ou non ?
Aussi vite que le permettait son genou endommagé, la jeune fille fila le long de la galerie. Il fallait prévenir la Duchesse...

CHAPITRE IX

DUEL SUR LE PONT-NEUF

En se précipitant dans la chambre de Marie, Elen pensait la réveiller. Or, elle l'était déjà. Assise sur le bord de son lit, seulement couverte de ses cheveux dénoués, elle fixait ses pieds nus dont elle faisait jouer les orteils dans une attitude d'intense irrésolution. L'entrée tumultueuse de sa suivante ne lui fit même pas lever la tête.

— Madame, cria celle-ci en se jetant à genoux près d'elle, ils vont se battre !

— Qui ?

— Votre époux et Mylord Holland ! Il faut les en empêcher !

Marie haussa les épaules :

— Quand les hommes décident de s'étriper, je ne vois guère que le Diable pour les en empêcher !

Absent jusque-là, son regard bleu se fixa soudain sur la jeune fille et s'agrandit :

— Comment le sais-tu ?

— J'ai vu Monseigneur frapper rudement chez Mylord Holland pour l'appeler au combat.

Toute à son émotion, elle ne s'aperçut de son impair que lorsque Mme de Chevreuse grinça :

— Il fallait que tu sois sur place, alors dis-moi un peu ce que tu y faisais en cette tenue... pour le moins immodeste ? Les seins et les épaules à l'air alors qu'il fait froid ? Tu pensais qu'il allait te réchauffer, n'est-ce pas ?...

D'un geste violent, elle agrippa l'épaisse natte de cheveux noirs posée sur l'épaule de la jeune fille et la tira cruellement :

— Il couche aussi avec toi ? Veux-tu me dire depuis quand ?

— Madame, supplia Elen à qui la douleur mettait les larmes aux yeux, le temps presse ! Ils vont se battre, vous dis-je !

— Eh ! Qu'ils s'entre-tuent si ça les amuse, mais toi tu vas me répondre. Depuis quand ? Allons vite, j'attends ! ajouta-t-elle en tirant plus fort sur les cheveux, tordant le cou d'Elen.

Une fureur primitive la possédait : celle de la femelle frustrée qui se découvre une rivale. En outre, cette révélation suivait de trop près la scène que lui avait infligée son époux quand tout à l'heure il avait fait irruption dans sa chambre alors qu'elle feignait de dormir. Il avait d'abord empoigné son manteau qu'il avait reniflé à la manière d'un chien de chasse, puis ses mules abandonnées sur le tapis, la chemise qu'elle n'avait pas trouvée et enfin, empoignant les couvertures, il les avait rejetées au pied du lit, découvrant son corps nu pelotonné sur lui-même et surtout ses pieds glacés qui avaient laissé sur le drap un peu de sable et quelques gouttes de sang. Croyant qu'il allait la frapper, elle avait levé les bras pour protéger sa tête mais il s'était contenté de la prendre aux poignets pour l'envoyer sur le tapis en la couvrant d'injures, la traitant de putain, de femelle en chaleur, de gibier de bourdeau. Puis il l'avait laissée là en lui promettant de lui faire regretter le temps qu'il lui permettrait de vivre encore...

Elle s'était remise sur son lit à l'endroit où Elen l'avait trouvée, accablée sous ce coup du sort. Maintenant cette fille allait payer pour ce qu'elle venait d'endurer :

— Tu parles ?

— Oui... Ne tirez plus, par pitié !... C'est arrivé une fois... une seule fois, je le jure !

— Où ? Quand ?

— A Chiswick... Vous étiez souffrante... et il y a eu un orage !

— Toutes circonstances propices à un rapprochement ! conclut Marie en lâchant sa prise sans qu'Elen quitte sa pose agenouillée.

La colère de sa maîtresse s'apaisait, faisant place à la réflexion. Marie n'était ni vaine ni sotte et connaissait trop bien les hommes pour en supposer un seul capable de fidélité absolue, quelle que soit la passion qui l'habite. Fou d'Anne d'Autriche, Buckingham avait d'autres maîtresses et Holland, marié et exact dans ses devoirs conjugaux à ce que l'on disait, ne manquait pas non plus de prétendantes...

— Incroyables ! reprit-elle avec un petit rire. Les hommes sont incroyables ! Ils brûlent d'amour et si vous n'êtes pas là pour éteindre l'incendie, ils ne voient aucun inconvénient à demander ce service à quelqu'un d'autre ! Une seule fois dis-tu ?

— Oui, je le jure !

— Mais ce soir tu espérais recommencer ?

Et comme la jeune fille baissait la tête sans répondre, Marie posa une dernière question :

— Tu l'aimes ?

Sans attendre la réponse, elle eut un mouvement d'indifférence :

— Naturellement tu l'aimes ! Une fille comme toi ne se donne pas sans amour. Et ce soir ? Il ne s'est rien passé entre vous ? Etrange ! Tu es pourtant appétissante...

— Non, il ne s'est rien passé, lâcha Elen avec rage. Il a été... abominable ! Il m'a dit qu'il avait envie de vous, pas de moi !

— Eh bien, il est franc au moins ! fit Marie, enchantée au fond de ce qu'elle entendait. Ensuite ?

— Il m'a mise à la porte et Monseigneur est arrivé...

— Mille tonnerres ! C'est vrai ! Tu viens de parler d'une provocation ?... Ils ne vont quand même pas se battre ici !

Du bruit dans la cour d'honneur précipita Marie à sa fenêtre. Le portail était en train de s'ouvrir pour laisser le passage à une troupe de cavaliers. Elle reconnut son mari flanqué de ses écuyers La Ferrière et Loyancourt. Elle aperçut aussi Holland, Carleton et un seigneur anglais dont elle avait oublié le nom, qui leur servait de secrétaire. En un éclair, elle saisit les conséquences de cette folie. Non seulement le Roi interdisait les duels qui ne cessaient d'opérer des coupes sombres dans sa noblesse, mais si Claude tuait un envoyé du roi d'Angleterre qui, en outre, logeait chez lui – ce qui signifiait qu'il assurait sa sécurité –, il aurait à en répondre sur sa tête. Et la suite n'était pas difficile à deviner : Claude exécuté, elle-même, cause du drame, serait reléguée dans quelque couvent lointain avec interdiction formelle d'approcher seulement de Paris. Louis XIII ne laisserait pas passer une aussi belle occasion de se débarrasser d'elle...

— Vite ! Donne-moi de quoi m'habiller – un costume de chasse ! Et descends dire que l'on selle ma jument ! Ah !... Et tâche de savoir où ils vont !

Quand la jeune fille revint, Marie était prête : jupe

longue et ample portée sans jupons [1], casaquin étroit à manches fermé au cou par un col de dentelle rabattu, bottes courtes. Elevée à la campagne par un père qui s'en souciait fort peu et avec un frère dont elle partageait souvent la vie, elle savait depuis longtemps s'habiller seule et vite !

— Alors ? où sont-ils ?

— Si Peran ne se trompe pas, sur le Pont-Neuf !

— En vue du Louvre ? Quelle brillante idée !

— Les grilles de la place Royale sont fermées la nuit !

— Très juste !... Qu'est-ce que Peran fait dans la cour ?

— Il vous attend !... Il ne veut pas que vous sortiez seule !

En dépit de son angoisse, Marie eut un sourire. Cela ressemblait bien à sa tête de mule ! Toujours prête à se mettre entre elle et un quelconque danger, même illusoire.

Quand elle le rejoignit, il se contenta, sans un mot, de présenter ses mains nouées à la pointe de sa botte pour l'enlever en selle, puis il enfourcha un cheval et tous deux plongèrent dans l'obscurité du quai du Louvre d'où l'on pouvait apercevoir les points lumineux des lanternes marquant les entrées sur le pont.

Chemin faisant, Marie essayait de trouver quelque chose pour éviter ce qui menaçait d'être un bain de sang. Il était d'usage, en effet, que les témoins d'un duel s'affrontent eux aussi. C'était normal pour les gentilshommes de Chevreuse mais ce ne l'était peut-être pas pour les Anglais. De toute façon, elle imaginait mal le paisible et courtois Lord Carleton soudain mué

1. La monte en amazone, inventée par Catherine de Médicis, ne supportait pas une abondance de jupons.

en fauve se jetant sur des gens avec lesquels il trinquait il y avait à peine trois heures, et Marie comptait un peu sur sa sagesse pour l'aider dans sa tâche d'apaisement... des esprits et le sauvetage de ce qui pouvait l'être... L'idée que Holland risquait d'être blessé ou même tué la bouleversait. En dépit de son âge, Claude était un bretteur de première force.

Elle comprenait mal pourquoi son époux, au lieu de chercher un endroit discret pour son règlement de comptes, avait opté pour le Pont-Neuf qui, de tout Paris, était sans doute la voie la plus importante de passage, et comme il lui arrivait souvent elle formula sa pensée à haute voix. Peran qui la précédait l'entendit et répondit sans se retourner :

— Ce n'est pas si bête ! Le pont appartient la nuit à deux confréries de brigands, les Frères de la Samaritaine et les Chevaliers de la Courte Epée, qui se détestent et se disputent les passants imprudents qui osent s'aventurer sans escorte sur leur territoire. Les gens du Prévôt qui les redoutent ne s'en mêlent guère. Une bagarre de plus n'attirera l'attention de personne.

— Un duel ne ressemble pas à une bagarre. A moins que les tenants de chaque camp ne s'affrontent...

— Non. Ils ne seront que deux à se battre... Les autres n'en découdront que contre les truands du pont s'il leur prenait fantaisie d'intervenir...

C'était encore pire mais on arrivait. Les lanternes étaient éteintes à présent. Cependant, accoutumés à l'obscurité, les yeux de Marie distinguèrent des chevaux groupés à l'entrée du pont sous la garde de valets puis, plus loin, des silhouettes qui s'agitaient. Peran avait raison : en dépit de l'heure plus que tardive, il y avait du monde. Un dicton populaire n'assurait-il pas qu'on était toujours sûr d'y rencontrer « un moine, un cheval blanc et une putain... » ? Cependant les éventaires des petits marchands n'étaient pas installés, des ombres se levaient rapidement, mises en fuite par la torche et l'épieu de Peran quand les deux cavaliers empruntèrent la large voie bordée de trottoirs hauts de quatre marches qui mettaient les piétons à l'abri de la circulation. L'une d'elles osa s'approcher pour réclamer une aumône...

— Dis-nous d'abord si tu as vu passer une troupe de seigneurs ? coupa la Duchesse...

— Oui. Ils sont là-bas entre la pompe de la Samaritaine et la statue du bon roi Henri que Dieu veuille mettre en son paradis !

Une pièce passa de la main gantée de Marie à celle de l'homme. En même temps elle poussait sa jument parce qu'elle venait d'apercevoir l'éclair d'une lame dans la faible lumière d'une lanterne sourde. Ils étaient bien là, face à face, le pourpoint mis à bas et l'épée à la main, ferraillant avec une ardeur farouche. Du haut de sa monture elle cria :

— Arrêtez ! Pour l'amour de Dieu et de sa Très Sainte Mère !... Arrêtez !

Son cri les immobilisa un instant. Alors sautant à terre, elle voulut courir vers eux quand un bras lui barra le passage, lui coupant le souffle.

— Restez tranquille, madame ! Ceci ne vous regarde pas ! C'est affaire à eux !

Elle reconnut Dudley Carleton et tenta de le repousser :

— Je veux passer ! Cela me regarde plus que vous !

— Si vous voulez dire que vous avez fait ce qu'il fallait pour en arriver à cette extrémité, je suis d'accord ! A présent laissez votre époux laver son honneur... s'il le peut ! Holland ne lui fera pas de quartier et, avec un peu de chance, vous serez bientôt veuve...

Il ricanait, son vernis d'intellectuel policé effacé par le spectacle sauvage de ces deux hommes décidés à s'entre-tuer. Une estafilade marquait déjà la joue de Holland tant son adversaire se battait avec fureur. Hors d'elle, Marie frappa la figure hilare qui la défiait. L'Anglais recula sous le coup et elle en profitait pour reprendre son élan vers les duellistes au risque d'être transpercée quand une voix tonna :

— L'épée au fourreau, messieurs ! Le Prévôt arrive !

L'effet fut instantané : les combattants abaissèrent leurs armes pour se tourner vers celui qui s'était fait entendre et qui les rejoignait dans l'étroit cercle lumineux diffusé par la lanterne, imposant entre eux sa longue silhouette et l'épée qu'il tenait à la main. C'était Gabriel, aussi calme et froid que les deux autres étaient agités. Chevreuse le reconnut et grogna :

— Malleville ? Que chantez-vous là ? Le Prévôt ? Qu'est-ce que Séguier pourrait faire sur le Pont-Neuf à trois heures du matin ?

— Aussi n'y est-il pas et je lui demande grandement pardon de m'être servi de son nom pour arrêter ceci.

— Vous faites la police à présent ? Je vous croyais mousquetaire ?

— Mais je le suis toujours, seulement nous ne portons la casaque qu'en service et pas pour une petite fête entre amis dans un cabaret de la place Dauphine... Par grâce, Monseigneur, renoncez : c'est folie !

— A aucun prix ! Otez-vous de là !

Le duc se remettait déjà en garde. Gabriel alors lui fit face, tournant le dos à Holland qui ne disait rien, et attendait, la pointe de son épée sur le sol.

— En ce cas, tuez-moi d'abord ! Ce sera moins grave que d'avoir combattu un ambassadeur du roi d'Angleterre, vous un prince que notre sire Louis honore de son amitié, et cela au pied de la statue de son père !

— Le roi Henri autorisait le duel s'il s'agissait de laver son honneur !

— ... dans le sang, je sais et je ne serais pas le dernier, le cas échéant, à demander réparation par les armes mais je suis mince personnage. La mort de l'un de vous aurait de trop graves conséquences ! Songez qu'une guerre pourrait suivre ! Vous avez blessé votre adversaire. Son sang a coulé : contentez-vous-en ! Je vous en supplie... au nom du Roi !

Un lourd silence suivit. Chevreuse réfléchissait et tous retenaient leur souffle, surtout Marie dont le cœur était serré au point de lui faire mal. Comprenant que sa présence risquait de compliquer la tâche de son ancien écuyer, elle avait reculé de quelques pas. L'instant qui s'écoula lui parut durer une éternité. Enfin, elle vit son époux relever la tête et hausser les épaules :

— Vous avez raison ! Ce maraudeur et ce qu'il m'a pris ne valent pas une guerre !

Calmement, il remit son pourpoint, son chapeau, et se tourna vers Dudley Carleton qui s'approchait de lui sans se soucier de Holland qui, lui, semblait changé en statue :

— Vous êtes mon hôte, Mylord Carleton, et je ne saurais l'oublier. Ma demeure reste vôtre tant qu'il vous plaira d'en user. Quant à votre... compagnon, son rang d'ambassadeur m'interdit de le chasser mais c'est à votre vigilance que je le remets jusqu'à ce que, dès demain, lui soit trouvé un logis digne de ce qu'il représente...

Marie n'entendit pas la suite du discours. Peran venait de la tirer par la manche :

— Vite, madame ! Il faut renter avant Monseigneur !

— Tu as raison...

Elle se laissa emmener. En dépit de son cri, les

autres n'avaient pas eu l'air de s'apercevoir de sa présence. Elle aurait voulu parler à Malleville mais il se trouvait toujours à la même place, remettait sa lame au fourreau... C'était fini. Il n'y avait plus rien à craindre. Le duc et les siens rejoignaient leurs chevaux suivis à courte distance par les Anglais.

Dans son cabinet, Marie retrouva Elen. A présent habillée décemment, la jeune fille priait à genoux devant une statuette d'ivoire et d'or de la Vierge Marie placée dans la niche d'un précieux cabinet florentin, don de la Reine-mère. Elle se releva en hâte à l'entrée de la Duchesse qu'elle interrogea du regard, n'osant formuler sa question. Marie leva les épaules :

— Tu peux dès maintenant rendre grâces : les deux sont vivants. Quelqu'un s'est mis à la traverse du combat...

— Qui donc ?

— Malleville ! Dieu sait pourquoi...

— Personne n'est blessé ?

— Holland, au visage ! Une balafre qui ne le rendra que plus intéressant auprès des bécasses de ton genre ! ajouta-t-elle avec agacement... Et ne reste pas plantée là ! Va me chercher quelque chose à manger ! Je meurs de faim !

Trop heureuse de recevoir un ordre alors qu'elle s'attendait à être chassée, Elen, au lieu d'appeler un valet, descendit elle-même aux cuisines où l'on était en train de ranimer les feux. Elle remonta peu après avec du pain, du miel et quelques tranches de pâté devant lesquels Marie s'attabla avec l'appétit qu'aucun souci ne parvenait à lui ôter. Ce n'était pourtant pas ce qui lui manquait en cette fin de nuit où l'époux, accommodant et légèrement borné qu'elle pensait si bien mener, venait de se muer en un jaloux soufflant le feu et la fureur. Devant les menaces dont il l'avait accablée tout à l'heure, elle avait pensé un moment fuir à Lésigny mais plus que le sien propre lui tenait à cœur le sort de son amant. Et aussi le besoin de s'éloigner le moins possible de lui tant qu'il était en France...

Elle achevait son repas quand Claude entra et elle fut surprise du changement qui s'était opéré en lui. Jamais elle ne lui avait connu ce visage grave, cette allure pesante, ces yeux marqués de rides et ce pli soucieux qui les séparait...

Après avoir demandé courtoisement à Elen de se retirer, il tira un siège près de la table devant laquelle Marie s'était figée et s'y assit :

— Je suis venu vous dire ma volonté, madame... et aussi mes regrets. Sous le coup d'une colère dont je n'étais plus maître, je vous ai traitée d'une façon indigne...

— N'en parlons plus s'il vous plaît...

— ... sinon de vous car vous la méritiez amplement mais de moi ! Encore me suis-je maîtrisé et je remercie Dieu de m'avoir gardé de faire couler votre sang parce que à un moment j'ai songé à vous tuer ! Vous êtes toujours bien vivante à ce que je vois et c'est très bien ainsi mais votre amant l'est aussi et je le déplore même si je conviens que c'eût été folie que le tuer publiquement !

— Voulez-vous dire que..., émit Marie, reprise par l'angoisse.

— Je ne veux rien dire. Je ne suis pas un assassin et je n'entretiens pas de sbires. Par égards pour Lord Carleton et pour la mission dont il est revêtu je ne chasserai pas cet homme de chez moi où je resterai de même. C'est vous qui allez partir...

— Vous me chassez ?

— Laissez ce goût que vous avez pour les grands mots ! Je suis un être simple, moi... Vous chasser causerait un scandale qui éclabousserait les vôtres – votre frère Guéménée en particulier –, provoquerait une colère qui me ferait sans doute tirer l'épée une fois encore, mais contre quelqu'un que j'estime. J'ai seulement décidé de vous éloigner jusqu'à ce que les voyageurs anglais repartent pour Londres...

— Lorsque vous êtes entré, je songeais à Lésigny.

— C'est trop près... et vous y êtes trop chez vous ! Je préfère Dampierre. Vous pourrez au moins y jouer avec vos enfants ! (La petite Anne-Marie y avait en effet rejoint les jeunes Luynes.) Vous retrouverez peut-être auprès d'eux une plus juste conscience de vos devoirs !

La jeune femme retint une riposte acerbe qui eût été malvenue puisque dans sa générosité, Claude avait réuni dans son domaine les enfants Luynes à sa fille Anne-Marie, partant du principe que s'ils se prenaient d'affection les uns pour les autres, ce n'en serait que meilleur pour leur avenir. Il faisait preuve en cela d'une véritable largeur d'esprit parce que finalement il n'était pas vraiment certain que la fillette soit de lui. Marie non plus d'ailleurs. Elle se contenta donc de s'incliner et ce ne fut que quand il lui eut signifié qu'elle partait le matin même avec Elen du Latz et ses autres femmes qu'elle demanda :

— Pourquoi, cette nuit, avez-vous pris feu au point de vouloir égorger Holland ?

— Alors que, depuis notre séjour en Angleterre, je savais à quoi m'en tenir au point de vous avoir laissée vous installer chez lui ?

— Je n'y suis pas restée fort longtemps...

— Ce n'était pas mon fait mais celui du roi Charles, mon cousin. L'amitié dont il m'honore est réelle. Partant de là elle m'est précieuse. C'est lui qui vous a appelée à Hampton Court et c'est à cause de lui que je n'ai pas provoqué votre amant. Il est de ses amis et pour rien au monde je n'aurais voulu lui causer la moindre peine. Et puis vous avez accouché et on nous a rappelés. Je pensais que ce chapitre de votre vie amoureuse était clos... Or Holland est revenu. La suite vous la connaissez ! Je vous ai surveillée et si je ne vous ai pas prise sur le fait, c'était parce que... quelqu'un s'était emparé de la clef du pavillon. Si vous savez qui, vous pouvez l'en remercier : ma colère ne vous aurait pas épargnés. J'étais décidé à vous tuer tous les deux ! Après quoi j'en aurais moi-même averti le Roi...

— Vous comptiez sur l'aversion que je lui inspire pour vous éviter l'échafaud ?

— Certainement pas ! A ce jour j'ai vécu de nombreuses années et je ne crains pas la mort, vous le savez pertinemment. Je reconnais volontiers d'ailleurs que vouloir embrocher ce bellâtre n'était pas une bonne idée, mais j'étais fou de rage à la pensée que vous osiez l'un et l'autre souiller ma demeure...

— N'oubliez-vous pas un peu vite qu'elle était mienne avant notre mariage ?

— Voilà un argument de chicanière ! fit Claude avec dédain. Que vous le vouliez ou non, elle porte mon nom, tout comme vous. J'entends qu'au moins l'une des deux me reste fidèle.

— Et l'escarmouche de cette nuit vous a rendu la paix de l'âme ? osa Marie, narquoise.

— Oui. Parce qu'elle m'a fait comprendre que je ne vous aimais plus !

— Vous m'aimiez donc ? Ce n'était pas le cas lorsque je vous ai quasiment obligé à m'épouser !

— J'étais partagé entre mon amour et ma loyauté au Roi. Le désir que j'avais de vous a été le plus fort. Mais je vous adorais, Marie, et c'est sans doute là qu'il faut chercher la raison de ce que l'on a nommé mon aveuglement, voire ma complaisance. J'avais peur de vous perdre, j'imagine...

— Et vous n'éprouvez plus cette peur ? Je pourrai partir avec lui lorsqu'il s'en ira ? fit-elle avec une insolence à laquelle il répondit, désabusé :

— Pour vous retrouver au ban de deux cours royales ?... Si vous avez envie d'essayer, ne vous gênez pas, ma chère !

— Osez dire que cela ne vous déplairait pas !

— Non. Je vous le répète : je ne vous aime plus !

— En effet ! fit-elle froidement. Et vous avez aussi cessé de me désirer ?

— Complètement ! Pour le moment du moins, répondit-il sans sourciller. Cela tient, je crois, au spectacle que m'a offert votre lit ouvert. Vous étiez là nue, tremblant encore d'un froid qui vous donnait la chair de poule, dans vos draps souillés de terre et de sang ! Le spectacle n'avait rien d'excitant sinon à la colère ! Alors, je le répète, si vous voulez partir avec votre amant, vous êtes libre.

— Libre ? Je vous rappelle que vous m'envoyez à Dampierre.

— Que vous prétendez aimer. Je n'aurais jamais cru que ce pût être pour vous une telle punition ! Mais qu'à cela ne tienne ! Quand vous serez prête, vous pourrez vous entretenir avec cet homme quelques instants dans le salon des Muses. S'il vous emmène, c'est moi qui partirai pour Dampierre afin d'y attendre que vous ayez tous deux débarrassé les lieux ! Préparez-vous !

Et il sortit sans attendre de réponse...

Restée seule Marie s'accorda un temps de réflexion. Les nouvelles n'étaient pas fameuses mais auraient pu être pires : Holland perdu à jamais pour elle, soit qu'il eût été tué, soit que l'accès au royaume lui soit à jamais interdit comme à Buckingham. Cependant, le nouveau personnage que révélait Claude posait un sérieux problème. Partir avec Henry pour l'Angleterre était la solution la plus séduisante, celle que réclamaient son cœur et ses sens en lui montrant des nuits d'amour à n'en plus finir. Pourtant une voix secrète lui soufflait qu'elle paierait peut-être cette félicité largement au-delà de sa valeur. Sa position en France était superbe, même compte tenu de l'animosité du Roi. Qu'en serait-il à Londres où elle ne serait plus qu'une épouse adultère enfuie avec son amant ?...

Elle pensa soudain que les pourparlers n'étant pas encore terminés, elle avait devant elle quelques jours pour réfléchir. Le mieux serait peut-être de prier Claude de remettre à plus tard l'entrevue qu'il proposait et de partir pour Dampierre. Claude avait raison en disant qu'elle aimait ce château. C'était, sans doute, dans ce cadre aimable où chantaient les eaux qu'elle prendrait d'elle-même le meilleur conseil. Il serait peut-être même possible d'y faire venir Henry – en secret évidemment ! – afin de voir avec lui, mais hors de toute surveillance, quel meilleur parti l'on pourrait tirer de la situation...

Elle venait de donner l'ordre de faire les préparatifs pour un séjour à Dampierre quand les portes de l'hôtel de Chevreuse s'ouvrirent devant un envoyé du Roi. Marie se précipita à la fenêtre et reconnut avec inquiétude M. de La Folaine, gentilhomme de la Chambre et capitaine des Commandements. Celui-là même qui, quatre ans plus tôt, était venu lui apporter l'ordre de quitter la Cour. Son cœur s'affola. A qui en avait-il ?

N'étant qu'à demi vêtue, elle ne pouvait descendre ainsi, mais incapable d'attendre pour savoir, elle envoya Elen aux renseignements. Celle-ci, aussi anxieuse que sa maîtresse, ne se le fit pas dire deux fois, partit en courant et revint presque aussi vite, mais cette fois Claude l'accompagnait. Devant le négligé de sa femme il fronça le sourcil :

— Quoi ? Pas encore prête ?

— Mlle du Latz veille à mon départ. A ce sujet, je souhaitais vous dire que je vais me rendre dans notre campagne, et quant à l'entrevue que vous me proposiez avec Mylord Holland...

— Elle aura lieu tout de suite ou pas du tout ! Le cardinal de Richelieu a eu vent de l'affaire du Pont-Neuf certainement par l'un de ses espions et dès le petit matin, il a obtenu du Roi qu'il dicte une lettre à l'intention de Lord Carleton lui apprenant, dans les formes requises, que Lord Holland n'était plus *persona grata* auprès de lui et qu'il devait retourner à Londres dans les plus brefs délais. Au surplus, la sagesse et les remarquables talents du seul Carleton étaient plus que suffisants pour discuter des affaires délicates touchant les deux royaumes. Autrement dit Carleton reste – il ne peut pas faire autrement ! – et Holland s'en va...

— Quoi ? Pas dans l'immédiat tout de même ?

— Dans une heure il aura déguerpi. Alors si vous voulez lui parler il est temps. Achevez de vous habiller, ajouta-t-il avec un sourire cruel que sa femme ne lui connaissait pas. Il ne saurait être question de vous livrer à vos ébats habituels dans le salon des Muses...

Pour cette parole insultante elle aurait pu se jeter sur lui toutes griffes dehors mais le temps pressait trop pour en soustraire même une parcelle au bénéfice d'une querelle. Se contentant d'un haussement d'épaules, elle passa dans sa chambre pour achever de s'habiller. Ce fut vite fait car elle ne permit pas à Anna de la coiffer et ce fut avec la masse de ses cheveux fauves tombant sur ses épaules qu'elle descendit rejoindre Holland.

Il l'attendait debout près d'une console supportant

une statue de Terpsichore, en marbre blanc. C'était une œuvre pleine de grâce, la muse de la Danse semblait sur le point de s'envoler. Avec colère, Marie le vit caresser d'un doigt le visage rayonnant de la danseuse sacrée. Il n'avait pas l'air ému le moins du monde :

— Je trouve qu'elle vous ressemble, dit-il sans la regarder. Si j'étais en position de demander un souvenir à votre époux c'est elle que je choisirais...

— Il vous offre cent fois mieux puisque vous pouvez m'avoir, moi !

Abandonnant la statue, il tourna vers elle un visage sévère :

— Si c'est une plaisanterie, elle est malvenue.. Nous sommes ici pour nous dire adieu, pas pour...

Il n'acheva pas sa phrase. Déjà Marie s'était élancée vers lui le visage rayonnant de joie :

— Notre amour est ce que j'ai de plus beau, de plus cher, s'écria-t-elle avec passion, et je ne saurais plaisanter avec lui. Ce que je viens vous dire, Henry, c'est que je pars avec vous. Aux yeux de tous j'abandonne ce qui fait ma gloire : rang, fortune, époux, enfants... et même l'amitié de la Reine pour le seul bonheur d'être auprès de vous dans les bons comme dans les mauvais jours...

Elle s'attendait qu'il la prît dans ses bras mais, avec infiniment de douceur, il la repoussa :

— Vous voulez ma tête, Marie ? fit-il avec un rire désabusé. Si je vous emmenais, votre époux ne manquerait pas de m'en demander raison, ce qui, au cas où je survivrais, me mènerait sans doute à l'échafaud que me prépareraient votre Roi et son cardinal...

— En aucune façon ! Nous avons causé cette nuit avec beaucoup de sérieux. Claude a compris combien je vous aime et il me laisse libre de choisir ma destinée. Et c'est vous que je choisis ! Nous allons partir ensemble. Je vivrai à vos côtés, dans votre ombre jusqu'à ce que vous ayez divorcé puisque cela est possible dans votre bienheureux pays ! Oh, Henry, être totalement à vous, rien qu'à vous ! Est-ce que ce ne sera pas merveilleux ? Je vais changer de foi, de pays ! Pour vous je me ferai huguenote et vous me ferez anglaise !

— Un beau rêve, Marie, mais impossible, comme souvent les rêves ! Du moins dans le présent !

— Que voyez-vous là d'impossible ? s'écria-t-elle, déjà prête à se fâcher. Mon époux n'entreprendra nulle poursuite et ne nous cherchera pas noise. Il me l'a dit !

— Peut-être... encore que l'on puisse maintenant s'interroger sur ses pensées profondes...

— Lui, des pensées profondes ? fit Marie en s'esclaffant.

— Plus que je ne le croyais et je n'y vois pas matière à s'en amuser. D'autres penseraient comme moi. Et je songe à mon Roi d'abord, à mon ami Buckingham ensuite. Si je vous amène à eux, il seront furieux !

— Allons donc ! Ils m'adorent...

— Disons qu'ils adorent Mme la duchesse de Chevreuse, la cousine de l'un, la complice de l'autre. Charles ne vous pardonnerait pas d'apporter le scandale à sa cour en abandonnant aussi publiquement son parent. Quant à George, vous lui êtes trop précieuse dans les entours de la Reine pour qu'il accepte de gaieté de cœur de vous voir quitter votre poste. Sans compter ma famille... et celle de mon épouse !

Elle s'écarta de lui pour mieux le contempler mais son regard bleu était lourd de déception :

— Ainsi c'est votre réponse au don que je vous fais ? Mieux vaudrait me dire que vous ne me voulez pas ! C'est simple d'ailleurs, continua-t-elle avec tristesse. Vous n'avez jamais éprouvé pour moi que du désir et jamais ne m'avez aimée...

Il tendit les bras, la serra contre lui comme s'il voulait incruster son corps dans le sien :

— Oh si, je vous ai aimée... et je vous aime toujours plus que n'importe qui !

— Comment vous croire ? Pas une seule fois ne l'avez dit...

— Parce que je ne voulais pas que vous puissiez mesurer l'intensité de la passion que vous m'inspirez... Vous êtes une femme terrible pour qui s'éprend de vous, mon amour, et je refusais d'être un jouet entre vos mains !

— Est-ce pour combattre cette irrésistible attraction que vous avez couché avec Elen, ma suivante ? Un joli moyen, j'en conviens ! Elle est devenue folle de vous...

— Elle guérira ! Non, ce n'est pas pour lutter contre ma passion que je l'ai prise, c'est pour en faire ma créature, mes yeux et mes oreilles durant nos séparations. Sa jalousie au service de la mienne, vous comprenez ? Mais je n'en ai plus besoin puisque les choses sont tranchées. Je ne renonce pas à vous, Marie, comprenez-le ! J'en serais déchiré et je vous jure de faire l'impossible pour revenir vers vous dès que les circonstances me le permettront. En secret... Il va de soi...

— En secret ! soupira Marie avec amertume...

— Pour le moment, mais je ne désespère pas de venir quelque jour vous réclamer hautement comme mon bien le plus précieux...

— Quand ?

— Quand Buckingham se présentera ici les armes à la main pour conquérir la femme qu'il aime dans les ruines fumantes du Louvre. Elle sera veuve alors car nous y veillerons. Nous en ferons peut-être une régente ? N'importe comment je serai avec lui et vous serez ma récompense !

— Henry, murmura-t-elle, bouleversée, vous m'aimez à ce point ?

— Et plus encore, Marie ! Je saurai vous le prouver !

Elle défaillit sous son baiser qui fut cette fois trop bref pour leur faire perdre la tête. Cependant, elle titubait un peu quand il la lâcha. Il s'éloigna de trois pas pour prendre son chapeau posé sur un siège et balayer le sol de son panache en un salut profond :

— Madame la duchesse de Chevreuse, croyez-moi à jamais votre esclave...

— ... et moi votre servante, Mylord Holland ! répondit-elle avec sa plus belle révérence... tandis qu'il sortait du salon.

Quelques minutes plus tard, les roues du carrosse de voyage qui l'emmenait loin d'elle faisaient résonner les gros pavés de la rue. Marie tendit l'oreille jusqu'à ce que leur écho fût éteint. Une horrible impression de vide s'emparait d'elle comme si elle se retrouvait seule sur un rocher au milieu de l'océan... Que Henry eût enfin avoué qu'il l'aimait ne la consolait qu'à peine : elle s'était habituée à aimer pour deux.

La maison autour d'elle était silencieuse. On aurait dit qu'elle entrait en sommeil ainsi que lors du départ du maître... et c'était pour celle qui restait un moment de grâce : le tohu-bohu habituel lui eût été insupportable... Lentement, elle se dirigea vers la statue de Terpsichore qu'il venait de caresser en disant qu'elle lui ressemblait, la prit dans ses bras et se mit à pleurer...

Elen se glissa sans faire de bruit hors de sa cachette : une encoignure masquée par une tapisserie qu'elle connaissait bien, comme toutes les cachettes possibles dans une demeure dont elle n'ignorait rien. Perdue dans sa douleur, Marie ne l'entendit pas et pas davantage quand elle ouvrit puis referma la porte. Son visage était d'une pâleur mortelle et sa figure inondée de larmes. Ce qu'Elen venait d'entendre l'avait écrasée. Un moment, elle avait cru mourir sous le coup brutal que Holland lui assenait sans le savoir : un instrument ! Elle n'était pour lui qu'un instrument, un moyen commode de surveiller Marie à distance !... Incapable de s'attarder plus longtemps à écouter pleurer sa rivale, elle sortit du salon, de l'hôtel et courut se réfugier sous les ombres de Saint-Thomas mais pas pour y sangloter aux pieds de la Vierge, ni pour la supplier d'adoucir sa souffrance. Ce qu'elle voulait c'était rencontrer au plus vite le père Plessis qui lui avait dit servir un haut personnage. Après tout, ce qu'elle venait d'entendre était-il autre chose que le prélude à un complot contre le royaume ? Si le peu qu'elle en savait pouvait interdire à Holland le retour en France ou encore le faire surprendre quand il essaierait d'y pénétrer ! Et pourquoi pas l'abattre ?... L'important était de le séparer à jamais de sa maîtresse ! Au moins l'insolente créature à qui tout réussissait si bien aurait de quoi pleurer ! L'amour comme l'amitié venaient de se changer en haine...

Cependant, dans le salon des Muses, Marie peu à peu se calmait. Elle abandonna Terpsichore dont, après ses yeux, elle essuya le marbre, renifla deux ou trois fois, se moucha et se disposa à remonter chez elle. Elle vit alors que son époux était là qui l'observait sans mot dire :

— Je... je ne vous ai pas entendu entrer.

— C'est sans importance. Puis-je savoir ce que vous avez décidé ?

— C'est l'évidence, je crois, fit-elle dans un éclat de colère. Il est parti et moi je suis restée.

— Vous pourriez être convenus de vous rejoindre plus tard afin d'éviter le scandale d'un départ à deux ! fit-il avec un demi-sourire qu'elle détesta :

— Vous savez parfaitement que je suis femme à en courir le risque.

— Mais c'est lui qui n'a pas voulu ? Vous me surprenez ! Il serait bien le premier à reculer devant la pire folie pour vos beaux yeux !

— Nous nous sommes mis d'accord sur le respect et l'amitié que nous devons l'un et l'autre au roi Charles. Il sera déjà suffisamment offensé, je pense, que ce Richelieu eût osé chasser son ambassadeur !

— C'est le Roi, il me semble, qui en a signé l'ordre !

— Ne soyez pas stupide ! Tout le monde sait que notre déplorable sire ne saurait éternuer sans lui en demander permission. A présent, Monseigneur, souffrez que nous en restions là ! Je ne veux pas arriver tard à Dampierre.

— Pourquoi tant de hâte ? En fait vous n'avez plus aucune raison d'y aller !

— Comment cela ?

— Cela coule de source, il me semble. L'intrus disparu, la vie ici peut reprendre son cours normal. Il vaut même mieux que vous remettiez à plus tard ce déplacement ! Ne serait-ce que pour les mauvaises langues ! Qu'iriez-vous faire là-bas en plein hiver ?

— Embrasser les enfants !

— Voilà une envie bien soudaine et qui, d'habitude, ne vous démange guère ! Croyez-moi, montrez-vous chez la Reine ainsi que de coutume. Plus belle et plus souriante que jamais ! Ainsi vous ferez taire les caquets !

— Et que dirais-je à notre bon roi si d'aventure je le rencontrais ?

— Il est parti pour son pavillon de chasse de Versailles où il m'a fait le grand honneur de m'inviter à le rejoindre !

C'était une incontestable bonne nouvelle. Néanmoins Marie eût aimé y trouver quelque chose à redire tant l'idée de laisser le dernier mot à Claude lui déplaisait. Elle s'y plia pour cette fois et, tournant les talons sans rien ajouter, s'en alla voir ses femmes afin de se faire habiller pour se rendre au Louvre.

Elen n'étant pas là, ce fut Anna qui dirigea le ballet rituel des caméristes, mais Marie ne s'en inquiéta pas. Après ce qui venait de se passer, elle se sentait même un peu soulagée de ne pas voir évoluer autour d'elle une fille dont elle ne savait plus très bien ce qu'il convenait de penser. Son absence lui donnait le temps de faire le point, encore qu'elle eût cessé de lui en vouloir. A la suite de ce dernier entretien avec son amant et ce qu'il lui avait appris de ses relations avec la jeune fille, elle se sentait même encline à la plaindre quand elle s'apercevrait qu'elle avait rêvé trop haut et qu'il lui faudrait se résigner à ce que l'unique nuit d'amour avec Holland restât sans seconde... A la réflexion, qu'elle se fût produite était déjà trop ! Il faudrait veiller qu'aucune autre occasion ne se présente lors d'un des discrets retours projetés. Pour cette raison, la Duchesse décida de garder auprès d'elle cette fille dont elle avait un instant songé à se séparer. C'était la meilleure façon de la surveiller, car, avec les hommes, après tout, on ne savait jamais...

Deux heures plus tard, rayonnante dans des atours de velours d'un bleu assorti à ses yeux, réchauffés et ornés de bandes d'hermine, une fortune de perles – jadis propriété de la Galigaï ! – au cou, aux bras et aux oreilles, Marie effectuait dans le Grand Cabinet d'Anne d'Autriche une entrée encore plus sensationnelle que de coutume. Les événements de la nuit ayant éveillé des échos toujours sensibles, on s'attendait davantage à apprendre son départ pour la campagne qu'à la voir arriver plus fringante que jamais !

La Reine parut enchantée de cette apparition quasi provocante et, à la déception générale, engageait la conversation sur un sujet qui n'avait vraiment rien à voir avec ce qui trottait dans ces cervelles féminines, quand Marie de Médicis pénétra chez sa belle-fille avec son sans-gêne habituel – sans se faire annoncer ! – et en poursuivant ce qui semblait être une passionnante conversation avec elle-même. Un léger travers qu'elle cultivait depuis l'enfance.

— ... c'est pourquoi il me paraît essentiel qu'on en finisse avec cette affaire. Elle n'a que trop traîné et le bien du royaume exige une prompte et ferme décision !

En soliloquant, elle avait franchi le cercle des révérences et considérait d'un œil surpris la jeune Reine qui s'était levée pour la recevoir.

— Ah ! vous êtes là, ma fille !

— Certes, madame ! Cela vous surprendrait-il ?

— Euh... non ! Sauriez-vous me dire où est le Roi, mon fils ?

— A son pavillon de Versailles si j'ai bien compris. Vous attendiez-vous à le trouver ici ? Il n'y vient guère, ajouta Anne avec un rien d'amertume.

— Parce que vous ne savez pas l'y retenir. Tiens, tu es là, toi aussi ? fit-elle en découvrant Mme de Chevreuse qui en se relevant entrait dans son champ de vision. Tu continues à faire parler de toi à ce que j'ai appris ? Quand donc ton benêt de mari se décidera-t-il à t'envoyer réfléchir un an ou deux dans un bon couvent ? Fontevrault ferait admirablement l'affaire : c'est beau, noble, assez éloigné et l'abbesse est toujours une princesse... Au fait, qui est-ce donc en ce moment ?...

— Madame ma mère, coupa la Reine, plus amusée qu'agacée, ne voudriez-vous pas revenir à ce qui semblait si fort occuper votre esprit lorsque vous êtes entrée ?

— Vous croyez ?

— J'en suis certaine ! Vous évoquiez une affaire importante pour le bien du royaume si je vous ai comprise et sur laquelle il fallait se pencher dans la dernière urgence.

La Reine-mère resta un instant coite, visiblement à la recherche de son idée première, quand soudain la lumière se fit :

— M'y voici ! Il faut marier Gaston !

Et comme son auditoire n'avait pas l'air de comprendre, elle précisa, mécontente :

— Le duc d'Anjou ! Mon fils cadet !

— Oh ! nous avions saisi, Majesté ! fit Marie qui s'était reprise la première. Ce qui nous échappe, c'est pourquoi il y faut mettre tant de hâte ? Le Prince n'a que...

— ... a maintenant dix-sept ans. A cet âge son frère avait pris épouse depuis deux ans. Il est temps de rattraper ce retard.

— Mais il s'agissait du Roi, émit Mme du Fargis, et pour le salut du royaume il importait qu'il fût marié...

— ... afin d'assurer par un dauphin la continuité de la couronne. Jusqu'à présent, nous l'attendons toujours, ce petit prince, ajouta méchamment la Médicis. Et, toujours jusqu'à présent, l'héritier du trône, au cas où le Roi viendrait à disparaître, c'est son frère cadet. Voilà pourquoi il lui faut prendre épouse aussi vite que possible ! Mais je suis bien bonne de perdre mon temps à vous expliquer ce que vous savez ! C'est avec le Roi et le Conseil qu'il faut en débattre et comme le premier est absent...

Elle allait repartir comme elle était venue mais cela ne faisait pas l'affaire de Marie qui voulait en savoir un peu plus.

— Est-ce à dire, madame, que l'on va se mettre en campagne pour lui trouver une fiancée ?

— Il y a longtemps qu'elle est trouvée, sotte que tu es ! Dès avant la mort de mon époux tant regretté, une sorte de contrat avait été signé qu'il suffira de rafraîchir. Le Cardinal me l'a longuement expliqué puisque c'est lui qui l'a sorti des archives. Gaston épousera en conséquence Marie de Montpensier sa cousine. Elle n'a que trois ans de plus que lui, elle est l'unique descendante de cette branche cadette des Bourbons...

— ... et la plus riche héritière de France si je ne me trompe, fit Mme de Chevreuse d'un ton rêveur avant de se mettre à compter sur ses doigts : Les duchés de Montpensier, d'Auvergne, de Saint-Fargeau, de Combrailles, la principauté des Dombes, le Beaujolais et quelques autres dont je ne me souviens pas...

— Y aurait-il quelque empêchement aux yeux de l'illustre dame de Chevreuse ? s'écria Marie de Médicis, exaspérée par cette énumération. Sachez, madame, que ce n'est pas ce qui compte mais le sang : la fiancée de Gaston descend de Saint Louis, comme lui...

— ... et aussi, n'est-ce pas, de cette duchesse Catherine qui a si proprement fait assassiner Henri III ?

— Tu n'y connais rien ! Son Eminence me l'a aussi expliqué. Le grand-père de la jeune Marie n'est pas né de cette criminelle mais de la première épouse du duc Louis, qui s'appelait, si ma mémoire ne me fait pas défaut, Jacqueline de Longwy. Quoi qu'il en soit et qu'il ne t'en déplaise, la jeune princesse est d'aussi bonne maison que n'importe quelle infante. Peut-être même meilleure ! Parce que plus féconde !

Et sur cette flèche du Parthe, la royale mégère sortit tête haute et nez au vent dans un cliquetis de perles. Un silence suivit ce départ et les regards convergèrent vers la Reine qui était devenue soudain très pâle. Marie se précipita un flacon de sels à la main :

— La peste soit de la vieille harpie ! s'écria-t-elle. La Reine se trouve mal !

Elle voulut lui faire respirer le puissant révulsif mais, avec un faible sourire, Anne la repoussa :

— C'est inutile, Duchesse, je vais bien...

— On ne le dirait pas.

— Un doigt de vin d'Espagne peut-être ? proposa Louise de Conti en allant prendre sur une crédence une carafe et un verre qu'elle apporta.

— Oui, merci, Princesse !... C'est ridicule, continua-t-elle après avoir bu une gorgée, je devrais être habituée aux paroles malveillantes de ma belle-mère mais je ne peux m'empêcher d'y réagir...

— Votre Majesté n'a aucune méchanceté, constata Marie. Elle offre de ce fait une cible trop facile dont la Reine-mère abuse. Il n'en reste pas moins que cette soudaine lubie de marier Monsieur ne me dit rien qui vaille.

— Pourquoi donc ? dit Mme de Lannoy en haussant les épaules. Qu'un fils de France se marie n'a rien que de très naturel et la Reine qui l'aime beaucoup devrait se réjouir si dans cette union il trouve le bonheur !

Marie darda sur la dame d'honneur un œil effaré :

— Le bonheur ! Voilà un mot qui sonne étrangement dans votre bouche, madame ! J'aurais juré que vous ne le connaissiez même pas !

Sentant venir une querelle, Anne d'Autriche coupa court en déclarant qu'elle voulait se retirer dans son oratoire mais ajouta à l'attention de Marie :

— Venez avec moi, Duchesse ! Prier vous fera à vous aussi le plus grand bien et j'ai à vous parler.

Le ton un peu raide compensait la faveur accordée et amena un sourire entendu sur les lèvres de quelques dames ainsi exclues. Très certainement Sa Majesté entendait chapitrer l'insolente. Marie ne s'y trompa pas non plus et prit un air contrit pour suivre la Reine dans sa chambre où « Stefanille » vaquait à divers rangements. Ensemble, les trois femmes allèrent s'agenouiller dans la minuscule chapelle sur laquelle régnait une admirable image de la Vierge des Douleurs apportée d'Espagne par l'Infante lorsqu'elle était venue épouser le roi de France. Derrière la Reine à demi prosternée sur les deux marches supportant l'autel brasillant de cierges, Marie, qui pensait employer ce temps de silence à réfléchir, se découvrit en train d'adresser à celle qu'elle appelait Notre-Dame une supplication comme elle ne se souvenait pas d'en avoir jamais formulé... La douleur du départ de Henry qu'avec sa légèreté habituelle, elle croyait endormir facilement, se réveillait d'autant plus mordante que l'atmosphère où flottait le parfum de l'encens était calme et propice au repli sur soi-même. En dépit de ses promesses de revenir rapidement, il était bel et bien en route pour son lointain pays. A l'idée qu'elle ne le verrait plus avant un temps qu'elle redoutait fort long, Marie se sentit soudain perdue, abandonnée au milieu d'un vide immense et les larmes qu'elle retenait si facilement tout à l'heure en face de lui jaillirent de nouveau en même temps que montait de son cœur douloureux une supplication fervente dont elle n'imaginait pas qu'elle était impie : « Rendez-le-moi, ô Notre-Dame-de-Pitié ! Le perdre à l'instant où la certitude de son amour m'a été donnée, est plus que je n'en puis supporter ! Puisque je suis certaine à présent d'être faite pour lui comme il est fait pour moi, permettez-nous d'accomplir, ensemble, ces grandes choses dont nous avons rêvé ! Rendez-le-moi ! Rendez-le-moi !... »

Elle était tellement absorbée par son invocation qu'elle ne s'aperçut pas que la Reine s'était relevée et la regardait avec un sourire attendri. Elle se mit debout aussitôt en s'excusant mais Anne d'Autriche prit son bras pour la ramener dans sa chambre :

— C'est bien, ma chevrette, de prier avec cette ferveur ! Elle me surprend agréablement car, je vous l'avoue, j'avais l'impression que votre foi était un peu tiède.

— Lorsque l'on souffre, n'est-il pas naturel de se tourner vers le Ciel ?

— Tu souffres donc, toi aussi ? Ce Holland, tu l'aimes vraiment ?

— Plus que je ne saurais dire, madame. S'il l'avait accepté, je serais partie avec lui ce matin... et j'en demande pardon à ma Reine ! Surtout à un moment où elle-même endure des maux si cruels...

— Et qui seront pires encore si Monsieur épouse Mlle de Montpensier, soupira Anne en se laissant tomber sur le bord de son lit où elle invita d'un geste son amie à la rejoindre, les isolant ainsi davantage grâce aux épais rideaux de brocart des courtines.

— Elle ou une autre, qu'importe ! Il ne faut qu'il se marie sous aucun prétexte. Le Prince est jeune, entreprenant, il aime les femmes et ses aventures sont déjà nombreuses. Ce qui, hélas, n'a jamais été le fait du Roi.

— Il est vrai qu'il est plus séduisant. Tel qu'on le connaît, je ne donne pas huit jours après le mariage à sa femme pour se trouver enceinte, et si par malheur elle accouchait d'un fils...

— ... alors que vous n'avez pas encore d'enfant et que la santé de notre sire est loin d'être florissante, Monsieur attirerait à lui tous les mécontents et Dieu sait ce qui pourrait se passer !

— C'est facile à deviner. Au cours d'une des maladies de mon époux, son état s'aggraverait et je n'aurais plus qu'à retourner en Espagne tandis que Gaston et sa « princesse » monteraient sur le trône ! Une chose me surprend cependant...

— Laquelle ?

— Que ce damné Richelieu donne la main au projet. Ce n'est pas son intérêt pourtant. Que Louis vienne à disparaître et il perdrait tout pouvoir !

— Rien de moins certain ! C'est à la Reine-mère qu'il le doit. Elle en est entichée au point de l'avoir installé au Petit-Luxembourg, dans une dépendance de son palais pour l'avoir en permanence sous la main. En outre Gaston, qui est son fils préféré, ne me paraît pas posséder d'immenses qualités de gouvernement. La vieille guenipe régnerait à travers lui... et Richelieu que l'on dit son amant resterait en place.

— Son amant ? C'est ridicule ! On parle surtout de sa jolie nièce, la veuve du marquis de Combalet tué au combat de Saintes, et qui était Mlle de Pontcourlay. Elle habite chez lui, m'a-t-on dit ?

— En effet. Elle y tiendrait le rôle de maîtresse de maison mais là, je pense qu'il serait raisonnable que nous choisissions ! Il faudrait être un foudre de guerre amoureuse pour satisfaire à la fois une jolie femme pleine de vie et Sa grosse Majesté qui, en dépit de l'âge, garde un bel appétit et demeure persuadée qu'elle est toujours un doux péril pour la vertu de quelques beaux garçons. Ce qui n'est pas le cas de Son Eminence. Mais revenons à Monsieur ! Il faudrait savoir comment il envisage ce mariage...

— Sans doute avec plaisir. Il aime l'or et la demoiselle est plus que riche.

— Sans doute mais elle n'est pas fort attrayante et notre prince aime les jeunes et jolies femmes. Il faudrait parvenir à le convaincre de montrer une profonde répugnance pour une union qui ne pourrait le satisfaire longtemps alors qu'avec un peu de patience il lui serait possible d'en conclure une... infiniment plus séduisante, fit lentement la Duchesse en qui une brillante idée venait de naître.

— Laquelle, mon Dieu ?

— Mais... devenir l'époux de la reine de France !

— Vous êtes folle, Marie !

— Pas tant que cela ! Essayons de voir clairement la situation. La santé du Roi est de plus en plus mauvaise, ou de moins en moins bonne comme Votre Majesté voudra. S'il succombe à ses indispositions, Monsieur coiffera la couronne puisqu'il est l'héritier. Admettez dans ce cas, madame, qu'il serait tout à fait dommage qu'il la partage avec une quelconque Montpensier alors qu'il pourrait obtenir la main d'une infante déjà reine.

Anne se signa vivement cependant que ses beaux yeux verts s'effaraient :

— Taisez-vous, Duchesse ! C'est péché que nourrir de telles pensées.

— Pourquoi ? Prévoir l'avenir n'a jamais fait mourir personne et quand il s'agit d'un royaume il vaut mieux prendre quelques précautions. Rien ne dit que notre sire résistera à ses nombreux maux. Rien ne dit non plus que demain ou la semaine prochaine Votre Majesté ne sera pas enceinte. Encore faudrait-il que ce soit d'un mâle, ce que nous ne saurions qu'au bout de neuf mois. Et si nous avions une princesse, il faudrait recommencer avec un homme toujours plus malade. Voilà pourquoi j'affirme qu'il est vital pour le bien de l'Etat que Monsieur reste libre du lien conjugal. Et je ne crois pas offenser le Seigneur en mettant la Reine en face de la réalité. Eprouverait-elle de la répugnance envers son beau-frère ?

Cette fois Anne se mit à rire :

— Nous nous sommes toujours entendus à merveille et vous savez que je le trouve charmant. Il est aimable, bon compagnon, ami des plaisirs... mais je me demande s'il serait un roi convenable !

— Peut-être pas, mais il n'en laissera que plus volontiers les affaires à qui saura les mener... et je n'ai pas l'impression qu'il serait un mari jaloux. Il s'est montré fort amical... très admiratif même envers Mylord Buckingham et...

— Taisez-vous, Marie ! Voilà un nom qui ne doit plus être prononcé ici, fit la Reine en jetant autour d'elle un regard effrayé comme si elle s'attendait à voir des oreilles soulever les tapisseries.

— Alors taisons-le... pour le moment, et revenons à ce qui nous occupe : empêcher le mariage de Monsieur. Moi je ne le vois pas souvent et n'ai aucune influence sur lui. A qui pourrions-nous faire appel pour le chapitrer ?

Anne observa quelques instants de silence mais Marie put constater qu'elle rougissait. Enfin, elle murmura :

— Il y a M. d'Ornano son ancien précepteur qui est à présent surintendant de sa maison et aussi son mentor privilégié. Gaston lui porte un véritable attachement. En tout cas il l'écoute et puis...

Elle s'arrêta mais Marie avait compris la raison de son trouble.

— ... et puis avec tout le respect possible, il est amoureux de Votre Majesté. Je l'ai bien connu au temps de mon défunt époux, le Connétable, dont je ne crains pas de dire qu'il lui devait d'être sorti de l'ombre et l'en a remercié en l'aidant à abattre Concini. Je le reverrai avec plaisir... surtout s'il m'est permis de lui transmettre un message... verbal, se hâta-t-elle d'ajouter en voyant passer un nuage sur le front d'Anne. Nuage aussitôt effacé...

— J'en suis d'accord mais prenez garde tout de même. Je commence à croire que le Cardinal a des espions partout...

— Et moi j'en suis certaine. Aussi n'agirai-je pas seule. Nous allons monter contre ce mariage une gentille petite cabale ! Au nez et à la barbe de cet insupportable touche-à-tout !... Cela va être très amusant !

CHAPITRE X

LE « PARTI DE L'AVERSION »

Le mal se retirait enfin laissant sa victime épuisée mais soulagée avec, tout au fond d'elle-même, la crainte qu'elle ne revienne en dépit de ce qu'assuraient les médicastres. Tous des ânes qui, sans l'aide de Dieu, ne seraient jamais capables de guérir qui que ce soit ! Mais, heureusement pour l'humanité souffrante, il y avait Dieu et la compassion qu'il lui arrivait de témoigner à l'un de ses fidèles serviteurs...

Jean-Baptiste d'Ornano respira profondément à plusieurs reprises, sans éprouver de gêne, en fut satisfait et décida de quitter un lit où il marinait depuis trop longtemps. Dans ce but, il sortit ses jambes des draps, posa ses pieds sur le tapis... toujours pas de douleur ! Décidément l'emplâtre que lui avait porté l'excellente Mme de Gondi était miraculeux ! Tout requinqué, il sonna pour qu'on lui donne ses pantoufles et sa robe de chambre, alla s'installer dans un vaste fauteuil près du feu, cria qu'il avait faim et voulait déjeuner. Et comme son valet lui proposait de faire un peu de toilette en attendant que l'on serve, il le houspilla en clamant qu'il entendait prier pour remercier Dieu de sa guérison et qu'une barbe longue ainsi qu'une moustache hérissée n'étaient pas manque de respect envers le Seigneur ni Sa Sainte Mère car c'était l'appareil habituel du soldat en campagne...

C'était en vérité un curieux personnage que celui-là ! Quarante-cinq ans, le poil et l'œil noir, laid comme le péché, maigre comme un chat et de caractère abrupt, l'ex-gouverneur et actuel surintendant de Monsieur, colonel général des Corses, était en effet avant tout un guerrier. Et il avait de qui tenir parce qu'il descendait en droite ligne d'un véritable héros ! Il était le petit-fils du fameux patriote corse, Sampiero de Bastelica dit Sampiero Corso, qui avait voulu délivrer son pays de la férule de Gênes, servi François Ier en fondant auprès de lui le premier régiment insulaire, étranglé sa femme Vanina d'Ornano parce qu'elle voulait traiter avec l'ennemi et, poursuivi par la vendetta de ses beaux-frères, avait finalement péri assassiné.

Le fils de Sampiero, Alphonse d'Ornano, après avoir servi sous les ordres de son père, été élu général à sa place, avait combattu sa vie durant au service du Roi. Carrière particulièrement glorieuse qui l'avait mené jusqu'au bâton de maréchal après sa conduite exceptionnelle au gouvernement de Bordeaux où il se dévoua sans compter au cours d'une violente épidémie de peste, soutenu par sa foi profonde. Doué d'un courage peu ordinaire il avait tenu, âgé de soixante ans, à subir la cruelle opération de la pierre... et n'en était pas sorti vivant.

La pierre, c'était décidément la maladie familiale et Jean-Baptiste, qui venait de subir une sévère crise rénale, en savait quelque chose. Les douleurs endurées étaient si fortes qu'il avait compris son père d'avoir voulu leur échapper par tous les moyens, fût-ce la torture sous un couteau chirurgical hésitant... A lui non plus personne ne pouvait en remontrer sur le chapitre du courage ! Ni sur celui de la piété d'ailleurs ! Il vénérait la Mère du Christ au point de s'abstenir de coucher avec une femme si elle portait le nom de Marie afin de ne pas lui manquer de respect ! Son épouse, à lui, s'appelait Catherine et il lui avait fait trois enfants sans autres états d'âme...

Pour le moment, il savourait sa convalescence en adressant une fervente oraison à sa protectrice quand on vint lui annoncer que la princesse de Conti et la duchesse de Chevreuse venaient d'arriver et désiraient l'entretenir d'une affaire grave. Au nom de la Reine !

Il les connaissait toutes deux et, grand amateur de femmes, les admirait. La première dont il gardait souvenir d'un épisode galant, un peu plus que la seconde. Question d'âge ! Quant à la seconde, s'il rêvait depuis longtemps de la mettre dans son lit, il s'était toujours gardé de lui faire la moindre avance puisqu'elle s'appelait Marie... On la disait facile : ce n'était pas de chance !

Il n'en déplora pas moins de les recevoir négligé mais n'eut même pas le temps d'envoyer un valet les prier d'attendre un petit moment : elles arrivaient sur les talons du serviteur apportant dans leurs fourrures une bouffée d'air frais – à vrai dire il gelait ! – et des parfums délicieux. Il fut aussitôt pris dans un tourbillon de paroles et de sourires.

Avec un bel ensemble, elles s'excusèrent sur l'urgence de leur mission, d'avoir osé envahir son logis en dépit de ce qu'on leur avait dit dans le vestibule : il était fort souffrant et absolument empêché de recevoir des visites, mais quand il réussit à placer une parole, il les assura galamment qu'eût-il été encore la proie du mal, leur seule présence l'eût chassé. En vérité il brûlait de curiosité par la vertu de cet irrésistible sésame :

le nom de la Reine ! Et si ses visiteuses voulaient bien se montrer indulgentes, il se sentait prêt à les entendre !

Afin de réchauffer encore l'atmosphère, il ordonna que l'on apportât du vin cuit et des craquelins puis se carra plus confortablement dans son fauteuil tandis que les dames abandonnaient leurs pelisses au dos des leurs.

— Sa Majesté sait que je lui suis tout dévoué, commença-t-il en croisant ses mains sur son giron avec une onction de prélat. Que veut-elle de moi ?

L'honneur d'ouvrir le feu revenait à Louise de Conti, la plus ancienne et la plus titrée des deux visiteuses :

— Permettez-moi d'abord une question, colonel ! Comment Monsieur ressent-il l'annonce de son prochain mariage avec Mlle de Montpensier ?

D'Ornano ne répondit pas immédiatement. Son œil rond s'attachait à la personne de la princesse. On disait Bassompierre toujours fou d'elle et en fait on pouvait le comprendre : en dépit de son âge, la sœur des Guise était toujours une femme superbe ! Quant à la petite Chevreuse, c'était un morceau de choix ! De la façon dont débutait l'entretien, le rusé entrevit une longue suite de visites et de conversations qui pouvaient devenir fort agréables... Cependant il fallait répondre...

— Eh bien ? s'impatienta Marie.

— En vérité, je ne saurais trop le dire. Le Prince est parfois difficile à déchiffrer, même pour moi. Lorsqu'il a appris la nouvelle, il a certes ressenti du mécontentement : il n'aime pas qu'on lui dicte sa conduite et il pense être assez grand pour choisir lui-même son épouse. Mais, rassurez-vous, il s'est calmé et à la réflexion le projet lui est apparu paré d'une certaine grâce...

— Ne nous dites pas qu'il a déjà accepté ? s'exclama la princesse.

— Non, mais je pense que cela ne saurait tarder : Mlle de Montpensier possède de grands avantages.

Marie échangea avec son amie un coup d'œil inquiet :

— Moins grands cependant que ceux auxquels il renoncerait en se mariant aussi sottement !

— Sottement ? Peste ! Comme vous y allez, Madame la Duchesse !

— Oh ! je ne retire rien ! C'est faire preuve de bêtise que convoler avec une Montpensier aussi riche soit-elle quand, avec un peu de patience, on pourrait épouser une reine...

— Une reine ? Vous ne parlez pas de la nôtre ?

— Mais si ! Justement !

— Réfléchissez un moment ! reprit Louise de Conti. Et laissez-moi vous brosser le tableau : Monsieur épouse la fiancée qu'on lui réserve et quelque temps après le Roi meurt. Vous n'ignorez pas combien sa santé est fragile...

— En ce cas puisqu'il ne laisse pas de descendant Monsieur devient roi...

— Avec Montpensier comme reine ! s'écria Marie. Elle est de bonne naissance, j'en conviens, mais ce n'est pas et de loin une infante ! Qu'on leur renvoie Anne d'Autriche sous des voiles de veuve ne fera aucun plaisir aux Espagnols. Une guerre pourrait en résulter ! Tandis que si la mort de son aîné trouve Monsieur libre de toute attache, il ne lui reste plus qu'à épouser sa veuve et tout le monde sera content.

— C'est l'évidence mais...

— ... sans compter, reprit l'astucieuse Duchesse, les honneurs et la puissance ne manquant pas de récompenser celui qui aurait su éviter un tel pas de clerc...

— Le Prince est charmant, relaya Louise, mais il est léger, inconscient, peu fait pour le règne : il aura besoin auprès de lui d'un homme sage, énergique, aussi entendu à la guerre qu'aux affaires de l'Etat et, surtout, d'un mentor dont l'influence sur lui soit absolue...

Le portrait était trop bien brossé pour que Jean-Baptiste d'Ornano ne s'y reconnût pas. Il buvait les paroles de la Princesse avec une délectation qui fit sourire Marie. Tout à coup cependant, il parut retomber de cet immense ciel bleu où il voguait depuis un instant :

— Cela ne me dit pas ce que veut la Reine. N'est-ce pas à elle que je dois le plaisir de votre visite, mesdames ?

— Vous avez raison ! assura Marie. Et nous pensions qu'après ce que vous venez d'entendre, vous aviez compris. Sa Majesté désire que vous opposiez des obstacles au mariage du Prince. Il faut lui faire entendre où se trouve son intérêt véritable. Monsieur vous écoute et suit vos avis. C'est le moment d'en faire la preuve et la Reine vous en saura un gré infini ! D'autant que ce sera un premier pas vers l'exil de cet insupportable Richelieu qu'elle déteste chaque jour davantage. Savez-vous, ajouta-t-elle en baissant la voix, qu'il ose lever les yeux sur elle ?

Le colonel sursauta :

— Que dites-vous là ? Il ne se peut ! Un homme d'Eglise !...

— Un prince de l'Eglise, rectifia Marie, ce qui réduit la distance. Et j'ai de bonnes raisons de croire que l'affaire du jardin d'Amiens lui a ouvert des horizons et qu'il ne détesterait pas pallier les déficiences d'un roi incapable de nous donner un dauphin. Déficiences qui ne sauraient que s'aggraver...

— Je pense que vous exagérez, madame ! La situation du Cardinal auprès du Roi n'est pas suffisamment solide pour qu'il ose rêver à ce point... Ce serait de la lèse-majesté !

— Pas si Louis XIII n'est plus ! Buckingham, lui, n'y regardait pas de si près qui, sans sa manie de couvrir d'or et de pierreries le moindre pouce de ses habits, a bien failli collaborer à la descendance des Bourbons ! Quant au Cardinal, je réponds de ses sentiments, intéressés ou non, pour la Reine ! Il n'y a pas si longtemps je lui ai laissé entendre que Sa Majesté aimerait le voir vêtu comme un cavalier et non sous sa robe rouge !

— Et ?

— Et il l'a fait, s'écria Marie en riant. Il est venu parader devant elle en pourpoint court, botté et empanaché ! Je gage que si je lui suggérais de venir danser la sarabande avec une guitare et des grelots aux genoux, il le ferait ! Mais laissons ! Quelle réponse devons-nous rapporter à celle qui met en vous ses espoirs ?

— Que je ferais de mon mieux en parlant à mon prince !

— Soyez-en remercié, mais il faut agir vite !

— J'agirai vite mais dans ce genre d'affaire, il convient non seulement d'y mettre du doigté mais aussi de se bien accorder. Monsieur n'est pas l'homme des décisions fermes et je pense qu'il faudra nous revoir...

Tout en parlant il regardait Mme de Conti à laquelle semblaient s'attacher ses préférences. Sans doute parce qu'elle ne s'appelait pas Marie ! Elle lui tendit aussitôt une main qu'il garda dans les siennes :

— Nous joindrons ainsi l'utile à l'agréable, murmura-t-elle avec un sourire qui le fit fondre...

Pour une fois, ce fut Marie qui prêcha la sagesse :

— Avant de parcourir le pays du Tendre, c'est du royaume de France qu'il convient de s'occuper ! Et je vous rappelle, colonel, que nous sommes avant tout au service de la Reine ! C'est elle qui a besoin de vous...

— Mettez-moi à ses pieds, Madame la Duchesse, et dites-lui que je suis son fidèle !

Il dut tenir parole car deux jours plus tard Gaston d'Anjou priait en pleine cour son frère de le laisser libre de décider lui-même du temps où il lui conviendrait de prendre femme :

— Ce n'est pas, dit-il, que j'aie de l'aversion pour la personne de Mlle de Montpensier. J'appréhende seulement de me lier si tôt !

Le ton était ferme pour une fois et ne laissa pas d'impressionner les esprits. Surtout celui de Richelieu. A la mine satisfaite de d'Ornano, son mentor habituel, on pouvait aisément conclure qu'il était à la source de ce soudain besoin de s'affirmer. Le Cardinal invita aussitôt le colonel à lui rendre visite au Petit-Luxembourg et l'y reçut avec une simplicité propre à effacer quelque méfiance que ce soit chez le Corse. Il souhaitait bavarder un moment avec lui et lui demander, d'homme à homme, ce qu'il pensait du mariage préparé depuis si longtemps et que, cependant, le jeune Gaston repoussait. Le consciencieux éducateur qu'il avait été pour lui – et avec quel succès ! – lui donnait-il des conseils ?

— En aucune façon, Monsieur le Cardinal ! Le Prince n'est plus mon élève et mes avis ne lui sont plus nécessaires. Dans cette affaire, dont je ne veux me mêler en rien, il prend lui-même ses décisions.

— Permettez-moi de le regretter ! A dix-huit ans on ne saurait se passer d'un guide sûr, exact à ses devoirs envers le royaume... et son souverain. Or le Roi désire ce mariage. Il pourrait l'ordonner mais répugne à contraindre un frère qu'il aime. Il préférerait que celui-ci se rallie à l'opinion d'un homme de haute valeur... occupant un rang lui conférant une influence certaine... comme...

— ... le modeste surintendant que je suis, Monseigneur ! Veiller à l'ordre et à l'éclat de sa maison ne m'auréole pas d'une gloire suffisante pour impressionner un bouillant jeune homme tel que lui, ricana d'Ornano.

— ... comme un maréchal de France ! acheva le Cardinal. Le Roi se plaît à reconnaître les mérites et les braves et loyaux services. Songez-y !

Le titre prestigieux coupa un instant le souffle du Corse. Son père l'avait porté avec orgueil. Il rêvait depuis longtemps de l'égaler un jour. Ce que ses fonctions auprès de Gaston d'Anjou ne laissaient guère espérer...

— Songez aussi, reprit Richelieu d'un ton patelin, qu'il vous faudrait prêter serment au Roi.

L'entrevue s'acheva là. Quelques jours plus tard, Jean-Baptiste d'Ornano recevait le bâton fleurdelisé... et prêtait avec assurance le serment de fidélité qui engageait son honneur. Monsieur applaudit vivement cette nomination et se rapprocha de sa mère que, ces temps derniers, il avait tendance à éviter. Tout sourire, tout charme – il n'en manquait pas quand il le voulait –, il n'eut aucune peine à reprendre sur elle l'ascendant que son refus d'épouser Mlle de Montpensier avait entamé. Elle l'accueillit avec d'autant plus de joie qu'il semblait disposé à envisager des fiançailles, demandant seulement qu'on le laisse profiter encore un peu de son agréable vie de garçon avant de prendre l'inexorable chemin de l'autel.

Mmes de Chevreuse et de Conti, flanquées de Mme de La Valette (ex-Mlle de Verneuil) se rendirent en cérémonie chez le maréchal d'Ornano pour lui offrir leurs compliments. Il était à nouveau malade, aussi jugèrent-elles bon de lui faire quelques visites supplémentaires afin de lui remonter le moral.

Sur ces entrefaites, l'état de grâce dans lequel baignaient Marie de Médicis, Louis XIII et Richelieu subit une atteinte dont il ne se relèverait pas : Gaston voulut rentrer au Conseil afin de pouvoir suivre par lui-même les développements de la politique et d'y mettre son grain de sel. Cela signifiait qu'il entendait se préparer au règne.

Le Roi et son ministre comprirent qu'ils étaient joués. Gaston n'avait pas trouvé cette idée tout seul. D'Ornano devait espérer prendre place dans son sillage à la table des délibérations. Ils refusèrent. Vexé, Gaston fit savoir que, tout compte fait, il n'avait pas envie de se marier... à moins qu'on ne lui donne un bel apanage, le comté d'Anjou ne représentant pas grand-chose à ses yeux. Il voulait plus, beaucoup plus ce qui, ajouté aux terres Montpensier, ferait de lui le maître d'une bonne partie du royaume... C'était inacceptable !

Depuis le départ de Henry Holland, les relations entre la Duchesse et sa suivante semblaient se poursuivre comme par le passé à cette différence près que Marie sortait le plus souvent seule et qu'Elen se rendait pratiquement chaque jour à l'église Saint-Thomas. Non pour y rencontrer le père Plessis qu'elle n'avait pas revu depuis son retour d'Angleterre – elle ne l'avait d'ailleurs pas demandé – mais parce qu'elle trouvait en ce lieu un apaisement à une douleur qui ne la quittait plus. Elle s'était crue aimée ; elle n'avait été qu'un jouet entre les mains d'un libertin sans scrupules. La blessure était profonde et mettrait sans doute beaucoup de temps à cicatriser. En admettant qu'elle y arrive un jour ! Le poison de la haine qui l'infectait empêchait le retour à la santé. Car désormais il ne restait rien de l'amitié ancienne, de cette espèce d'affection complice qui l'avait si longtemps unie à Marie. Elen en venait à la détester à cause de l'humiliation infligée par Holland en lui confiant qu'il l'avait recherchée dans le seul but d'en faire un moyen sûr d'avoir barre sur une maîtresse dont il connaissait mieux que quiconque la fascination sur les hommes. Dans un sens, Marie était aussi sa chose et il jouissait de son pouvoir sur elle, mais cette idée ne consolait pas la pauvre Elen parce qu'il y avait entre elles une énorme différence : au contraire de ce qu'il affirmait naguère, c'était Marie qu'il aimait et non Elen. Il le lui avait fait entendre sans prendre de gants. Celle-ci ne l'oublierait pas. Et pas davantage de rancune envers Marie à cause de la pitié qu'à certains moments elle croyait lire dans son regard. Et qui était insupportable à son orgueil !

Ce matin-là Elen se rendit comme d'habitude à la première messe rue Saint-Thomas-du-Louvre. Elle aimait cette heure obscure où seul l'autel mettait un peu de lumière au milieu des ténèbres réduisant les rares fidèles à l'état d'ombres incertaines. L'odeur de cire chaude mêlée d'encens masquait celle des pierres souvent humides au voisinage de la Seine.

Elen alla s'agenouiller à sa place habituelle. Elle ne priait pas, se contentant de suivre des yeux les mouvements du prêtre en chasuble verte et joignant de temps en temps sa voix à celle des autres pour les répons de l'office. Elle se laissait gagner peu à peu par l'espèce d'engourdissement qu'elle venait chercher. Il la ramenait aux cérémonies de son enfance où, assise auprès de sa grand-mère, elle s'essayait à ânonner les mots latins qu'elle ne comprenait pas et qui lui semblaient appartenir à quelque incantation. La fumée montant de l'encensoir qu'un diacre balançait d'un geste ample ajoutait à la magie. Il arrivait alors parfois à Elen de s'endormir et c'était le sacristain qui la réveillait. En effet, elle ne s'approchait plus de la Sainte Table pour ne pas avoir à étaler au confessionnal la confusion de son âme et ses rancœurs accumulées.

L'officiant venait de reposer le calice après l'Elévation quand quelqu'un s'approcha de la jeune fille. Ce n'était pas le sacristain mais le chanoine Lambert :

— Venez ! chuchota-t-il. On vous attend !

— Qui ? Le père Plessis ?

Il se contenta de répéter qu'on l'attendait. Elle se leva et le suivit mais au lieu de la précéder vers la sacristie, il la mena de l'autre côté de la nef et ouvrit devant elle la porte d'une salle qu'elle ne connaissait pas où il l'introduisit avant de la refermer derrière elle. Un prêtre enveloppé d'un vaste manteau noir à capuche était assis là près d'une table couverte d'un tapis sur lequel était posé un petit calvaire d'ébène et d'ivoire. C'était, ainsi qu'elle s'y attendait, le père Plessis mais il ne la regardait pas. Toute son attention était retenue par la Croix dont ses longues mains sèches caressaient le socle.

— Il y a longtemps que nous ne nous sommes rencontrés, ma fille, murmura-t-il, et vous avez vécu bien des aventures. Avez-vous aimé l'Angleterre ?

— Pas autant que je l'aurais voulu, mon père et j'ai peur que ce ne soit aussi le cas de la jeune reine Henriette-Marie...

— Elle n'est pas heureuse, je sais, mais on ne devient pas reine pour être heureuse...

— Elle y a cru pourtant ! L'abord de Charles et leurs premiers jours lui ont laissé espérer que son union serait une réussite. Et puis...

Elen n'ajouta qu'un mouvement désolé des mains évoquant une défaite. Un éclair passa alors dans les yeux sombres que le prêtre tournait enfin vers elle :

— Racontez ! ordonna-t-il, et sa voix était étrangement autoritaire. Je veux tout savoir de ce que vous avez vu, entendu, remarqué...

— Mais, mon père...

— Racontez ! vous dis-je. Je le veux !

En même temps, il dégrafait le manteau noir qu'il laissa tomber sur le siège découvrant une soutane rouge qu'Elen, abasourdie, contempla bouche bée.

— Monsieur le Cardinal ? réussit-elle à articuler. Votre Eminence...

Conscient de l'avoir décontenancée par son petit coup de théâtre, Richelieu l'apaisa d'un sourire et d'un geste de la main désigna un fauteuil de l'autre côté de la table.

— Allons, remettez-vous ! Je ne vous reçois pas pour vous terroriser mais pour que nous causions comme nous le faisions par le passé. Asseyez-vous !

Les jambes de la jeune femme tremblaient trop pour qu'elle tentât une révérence. Elle plia vaguement le genou avant de prendre la place qu'on lui indiquait.

— C'est que, naguère, il m'était facile de me confier à vous, Mon... Monseigneur. Je crains qu'à présent...

— ... ce ne soit plus difficile parce que ma robe est rouge et non noire ?... Je suis toujours un prêtre.

— Ce serait plutôt parce que j'ai honte d'avoir osé vous raconter mes misères, moi qui ne suis pas grand-chose !

— Ne vous mésestimez pas ! C'est en écoutant les misères des humbles que l'on apprend à gouverner. Et vous n'êtes pas si humble que cela ! Votre situation auprès de Mme de Chevreuse fait même de vous un témoin privilégié...

— Beaucoup moins que vous ne le pensez, Monseigneur, et ce depuis la dernière ambassade de Lord Carleton et de Lord Holland !

— Que j'ai chassé ! Je suppose que la Duchesse m'en veut ?

— C'est trop peu dire. Je crois qu'elle exècre Votre Eminence !

— Nous essaierons de nous en accommoder. Racontez-moi votre histoire à présent... comme vous le feriez avec un vieil ami ! Il n'est pas nécessaire, cette fois, de recourir à la confession, n'est-ce pas ? A moins que vous n'ayez à vous reprocher une faute grave ?

— Si haïr est une faute grave, alors oui j'ai péché...

— Nous en jugerons ensemble. Je vous écoute.

Mal remise encore du choc ressenti en découvrant la vérité du père Plessis, elle entama son récit sur le mode hésitant mais à mesure qu'elle racontait, l'effort devenait plus facile. Le Cardinal savait à merveille écouter et en face de ce visage attentif Elen découvrit qu'il était presque plus aisé de lui livrer le fond de sa pensée qu'à la forme toujours imprécise qu'elle rencontrait dans l'ombre d'un confessionnal.

— Je suppose, fit Richelieu quand elle eut terminé, que vous ne souhaitez plus revoir un jour celui qui vous a fait si grand tort !

— Je n'en sais rien, Monseigneur, soupira la jeune femme après un instant de réflexion. Une part de moi le rejette avec horreur mais une autre rêve de le retrouver.

— C'est bien d'en être consciente et plus encore de l'avouer. En ce qui concerne Mme de Chevreuse, nous ferons en sorte qu'à moins de fuir en Angleterre pour le rejoindre, ce qui lui fermerait à jamais les portes du Louvre, elle ne le revoie de sa vie... ainsi d'ailleurs que le duc de Buckingham, mais si le désir vous venait de vous rapprocher de Lord Holland il serait possible de vous y aider... Pour le moment j'ai besoin de savoir qui la Duchesse fréquente. On me rapporte que l'on s'agite beaucoup à l'hôtel de Chevreuse alors que le Duc n'y est pas.

— Pour ce que j'en sais, il accompagne souvent le Roi à la chasse. Même quand celui-ci se rend à son pavillon de Versailles.

— En d'autres termes il continue d'ignorer ce qui se passe chez lui. Après son coup d'éclat il a choisi de se rendormir. Qui y voit-on ?

— Comme d'habitude Madame la Princesse de Conti, Mme de La Valette, Mme du Vernet et, parfois, depuis peu, Mme du Fargis...

— La nouvelle dame d'atour de la Reine ? C'est nouveau en effet... Et du côté des hommes ?

— Les ducs de Montmorency et de Nevers, le maréchal d'Ornano, qui, à deux reprises, a amené Monsieur le... comte de Soissons, le duc de Vendôme et son frère, le Grand Prieur de France...

— Peste ! Et en l'absence du duc de Chevreuse ! Et que fait-on ?

— On festoie, on écoute de la musique, on danse même. Madame la Duchesse mène grand train. Peut-être cherche-t-elle à s'étourdir, ajouta la jeune fille sur le ton de la méditation. Elle se montre toujours très gaie mais il m'est arrivé, la nuit, de l'entendre pleurer.

— Sauf quand son époux est auprès d'elle, j'imagine ?

— Depuis l'affaire du Pont-Neuf, il n'a pas franchi le seuil de sa chambre.

— Ah ! C'est fort imprudent il me semble quand il s'agit d'une telle femme. Plus d'amant ni de mari ? Elle n'y tiendra pas longtemps. Tâchez d'apprendre qui sera le suivant... à moins que nous ne fassions en sorte de mettre quelqu'un sur sa route...

Que Marie souffrît d'abstinence était un fait certain mais pas aussi capital que l'imaginait le Cardinal. Elle venait de découvrir les joies violentes d'une succulente conspiration et s'y jetait à corps perdu. Courageuse par nature, elle savourait le piment de tisser des fils tendus vers l'incertitude d'un avenir où la gloire et la mort se jouaient à pile ou face. L'époque, il est vrai, était propice à une telle entreprise : à l'histoire du mariage de Monsieur s'ajoutaient les éclatants succès politiques de Richelieu.

En ce qui concernait l'Angleterre, il avait su jouer des dispositions favorables de Charles Ier, désireux d'obtenir son aide contre l'Espagne, pour amener les protestants de France à signer avec lui un traité de paix que l'on pouvait espérer définitif : La Rochelle, leur fief par excellence, s'engageait à ne plus armer de navires contre le royaume. La liberté de conscience serait accordée aux catholiques dans les quelques cités conservées par la religion et les biens ecclésiastiques seraient rendus.

Mais en même temps, le marquis du Fargis, ambassadeur, signait avec l'Espagne, le 5 mars 1626, le traité de Monçon stipulant que la Valteline, la haute vallée servant de trait d'union entre les possessions Habsbourg d'Espagne et le Milanais autrichien pour laquelle on s'était tant battu, serait reconnue au canton des Grisons et les forts espagnols détruits. En gros, Richelieu avait amené les huguenots à faire la paix par crainte qu'il en signât une avec l'Espagne et celle-ci à s'y résoudre par peur de celle avec les protestants. Un magnifique succès diplomatique grâce auquel le Cardinal fortifia sa position auprès d'un roi sincèrement admiratif. Mais qui allait causer quelques remous en France et apporter de l'eau au moulin de Mme de Chevreuse. Marie de Médicis elle-même sentit vaciller ses certitudes.

En effet le traité de Monçon mécontentait trois puissances étrangères – en dehors de l'Espagne : la Savoie, la Sérénissime République de Venise et, surtout, le Vatican. Le pape Urbain VIII vit d'un très mauvais œil démolir les forts de la Valteline qui consacraient la défaite du Roi Très Catholique. D'autant plus mauvais que c'était sur l'ordre d'un simple cardinal. Du coup, à la petite coterie des opposés au mariage de Gaston que l'on appelait le « Parti de l'Aversion au mariage » se joignirent les ultramontains scandalisés : Richelieu osait lutter contre le Pape ! La paix aux protestants alors que l'on humiliait les catholiques ! En quelques jours Richelieu devint la cible de tous les princes de la maison royale à commencer par Condé qui, en cas de mort du souverain et d'empêchement de Monsieur, pourrait prétendre à la couronne. Mais surtout les Vendôme, les demi-frères de Louis XIII, fils d'Henri IV et de Gabrielle d'Estrées qui aurait coiffé la couronne si elle n'avait été empoisonnée à la veille du mariage avec le Béarnais.

Un curieux personnage ce César de Vendôme ! Beau comme tous les enfants de Gabrielle, il était foncièrement arrogant et antipathique. Lui et le dauphin Louis se détestaient déjà lorsqu'ils étaient enfants et qu'on les élevait sous le même toit, car ainsi l'exigeait Henri qui voulait élever ses rejetons ensemble, qu'ils fussent légitimes ou naturels. Seulement, dans la marmaille l'un devait devenir roi et ce n'était pas César bien que le plus âgé et que sa mère eût manqué de peu d'être reine. Et cela jamais il ne l'avait digéré. Follement orgueilleux, fastueux, il joignait à une bravoure dont hériteraient ses fils un goût qui lui faisait préférer les jeunes garçons à sa femme. Celle-ci, Françoise de Lorraine, était trop grande dame et trop tournée vers le Seigneur pour faire seulement mine de s'en apercevoir. En outre elle l'aimait. Aussi se consolait-elle en consacrant à la misère le temps qu'elle ne donnait pas à sa progéniture. Toutes les misères même celle des filles publiques qu'elle n'hésitait pas à visiter dans les bourdeaux. L'autre Vendôme, Alexandre, le Grand Prieur de France pour l'Ordre de Malte, était sa copie à peine adoucie à cette différence près qu'il préférait les dames, ce qui ne l'empêchait pas d'emboîter le pas à César en n'importe quelle circonstance[1].

D'autres encore rejoignaient ce qui était en train de devenir une vaste conspiration : le comte de Soissons guignant pour lui-même la dot somptueuse de Mlle de Montpensier, le duc de Longueville, gouverneur de Normandie, qui se faisait fort en cas de coup de main d'amener huit cents cavaliers. Certains proposaient de l'argent, d'autres des hommes. César de Vendôme, gouverneur de Bretagne mais jamais satisfait et perpétuellement en quête de richesses, bien qu'il possédât nombre de châteaux dont Anet et Chenonceaux, offrait d'enflammer l'ouest du royaume. C'était à qui apporterait sa pierre à l'édifice destiné, en fin de compte, à porter Gaston au trône.

Tous cependant n'adhéraient pas au complot : les Schomberg, Bellegarde, Guise et surtout pas Claude de Chevreuse qui se tenait éloigné de sa femme et se trouvait ainsi dans l'ignorance de ses activités alors qu'elle était l'âme de la conjuration et faisait ce qu'elle voulait dans l'hôtel parisien qu'on lui abandonnait, lui-même préférant habiter sa chambre du Louvre. Jamais elle ne s'était sentie aussi heureuse, aussi puissante. Le Parti de l'Aversion était en train de se transformer en un dangereux complot destiné à mettre Gaston sur le trône, que son frère soit vivant ou mort. Le Prince, personnellement, était d'accord et se posait en chef, poussé, naturellement, par d'Ornano que Mme de Chevreuse ne cessait d'aiguillonner avec un plaisir pervers,

1. Voir le tome 1 de *Secret d'Etat* : *La Chambre de la Reine*.

sachant bien qu'il la désirait mais ne tenterait rien pour obtenir ses faveurs. Un dévot de cette sorte était même plutôt amusant et elle en riait souvent dans le cercle étroit qu'elle maintenait autour de la Reine.

Celle-ci était entièrement acquise au complot, sans doute parce qu'elle n'imaginait pas jusqu'où il était capable d'aller. Pour elle il visait seulement à l'élimination du Cardinal, l'ennemi déclaré de l'Espagne et du Pape, donc une sorte de suppôt de Satan. Et que son époux approuvât les agissements d'un tel homme la révulsait. Tout doucement, influencée par Marie, qui lui en donnait des nouvelles, Anne se remettait à penser à Buckingham dont la maladresse, avec le temps, perdait son côté brutal pour ne laisser subsister que la passion. Et quand, avant de s'endormir, elle reposait à son chevet *Amadis de Gaule*, son livre préféré, Anne d'Autriche se plaisait à en parer le héros des traits du bel Anglais.

Fort de tels appuis, étayé en sous-main par les Espagnols, les Anglais et le duc de Savoie, le Parti de l'Aversion osa demander ouvertement le renvoi du cardinal de Richelieu, cause de tout le mal et qui menait la France à la damnation... En même temps d'Ornano et les conjurés mettaient au point les derniers détails de leur plan.

Sachant que le Roi n'obtempérerait pas sans réagir à la demande de renvoi de son ministre, il fut convenu au cours d'une réunion à l'hôtel de Vendôme que l'on profiterait de la prochaine absence de Louis XIII qui devait se rendre à Fontainebleau comme à chaque printemps, pour soulever le peuple de Paris et s'emparer de la Bastille ainsi que du château de Vincennes afin de s'assurer un moyen de pression efficace. Si, comme on pouvait le concevoir, le Roi accourait avec des forces armées, on mettrait Monsieur – le précieux futur occupant du trône – à l'abri à Dieppe ou au Havre qu'offrait le duc de Longueville acquis au prince. Le Grand Prieur et d'Ornano se chargeaient de l'insurrection parisienne tandis que César rentrerait dans son gouvernement de Bretagne qu'il se faisait fort de dresser contre le pouvoir royal. Son épouse – tenue dans l'ignorance absolue ! – et ses trois enfants étaient en sécurité dans son château d'Anet, César ayant préféré ne pas les amener avec lui afin de ne pas attirer l'attention des Guise, parents de la Duchesse, qui n'étaient pas du complot.

— N'importe comment, conclut César, nous devons regarder la vérité en face. Puisque nous sommes, je le crois, assez puissants pour cela, chasser Richelieu est ce que nous réclamons hautement mais en fait, nous songeons tous, dans le secret de nos âmes, à déposer le Roi. Nous serons ainsi débarrassés des deux !

— Toutes les vérités ne sont pas bonnes à dire, mon frère ! coupa Alexandre, le Grand Prieur. Nous le détestons parce qu'il oublie trop souvent que nous sommes du même sang et ne cesse de nous faire toutes sortes d'injustices mais tous ici ne sont peut-être pas d'accord ?

— Allons donc ! Je pense moi que la couronne siérait à merveille à Monsieur. Et je défie quiconque de me dire le contraire. Quant à Louis, je m'en chargerai. Il y a grâce à Dieu dans ma Bretagne de forts châteaux où il aura largement le loisir de soigner ses éternelles maladies. A « ma » façon !

— César a raison, approuva le comte de Soissons. Cependant il ne faut rien hâter. Débarrassons-nous du Cardinal, nous verrons ensuite. Privé de son mauvais génie, nous n'aurons guère de peine à nous assurer de l'esprit du Roi. Il suffira de lui trouver un nouveau favori puisqu'il songe déjà à renvoyer cet âne de Barradat qui se croit tout permis.

— C’est à voir, dit d’Ornano. En attendant et sur mon avis Monsieur a l’intention de réclamer à nouveau son entrée au Conseil, plus 500 000 livres de rentes en apanage. De son côté, Mme de Chevreuse annoncera dès demain, chez la Reine, que le Parti de l’Aversion va demander ma propre admission au Conseil. Cela devrait faire bouger les choses... et de la sorte nous serons au fait des décisions du gouvernement !

— Quelle femme étonnante ! s’écria Longueville. Elle a toutes les grâces de la femme avec le cerveau d’un homme. Comment a-t-elle pu épouser ce benêt de Chevreuse qui ne sait que galoper à la queue du cheval du Roi ! Par elle nous tenons la Reine !

— Sans doute, reprit César, elle nous est d’autant plus précieuse. Quant à son époux, un bon duel... ou une mauvaise rencontre pourraient l’en délivrer ! Chevreuse n’ayant pas de fils, sa veuve serait un morceau de choix pour un épouseur ! Elle est aussi riche que belle !

— Vous êtes marié, César, ne l’oubliez pas ! intervint son frère.

— Je ne songe pas à moi. Nous pourrions en faire la récompense d’un de nos vaillants compagnons quand nous aurons remis de l’ordre dans le royaume.

— C’est une Rohan ! coupa d’Ornano, agacé. On ne peut pas la donner à n’importe qui ! En admettant qu’elle vous le permette ! Et elle n’est pas de celles qui se laissent manœuvrer aisément... Si par hasard elle devenait veuve, je suis certain qu’elle saurait admirablement se choisir un époux.

Un époux qui pourrait bien être lui-même puisqu’il était veuf. Un tel mariage mettrait fin à ses tourments : il pourrait sans remords aucun posséder enfin cette Marie qui hantait ses nuits, puisque le sacrement serait intervenu...

La veille des Rameaux, Louis XIII partit pour Fontainebleau avec ses gentilshommes, Monsieur son frère et le Cardinal qui, lui, se rendait au château de Fleury-en-Bière en attendant que soit achevée la demeure qu'il se faisait construire en ville. La distance étant courte, cela ne l'empêcherait pas de se rendre régulièrement au Conseil où Gaston souhaitait tellement siéger. Les reines suivirent le surlendemain mais nettement séparées afin d'éviter les frictions toujours possibles. Marie de Médicis savait fort bien que sa belle-fille était le centre – inactif ! – de L'Aversion dont Mme de Chevreuse ne se cachait pas d'être le porte-drapeau. Celle-ci partit donc avec Anne d'Autriche mais, n'ayant plus de poste à la Cour, s'en alla loger dans l'agréable maison que l'on avait achetée à Fontainebleau près de l'hôtel d'Estrées. A son grand déplaisir, elle y trouva son époux déjà installé... et de très méchante humeur : alléguant le manque de place occasionné par des travaux prochains, le Roi lui avait fait comprendre qu'il serait mieux à tous égards dans son propre logis.

C'était la première fois depuis trois mois qu'ils allaient habiter sous le même toit et si Marie, déjà habituée à une large indépendance, s'efforçait de montrer bon visage, il n'en alla pas de même de Chevreuse encore endolori par le semblant d'exclusion dont il était l'objet :

— Il ne fait aucun doute pour moi que je vous dois cet éloignement, lui reprocha-t-il avec amertume. Vous allez faire tant et si bien que vous obtiendrez le sort dont je vous ai sauvée en vous épousant : on vous chassera... et moi avec vous naturellement !

Il se tenait à l'embrasure d'une fenêtre d'où l'on pouvait apercevoir la grille principale du château au bout de la rue Royale. Marie pensa qu'il ressemblait à

Moïse contemplant la Terre promise où il n'avait pas le droit de pénétrer et cela l'agaça :

— On ne vous a pas parlé de moi mais de travaux ! Pourquoi diable le Roi se donnerait-il la peine de vous mentir ?

— Parce qu'il a de l'amitié pour moi, je crois, et ce en dépit de vos manigances ! Alors il me ménage. Mais j'aimerais savoir quelle mouche vous a piquée d'aller vous opposer au mariage de Monsieur avec Mlle de Montpensier ? Vous feriez mieux de vous occuper de vos enfants qui ne vous voient guère ! Ils finiront par ne plus vous reconnaître...

— Ils n'ont pas besoin de moi pour manger leur bouillie ou téter leur nourrice tandis que la Reine, elle, a besoin de moi... et aussi le Roi bien qu'il soit de trop mauvaise foi pour le reconnaître. Mariez Monsieur qui a déjà dû semer quelques petits bâtards ici ou là, avec cette ronde génisse de Montpensier, et neuf mois après vous aurez un beau petit monstre, braillant et bavant mais pourvu de génitoires qui mettront le royaume en transe et la Reine au supplice puisqu'elle n'a toujours pas d'enfant.

— Elle n'a qu'à en avoir... ou laisser la place à une autre ! La répudiation existe...

— Si c'est tout ce que la situation vous inspire, je ne vous fais pas mon compliment ! Nous aurions la guerre...

— Ce ne serait pas la première fois et les hommes comme moi sont là pour ça ! Quant à vous, lorsque l'on vient me dire que l'on vous voit sans cesse dans les entours de Monsieur et surtout de cette brute sauvage de d'Ornano, j'ai envie de vous renvoyer à votre père et demander au Pape de me démarier !

— Que ne le faites-vous alors ? fit Marie d'une voix soudain mal assurée.

Claude se décida à quitter sa fenêtre et fit face à sa femme qu'il contempla un instant avec un mélange de colère et de lassitude. En même temps il levait une main et elle crut qu'il allait la frapper, mais il se contenta de lui prendre le menton pour scruter les profondeurs de ses yeux. Cependant et avec un soupir il haussait les épaules en laissant retomber sa main :

— Je me demande de plus en plus souvent ce qui me retient...

— Et c'est ?

— Que je suis un imbécile ainsi que le pensent vos brillants amis... ou peut-être que je vous aime encore ? Mais rassurez-vous ! C'est une maladie dont je finirai bien par guérir. Au fait, il faudra peut-être que je vous tue.

La porte claqua derrière lui avec tant de violence que Marie sursauta et qu'une statuette qui se trouvait sur le manteau de la cheminée tomba à terre et s'y brisa aux pieds de la jeune femme. C'était une précieuse porcelaine chinoise achetée à un marchand vénitien, une image de femme qui évoquait un peu la Sainte Vierge. Marie s'agenouilla pour en ramasser les morceaux avec au cœur une bizarre impression...

Cette nuit-là, au château, le Roi convoqua en son privé le cardinal de Richelieu et le maréchal de Schomberg pour s'entretenir longuement avec eux. C'étaient les deux membres du Conseil qui jouissaient de son entière confiance et rien ne transpira des propos échangés. Le lendemain et les jours suivants, le Roi chassa comme d'habitude et la Cour mena son train coutumier sans que rien laissât supposer que quelque chose se préparait. C'était la semaine sainte et le temps de Pâques. Aussi la vie mondaine fit-elle aux dévotions une place prépondérante, apaisant momentanément les esprits, éloignant les sujets de fâcherie. Mais peu de temps après la bombe éclatait...

Au soir du 3 mai, Anne d'Autriche, rentrant de sa promenade quotidienne, goûtait quelques instants de repos en compagnie de ses dames avant de se changer pour souper avec le Roi. On mangeait des fruits et des confitures en buvant un doigt de vin quand Mme du Fargis qui avait passé l'après-midi chez elle pour mettre à jour son courrier en retard accourut, visiblement bouleversée. Dès l'entrée son regard effrayé rencontra brièvement celui de Mme de Chevreuse avant de se poser sur la Reine :

— Le Roi vient de faire arrêter le maréchal d'Ornano ! lâcha-t-elle du fond de sa révérence...

Anne d'Autriche, Marie et Louise de Conti se levèrent d'un même mouvement au milieu des exclamations de stupeur des autres dames. Seule Dona Estefania ne leva pas les yeux de son livre d'heures.

— Etes-vous certaine ? demanda la première.

— Absolument, madame. Le commandeur de Jars que je viens de rencontrer sortant de l'antichambre m'a tout raconté. En revenant de la chasse Sa Majesté a fait appeler le Maréchal dans le Salon Ovale. Il s'est entretenu quelques instants avec lui, puis le laissant sur place il est sorti tandis que M. Du Hallier entrait avec un piquet de gardes. Il a emmené M. d'Ornano, l'a fait monter dans une voiture fermée et entourée de mousquetaires qui attendait dans la cour. Le malheureux est en route pour le donjon de Vincennes. Ses frères sont arrêtés aussi.

Un silence succéda au brouhaha. La Reine se laissa tomber sur un fauteuil, incapable d'articuler une parole. Mme de Chevreuse se reprit la première :

— Sait-on où est Monsieur ?

— Dans son appartement... mais gardé par les suisses !

— Ah !

Elle ne trouva rien d'autre à dire et resta là immobile au milieu du salon comme si la foudre venait de la frapper elle aussi. Ornano pris, Gaston mis sous surveillance, elle avait tout à redouter ! Les dames autour d'elle semblaient pétrifiées et le regard dilaté de la Reine révélait sa peur. Seule Louise de Conti réagit. Elle alla prendre sa belle-sœur par le bras :

— Avec la permission de Sa Majesté, vous devriez rentrer chez vous, Marie, et n'en bouger sous aucun prétexte !

— Pour y attendre tranquillement que l'on vienne me chercher et me conduire aussi à Vincennes ? Je préfère rester ici. J'espère que l'on n'oserait pas s'emparer de moi chez la Reine !

La voix de la Princesse baissa de plusieurs tons :

— Elle-même n'est pas en sûreté ! Faites ce que je vous dis ! Si l'on vous trouve chez elle, votre cas à toutes deux sera aggravé...

— Mais... et vous ?

— Moi je suis la cousine du Roi, je loge au château et c'est tant mieux car je pourrai vous envoyer un message si les choses tournent mal auquel cas...

— ... il me faudra fuir ?

Louise acquiesça d'un mouvement des paupières puis ajouta très vite :

— Rentrez à pied, je vous renverrai votre voiture. Evitez la cour du Cheval Blanc ! Sortez par la porte du jardin de Diane. Je vais m'occuper de la Reine.

Un regard de Marie sur la souveraine lui montra qu'elle était hors d'état de l'aider : elle venait d'avoir un malaise et « Stefanille » lui tapait dans les mains tandis que Mme de Lannoy, visiblement enchantée, lui faisait respirer des sels. Marie ne lui en adressa pas moins une belle révérence avant de s'élancer au-dehors, s'enveloppant de la mante en léger taffetas à capuchon qu'elle mettait lorsqu'il faisait doux et que l'on risquait une ondée.

Hormis dans l'antichambre où elle compta plus de gardes qu'à l'arrivée, elle ne rencontra personne. La Cour devait se concentrer chez le Roi afin de ne rien perdre d'événements dont plus d'un aurait lieu de se réjouir. Cependant le cœur battait fort à Marie quand ses petits souliers de satin rouge touchèrent le sable de l'allée. Bien qu'elle eût envie de courir, elle se contraignit à une allure plus calme afin de ne pas attirer l'attention : les fenêtres du Roi donnaient aussi sur le jardin de Diane ! Par chance le temps se maintenait : elle se voyait mal barbotant en robe de cour dans les flaques d'eau. Ses minces chaussures ne s'en seraient pas remises, en admettant qu'elles existent encore lorsqu'elle arriverait chez elle !

Elle approchait de la porte percée dans le mur d'enceinte quand elle entendit derrière elle des pas précipités tandis qu'une voix d'homme appelait :

— Madame !... Madame la Duchesse !...

Croyant qu'on la poursuivait, elle eut un hoquet d'angoisse, hésita un court instant puis, ramassant ses jupes, se mit à courir, obsédée soudain par cette ouverture sur la liberté... Où veillait cependant un corps de garde mais son poursuivant était plus rapide : il l'eut vite rattrapée. Au même moment elle se tordit le pied et poussa un cri de douleur.

— Par grâce, madame, ne vous sauvez pas. Je ne vous veux aucun mal... bien au contraire !

Elle s'aperçut qu'elle pleurait parce que dans le crépuscule elle ne pouvait distinguer les traits de son poursuivant. Qui d'ailleurs s'inquiétait :

— Vous vous êtes fait mal ?

— Un peu, oui. Que me voulez-vous ?

— Rien que vous servir si vous le permettez ! Oh,

Madame la Duchesse, il y a si longtemps que je vous admire sans jamais oser me présenter à vous ! Et quand, de chez le Roi, je vous ai vue traverser le jardin...

— Vous m'avez reconnue ?

— Je sais tout de vous jusqu'aux couleurs de vos robes et j'ai reconnu cette mante du même bleu que vos yeux ! Ordonnez seulement et j'obéirai !

— Vraiment ? Eh bien, d'abord je voudrais sortir d'ici au plus vite ! Or le pied m'a tourné...

— Et vous souffrez ? Je suis impardonnable ! Prenez mon bras, je vais vous accompagner...

— C'est gentil à vous mais même avec votre appui, je ne sais comment je vais faire pour aller jusque chez moi. C'est beaucoup trop loin !

— Rien de plus vrai ! Où est votre voiture ?

Ce garçon était peut-être providentiel mais il devait être idiot, et Marie n'en sentit pas moins la moutarde lui monter au nez :

— Où voulez-vous qu'elle soit ? Dans la cour du Cheval Blanc, évidemment ! Vous venez de me dire que vous n'ignoriez rien de moi ! Et si je ne l'ai pas rejointe c'est que...

— ... il valait mieux éviter de traverser le château après ce qu'il vient de se passer ! Mais moi je ne suis pas en péril et je vais vous la chercher...

— ... et vous reviendrez avec les soldats chargés de la garder ! Allez plutôt prendre un cheval à l'écurie. Je pourrai me maintenir en croupe...

— Merveilleuse idée ! Je vais avoir l'impression grisante d'être votre chevalier !

En dépit de sa situation peu enviable, Marie ne put s'empêcher de rire. L'enthousiasme de ce jeune homme – elle le distinguait mieux à présent et il était loin d'être laid ! – la réconfortait :

— Pourquoi pas ? Maintenant, conduisez-moi jusqu'au banc qui est là et que l'on ne doit pas voir du château. Je vais vous y attendre.

Il l'y mena avec sollicitude, l'y installa comme il put et allait s'élancer pour accomplir sa mission quand elle le retint :

— Encore un instant ! Si vous me disiez qui vous êtes ?

Il s'attrista :

— Je savais bien que vous ne m'aviez jamais remarqué ! J'ai nom Henri de Talleyrand, comte de Chalais et je suis le Maître de la Garde-Robe de Sa Majesté le Roi...

Ce fut un trait de lumière pour Marie qui cherchait depuis un moment qui pouvait être ce jeune homme, assez beau et qui même lui rappelait un peu Holland. Cela remontait au temps de ses bonnes relations avec Louis XIII dont le jeune Chalais avait été enfant d'honneur avant de se voir offrir par sa mère la charge fort onéreuse de responsable des habits et joyaux du Roi. Depuis le drame de la salle du trône, Marie n'avait eu que de rares relations avec la maison du souverain. En revanche, il lui semblait avoir aperçu ce visage dans les entours de Monsieur... C'était étonnant qu'elle n'y ait pas attaché plus d'importance. Justement à cause de cette vague ressemblance...

Quand il revint tout fringant, en selle sur un grand cheval moreau en croupe duquel il l'installa en lui recommandant, avec un tremblement d'émotion dans la voix, de mettre ses bras autour de lui, elle lui posa aussitôt la question qui la tracassait :

— De par votre charge vous êtes au Roi, pourtant j'ai l'impression de vous avoir rencontré chez le duc d'Anjou ?

— C'est vrai. Je dois ma fidélité à notre sire mais

depuis longtemps le Prince m'honore de son amitié... J'avoue que je l'aime bien. Il est toujours si gai, si avenant...

— Je ne saurais vous le reprocher. Est-il indiscret, en ce cas, de vous demander si vous vous êtes joint à ceux de L'Aversion ?

— Disons que j'y suis de cœur sinon de fait. Je ne vous cache pas qu'après ce qui vient de se passer, je suis fort en souci de Monsieur. M. de Tresmes a reçu l'ordre de garder son appartement.

— Sait-on pourquoi l'on s'est saisi du maréchal d'Ornano ?

— A cause d'une correspondance avec le roi d'Espagne et le duc de Savoie dont les gens du Cardinal se seraient emparés...

— Le Cardinal ? Encore lui ! Quand donc le Roi comprendra-t-il que ce trublion n'aura de cesse de l'isoler de sa famille et de sa noblesse afin de mieux s'assurer le pouvoir ?

Chalais n'ayant pas jugé bon de répondre, Marie n'insista pas. On arrivait à destination et elle était trop inquiète de son propre sort pour essayer de savoir ce qu'il pensait au juste de Richelieu. Cependant le petit hôtel était aussi paisible et silencieux qu'au moment où elle l'avait quitté. Un valet armé d'un flambeau sortit précipitamment quand le jeune homme arrêta son cheval devant le perron :

— Madame la Duchesse est blessée, allez quérir ses femmes et un médecin ! lui ordonna Chalais.

— Pas de médecin, s'il vous plaît ! coupa Marie. Ma vieille Anna en sait autant et je ne veux pas d'un inconnu chez moi ! Où est Monseigneur le Duc ?

Le serviteur répondit qu'il n'était pas rentré et demanda s'il fallait envoyer à sa recherche. Ce que Marie déclina. Cependant Chalais l'avait enlevée de selle et, sans lui demander son avis, gravissait le perron en la portant dans ses bras, ce qu'il faisait aisément et avec une joie si visible qu'elle remarqua :

— Vous auriez pu demander un fauteuil et deux laquais ?

— Et me priver de cet instant de pur bonheur ? J'aurais voulu que notre chevauchée dure des heures et que cette demeure fût plus vaste que le plus grand des palais !

Après tout, ce mode de locomotion plaisait assez à la jeune femme. Son porteur était grand, mince, mais vigoureux. Il y avait une éternité que des bras virils ne s'étaient pas refermés sur elle et son pied ne la faisait pas suffisamment souffrir pour l'empêcher d'apprécier ce plaisir. Elen et Anna qui accouraient les rejoignirent vers la moitié de l'escalier et voulurent aider, mais Chalais ne consentit à lâcher son fardeau que sur les coussins du lit à colonnes où il la déposa avec une délicatesse... et un regret infinis. Quand ce fut chose faite, il s'agenouilla sur le tapis :

— Que puis-je faire à présent pour vous être agréable ? Je suis à vous et vous n'avez qu'à ordonner !

— Je ne suis guère en disposition de commander, mon cher comte, mais je souhaiterais que vous vous dépêchiez de retourner au château afin de voir où en sont les choses pour Monsieur et ses amis. Au cas où vous entendriez de mauvais... bruits me concernant...

— Vous en serez prévenue aussitôt. De même si personne ne s'en est emparé, je vous ramènerai votre voiture. Vous pourriez en avoir besoin...

— Pour m'éloigner en hâte ? J'espère encore ne pas y être obligée et qu'alors mon époux viendrait à mon secours si cela arrivait. A bien y réfléchir j'aimerais que vous le cherchiez...

— Soyez sans crainte, je vais m'enquérir de lui dans l'instant mais il se peut qu'il soit déjà en chemin...

— Nous verrons ! Revenez dès que possible !... et si vous réussissez à approcher Monsieur, veuillez lui dire que je demeure plus que jamais sa fidèle servante et amie...

Elle s'efforçait au calme et même à une sérénité qu'elle était bien loin d'éprouver. En outre, son pied la faisait réellement souffrir à présent. Quand Anna avait ôté son soulier et son bas, il était apparu gonflé, d'un bleu presque noir. Cependant la Bretonne l'avait rassurée : puisqu'elle n'avait pas mal au cœur, il n'y avait rien de cassé. Une simple foulure peut-être qui l'empêcherait de marcher pendant plusieurs jours. Il ne manquait vraiment plus que cela !

Pourtant, si Marie pensait être parvenue au plus creux de l'inquiétude, elle s'aperçut rapidement qu'il n'en était rien... Une heure plus tard Peran ramenait le carrosse et rapportait un billet de Chalais : il lui avait été impossible d'approcher Gaston d'Anjou et le duc de Chevreuse semblait avoir disparu. Chalais ne l'avait trouvé nulle part et personne n'avait pu lui dire ce qu'il était devenu !...

CHAPITRE XI

L'ATTENTAT

Les six jours qui suivirent furent un cauchemar. A chaque instant Marie s'attendait à voir sa maison investie par Du Hallier et ses gardes pour l'emmener elle et sous bonne escorte rejoindre les frères d'Ornano au donjon de Vincennes. Ses jours étaient vides et ses nuits sans sommeil. Il lui arrivait de se lever pour ordonner que l'on fît ses coffres, qu'on l'habille, qu'on attelle, prise d'une folle envie de fuir loin de ce palais que son imagination lui montrait à présent peuplé d'ennemis. Mais, la crise d'angoisse passée – elle s'apaisait toujours au moment d'appeler –, elle retournait se coucher ou alors se traînait appuyée sur une canne au petit jardin qui était derrière son logis et s'asseyait sur un banc de pierre près de la fontaine.

Chalais fidèlement venait tous les après-midi et s'efforçait de la rassurer. On ne parlait pas beaucoup d'elle à la Cour sinon pour supposer que Chevreuse, toujours introuvable, s'était hâté de l'emmener au loin afin de la soustraire à une éventuelle colère royale. Evidemment tout dépendait des aveux que l'on pourrait obtenir du maréchal d'Ornano. On les savait très liés, et selon ce qu'il dirait... Quant à Monsieur, il avait eu une longue conversation avec le Roi et le Cardinal mais de ce qui s'était dit rien n'avait transpiré. L'appartement du prince n'était plus gardé, cependant il n'en sortait guère et recevait de fréquentes visites de sa mère.

En réalité, il n'y avait aucune preuve contre Mme de Chevreuse alors que les lettres trouvées chez d'Ornano dénonçaient la collusion avec l'étranger mais, plus amoureux que jamais, Chalais s'évertuait à faire durer ces instants, magiques pour lui où, devenu son seul lien avec l'extérieur, il cherchait à s'introduire dans sa vie intime. S'il se montrait plutôt discret sur la température de la Cour, il ne tarissait pas lorsqu'il lui parlait de l'intensité de son amour. Au point parfois de l'agacer mais quoi ? L'écouter était un prix modique à payer pour s'assurer sa fidélité. Elle se montrait charmante avec lui, sachant néanmoins toujours l'arrêter quand il se risquait sur un terrain trop brûlant, et pour une simple raison : elle ne l'aimait pas. Certes il était jeune, bien fait, entraîné à tous les exercices du corps et d'agréable compagnie. Ce qui ne voulait pas dire qu'elle songeait à en faire son amant. Même sa légère ressemblance avec Holland le desservait : il lui faisait l'effet d'une mauvaise copie et ses regrets de l'original n'en étaient que plus poignants !

Cet état de fait aurait pu durer longtemps mais, le septième jour, la grille s'ouvrait devant les chevaux de Louise de Conti, et leur maîtresse entrait en conquérante dans la maison de Marie.

— Hé quoi, ma chère ? Etes-vous souffrante ou bien, touchée par la grâce divine, entrez-vous en retraite avant de vous faire moniale ?

Marie lui tomba dans les bras :

— A Dieu ne plaise... encore que la seconde éventualité pût être envisagée ! En fait je ne sais plus trop à quoi me résoudre.

— Vous rendre chez la Reine me paraît une idée judicieuse. D'autant qu'elle vous réclame.

— Je ne souhaite que cela mais si l'on doit m'arrêter au seuil de ses appartements...

— Et pourquoi, diantre, vous arrêterait-on ? Il est temps, je crois, de faire le point de la situation. D'Ornano a été expédié à Vincennes pour avoir écrit des lettres à des souverains étrangers dans le but d'assurer leur appui à ce cher duc d'Anjou. Vous êtes de ses amies. Très bien ! Mais vous n'êtes pas la seule et vous n'avez jamais écrit quoi que ce soit à qui que ce soit !

— N... on, sauf peut-être à...

— ... un certain Lord anglais qui vous tient à cœur ! Les lettres d'amour ne constituent pas un acte de trahison. Aussi n'y a-t-il pas de raison pour continuer à vous morfondre ici ! Allez vous habiller ! Je vous emmène...

Ah, la merveilleuse sensation de délivrance ! Marie en aurait pleuré de joie !... Pourtant avant d'appeler ses femmes, elle avait encore une question :

— Sauriez-vous où est celui de vos frères qui est aussi mon époux ?

— A Paris ! Il y est parti sur ordre du Roi peu de temps après l'arrestation avec défense d'en bouger. Ne me demandez pas pourquoi, ajouta-t-elle très vite en voyant Marie ouvrir la bouche. Et pour l'amour du ciel, hâtez-vous !... Mais qu'avez-vous au pied ?

— Plus rien qui vaille la peine d'en parler ! Vous m'avez guérie !

On perdit encore un moment, bien que Marie se fût précipitée à sa toilette parce que, à l'heure où l'on allait se mettre en route, Chalais fit son apparition avec sa moisson quotidienne de « nouvelles » plus ou moins expurgées. La vue de la princesse de Conti le stupéfia tellement qu'il resta sans voix un instant mais se reprit :

— Mme de Chevreuse va sortir ?

— Oui, elle va sortir, répliqua Louise. Oui, je suis venue la chercher, je l'emmène chez la Reine qui la réclame et non, elle n'a plus rien à craindre ! Vous voilà satisfait, j'imagine ?

— Oui, mais...

— Pas de « mais », mon ami ! coupa gentiment Marie. Vous m'avez été d'un secours extrême et je ne l'oublierai pas. Souffrez à présent que je reprenne ma place à la Cour.

— Alors je vais avec vous ! Et je vous suivrai partout où vous irez !

— Mais pourquoi ?

— J'ai peur que tout cela ne cache un piège.

— Un piège ? s'insurgea Mme de Conti. Vous êtes gracieux, vous ! Pour qui me prenez-vous ? Pour un agent du Cardinal ?

— A Dieu ne plaise, Madame la Princesse, mais la Cour est un endroit dangereux et Monseigneur de Chevreuse ayant disparu, il est bon qu'une épée au moins soit au service de son épouse...

— Soit ! Faites à votre guise mais souvenez-vous que vous n'avez pas le droit de pénétrer chez la Reine en l'absence du Roi ! Et que vous êtes toujours au service de celui-ci !

Une demi-heure après, les deux femmes se présentaient chez Anne d'Autriche. Celle-ci priait dans son oratoire. Quand elle en sortit, ses amies remarquèrent ses yeux rougis par les larmes et peut-être l'insomnie, mais quand elle aperçut Mme de Chevreuse, elle se jeta dans ses bras en sanglotant sans se soucier du cercle figé de ses dames et demoiselles. Mme de Conti prit sur elle de leur demander avec une douceur inhabituelle, de bien vouloir laisser la Reine s'entretenir un instant avec son amie. Elle-même les suivrait.

La lente vague des révérences recula vers la porte que la princesse referma en personne cependant que Marie faisait asseoir Anne et s'agenouillait auprès d'elle, désolée de la voir dans cet état. La fière image de l'Infante cuirassée d'orgueil venait de s'effondrer, laissant place à une jeune femme plongée dans le désespoir.

Elle la laissa pleurer un moment, sachant à quel point un flot de larmes trop longtemps retenues pouvait apporter d'apaisement. Quand un instant de calme revint, elle lui fit boire un peu de vin, l'aida à s'étendre sur son lit et bassina ses tempes avec une eau de senteur. Et enfin demanda la raison de ce gros chagrin.

— Le Roi, mon époux, m'est venu voir pour me dire que Monsieur le Cardinal avait obtenu la quasi-certitude du prochain mariage.

— Le Cardinal ! Encore le Cardinal ! Il mène tout décidément... et le Roi avant le reste !

— C'est ainsi. En outre on m'a laissé entendre que si Mlle de Montpensier procréait un fils, je pourrais être répudiée afin qu'une autre épouse donne enfin un héritier au royaume !

— Quelle idiotie ! Le mal ne peut venir de vous : votre santé est toujours parfaite alors que l'on ne saurait en dire autant d'une autre !

— Avez-vous des nouvelles du Maréchal ? Sait-on si lui ou l'un de ses frères a parlé ?

— Cela m'étonnerait ! C'est un homme dur et déterminé que d'Ornano. Quant à ses frères, je ne pense pas qu'ils sachent grand-chose.

— En tout cas voilà notre Parti de l'Aversion sans chef. Autant dire démantelé ! Or nous en avons le plus grand besoin. Il nous faut quelqu'un d'assez proche de Monsieur pour le faire revenir sur son acceptation... et j'ai peut-être une idée !

— Laquelle ?

— Pardonnez-moi, ma Reine, mais il faut d'abord que je voie quel début d'exécution je peux lui donner ! Rappelez vos dames ! Moi je m'en vais !

— Déjà ? Mais nous n'avons rien dit !

— Oh, que si ! Je reviens bientôt !

Une rapide révérence et elle avait disparu, mais le martèlement rapide de ses talons claquait encore sur le marbre de l'escalier. Au dernier degré, elle trouva Chalais qui faisait les cent pas. Elle prit son bras au vol :

— Venez ! Nous avons à parler !

— Volontiers. Où allons-nous ?

— Dans le parc ! Nous serons plus tranquilles.

— Vous savez qu'il pleut ? Pas depuis longtemps, mais il pleut !

— Tant mieux, on ne nous dérangera pas.

Entraîné par elle, on traversa la cour de la Fontaine en courant pour passer dans le jardin des Pins [1] où l'on fut à couvert sinon à l'abri. Il pleuvait en effet mais modérément. En outre, il y avait à l'ouest de ce jardin une petite grotte remontant à François Ier dont quatre atlantes soutenaient l'entablement.

— Là ! fit Marie avec un soupir de soulagement. Nous y voici et vous voyez que vos rubans n'ont pas trop souffert. A présent causons !

Chalais, cependant, se méprenait sur ses intentions. Ravi qu'elle l'ait conduit dans cet asile écarté, il la prit par la taille :

— Quelle merveilleuse idée vous avez eue, ma chère ! Goûter un moment de solitude avec vous, j'en rêvais...

— Tenez-vous donc tranquille ! gronda-t-elle en le repoussant. Si j'avais envie d'un moment de solitude,

1. C'est aujourd'hui le jardin Anglais.

je ne choisirais pas un trou de rochers parfumé à l'eau croupie. Nous avons à parler de choses sérieuses ! Alors du calme !

Elle avisa un banc de pierre où elle s'assit après avoir vérifié à l'aide de son mouchoir si le velours de sa robe ne risquait rien. Comme ce n'était pas très large, le jeune homme fut obligé de rester debout. Il n'était pas content :

— De choses sérieuses ! Mais de quoi, mon Dieu ? Vous devriez être rassérénée puisque vous voici revenue à la Cour.

— Ah ! Vous trouvez ?... Laissons de côté les considérations oiseuses et allons droit au but ! Quoique serviteur du Roi – comme tout le monde d'ailleurs ! – vous êtes très lié avec Monsieur ?

— En effet. Je crois qu'il m'a en affection...

— Alors il faut que vous preniez, pour un temps, la place que tenait d'Ornano !

— Surintendant de sa maison quand je suis déjà...

— Je sais ce que vous êtes ! s'emporta Marie. Et ne m'interrompez pas à chaque phrase ! Il est question de le remplacer dans ses conseils parce que Monsieur doit se sentir assez solitaire. Et ne me dites pas qu'il a une horde de gentilshommes autour de lui ! Vous devez obtenir de Gaston qu'il mette une condition à ce maudit mariage : la libération de d'Ornano, son mentor et son plus vieil ami. Qu'il fasse jouer ce qu'il veut : mauvaise santé, âge, n'importe quoi, mais qu'il exige son élargissement.

— Vous pensez qu'il a une chance d'être entendu ?

— Aucune ! Quand ce damné Cardinal tient une proie, il ne la lâche pas mais les discussions – et il y en aura ! – nous donneront du temps. Celui de faire disparaître Richelieu et de mettre Monsieur à l'abri dans une place forte des frontières... à Metz par exemple ou à Sedan, c'est-à-dire dans une ville dont le maître est de nos amis. Eh bien ? Qu'y a-t-il ? Vous en faites une tête !

— Vous dites des choses terribles ! Faire disparaître le Cardinal... mais jusqu'à quel point ?

— En voilà une question ! Jusqu'à ce qu'il ne soit plus gênant. On peut l'enfermer... ou mieux l'éliminer définitivement ! Comprenez donc que sans lui, nous n'aurions plus aucune peine à circonvenir le Roi ! D'ailleurs, vous n'ignorez pas, ainsi que moi-même... que Sa Majesté est souvent malade ! Avec un peu de chance, notre prince ne resterait pas longtemps éloigné de nous. Mais nous n'en sommes pas là et il faut aller au plus pressé : engager des pourparlers pour tirer d'Ornano de Vincennes et pendant ce temps monter une gentille conspiration contre le Cardinal. Ce ne sera pas aussi difficile que vous le pensez car nous avons des amis sûrs. Alors, êtes-vous prêt à faire ce que je vous demande ? Je vous rappelle qu'il n'y a pas si longtemps, vous m'imploriez en disant : commandez, j'obéirai !

— Certes, mais il s'agissait de vous servir vous. Pas d'entrer dans un complot...

Les yeux pleins d'éclairs et la lèvre méprisante, Marie se leva si brusquement qu'il dut reculer :

— Brisons là, monsieur ! Et veuillez me pardonner de vous avoir pris pour ce que vous n'êtes pas : un cœur vaillant !

— Permettez, madame ! J'ai fait mes preuves !

— A la guerre ? Au milieu d'une armée ? C'est plutôt facile ! Exécuter des ordres est à la portée de n'importe qui mais moi je n'aimerai jamais n'importe qui. Un chef oui ! Ce que vous ne pouvez être ! Adieu !

Elle voulut sortir de la grotte mais il lui barra le passage :

— Un moment encore, je vous en supplie ! Ne me

condamnez pas si vite ! Je suis prêt à lui transmettre vos conseils.

— Ce n'est pas suffisant ! Tant que d'Ornano n'est pas sorti de Vincennes, il nous faut un chef ! Le serez-vous ?

— Ouuui, mais...

— Pas de mais ! Laissez-moi passer !

— Ecoutez ! Je conçois que Richelieu soit gênant pour vous bien que je ne distingue pas quel mal il a pu vous faire... Vous êtes encore libre.

— Et cela vous suffit ? Oui, je suis « encore » libre mais cela ne saurait durer car je ne souscrirai pas aux conditions que l'on m'impose justement pour que cela dure ! Sachez, monsieur, que, comme vous-même, Richelieu ne rêve que d'être mon amant... et que je me demande si, finalement, lui céder ne serait pas la meilleure manière de régler cette affaire. Il n'est pas laid, il a grande allure et si l'on en croit Mme de Combalet, sa nièce et sa maîtresse, il ne manque pas de talent au lit !

Un instant, Marie crut que Chalais allait la frapper. Son poing crispé se levait...

— Vous et lui !... Votre corps entre ses bras ?

Elle haussa les épaules, le défiant du regard, mais un regard à damner un saint :

— Dans les siens ou dans les vôtres ! A vous de choisir !

— Ce qui veut dire ?

— Décidément vous ne comprenez pas vite, mon pauvre ami ! C'est pourtant simple : je me donnerai à qui me débarrassera du Cardinal ou je deviendrai sa maîtresse.

Et cette fois, Marie sortit de la grotte et reprit à pas vifs le chemin du château. Eperdu, Chalais voulut lui courir après mais quand il la rejoignit, elle parlait avec un jeune et élégant promeneur qui était en train de lui offrir son bras. Du coup il bondit :

— Ah, madame ! C'est méchant de me délaisser au profit d'un autre ! Nous nous promenions ensemble jusqu'ici !

L'« autre » se mit à rire. Il se nommait Roger de Gramont, comte de Louvigny, et c'était l'un des bons amis de Chalais.

— Si c'est le cas, tu as commis une grosse faute en abandonnant Madame ne fût-ce qu'un instant. Et moi je ne renoncerai pas à cette fortune inattendue qui m'échoit. Je suis votre admirateur passionné, Madame la Duchesse, même si je n'ai pas encore osé vous le dire, et ne demande qu'à vous servir !

Marie se mit à rire, de ce rire plein de gaieté auquel nul ne pouvait résister :

— Je ne me savais pas aussi riche de serviteurs aimables et séduisants ! En ce cas, messieurs, offrez-moi chacun un bras et cheminons de compagnie !

Sa gaieté allégea une atmosphère que la poussée de jalousie éprouvée soudain par Chalais risquait d'alourdir. Et ce fut en bavardant de tout, de rien et en riant beaucoup que l'on se dirigea vers le château. La pluie avait cessé, le temps s'adoucissait et les oiseaux recommençaient à chanter. Arrivés dans la cour de la Fontaine, il fallut se séparer : la Duchesse remontait chez la Reine et Louvigny chez le Roi :

— Toi aussi, je suppose ? demanda-t-il à Chalais. Tu as ton service...

— Plus tard. Pour l'instant – et se redressant de toute sa taille il enveloppa Marie d'un regard significatif – je dois voir Monsieur. Depuis qu'on lui a enlevé son cher d'Ornano, il a besoin de réconfort. J'y vais !... A plus tard, madame ! J'aurai l'honneur d'aller vous présenter mes hommages !

— Hé là, quel ton ! ironisa Louvigny. On dirait qu'il s'en va mener l'assaut contre un bastion ennemi ! Il ne lui manque que mettre flamberge au vent en criant « Sus ! »

— Il y a peut-être un peu de cela, dit Marie en souriant. Monsieur a ceci de commun avec son royal frère, c'est qu'il n'est pas facile à consoler. Lorsque l'humeur noire le prend, c'est le diable de l'en faire sortir !

— Alors souhaitons-lui bon courage !... Il m'en faut aussi à moi. Notre sire ne cultive guère la franche gaieté en son quotidien mais, en ce moment, il est franchement lugubre ! M'accorderiez-vous un viatique semblable à celui de Chalais ?

— Comment l'entendez-vous ?

— La permission d'aller vous saluer, chez vous ! Ou mieux de vous y raccompagner lorsque vous rentrerez ! Les mauvaises rencontres sont toujours possibles et puisque Monseigneur votre époux est absent...

Le regard dont il l'enveloppait osait bien davantage mais, outre qu'elle savait la manière de tenir à distance un amoureux trop pressant, Marie pensa que ce n'était pas le moment de décourager une bonne volonté soudaine : celui-là était aussi un proche de Gaston ! Et puis, une jalousie supplémentaire ne ferait aucun mal à Chalais.

— Pourquoi pas ? répondit-elle en lui tendant une main sur laquelle il se jeta.

Pendant ce temps, ledit Chalais gagnait l'appartement de Monsieur. Il y trouva le Grand Prieur de Vendôme...

En effet, le Parti de l'Aversion n'était pas aussi affaibli que le craignait Mme de Chevreuse. Les frères Vendôme pensaient, comme la Duchesse elle-même, qu'il fallait à n'importe quel prix faire libérer d'Ornano, empêcher Gaston de convoler, et que pour ce faire le moyen le plus radical était de mettre Richelieu hors d'état de continuer à nuire aux Grands. Lui disparu, on viendrait facilement à bout de Louis XIII. Cependant leurs vues différaient de celles de Marie en ce que celle-ci envisageait le discrédit et l'éloignement, alors qu'eux songeaient tout simplement à le tuer en vertu de ce principe que les morts viennent rarement vous mettre des bâtons dans les roues... Un projet, né de l'urgence, était déjà sur pied ainsi que Chalais l'apprit à Marie le soir même. Il fallait profiter du séjour à Fontainebleau qui ne durerait plus bien longtemps. La date du 10 mai fut donc arrêtée.

Ce soir-là, à l'issue d'une chasse un peu trop prolongée, du côté de Fleury, Gaston et quelques-uns de ses amis, pris par l'approche de la nuit, iraient demander le gîte et le couvert au Cardinal. Sous un prétexte quelconque et avec les fumées du vin une querelle éclaterait durant le souper. On en viendrait aux armes et dans le feu de l'action un coup de lame atteindrait le Cardinal. Mortellement si possible ! On tira au sort pour savoir qui porterait le coup fatal. Ce fut Chalais...

Le jeune coq vint s'en vanter à Marie. Franchement admirative, celle-ci lui promit d'être à lui dès que la mort de son ennemi serait proclamée et lui donna un baiser à titre d'acompte en ajoutant qu'elle passerait cette nuit-là en prière pour le succès de l'opération. Dieu, assurément, ne pouvait qu'approuver une action qui mettrait à terre celui qui osait défier le Pape, son vicaire. Anne d'Autriche fut, par elle, informée discrètement de ce qui se préparait. Inquiète cependant, elle demanda à Marie de passer avec elle cette journée cruciale mais aussi d'y rester après la tombée de la nuit. Ce faisant, elle voulait protéger son amie des suites possibles de l'attentat en la gardant au château.

Or, quand elle arriva, ce matin-là, une déconvenue

attendait la Duchesse : Monsieur s'était déclaré malade et gardait le lit, ce qui, par définition, l'empêchait de chasser comme prévu. La nouvelle arriva chez la Reine portée par une Marie de Médicis bougonne et grondeuse qui, fidèle à sa mauvaise foi coutumière, prenait l'habitude de rendre sa belle-fille responsable de tous les malheurs internes du palais. La maladie de Gaston y compris. Les mauvais bruits qu'Anne et son complice d'Ornano avaient fait courir sur l'état déplorable de la famille royale étaient à la source du mal mystérieux dont souffrait Gaston et auquel les médecins ne comprenaient rien. De toute façon ils ne comprenaient jamais rien à rien. Cette fois il s'agissait d'une humeur pernicieuse due à la crainte de perdre l'affection du Roi son frère...

— Vous dressez le fils contre le fils ! prophétisa-t-elle un doigt tendu vers le plafond. Cela ne vous portera pas bonheur, ma fille.

Incapable d'en entendre davantage, Marie ne put se retenir de faire remarquer à la mégère qu'en effet le mal devait être bien mystérieux pour avoir changé en une créature bêlante, accablée sous le remords, un prince doué d'une de ces heureuses natures persuadée que le monde entier les adorait et qu'en tout état de cause elle ne voyait pas clairement ce que la Reine venait faire là-dedans. Son intervention eut au moins l'avantage de tourner contre elle les foudres de la Médicis :

— Ce n'est pas la première fois que je dis que tu devrais être enfermée depuis longtemps dans un bon couvent, Maria ! Tu es le mauvais génie de cette malheureuse comme tu l'es devenue de mon fils ! Je suis persuadée que tu as tourné la tête de ces gentilshommes qui osent l'abandonner quand il est malade pour aller galoper à la queue de je ne sais quel bestiau ! Une honte !

— Vous voulez dire que les gens de Monsieur sont allés chasser sans lui ?

— Hé oui ! Des indifférents ! Des ingrats qui ne songent qu'à leur plaisir ! Et je jurerais que tu as couché avec au moins la moitié d'entre eux... si ce n'est avec tous !

Réconfortée à l'idée que, même sans Monsieur, le plan marchait, Marie se mit à rire :

— Ah ça, c'est impossible ! Une moitié des gentilshommes du duc d'Anjou préfère les hommes et l'autre moitié me déplaît. Sa Majesté devrait m'accorder crédit d'un goût plus sûr.

La Reine-mère sortit en haussant des épaules furieuses mais cette petite escarmouche avait allégé l'atmosphère chez Anne d'Autriche, où la belle-mère n'était appréciée de personne à l'exception peut-être de Mme de Lannoy, et encore ! On savait que la dame d'honneur était habitée par un étrange esprit de contradiction dont les filles d'honneur avaient appris à se méfier. L'une d'entre elles, Mlle de Quélus, chuchotait même qu'elle avait un faible pour le Cardinal et Doña Estefania s'en méfiait. Il est vrai qu'elle avait une raison personnelle : la parole rapide et haut perchée de la dame n'était pas souvent compréhensible pour sa connaissance réduite et largement approximative de la langue française.

Les rites de la matinée royale se déroulaient donc agréablement quand arriva la princesse de Conti qui, après les politesses de la porte, prit Mme de Chevreuse à part :

— Vous êtes sûre que tout va bien ?

— Si l'on veut ! Monsieur, toujours aussi courageux, s'est déclaré indisposé depuis l'aurore mais les... autres sont partis pour la chasse.

— Les autres ? Mais pas le jeune Chalais que je

sache ? Je viens de le voir entrer dans la chapelle à la suite du Roi...

— Vous êtes certaine ?

— Je sais que je suis plus vieille que vous mais ma vue est excellente ! Je l'ai vu, vous dis-je !

— Oh ! C'est trop fort !... Il va falloir qu'il m'explique !

Elle s'éclipsa aussitôt, traversa la Cour Ovale et se rendit dans le vestibule d'honneur sur lequel ouvrait la tribune de la chapelle de la Sainte Trinité. Elle eut juste le temps de se réfugier dans un renfoncement : Louis XIII, qui était seulement venu faire quelques dévotions, en sortait suivi d'une poignée de gentilshommes parmi lesquels, à l'évidence, se trouvait l'homme qui portait tous ses espoirs. Marie dut alors se faire violence pour ne pas se précipiter sur lui et lui demander des explications, mais il était en train de parler avec Louvigny à la suite du Roi. Il valait mieux attendre : dans quelques instants le groupe se séparerait. C'était l'heure du Conseil où Louis allait rejoindre le Cardinal et ses autres ministres.

Les portes refermées par les gardes armés de pertuisanes, ce fut ce qui se produisit. Certains partirent d'un côté, d'autres de l'autre. Marie n'hésita plus et rattrapa les deux hommes qui poursuivaient leur conversation.

— Que vous arrive-t-il, messieurs ? Vous ne vous quittez plus ? Votre servante, monsieur de Louvigny ! Ne devriez-vous pas être au chevet de votre prince que l'on dit fort mal ce matin ?

Le large sourire dont celui-ci l'avait accueillie se changea en grimace :

— Moi qui étais sottement heureux d'une rencontre si agréable, voilà que vous voulez m'en priver ? Ce n'est pas charitable ! Quant à Monsieur, il n'est pas moribond et je voulais voir Chalais...

— Moi aussi, figurez-vous ! Alors pardonnez-moi de vous l'enlever ! Juste un instant et je vous le rends.

— Ah non ! Je préférerais que vous le laissiez aller et que « vous » reveniez avec moi !

— Nous verrons !

Elle entraîna son prisonnier dans l'embrasure d'une fenêtre et attaqua en prenant soin de baisser sa voix :

— J'attends des explications ! Que faites-vous ici ?

A l'étonnement de la jeune femme il n'eut pas l'air embarrassé le moins du monde :

— Vous le voyez ! Ce matin je ne pouvais pas partir avec les autres, j'avais mon service et je pensais que vous le saviez...

— Sans doute, mais n'étions-nous pas convenus...

— Je sais, cependant gardez confiance ! Certes, nous ne pouvons compter sur Monsieur, mais les siens sont en forêt où ils doivent passer la journée. Je les rejoindrai comme prévu !

L'explication était valable mais Marie n'en fut pas rassurée pour autant. Elle n'appréciait guère le ton inhabituel de sa voix où elle croyait déceler une gêne. Chalais lui cachait quelque chose et elle aurait bien voulu savoir quoi mais elle n'eut pas le temps de poser d'autres questions : un homme déjà âgé et de grande mine venait de faire son apparition et se dirigeait vers eux avec l'allure de qui a trouvé ce qu'il cherchait. Chalais dit, très vite :

— Voilà mon oncle, le Commandeur de Valençay qui vient par ici. Quittons-nous ! J'irai vous voir cette nuit...

— Cela m'étonnerait ! Je reste chez la Reine cette nuit... et demain il ne me plaira peut-être plus de vous recevoir !

Le regard du jeune homme s'affola :

— Pourquoi être si cruelle ? Je fais votre volonté et vous savez combien je vous aime...

— Paroles, mon cher ! Je vous attends aux actes sinon...

Elle n'en dit pas plus, prit à sa ceinture son éventail d'ivoire et, l'agitant comme pour chasser une odeur désagréable, elle tourna le dos à son amoureux désolé et s'éloigna en balançant gracieusement les hanches.

Le reste de la journée s'écoula à son rythme normal mais la nuit fut interminable. La Reine avait ordonné que l'on dresse un lit pour son amie dans sa chambre, faveur inouïe qui fit pincer bien des lèvres mais parut enchanter Mme de Conti. Celle-ci préférait de beaucoup savoir sa belle-sœur en sécurité dans le château que seule dans un hôtel à l'écart où tout pouvait lui arriver dès que l'on apprendrait la mort du Cardinal. Ce qui n'assura cependant pas le sommeil à Marie. Ni elle ni la Reine ne fermèrent l'œil, trop occupées à suivre par la pensée le déroulement du drame qui devait se jouer au château de Fleury puis, après minuit, guettant un éclat, un appel ou simplement le galop du cheval d'un messager venu apprendre au Roi qu'il n'avait plus de ministre...

La nuit fut d'un calme accablant jusqu'à ce qu'aux approches du jour, le palais parût s'étirer en faisant entendre les premiers bruits du réveil. Chez Anne d'Autriche, le service commençait quand Mme de Bellière, première femme de chambre – et membre du complot ! – qui était allée prendre le vent du côté de chez le Roi, accourut hors d'haleine :

— Le carrosse du Cardinal ! Il vient d'entrer dans la cour...

— Est-il dedans ? demanda Marie. Ou est-ce son secrétaire qui vient...

— Oh non ! C'est lui ! Il ne va pas chez le Roi mais chez Monsieur !

En effet Gaston d'Anjou qui était dans son lit encore

à moitié endormi se crut être en train de faire un mauvais rêve quand il vit Richelieu entrer dans sa chambre, tout souriant, pour le gronder paternellement de lui avoir caché à quel point sa maison de Fleury lui plaisait !

— Vos gentilshommes m'avaient annoncé que vous alliez y venir souper, Monseigneur, et j'ai été désolé qu'un mal imprévu vous empêche de me faire ce plaisir. Mais qu'à cela ne tienne ! Dès à présent, Fleury est à vous !

— Mais... mais... et vous-même, Monsieur le Cardinal ?

— Oh, ne vous mettez pas en peine ! J'ai non loin d'ici une autre maison de campagne...

Et là-dessus, il salua Son Altesse comme il convenait et s'en fut chez le Roi pour lui offrir sa démission. Aussitôt refusée. Que s'était-il donc passé ?

Tout simplement que le jeune Chalais était atteint d'un mal rédhibitoire chez un conspirateur : une sérieuse démangeaison de la langue. C'était un bavard. En outre, inconsistant et sans fermeté, il avait vu dans les exigences de Mme de Chevreuse – dont il était réellement très amoureux ! – un moyen de réaliser les prédictions d'un astrologue qui, en tirant son horoscope, en avait conclu qu'il atteindrait la plus grande fortune et la plus grande puissance... ou alors qu'il serait abominablement malheureux. Confiant dans la première partie du présage, le jeune fou ne put résister à confier à son oncle, Achille d'Etampes, Commandeur de Valençay, que grâce à des amis haut placés, il allait assurément atteindre, à la suite de la chute de Richelieu, un grade élevé dans l'armée et des faveurs sans nombre.

Or si Valençay, en bon dignitaire de l'Ordre de Malte, respectait le Pape, il n'était pas idiot et considérait Richelieu comme un grand homme. Que ce jeune imbécile se mêle de l'abattre lui parut grotesque. Il le lui dit sans fard et le traîna incontinent chez le Cardinal auquel Chalais confessa ingénument toute l'affaire. Sans pour autant cesser de se dire le très fidèle soutien de Monsieur. En fait il pensait faire preuve d'une extraordinaire habileté en jouant sur les deux tableaux.

De son côté, l'héritier de la couronne lui ressemblait en ce sens que s'il adorait comploter il détestait se trouver en première ligne. D'où sa soudaine décision de tomber malade au moment crucial, comptant sur ses gentilshommes pour faire l'ouvrage sans qu'il eût à s'en mêler.

Le résultat de ces misérables calculs fut qu'en arrivant au château de Fleury dans la soirée pour « annoncer Monsieur », sachant pertinemment qu'il ne viendrait pas, les malheureux n'eurent pas le temps d'avaler un verre de vin : une solide troupe de chevau-légers envoyés par le Roi s'assura de leurs personnes et les emmena droit à la Bastille.

Le jour même, 11 mai 1626, Louis XIII décidait de faire protéger à l'avenir son précieux ministre par une force armée portant casaque rouge comme ses Mousquetaires portaient casaque bleue. Les Gardes du Cardinal faisaient leur entrée dans l'Histoire.

Bien qu'elle n'eût rien à redouter des suites de l'affaire, son nom n'ayant jamais été prononcé, Marie en rentrant chez elle ce soir-là ressentait l'impression d'avoir reçu le ciel sur la tête. Elle avait laissé au palais une Reine qui puisait dans son orgueil la force de montrer un visage serein. Quant à elle-même, c'était la fureur qui la sauvait de l'abattement. Quelle folie l'avait prise d'avoir voulu remplacer un d'Ornano par ce misérable Chalais ? Louise de Conti ayant été renseignée par Bassompierre à qui le jeune sot – décidément très en verve ! – avait « touché un mot » de ses projets, Marie n'ignora bientôt plus rien des exploits de son chevalier. Et décida aussitôt de les lui faire payer !

Après un long moment de réflexion, elle pensa avoir trouvé le moyen de le châtier. Elle écrivit deux lettres, l'une pour lui qu'elle cacheta de cire verte, l'autre pour Roger de Louvigny scellée à la cire rouge. Puis envoya Anna lui chercher Peran. Elle avait d'abord pensé attendre le retour d'Elen – celle-ci traversait une sorte de crise mystique et passait de plus en plus de temps à l'église ou dans un prieuré de moniales qui se trouvait non loin de là à l'orée de la forêt –, mais tout compte fait il valait mieux confier cette correspondance un peu particulière à quelqu'un d'absolument sûr... Ce qu'Elen n'était plus...

Quand son fidèle cocher fut là, elle lui dit :

— Va au palais et cherche M. de Chalais ! Tu le connais à présent ?

— En effet.

— Si tu ne le trouves pas, tu laisseras cette lettre cachetée de rouge à son ami La Louvière. Tu te souviendras ? Le cachet rouge.

— Sans doute, mais...

— Si j'insiste sur ce point, c'est parce que je voudrais que tu remettes cet autre billet cacheté de vert à M. de Louvigny. Celui-là je ne pense pas que tu l'aies beaucoup vu mais c'est un ami de M. de Chalais et leurs logis sont voisins.

— Et je lui donnerai le cachet vert, mais ne serait-il pas plus simple d'écrire leurs noms ?

— On pourrait reconnaître mon écriture. En outre, j'ai mes raisons.

— Pardonnez-moi, Madame la Duchesse ! C'est plus que suffisant en effet. Dois-je attendre des réponses ?

— Non. Tu reviens immédiatement me rendre compte.

Elle le regarda partir en souriant. La colère l'avait quittée et elle se sentait pleinement satisfaite de la petite perfidie à laquelle elle venait de se livrer dans le but d'exciter la jalousie du jeune imbécile. C'était assez simple au fond : à lui, elle avait écrit : « Monsieur de Chalais, Je redoutais que vous ne fussiez un lâche. Je sais à présent que j'avais raison et que vous êtes aussi un benêt. Je ne veux plus jamais vous revoir... »

Et elle avait fermé le billet à la cire verte. A Louvigny elle écrivait :

« Vous rencontrer l'autre jour, cher Louvigny, m'a causé une joie si intense que j'en fus étonnée. J'aimerais savoir si j'éprouverais la même en vous revoyant. Venez demain soir vers minuit... »

La cire rouge recouvrait le message qui était en fait destiné aux yeux de Chalais. Ou elle se trompait fort ou il prendrait feu en découvrant cette invite à peine déguisée à un autre et, au lieu de la remettre à son véritable destinataire, la jalousie le ferait accourir pour demander des explications.

Ce fut exactement ce qui se passa.

Avant même que Peran fût venu rendre compte, Chalais pénétrait dans la cour au galop de son cheval, sautait à terre et s'engouffrait dans la maison. Il était pâle comme un mort quand il s'encadra dans la porte du salon où Marie l'attendait, à demi étendue sur un sofa. La soirée étant fraîche, elle avait demandé que l'on fît du feu et la lumière des flammes ondoyait en chauds reflets dans sa magnifique chevelure dénouée, et sur le satin blanc de l'ample robe d'intérieur sous laquelle, à l'évidence, elle ne portait rien et d'où dépassait, comme un joyau déposé sur les coussins de velours, un petit pied nu aussi blanc et délicat que le plumage d'une colombe.

En voyant paraître sa victime, elle quitta sa pose alanguie et s'écria avec colère :

— Que venez-vous chercher ici ? Et qui vous a permis d'entrer ? Sortez ! Sortez ou je vous fais chasser par mes gens !

Elle était si belle ainsi qu'oubliant son indignation le malheureux tomba à genoux, déjà prêt à adorer :

— Pitié !... Daignez au moins m'écouter !

— Certainement pas ! Non content de m'avoir trahie, vous m'importunez ! J'attends quelqu'un et ce n'est pas vous.

— Oh, je sais ! Vous attendez celui à qui vous avez écrit cela ? fit-il d'une voix altérée en tendant le billet qu'il tenait à la main.

Elle le prit, fit semblant de lire et le jeta au feu :

— Comment est-ce arrivé en votre possession ? lança-t-elle d'une voix dure. Vous l'avez volé ?

Il quitta sa pose suppliante pour hasarder un pas ou deux, fasciné par cette forme où s'incarnait le plus fou de ses désirs :

— Non, sur ma foi ! Votre serviteur me l'a remis et, naturellement, je l'ai lu. Comment imaginer qu'il était destiné à un autre ?...

— Cet imbécile se sera trompé et il aura donné à M. de Louvigny ce que je vous destinais... et qui était d'une encre bien différente.

— Que me disiez-vous ?

— Que je ne voulais plus vous voir parce que vous êtes non seulement un lâche mais un sot qui a trahi tous ceux qui avaient foi en lui ! Votre ami le prince Gaston, ce pauvre d'Ornano et moi par-dessus le marché qui croyais cependant avoir trouvé en vous l'homme que j'attends depuis si longtemps...

— ... et que vous pensez avoir trouvé en Louvigny ?

— Pourquoi pas ? Il n'est pas hanté, lui, par les

scrupules stupides d'un gamin qui va pleurer dans le giron de son oncle au lieu de me donner les preuves que j'attendais de lui. Il suffit de se souvenir de son duel avec Charles de Monchy d'Hocquincourt.

Ce n'était certes pas une page de gloire : alors que les épées allaient s'engager, Louvigny avait proposé d'ôter les éperons et, profitant de ce que son adversaire se baissait sans défiance, il avait frappé, lui infligeant une blessure dont il eut peine à se remettre. Chalais fit la grimace :

— Ne me dites pas que vous l'admirez pour cette... infamie ?

— Personne ne le pourrait mais il n'en est pas moins celui dont j'ai besoin. Si je lui demande de tuer le Cardinal, il n'ira pas le raconter à la terre entière. Il agira... et recevra la récompense qui lui était promise.

En lui parlant, Marie retournait s'étendre sur son lit de repos en prenant soin de laisser dépasser non plus un pied mais une jambe divine dont la vue empourpra le jeune homme.

— Et pour lui, vous comptiez payer d'avance ? fit-il avec humeur.

— Ce que j'aurais fait ne regarde que moi. Je veux la mort de ce maudit Richelieu afin que Monsieur puisse coiffer la couronne et épouser la Reine...

— Le trépas du Cardinal ne suffira pas ! Il y faudrait aussi...

Marie eut un petit rire sardonique :

— Celui du Roi ? Si Dieu ne s'en charge pas assez vite, nous pourrions y songer. Ce perpétuel malade serait tellement mieux en Paradis ! A présent, laissez-moi, voulez-vous ? Je vous ai écrit que je ne voulais plus vous voir et je n'ai pas changé de sentiment ! Allez-vous-en !

— Pour laisser la place à Louvigny ? Jamais !

— En effet... s'il fait ce que je voulais de vous. Je serai à celui qui m'apportera... les moustaches du Cardinal ! La tête serait trop encombrante. Mais je consens à vous accorder encore une chance ! Voyez si elle mérite d'être courue !

D'un mouvement gracieux elle glissa de nouveau du sofa, s'écarta de quelques pas puis d'un geste vif laissa tomber sa robe. En un instant, elle fut nue devant lui, merveilleuse statue de chair douce que le feu habillait d'or et que la splendeur de sa chevelure couronnait de flammes...

Eperdu, il tendit les bras pour s'emparer de la trop belle image mais, déjà, elle avait ramassé sa robe et disparu derrière une porte dissimulée dans la boiserie. Il ne resta plus que l'écho d'un rire moqueur...

N'osant forcer les portes, Chalais repartit, en proie au plus cruel embarras. Richelieu, après l'avoir remercié d'être venu le prévenir, lui avait offert le grade de mestre de camp [1] s'il acceptait d'user de son influence sur Monsieur pour l'amener à se laisser marier. C'était une situation cornélienne avant la lettre. N'étant pas dépourvu d'une certaine valeur militaire, Chalais voyait dans cette nomination la voie ouverte sur une grande carrière au bout de laquelle s'esquissait l'image du bâton de maréchal. Mais une autre vision s'interposait : celle, affolante, d'un corps éblouissant dont le désir ne le quitterait plus.

Ce fut la femme qui l'emporta. Au matin, il lui faisait remettre par son valet une lettre dans laquelle il se soumettait entièrement à ses volontés, l'adjurant cependant de ne pas faire durer trop longtemps son martyre : « Votre beauté m'a rendu fou, disait-il. Faites de moi ce que vous voudrez mais apaisez, je vous en supplie, le feu qui me brûle... »

1. Equivalent au grade de général.

En recevant cette capitulation enflammée, Marie eut un sourire radieux. Allons, tout n'était pas perdu et ce qui ne s'était pas produit un jour pourrait l'être le lendemain !...

Elle donna ensuite l'ordre de préparer ses coffres. La Cour rentrait à Paris et elle n'était pas fâchée de voir ce que devenait son époux. Mais lorsqu'elle arriva rue Saint-Thomas-du-Louvre, ce fut pour apprendre que Monseigneur était parti l'avant-veille pour Dampierre : une partie du parc s'était trouvée inondée par la rupture d'une vanne et Boispillé appelait d'autant plus au secours qu'une tractation, engagée avec un voisin pour l'acquisition d'une parcelle destinée à l'agrandissement des jardins, soulevait des difficultés. Chevreuse s'y était rendu sur-le-champ.

Déçue, Marie hésita un instant à le rejoindre bien qu'elle éprouvât l'envie extrême de se retrouver à Dampierre à quoi, à chaque revoir, elle s'attachait davantage. Elle aurait voulu aussi embrasser ses enfants. Qu'elle aimait en dépit du peu de souci qu'elle prenait à le leur montrer. Mais consciente du danger que pouvait présenter pour eux le nœud d'intrigues dont elle tissait les fils, elle choisit finalement de rester à Paris afin de les en tenir écartés. C'était valable aussi pour Claude. En l'éloignant de Fontainebleau, le Roi, sans doute, voulait l'isoler d'elle mais peut-être aussi épargner des angoisses à un homme qu'il aimait bien... De toute façon, Claude reviendrait quand il saurait que le Roi était de retour dans sa capitale.

Pas pour longtemps ! En se rendant au Louvre un matin, Marie trouva le palais en plein remue-ménage et la Reine fort troublée : Louis XIII venait d'apprendre, *via* le Cardinal, que César de Vendôme, retranché dans sa Bretagne, était en train d'y lever des troupes. Dans quel but ou contre qui, c'est ce qu'il s'agissait d'éclaircir. Aussi l'urgence commandait-elle de se diriger vers la Loire avec pour première destination le château de Blois. Il appartenait à la Reine-mère mais celle-ci se faisait une joie d'y accueillir ses fils, consacrant ainsi la reconstitution de la famille un instant ébranlée.

En effet, Louis XIII, Marie de Médicis et Gaston d'Anjou avaient signé la veille un document soigneusement préparé par le Cardinal aux termes duquel tous trois juraient de vivre désormais dans la plus étroite union. Aux assurances de bonne conduite données par Monsieur répondait la promesse du Roi de traiter à l'avenir son frère comme son propre fils. Quant à la mère, elle se portait garante de cette double promesse. Entraîné par l'exemple, le prince de Condé faisait allégeance au Cardinal !

Une seule personne restait à l'écart de cet étrange traité : celle qui était à la fois l'épouse, la bru et la belle-sœur des membres de la touchante trinité familiale. Anne d'Autriche ressentait douloureusement un accord dont elle redoutait à juste titre qu'il se soit fait sur son dos, que le mariage Montpensier s'ensuivît et qu'en fin de compte sa répudiation probable se profile à l'horizon. Sans doute faudrait-il compter alors sur un Pape peu disposé à satisfaire un souverain qui le traitait si mal, mais Anne savait qu'en politique rien n'était impossible. Surtout si l'on parvenait à obtenir contre elle une quelconque preuve de son adhésion au Parti de l'Aversion et à ce qui s'était ensuivi.

Dans ces conditions, elle ne pouvait qu'appréhender le voyage en direction de la Loire au bout de laquelle était la Bretagne.

— Je ne vous cache pas que je suis inquiète, confia-t-elle à Mme de Chevreuse. Nous emmenons plus de troupes que n'en comporte l'escorte habituelle et je crains fort que le Roi ne veuille attaquer le duc de Vendôme pour lui arracher son gouvernement.

— Lever des troupes ne signifie pas forcément que l'on va rentrer en rébellion !

— Allons donc ! Vous connaissez mieux que moi le duc César !

— Je le crois déterminé à forcer un destin dont il estime qu'il lui a été contraire. Il aurait dit à l'un de ses familiers qu'il espérait ne revoir le Roi son frère qu'en peinture.

— Voilà un familier fort bavard ! Sait-on si le Grand Prieur l'a rejoint ?

— Demandez à Mme du Fargis ! C'est elle qui me l'a appris !

— Que cette dame d'atour est donc bien renseignée ! marmotta Marie, qui commençait à trouver encombrante une femme aussi remuante qui fourrait son nez partout. Je me demande d'où elle le tire... Quoi qu'il en soit, il est facile de savoir si Alexandre de Vendôme est dans son palais du Temple. Je lui ferai parvenir un billet pour m'en assurer... et l'engager à ne quitter Paris sous aucun prétexte...

— Faites-le vite, dans ce cas ! Nous partons demain et vous serez avec moi. Je vous emmène.

— La Reine ne craint pas de déplaire au Roi ?

— Un peu plus ou un peu moins, cela n'a guère d'importance tandis que votre présence en a. J'ai besoin d'une amie auprès de moi.

— Votre Majesté m'enchante... mais la princesse de Conti ?

— Ne nous accompagne pas. Elle m'a demandé un congé de quelques semaines pour se rendre dans ses terres de Picardie.

Marie en fut surprise, un peu froissée aussi. Sa belle-sœur et elle étaient très proches et elle ne comprenait pas pourquoi Louise lui avait caché son intention de s'absenter. Elle comprit même encore moins quand, rentrée afin de préparer le nouveau voyage, elle trouva chez elle un billet dans lequel celle-ci la priait de la rejoindre le soir même à minuit dans l'église abbatiale de Saint-Germain-des-Prés [1], mais s'y rendit ponctuellement sans chercher à en apprendre davantage ainsi qu'il convenait lorsque l'on était engagé dans une conspiration.

Ce fut pour y recevoir une preuve d'affection qui n'avait rien à voir avec les obscurités d'un complot : Louise-Marguerite de Guise, princesse de Conti, épousait secrètement cette nuit-là François de Bassompierre. Celle que le Roi appelait « le péché » et celui qui passait pour le plus grand coureur de jupons du royaume avaient choisi finalement de faire consacrer l'amour fidèle qui les unissait depuis longtemps. Elle avait quarante-six ans, il en avait quarante-sept. Pourtant, un tel bonheur irradiait leurs visages qu'il leur rendait l'éclat de leurs vingt ans et quand le prêtre unit leurs mains sous sa bénédiction, Marie, bouleversée, laissa couler des larmes, d'émotion sans doute, mais peut-être aussi d'envie car elles avaient un goût amer ! L'épouse de Claude pouvait mesurer à cet instant l'étendue de sa solitude...

1. Feu le prince de Conti percevait des revenus de l'antique abbaye.

CHAPITRE XII

DU SANG SUR LES MAINS...

La Cour mit quatre jours pour atteindre Blois par Chartres, Toury et Orléans d'où l'on descendit la Loire sur de grandes barques aménagées. Le temps de ces premiers jours de juin était délicieux et, en dépit du puissant appareil guerrier qui rejoignait la ville ducale par voie de terre – et ne laissait aucun doute sur l'intention du Roi de prévenir la révolte de son demi-frère ! –, la Reine et Mme de Chevreuse y prirent un certain plaisir. Et pour la meilleure des raisons : Richelieu n'était pas du voyage. Malade, il gardait le lit dans son château de Limours non loin d'Etampes.

Son absence ravissait aussi le comte de Chalais, obligé de suivre le Roi de par sa fonction de Maître de la Garde-Robe. Cela lui permettait de reporter à plus tard le projet d'assassinat dont Marie l'avait investi et il en éprouvait un soulagement. La santé du Cardinal n'étant guère plus solide que celle de Louis XIII, on pouvait même rêver de le voir partir pour un monde meilleur sans le secours d'un quelconque estafier. Ce qui serait un vrai cadeau du Ciel !

Quand on fut à Blois, il fallut bien constater que

Louis XIII savait faire preuve de poigne sans l'assistance d'un ministre qui cependant semblait lui être devenu cher. Par deux fois, le Cardinal avait offert sa démission. Par deux fois elle avait été refusée. La seconde fois par une lettre ne laissant aucun doute sur la détermination royale à le protéger :

« Mon cousin, j'ai vu toutes les raisons qui vous font désirer votre repos que je désire avec votre santé plus que vous pourvu que vous le trouviez dans la conduite principale de mes affaires. Tout, grâce à Dieu, y a bien succédé depuis que vous y êtes et j'ai toute confiance en vous...

« Ne vous amusez point à tout ce qu'on vous en dira, je dissiperai toutes les calomnies que l'on saurait dire contre vous... Assurez-vous que je ne changerai jamais et que quiconque vous attaquera vous m'aurez pour second. »

Ce fut au lendemain de l'arrivée au château que prit fin l'illusoire euphorie du voyage. Ce jour-là, après avoir entendu la messe dans la chapelle du donjon [1], Louis alla saluer sa mère avec laquelle il s'entretint un moment puis partit pour une chasse au sanglier.

Les paroles échangées avec son fils procurèrent sans doute un vrai plaisir à la Florentine car elle se hâta d'en faire part à sa bru :

— La mansuétude de votre époux me charmera toujours, ma fille, lui dit-elle. Alors que le duc de Vendôme s'efforce de soulever la Bretagne contre lui et qu'au Temple, le Grand Prieur ne cache pas sa sympathie pour les ennemis du royaume, il leur offre la paix avant même que les armes aient parlé ! C'est la marque d'une grande âme, ne trouvez-vous pas ?

— Certes, madame, mais comment le Roi l'entend-il ?

1. Il ne reste presque rien de l'appareil féodal primitif.

— Des messagers sont partis l'un pour Rennes, l'autre pour Paris afin d'inviter les Vendôme à venir prendre langue avec lui et d'essayer de s'entendre. Une guerre est toujours un malheur et vous savez combien mon fils est économe du sang de ses soldats comme de celui de son peuple... Les Vendôme sont de vos amis, je crois ?...

— C'est beaucoup dire ! A l'exception de la duchesse Françoise qui est la meilleure créature et la plus aumônière de la terre, je n'ai guère eu l'occasion de rencontrer le Duc, ni d'ailleurs le Grand Prieur !

— Eh bien, voilà un regret que vous n'aurez plus puisqu'ils vont venir ici... Le cadet surtout devrait avoir des choses à nous dire...

Comme d'habitude, après avoir craché quelques gouttes de son venin, la Reine-mère repartit de son pas lourd qui faisait craquer les parquets des palais royaux. Un silence suivait généralement ses départs, mais Marie ne laissa pas s'éterniser celui-là. Elle haussa les épaules et se mit à rire :

— Quand je pense qu'elle est persuadée de nous faire énormément de peine ! Le duc César se gardera de quitter sa Bretagne. Quant à son frère, je lui ai fait porter une lettre...

Et pourtant, trois jours plus tard Alexandre de Vendôme arrivait à Blois. En dépit de l'avertissement donné par Mme de Chevreuse, il n'avait pu résister à l'appât tendu par Richelieu du fond de son lit : une possibilité d'obtenir la survivance de l'Amirauté laissée vacante par un Montmorency.

L'accueil qu'il reçut n'avait rien d'inquiétant. Le Roi se montra sinon aimable – il ne fallait tout de même pas lui en demander trop ! –, du moins très courtois, et s'étonna que César de Vendôme n'eût pas répondu lui aussi à son invitation :

— Il peut venir à Blois, dit-il. Je vous donne ma parole qu'on ne lui fera pas plus de mal qu'à vous-même.

Fort de cette assurance, le Grand Prieur, l'œil rivé sur l'Amirauté, adjura son aîné de le rejoindre pour en discuter. Il était indispensable, en effet, que César abandonne ses propres prétentions au commandement suprême de la Marine guigné par lui depuis longtemps. N'était-ce pas la charge idéale pour le maître de la Bretagne, cette terre de marins ? Et Alexandre de Vendôme fit tant et si bien qu'en dépit de sa méfiance et de sa haine pour Louis XIII – n'était-il pas le premier fils d'Henri IV ? – César, arrogant et superbe à son habitude, fit son entrée à Blois.

Il avait alors trente ans et c'était un homme magnifique. Grand, blond, avec une carrure d'athlète, il tenait du Béarnais son regard bleu et son nez bourbon mais, en dehors de la bravoure, pas grand-chose de son caractère et surtout pas sa passion des femmes : quoiqu'il eût fait trois enfants à Françoise de Lorraine, son épouse [1], son goût prononcé pour les jeunes hommes et même les adolescents était connu. Comme sa violence, son orgueil et son manque total de diplomatie qu'il remplaçait par la ruse. Ainsi, après avoir clamé qu'il espérait ne jamais revoir son frère qu'en peinture, crut-il de bonne guerre d'afficher un sourire épanoui en abordant le Roi pour l'assurer de son obéissance.

— Mon frère ! s'écria Louis. J'étais en impatience de vous voir.

Ce n'était visiblement pas le cas de Marie de Médicis pour qui les enfants de Gabrielle d'Estrées, dont elle exécrait la mémoire, étaient absolument infréquentables et elle s'enferma chez elle pendant la durée de leur séjour au château.

1. Voir le tome 1 de *Secret d'Etat* : *La Chambre de la Reine.*

Sa patience à dire vrai ne fut pas mise à trop longue épreuve. Dans la nuit du lendemain, à trois heures du matin, M. Du Hallier et le marquis de Mauny arrêtaient les deux Vendôme au nom du Roi, puis, par le fleuve et sous forte escorte, les conduisaient au château d'Amboise d'où ils iraient ensuite retrouver les d'Ornano à Vincennes.

Leur arrivée à Blois avait plongé Marie dans l'inquiétude ; leur mise sous les verrous l'épouvanta. D'autant plus qu'elle apprit presque en même temps la venue prochaine de Mlle de Montpensier. Il était urgent de faire quelque chose en profitant peut-être de l'absence du Cardinal qui n'avait toujours pas rejoint le Roi mais qui sans doute ne tarderait guère. Louis XIII lui avait en effet écrit :

« Mon cousin, ayant trouvé bon de faire arrêter mes frères naturels le duc de Vendôme et le Grand Prieur pour bonnes et grandes considérations à mon Etat et repos de mes sujets, j'ai bien voulu vous en donner avis et vous prier de vous rendre près de moi le plus tôt que votre santé le pourra permettre. Je vous attends en ce lieu et prie Dieu de vous savoir toujours, mon cousin, en Sa sainte protection. »

Marie estima donc qu'il était temps pour Chalais de se remettre à l'ouvrage. Cela lui serait facilité d'autant plus que Monsieur, fort mécontent que l'on veuille mettre sa « fiancée » quasiment de force dans son lit, recommençait à faire la mauvaise tête. Pour en sortir il n'y avait qu'un seul moyen : enlever Gaston quand il était encore temps et lui faire quitter la France...

A sa surprise, son amoureux essaya de la décourager. Au fond, ce mariage n'était pas si grave, même si un enfant venait à naître. D'abord rien n'assurait que ce serait un garçon et en outre le Roi qui semblait avoir recouvré la santé aurait largement loisir d'en faire un à sa femme : il la rejoignait presque chaque soir...

Marie ne riposta pas sur le coup, elle était trop fine pour n'avoir pas compris ce que cachait cette soudaine sagesse : Chalais avait écouté le chant d'une sirène nommée Richelieu qui avait dû lui promettre monts et merveilles ! Et comme il ajoutait :

— De toute façon, je ne vois pas comment nous pourrions dès à présent nous mettre à la traverse : le Roi vient d'envoyer le marquis de Fontenay avec une escorte de cinquante chevau-légers chercher Mlle de Montpensier à Paris. Dès qu'elle sera là, le mariage sera chose faite !

— Et cela vous suffit ? Pourquoi pas finalement ? Je peux m'en contenter. De même il faudra que vous vous contentiez, vous... de me saluer de loin... et sans jamais plus m'adresser la parole. Sinon, c'est en public et non plus dans une lettre discrète que je vous traiterai de lâche !

— Vous me chassez ?

— A votre avis ? N'êtes-vous pas en train de me trahir ?

— En aucune façon. Nous nous heurtons à des difficultés insurmontables, et dans l'instant, persévérer serait folie. Ce n'est pas une raison pour nous brouiller. Par pitié ! Vous savez l'étendue de mon amour !

— Alors prouvez-le au lieu de bêler autour de mes jupes ! Soyez un homme, mille tonnerres ! Peut-être à ce moment redeviendrai-je une femme pour vous ! Encore que... non ! Disons-nous adieu et allez servir platement votre cher Cardinal ! Je n'aurai nulle peine à vous remplacer... A tous égards !

— Non, je vous en prie ! Pas cela !... Donnez-moi encore une chance ! Je verrai Monsieur... Il m'écoute et nous pouvons je crois le convaincre de refuser, même maintenant, le mariage jusqu'à ce que nous ayons fait le nécessaire pour sa fuite car il ne faut pas nous leurrer : l'issue en sera qu'il va être contraint d'épouser Mlle de Montpensier...

— Alors mettez-vous à l'ouvrage et, pour vous encourager...

Elle s'approcha de lui, mit ses bras autour de son cou et lui donna un long baiser. Un moment il l'eut tout entière contre lui, des lèvres aux genoux, et ce contact, ce parfum dont elle usait lui mirent le sang en ébullition, mais elle glissa de ses bras avant qu'il ait eu le temps de les refermer sur elle...

— Plus tard ! chuchota-t-elle. Je saurai vous récompenser, soyez-en certain, et plus encore que vous ne pouvez l'imaginer...

Chalais, une fois de plus, s'en alla voir Gaston d'Anjou.

Les circonstances servirent un moment les plans de Marie. Le Cardinal, pâle mais ferme sur ses jambes, ayant rejoint le Roi, celui-ci décida de se rendre à Nantes afin d'y présider les Etats de Bretagne et de juger par lui-même du degré de rébellion où l'avait amené César de Vendôme : il ne voulait pas laisser derrière lui un abcès qui ne fût pas complètement vidé. Le mariage de Gaston aurait lieu là-bas, voilà tout ! La fiancée d'ailleurs avait pris du retard et n'aurait qu'à suivre. Cela laissait du temps à Marie et à la poignée de gentilshommes encore sur la brèche pour monter et exécuter un plan. La médaille cependant avait son revers : la distance pour sortir du royaume serait plus longue de Nantes que de Blois... à moins de partir par la mer ?

Le cortège royal quitta donc Blois le 27 juin. Marie et la Reine avaient repris courage, Chalais semblait avoir retourné Monsieur comme prévu : le Prince faisait un caprice, jurant à qui voulait l'entendre que, à la réflexion, il avait de moins en moins envie d'épouser

Montpensier si cousue d'or qu'elle soit ! Il avait entendu dire qu'elle était de faible santé et ce n'était pas l'épouse qu'il lui fallait.

Le 29 on arrivait à Saumur. C'est là qu'eut lieu un incident qui allait bouleverser une fois de plus le fragile édifice que Marie s'acharnait à construire autour d'Anne d'Autriche.

Louvigny avait pris avec bonne humeur l'histoire des lettres échangées. Il avait remis à Chalais celle qui lui revenait de façon discrète et en riant énormément : il ne fallait pas prendre au sérieux les injures d'une femme en colère, les campagnes de guerre accomplies par son ami le mettant à l'abri de l'accusation de lâcheté. En revanche il aurait aimé savoir ce que Mme de Chevreuse lui écrivait à lui. Chalais répondit, avec désinvolture, que c'était un billet sans importance dont il ne savait, à la réflexion, ce qu'il en avait fait : la Duchesse avec infiniment d'amabilité lui demandait de l'excuser de ne pouvoir, à ce moment, lui accorder l'entretien privé qu'il espérait. Il s'était ensuite hâté d'en avertir Marie qui ne l'avait pas démenti. Les déplacements continuels de la Cour, à ces moments-là, donnaient quelque crédibilité à cette version que Louvigny accepta. Ou du moins parut accepter sans pour autant cesser de courtiser Marie...

— Qui ne tente rien, n'obtient rien, confia-t-il à Chalais. Elle vous accorde ses préférences mais elle peut changer d'idée. Sans pour autant faire tort à notre amitié...

Or, cette « amitié », un incident allait lui permettre de la mettre à l'épreuve sur un autre terrain : celui des armes.

Le soir de l'arrivée à Saumur, Louvigny se prit de querelle avec le duc de Candale, fils aîné du duc d'Epernon, et naturellement on décida de la vider sur le pré. Aussitôt François de Montmorency-Bouteville se proposa comme second de Candale. C'était le duelliste le plus impénitent du royaume : plus de vingt fois il avait violé les édits et il ne voulait pas manquer pareille fête. Mais s'il y avait un second pour Candale il en fallait un pour Louvigny. Celui-ci vint demander à Chalais de remplir ce rôle. Or Chalais refusa net. Et comme Louvigny s'étonnait avec un rien de mépris de ce refus, le jeune homme expliqua : il ne pouvait combattre Bouteville qui lui avait récemment rendu un service en tuant un certain Pontgibault qui se mêlait de poésie gauloise et s'en était pris à son épouse que l'on savait de mœurs légères en chantonnant :

Pontgibault se vante
D'avoir vu la fente
De la comtesse d'Alais
Qui aime fort les ballets
Et dit qu'elle est plus charmante
Que celle de la Chalais.

La colère de Bouteville s'expliquait par le fait qu'il était l'amant de la dame et sans même en avertir le mari, il avait proprement embroché l'insolent sur le Pont-Neuf, au sortir d'un cabaret. A la suite de cet éclat le héros avait pris le large pendant un certain temps mais il était revenu en France, fermement décidé à ne remettre que rarement son épée au fourreau.

Louvigny ne fut pas sensible à l'argument :

— C'est vous qui auriez dû tuer Pontgibault et maintenant vous devriez tuer Bouteville pour avoir usurpé ce qui vous revenait ! Je vous en offre l'occasion.

— Non, pardonnez-moi ! Nous sommes devenus amis et je l'aime bien.

— Et notre amitié, vous y pensez ?

— J'y pense mais essayez de comprendre !

— Quoi ? Que vous refusez de combattre votre rival après lui avoir permis de laver dans le sang l'honneur de votre femme ? Vous cherchez simplement à rompre notre amitié mais soyez tranquille, je vais moi aussi changer d'ami et de parti !

Louvigny trouva un autre second et le duel se termina sur une égratignure reçue de part et d'autre. S'entre-tuer presque sous le nez du Cardinal eût été de la folie pure. Le 3 juillet tout le monde entrait à Nantes sur les talons du Roi qui s'en alla présider les Etats de Bretagne... aux acclamations d'une foule beaucoup moins attachée à César de Vendôme que celui-ci ne le supposait. Il avait, il est vrai, la main plutôt rude !

Un nouveau gouverneur fut nommé. C'était le maréchal de Thémines, un homme respectable. Cette nomination était entièrement à l'honneur du Cardinal : il avait lui-même proposé le Maréchal, faisant fi de la douleur profonde que lui avait causée la mort de son frère aîné, Henri du Plessis de Richelieu, tué en duel par le frère de Thémines[1]. L'exécration du Cardinal pour ces combats singuliers parfois stupides et parfois aussi semblables à des assassinats déguisés était née de ce deuil jamais oublié.

La Bretagne ainsi rentrée dans l'ordre, le Roi revint à ses propres affaires : il s'agissait de conclure, bon gré, mal gré, le mariage de Gaston. Le Parti de l'Aversion réduit à Marie, Chalais, le prince et deux ou trois gentilshommes[2], sentit que c'était perdu d'avance si l'on ne frappait pas un grand coup : Monsieur et Chalais devaient fuir le plus vite possible. En effet, devant

1. Le Maréchal devait mourir l'année suivante à Auray.

2. La Louvière, Bois d'Annemets, Puylaurens et quelques autres.

la nouvelle résistance du Prince, Richelieu s'était entretenu une fois encore avec ledit Chalais qui ne savait plus à quel saint se vouer : il avait cru astucieux de jouer sur plusieurs tableaux mais il allait tout perdre, et prendre le large avec son prince était la seule issue qui lui restât.

Marie s'activa. Un premier projet de fuite vers La Rochelle fut rejeté comme trop aléatoire : la ville était toujours au pouvoir de protestants. On se décida pour la Lorraine. Au jour choisi – le 10 juillet – Gaston, Chalais et deux compagnons quitteraient Nantes dans la lumière du matin mais sur de solides coureurs, sous le prétexte d'une excursion à Ingrandes. Arrivés là on ferait savoir au Roi que Monsieur ne se sentait plus en sûreté à Nantes et se retirait à Blois, chez sa mère. Mais, au lieu de s'y installer, on partirait à francs étriers pour Chartres puis pour Paris d'où l'on gagnerait Metz ou Sedan bien que l'on n'ait pas reçu réponse des gouverneurs. En Lorraine on serait à l'abri...

Le 9 juillet, la Reine et ses dames commençaient à peine leur journée quand la nouvelle passa sur elles comme un ouragan : au lever du jour Chalais avait été saisi dans son lit par le capitaine des gardes et conduit à la prison du Bouffay. Elle laissa Marie sans voix et la Reine presque sans connaissance.

Cependant, elles se rassurèrent un peu en apprenant que Monsieur venait de sortir pour faire une promenade dans la campagne et chasser comme si de rien n'était. Il n'en était pas moins gardé à vue. Que s'était-il donc passé ?

Simplement que Louvigny n'avait pas perdu de temps pour se venger : il s'était empressé de dire au Roi que Monsieur et Chalais complotaient non seulement l'assassinat de Richelieu mais aussi du Roi lui-même... afin que la Reine puisse épouser Monsieur.

Le coup fut rude pour Louis XIII qui n'avait jamais réussi à démêler ce qu'il y avait de vrai dans les bruits contraires qu'il recevait et surtout n'imaginait pas un instant que l'on pût vouloir attenter à sa vie pour donner son épouse et sa couronne à son frère. Le plus insupportable était : jusqu'à quel point Anne d'Autriche trempait-elle dans le complot ?

Ses soupçons se renforcèrent à l'audition de Monsieur, interrogé par le Cardinal avec le doigté nécessaire. Terrifié à l'idée de ce qui pourrait lui arriver, appâté d'autre part par la promesse d'un bel apanage s'il se laissait enfin marier, Gaston, fidèle à son égoïsme ainsi qu'à l'incurable lâcheté qui allaient jalonner sa vie d'une longue suite de conspirations et d'abandons de ses complices, les livra à peu près tous, éclaboussant les d'Ornano, les Vendôme, Chalais, d'autres membres du Parti de l'Aversion, sans oublier la Reine. Ce qui était un comble car une seule échappa à sa liste : celle qui, justement, était la plus coupable : Mme de Chevreuse sur laquelle il ne dit pas un mot. Bien entendu, il accepta de se marier d'autant plus volontiers qu'il recevrait à cette occasion les duchés de Chartres et d'Orléans, le comté de Blois qui lui assureraient cent mille livres de rente, plus une pension de cinq cent soixante mille livres qui, ajoutées aux revenus de la fiancée, feraient de lui l'homme le plus riche du royaume. Le Roi pensait étouffer sous ses bienfaits jusqu'à la plus petite velléité de sédition...

Pour cette fois, du moins, il pouvait être tranquille. Gaston désormais d'Orléans était fermement décidé à se marier. Vainement Marie et la Reine essayèrent-elles de le détourner, allant même jusqu'à le supplier à genoux. Il resta solide sur ses positions. Si le duc d'Anjou avait regardé amicalement et encouragé le Parti de l'Aversion, le duc d'Orléans, lui, ne voulait plus en entendre parler. Que ses anciens complices s'arrangent comme ils voudraient des conséquences de leurs actes !...

Dans sa prison cependant Chalais, d'abord abasourdi par son arrestation et l'accusation d'avoir comploté la mort du Roi – la pire de toutes ! –, passait son temps à protester de son innocence et à écrire des lettres enflammées à Marie pour lui demander son aide :

« Ce n'est pas à cette heure que j'ai reconnu de la divinité dans vos beautés mais bien commençai-je à apprendre qu'il faut vous servir comme une déesse puisqu'il ne m'est pas permis de vous faire savoir mon amour sans courre fortune de la vie. Prenez-en donc soin puisqu'elle vous est en tout dédiée et dites à ce compagnon de mes malheurs qu'il vous souviendra quelques fois que je suis le plus amoureux des hommes !... »

Déjà suspecte et fort inquiète de son sort à venir, Marie jugea plus prudent de ne pas lui répondre. Son silence déchaîna la colère du prisonnier. Dans les interrogatoires qu'il subit, d'abord du Commandeur de Valençay, son oncle, et du marquis d'Effiat, du Chancelier de Marcillac, et même de Richelieu en personne, il commença par faire des allusions au rôle que Mme de Chevreuse avait joué auprès de lui, puis comme elle ne réagissait toujours pas, il l'accusa carrément, parlant d'elle en termes de plus en plus méprisants et dénonçant ses projets, ses intrigues...

Le duc de Chevreuse, lui, ne s'était pas encore manifesté mais il avait envoyé le fidèle Bautru afin que celui-ci pût dispenser à son épouse ses sages conseils. Le premier qu'il lui donna fut de demander audience au Cardinal pour intercéder en faveur de Chalais : plus elle le disculperait et moins elle-même serait chargée. L'idée révoltait l'orgueil de Marie mais elle finit par s'y résoudre et alla au château de Beauregard où Richelieu s'était installé.

Il la reçut avec sa courtoisie habituelle. C'était toujours un tel régal pour les yeux que la contempler ! Il la laissa parler pendant un moment, plaidant pour ce « malheureux Chalais » l'irresponsabilité.

— Ce n'est pas un homme, c'est une girouette qui tourne à tous vents, expliqua-t-elle. Comment Votre Eminence pourrait-elle croire que j'aie pu bâtir sur lui une quelconque intrigue, surtout visant le Roi ? Il faudrait que je fusse aussi folle que lui. Ce n'est pour moi qu'un ami, charmant d'ailleurs et que j'apprécie...

Le regard du Cardinal se chargea d'ironie :

— Il semble vous apprécier aussi... mais de façon différente ! Il dit que vous êtes coquette, cruelle, vénale, intrigante, que vous ne songez qu'à vous-même, que vous avez voulu l'entraîner dans une aventure insensée...

Il égrenait les mots injurieux d'une voix paisible, avec un demi-sourire, tout en guettant sur le visage mobile de sa visiteuse les progrès de la colère... Elle écoutait, les yeux agrandis, le souffle plus court... Alors il poursuivit :

— ... mais que grâce à Dieu, il vous avait percée à jour et qu'il a fait semblant d'entrer dans vos vues.

— Il a fait semblant ?...

Le Cardinal s'attendait qu'elle éclate en imprécations mais ce fut de rire. Et c'était un vrai rire, moqueur, si joyeux qu'il désarçonna Richelieu parce qu'il semblait ne plus pouvoir s'arrêter et mit les larmes aux yeux de Marie.

— Je ne pensais pas que vous trouveriez cela si amusant ! Il faut aussi vous préciser qu'il vous accuse de l'avoir poussé au régicide..., assena-t-il.

Le rire s'arrêta net. Marie prit un mouchoir pour essuyer les larmes de ses yeux.

— Vous avez raison, Monsieur le Cardinal. Et je n'en ai plus la moindre envie ! Pas plus que je n'avais envie de prendre pour amant un homme de si peu de sens ! Il ne cessait de m'en prier pourtant et, comme je me suis toujours refusée à lui, il se venge, tout simplement ! Parlons franc, Monseigneur ! Je n'ai jamais caché l'éloignement que m'inspirait le projet de mariage de Monsieur, mais uniquement parce qu'il faisait souffrir la Reine à qui je suis entièrement dévouée parce qu'elle est bonne, malheureuse et mérite qu'on l'aime...

— A merveille ! Le meilleur moyen de la rendre heureuse ne serait-il pas de la débarrasser d'un époux qu'elle n'aime pas ?

— Le meilleur moyen serait que notre sire se décide à lui faire un enfant, ce qui, depuis un moment déjà, me paraît le cadet de ses soucis. Que la Reine devienne enceinte et Monsieur pourra bien épouser qui il voudra ! Avant de s'en prendre aux autres le Roi devrait commencer par s'interroger... et se chercher un médecin qui ne le mène pas aux portes de la mort à tout bout de champ ! Songez-y, Monseigneur ! Un dauphin balaierait cet amoncellement de nuages et serait votre meilleure assurance pour l'avenir.

— Vous n'aimez pas le Roi, madame de Chevreuse !

— Est-ce qu'il m'aime, lui ? C'est vrai, je n'en fais pas mystère mais là aussi c'est sa faute... Au temps où j'étais Mme de Luynes, j'étais son amie préférée, au point que la Reine fut jalouse de moi. Et de mon côté j'avais de la tendresse pour lui. Ce n'est pas moi qui me suis détournée, Dieu m'en est témoin !

— Une cruelle déception sans doute pour qui rêve de devenir la favorite !

— Et pourquoi pas ? s'écria Marie avec orgueil.

Une favorite n'est pas fatalement une catastrophe pour le royaume comme le fut la marquise de Verneuil. Je lui aurais au moins appris comment s'y prendre avec une femme pour que la sienne ne considère pas le lit conjugal comme un instrument de torture !

Ce fut au tour du Cardinal de laisser échapper un éclat de rire.

— Vous avez réponse à tout, Madame la Duchesse, mais revenons à Chalais... et à ses accusations !

— Comment puis-je y répondre ? Il est fou et accuserait n'importe qui... la Reine elle-même afin d'échapper à sa prison ! Interrogez Monsieur ! Il vous dira que j'ai fait de mon mieux pour le retenir d'épouser Mlle de Montpensier mais rien d'autre. Il aime son frère et n'aurait pas toléré que l'on évoque seulement le moindre attentat.

Richelieu avança sa lèvre inférieure en une moue dubitative mais ne fit pas de commentaire :

— Chalais dit aussi, et je le cite, que vous êtes « enragée contre ma personne ». Que vous vouliez qu'il me tue.

— Toujours ses exagérations ! Admettez cependant que je n'ai aucune raison de vous porter dans mon cœur ! Vous avez chassé l'homme que j'aime, vous êtes l'ennemi des Grands dont je suis et vous combattez notre Saint-Père le Pape ! Non, je ne vous aime pas et je voudrais vous voir écarté du pouvoir mais la vie m'est trop précieuse pour que je souhaite l'ôter à qui que ce soit... C'est si beau la vie !

— Quand on est jeune et belle, je veux bien vous croire ! Chalais doit partager votre opinion... et il risque de la perdre !

Mise aussi brutalement en face de la réalité, Marie sentit un pincement au cœur :

— Ce serait inutilement barbare de l'en priver. Ce

malheureux n'est qu'un inconséquent dont la plus grande faute est, pour ce que j'en sais, d'avoir voulu plaire à chacun ! Quant à frapper le Roi, il en serait incapable : il faut un rude courage pour supporter l'idée d'être tiré à quatre chevaux. Et ce courage il ne l'a pas...

Dans les jours qui suivirent Chalais apporta de l'eau au moulin de Marie en se comportant vraiment comme un insensé. Quand il n'écrivait pas des lettres injurieuses à la Duchesse, il s'abandonnait à un sombre désespoir. Il ne se lavait plus, laissait pousser sa barbe, arpentait sa prison en poussant des cris affreux, hurlant qu'il était « pis que damné et voudrait être en enfer avec ses pareils ». M. de Lamont, exempt de la Compagnie écossaise des gardes du corps commis à sa surveillance avec six de ses hommes, voulut le raisonner :

— Au nom de Dieu, monsieur, souvenez-vous que vous êtes dans la communion des chrétiens !

— Foutre que le christianisme ! hurla-t-il. Je suis certainement en état d'être sermonné alors que je me sens disposé à faire comme les Romains : à m'empoisonner, à me casser la tête contre les murs, à me détruire !

— Songez à ce que vous dites ! Il n'y a pas de Paradis pour ceux qui se tuent eux-mêmes !

— Eh, que me parlez-vous du Paradis ? Je vous dis que je veux aller en Enfer !... D'ailleurs, j'y suis déjà.

— Alors de quoi vous plaignez-vous ?

Pendant ce temps une scène violente mettait aux prises Anne d'Autriche et son époux en présence de l'inévitable belle-mère. La Reine avait « reçu l'ordre » de se rendre chez le Roi et là, elle ne trouva pour s'asseoir qu'un tabouret alors qu'elle aurait dû prendre place dans un fauteuil, comme les deux autres... Elle eut un haut-le-corps en le voyant et le repoussa du pied avec dédain, choisissant délibérément de rester debout en face du Roi qui faisait les cent pas. Du coup, celui-ci s'assit composant ainsi avec sa mère un semblant de tribunal. Ce qui la blessa. Cependant Louis attaquait :

— Vous avez à répondre devant nous de vos actes, madame, et même de vos pensées. Voilà des mois que vous ne cessez de comploter contre moi et contre le royaume, vous la reine de France !

— C'est faux ! Je n'ai jamais rien fait qui puisse nuire au royaume ni à vous, sire !...

— En personne sans doute mais vous aviez partie liée avec le maréchal d'Ornano, avec le duc de Vendôme et le Grand Prieur qui sont à présent à Vincennes.

— Souhaiteriez-vous m'y envoyer ? En ce cas n'hésitez pas et voyez le bel effet que cela produira sur les cours étrangères, singulièrement celle d'Espagne où mon frère...

— A votre place j'éviterais d'en parler. J'ai signé la paix avec Philippe IV et ne m'en dédis point, mais il est roi et comme tel ne saurait approuver vos intentions criminelles. Oseriez-vous nier que vous vouliez me voir mort afin d'épouser Monsieur ?

— Epouser Monsieur ?

Elle eut un léger rire très insultant, puis avec un mépris suprême :

— J'aurais trop peu gagné au change !

La mère de Gaston prit feu instantanément :

— Voyez-moi l'insolente ! Que croyez-vous donc être pour vous permettre de mépriser un fils de France ? Vous auriez été trop contente de lui donner votre main afin de conserver la couronne si les plans criminels de vos amis avaient atteint leur but ! Vous devriez avoir honte...

— C'est vous qui devriez avoir honte, méchante femme que vous êtes ! Depuis que nous sommes mariés, le Roi et moi, vous n'avez jamais cessé de vous mêler de ce qui ne vous regardait pas et, surtout, de mettre la discorde entre nous parce que vous ne supportiez pas de me laisser la première place comme il convient quand on est l'épouse d'un Roi ! Restez à la vôtre, madame, et tant que vous y êtes, emmenez donc avec vous ce mauvais prêtre, ce Richelieu dont on peut se demander s'il est vraiment chrétien !

— Vous ne savez pas ce que vous dites, madame, coupa le Roi. C'est un mauvais système de défense que d'accuser autrui. Le Cardinal me sert et me sert bien.

— Il dresse contre vous votre noblesse, les autres souverains d'Europe, y compris le Saint-Père ! s'écria Anne en se signant rapidement. Et il fera tant et si bien qu'il ne vous restera bientôt plus que des domestiques parce qu'il veut vous isoler afin de vous tenir mieux à sa merci ! Et votre mère l'aide dans cette entreprise.

— Il suffit, madame ! Songez à répondre de ce que l'on vous reproche avant de vous occuper de ma politique. Avez-vous, oui ou non, souhaité ma mort et agi...

— Non, sire ! Jamais. Que Dieu m'en soit témoin !

Elle sortit sur ces dernières paroles sans attendre qu'on l'y invite et regagna ses appartements où Marie l'attendait. Ce fut en la retrouvant qu'Anne se souvint que son nom n'était pas venu une seule fois aux lèvres de Louis XIII ni de Marie de Médicis. Elle ne savait trop s'il fallait s'en inquiéter ou s'en réjouir – dans la situation où elle se trouvait, la présence constante de son amie lui était précieuse – mais de cette volonté de silence elle n'augurait rien de bon. Marie non plus :

— Le nom que je porte me protège peut-être, émit celle-ci, ou alors on attend d'avoir réuni contre moi assez de preuves pour m'accuser à coup sûr ?

— Peut-être devrais-je vous conseiller la fuite, ma chevrette, mais je vous avoue manquer de courage : votre présence en ce moment est mon seul réconfort...

— Même si vous l'ordonniez, madame, je ne fuirais pas. Ce serait avouer que j'ai quelque chose à me reprocher et que ce malheureux Chalais dit vrai !...

Le 5 août les fiançailles de Gaston d'Orléans et de Marie de Bourbon, duchesse de Montpensier, furent célébrées par le cardinal de Richelieu dans la chapelle de l'Oratoire de Nantes, sans le moindre faste et presque dans l'intimité, mais Mme de Chevreuse fut contrainte d'y assister ainsi qu'à l'écroulement définitif de ses plans. Le mariage eut lieu le lendemain, dans la chapelle des Minimes, toujours sous la houlette du Cardinal qui unit les époux et célébra la messe. Marie était encore là... bouillant d'une colère qu'il fallait bien ravaler.

Ce même 5 août, Louis XIII signa des lettres patentes instituant une chambre de justice criminelle chargée de juger Chalais. La Chambre se réunit le 11 août dans une salle du couvent des Cordeliers.

« Après les premières formalités d'usage, lecture fut donnée des pièces de la procédure. Le lendemain, le procureur général requérait ajournement contre diverses personnes pour les impliquer dans les poursuites, notamment Mme de Chevreuse, MM. de la Louvière, Bois d'Annemets, Puylaurens et quatre autres. La Chambre conformément à ces conclusions rendait un décret de prise de corps contre ces inculpés en réservant toutefois que le décret ne serait exécutoire qu'après avoir été contresigné par le Roi. Louis ne signa pas [1]... » Marie ayant déjà été interrogée par le

1. Louis Vaunois, *Vie de Louis XIII.*

Cardinal fut laissée libre mais avec interdiction de bouger du logis de la Reine qui devenait ainsi garante de son amie. Le 18 août, la Chambre rendait son arrêt : Chalais était condamné à mort. La sentence ordonnait que dès le lendemain, il serait décapité publiquement, que sa tête serait exposée au bout d'une pique sur la porte Sauvetout et que son corps, coupé en quatre, serait attaché à des potences dressées sur les principales artères de Nantes. En outre c'était la déchéance de noblesse pour sa postérité, déclarée « ignoble et roturière », la confiscation de tous ses biens marqués du sceau de l'infamie et ses bois abattus à hauteur d'homme...

La cruauté de l'arrêt vint à bout de l'orgueil de Marie. Elle s'écroula en larmes, d'autant plus amères qu'elle reçut une dernière lettre où le condamné lui demandait pardon de l'avoir accusée, insultée, vilipendée. Il devait en dire autant à ses juges, mettant sa colère sur le compte de sa jalousie : on lui avait assuré que Mme de Chevreuse le trompait. Alors, s'oubliant elle-même pour une fois, Marie demanda à être reçue par le Roi. Il lui fut répondu qu'elle devait s'estimer heureuse de n'être pas contrainte à assister à l'exécution et que l'on s'occuperait d'elle ensuite.

Cependant, depuis l'arrestation, la mère et l'épouse de Chalais, Charlotte de Castille, enceinte et près d'accoucher, étaient arrivées à Nantes et prenaient logis dans le village de Boispréau. La sentence les accabla. Dans un mouvement de désespoir, la princesse de Chalais fit tenir au Roi une lettre déchirante :

« Sire, je vous demande les genoux en terre la vie de mon fils. Que cet enfant que j'ai élevé si chèrement ne soit pas la désolation de ce peu de jours qui me restent. Je vous l'ai donné à huit ans : il est le petit-fils du maréchal de Montluc et du président Jeannin.

Les miens vous servent tous les jours... Hélas, que ne mourut-il pas en naissant, ou du coup qu'il reçut à Saint-Jean ou en quelque autre péril où il s'est trouvé pour votre service !... »

La douleur de cette femme toucha le Roi. Il savait qu'elle s'était ruinée aux trois quarts pour offrir à son fils la charge de Maître de la Garde-Robe, mais le complot contre la sûreté de l'Etat était patent – Chalais avait tout avoué et à plusieurs reprises – même si l'accusation d'intention régicide n'était pas prouvée. La grâce totale était impossible comme était impossible aussi de s'en prendre à Gaston. Le fils du prince de Chalais était d'assez haute noblesse pour que sa mort serve d'exemple. La peine capitale fut maintenue, mais tous les à-côtés infamants furent supprimés : le jeune fou serait seulement décapité et son corps rendu à sa famille qui conserverait titres et biens.

La nuit qui précéda l'exécution commença dans l'angoisse pour Marie toujours enfermée chez la Reine mais qui s'attendait, après la mort de son malheureux amoureux, à être arrêtée pour aller vers quelque sinistre destin. Son époux ne s'était pas manifesté. S'il l'abandonnait, elle était perdue...

Un peu d'espoir pourtant lui vint. Vers minuit, Mme du Fargis apportait, à la Reine et à elle-même, un message verbal de Monsieur : aidé par quelques amis de Chalais, il avait fait enlever le bourreau de Nantes. Jusqu'à ce qu'on le retrouve ou que l'on en fasse venir un d'une autre ville, il y aurait un délai que l'on pourrait mettre à profit pour tenter de fléchir le Roi ou pour faire évader le condamné.

Ensemble, la Reine et la Duchesse allèrent s'agenouiller devant la statue de la Vierge pour remercier de ce répit qui leur arrivait. Le bruit des marteaux de charpentiers en train de monter l'échafaud leur parut moins insupportable. Elles purent même trouver quelques instants de sommeil...

L'exécution devait avoir lieu au coucher du soleil. La journée se traîna dans les appartements d'Anne d'Autriche. Le Roi, après avoir entendu la messe à l'Oratoire et rendu visite à sa mère, était parti sur une galiote pour chasser à Bougon. Quant à Monsieur, il se rendit à Châteaubriant vers la fin de l'après-midi. Ce qui était normal, ni l'un ni l'autre ne devant assister à la mise à mort. On en conclut cependant chez la Reine que l'absence du bourreau y était pour quelque chose.

Néanmoins, vers la fin du jour, deux compagnies de gardes vinrent prendre position sur la place du Bouffay proche du château et de la prison afin de contenir la foule qui s'amassait. Sur l'échafaud tendu de noir, un homme vêtu de rouge attendait, appuyé sur une grande épée... Pourtant le glas se mit à sonner quand le prisonnier, les mains liées devant lui et tenant un chapelet dont il baisait le crucifix de temps en temps, suivi du supérieur des Minimes le père des Roziers, se mit en marche vers l'appareil de mort... Pour ceux qui avaient enlevé l'exécuteur et qui étaient certains de le détenir, c'était incompréhensible et, près de l'affolement, ils cherchaient en vain une explication.

Elle était simple et tenait tout entière dans l'inflexible volonté de Richelieu pour qui cette mort devait être un exemple : on avait offert sa grâce à un prisonnier qui devait être pendu trois jours après s'il se chargeait d'exécuter Chalais. C'était un vigoureux cordonnier condamné pour meurtre. Et comme la grande épée du bourreau avait disparu avec le titulaire, on en trouva une de la même taille dans le régiment des suisses. Voilà pourquoi, à l'heure dite, un homme vêtu de rouge attendait...

Chalais marchait d'un pas ferme sans montrer la

moindre émotion. Son âme était en paix après avoir pardonné à ses ennemis, même à Louvigny le dénonciateur, et demandé une dernière fois pardon à Mme de Chevreuse de l'avoir accusée.

Arrivé sur l'échafaud, il ôta son pourpoint, laissa l'exécuteur lui couper les cheveux puis, tirant d'une poche son livre d'heures, il le donna au père des Roziers, après quoi il s'agenouilla pour une dernière prière, se laissa bander les yeux et dit au bourreau :

— Ne me fais pas languir !

Très droit, il attendit le coup qui aurait dû, assené par un homme habile, lui faire sauter la tête. Et ne fit que le blesser et le faire tomber sur le plancher où l'homme lui porta encore quatre coups. On entendit le malheureux crier :

— Jésus ! Maria !...

En fait le bourreau novice n'avait pas pensé à affûter l'épée qu'on lui avait donnée : elle ne coupait pas assez... Il réclama un autre instrument. On lui passa une doloire de tonnelier, à la suite de quoi, la tête de nouveau posée sur le billot, le sinistre apprenti eut besoin de vingt-neuf coups pour la détacher enfin du corps de sa victime que l'on entendit gémir jusqu'au vingtième. Encore n'était-il arrivé à l'achever qu'en le retournant sur la pièce de bois ! Les cordons de soldats avaient toutes les peines du monde à contenir la foule hurlante et déchaînée. Elle voulait égorger l'auteur de cette abominable boucherie qu'il fallut ramener à la prison pour lui éviter d'être mis en pièces. Cependant le corps du supplicié était placé dans un cercueil puis dans un carrosse qui attendait là et enfin conduit au couvent des Cordeliers pour y être inhumé...

La nuit tombait. Un personnage, qui de son carrosse de voyage avait assisté à cette abomination, donna ordre à son cocher de le conduire au château. Le duc de Chevreuse venait d'assister au massacre...

On n'ignora pas longtemps, chez la Reine, ce qui venait de se passer. La consternation, l'horreur s'abattirent sur le petit groupe de femmes qui y étaient réunies. Le choc fut si brutal que Marie s'évanouit tandis qu'Anne d'Autriche s'abîmait dans une intense prière à laquelle se joignirent Mmes de Lannoy, de Bellière, du Fargis, Dona Estefania et la Duchesse elle-même quand elle eut repris connaissance. Une sensation nouvelle s'emparait d'elle, une sorte de terreur proche de la panique. Dans les yeux des dames présentes – hormis la Reine consciente que tout cela avait été fait pour elle – Marie pouvait lire une accusation insupportable à son orgueil. De là une envie de fuir, de quitter ce cercle où elle se sentait étouffer, cette cité souillée du sang de ce pauvre garçon, victime à la fois de son manque de caractère et de l'amour insensé qu'il lui avait voué. Elle aspirait à retrouver l'air libre, les grands chemins avec leurs senteurs d'été et aussi Dampierre, ses jardins et ses eaux vives. Les reverrait-elle seulement un jour ? Après Chalais, la redoutable justice royale allait frapper les autres conjurés... à l'exception de Monsieur. D'Ornano[1], les Vendôme déjà incarcérés allaient-ils eux aussi perdre la tête ? Et aussi La Louvière, Puylaurens et Bois d'Annemets que l'on venait d'emprisonner ? Elle enfin, autant dire captive du cercle royal, que la haine du Roi ne tarderait guère à frapper sans doute et qui, peut-être, devait l'attirance trouble qu'elle inspirait au Cardinal de séjourner encore au château et non d'être dans une geôle ? Quant à la Reine, après ce qui venait de se passer, il était

1. Le Maréchal mourut dans sa prison le 2 septembre suivant... d'une rétention d'urine, mais on parla d'empoisonnement. Le Grand Prieur eut le même sort quelques mois plus tard, César fut banni.

plus que probable que sa brouille avec son époux serait définitive. On connaissait trop le Roi pour n'en pas conclure qu'il soupçonnerait sa vie entière Anne d'avoir souhaité sa mort. De là à la répudier, il pouvait n'y avoir qu'un pas ! Et Marie à cet instant se sentit plus proche d'elle que jamais, partagée qu'elle était entre son envie de prendre le large et une autre qui la poussait à demeurer auprès d'Anne afin de partager son sort.

La réponse vint le matin suivant avec l'apparition de Claude : il venait chercher sa femme qu'un décret royal frappait d'exil et dont il était désormais responsable... Aucune marque de sentiment sur son visage froid et fermé comme Marie ne l'avait jamais vu. Il devait ressentir cruellement le fait d'être éloigné du Roi en même temps qu'elle et de devenir en quelque sorte son geôlier, mais de cela Marie n'en avait cure : à l'énoncé de la sentence, elle entra dans une colère folle, prenant à partie Louis XIII et Richelieu qu'elle accabla d'injures :

— Le Roi n'est qu'un idiot et un incapable ! s'écria-t-elle. C'est une honte que ce faquin de Cardinal règne à sa place ! Mais je leur ferai bien voir qui je suis ! Je veux aller en Angleterre et j'y ferai traiter tous les Français comme on me traite moi-même...

— Vous n'irez pas en Angleterre, madame.

— Où alors ?

— Vous le saurez en temps utile. Veuillez vous hâter !

La séparation d'avec Anne fut pénible. Les deux femmes s'embrassèrent en pleurant. La Reine était hors d'elle de se voir enlever sa « chevrette ». A M. de Nogent qui lui avait porté l'avis officiel, elle jura, avec colère, qu'elle aimait mieux ne pas avoir d'enfant que d'être séparée de son amie et que le Cardinal aurait tôt ou tard à porter le poids de sa vengeance. On eut toutes les peines du monde à la calmer. Cependant il fallait obéir...

En regagnant son logis où elle n'était pas venue depuis plusieurs jours, Marie trouva ses bagages faits, Elen et Anna prêtes à partir mais ce fut en lui tendant sa mante de voyage qu'Elen lui fit ses adieux : elle avait choisi d'entrer aux Ursulines de Nantes et comme Marie toujours furibonde lui ordonnait de se tenir tranquille et de cesser de jouer les victimes, elle répondit :

— On m'attend au couvent et vous ne pouvez vous y opposer.

La froideur du ton doucha la colère de la Duchesse. Avec amertume elle remarqua :

— Depuis tant d'années je te croyais attachée à moi ! Il y a eu cette malheureuse affaire sans doute...

— Elle a plus d'importance que vous ne l'imaginez. Je ne veux plus servir une femme égoïste et cruelle qui a mené à la mort, froidement, un malheureux dont le seul tort était de l'aimer...

— Garde pour toi tes sermons de moralité ! Tu pourrais en avoir besoin...

— Oh ! sans aucun doute ! Je vais prier, madame ! Non pour vous mais pour que Dieu me pardonne de vous avoir trahie.

— Trahie ? Toi ?

— J'ai livré au Cardinal ce que j'ai pu savoir de vos relations avec M. de Chalais ! Je vais enfin être délivrée de vous car du fond de votre exil vous ne ferez plus de mal à personne !

— N'en sois pas trop sûre ! L'exil n'est pas la mort : on en revient !

Et elle sortit en haussant les épaules, outrée de ce qu'elle venait d'entendre.

Deux carrosses attendaient au pied de l'escalier :

celui du duc de Chevreuse près duquel il patientait avec M. de Nogent, et celui de Marie avec ses bagages sur le siège duquel était Peran, le chapeau enfoncé jusqu'aux sourcils, son visage massif dénué d'expression. En atteignant le bas des marches suivie d'Anna, la jeune femme se dirigeait vers lui quand son époux la retint :

— Vous montez avec moi. Votre chambrière seule prendra votre voiture.

Il fallut bien en passer par là. Le couple s'installa côte à côte et l'on partit. Marie remarqua alors qu'en dehors de Martin, le valet de son époux, celui-ci voyageait sans aucun autre membre de sa maison et comme un simple particulier. Elle lui en fit la remarque. Sans la regarder il répondit :

— Je suis arrivé hier pour voir le Roi et j'ai voyagé en hâte. Cela m'a permis d'assister au massacre de votre victime qu'on a osé faire périr sous un outil de tonnelier, lui, un Talleyrand-Périgord qui avait combattu vaillamment les protestants... Quelle infamie !

— Ma victime ? protesta Marie. Je n'étais pas seule dans ce complot destiné à sauver la Reine d'une possible répudiation...

— En tuant le Roi !

— Je n'ai jamais voulu le tuer ! Le Cardinal, oui parce qu'il est un malfaisant. Enfin, Claude, vous devez convenir que cet homme ne cesse de nuire à tout ce à quoi nous sommes attachés !

— Je ne dis pas le contraire et si cela peut vous réconforter sachez que je le hais ! Autant que j'aime le Roi... et je ne vous crois pas quand vous niez avoir comploté sa mort ! A présent plus un mot ! J'ai besoin de prier...

Marie se le tint pour dit et se rencogna dans ses coussins pour essayer de réfléchir. Chevreuse ne voulait pas lui dire où il la conduisait mais puisqu'il était responsable d'elle, que l'Angleterre lui était interdite et qu'en dehors de cette destination, Claude détestait l'idée de quitter la France, les choses étaient claires : il la ramenait chez elle ! Elle allait retrouver son cher Dampierre [1]. Cette idée la rasséréna un peu...

L'équipage allait passer la porte Sauvetout avec la lenteur exigée par l'étroitesse relative de l'ouverture quand une pierre franchit la portière et, lancée sans doute d'une main sûre, atterrit sur les genoux de la Duchesse qui poussa un cri. Chevreuse s'en empara, déroula le billet attaché dessus, le lut avant de le passer à sa femme :

— J'ai l'impression, dit-il gravement, qu'il vous faudra désormais prendre bien garde à vous !

Il y avait quelques mots et pas de signature :

« C'est toi qui as tué Chalais, maudite duchesse ! Un jour ou l'autre tu devras payer sa mort... »

Marie se sentit frémir. L'enchaînement trop rapide des derniers événements était en train de venir à bout de son courage et elle leva sur son époux un regard angoissé :

— Quelle folie ! fit-elle d'une voix sensibilisée par un tremblement qu'elle s'efforçait de maîtriser. Je ne vois pas quel mal on pourrait me faire dès l'instant où vous devez veiller sur moi ! Quand nous serons à Dampierre...

— Nous n'allons pas à Dampierre...

— Non ? Où alors ? Pas... à Chevreuse tout de même ?

— ... Et je ne suis responsable de vous que jusqu'à un certain point.

— Comment l'entendez-vous ?

1. L'exil ne signifiait pas fatalement le passage des frontières. Le plus souvent le coupable était confiné sur ses terres.

— Comme on me l'a dicté : c'est votre frère Louis qui va vous loger le temps qu'il plaira à notre sire. Et lui répondra de vous sur sa tête !

— Quoi ?... Mais je suis votre femme, je suis princesse lorraine et vous me devez secours, assistance... sans compter que vous disiez m'aimer ?

— C'était vrai mais ce ne l'est plus ! Souvenez-vous, madame ! Je vous avais recommandé de ne jamais avoir de sang sur vos mains. Vous avez celui de Chalais et vous vouliez celui du Roi. Notre accord est rompu.

— Vous voulez vous séparer de moi ? Me... répudier ?

— Non. Vous resterez duchesse de Chevreuse et je veillerai sur l'enfant que vous m'avez donné mais je ne veux plus vivre avec vous.

Ce ton cassant, ce regard qu'elle ne pouvait saisir, cette main qui rejeta la sienne quand elle tenta de la prendre. L'homme assis là, si proche et pourtant si lointain, avait-il été vraiment celui que sa beauté rendait fou ? Marie appela son orgueil à son secours pour qu'il lui rende sa dignité ! Jamais elle ne s'abaisserait à le supplier... Elle se raidit :

— Me direz-vous enfin où je vais ?

— A Seiches, au château du Verger qui est à votre frère Guéménée.

Elle sentit sa gorge se serrer tandis que sa mémoire lui restituait ce château, le plus beau d'Anjou peut-être comme Josselin était le plus beau de Bretagne. Les demeures des Rohan ne manquaient ni de splendeur ni de puissance, mais leurs logis aux fenêtres fleuronnées s'entouraient de puissantes tours qui soulignaient leur vocation de forteresses. Le Verger, bâti dans la seconde moitié du XVe siècle par Pierre de Rohan, le célèbre maréchal de Gié, n'échappait pas à la règle : il était digne d'un roi et en avait reçu plus d'un, le dernier en date étant le Béarnais, mais Marie le trouvait sévère. En outre, sans nouvelles de son frère depuis de longs mois, elle ignorait s'il y séjournait seulement.

— Louis est-il là-bas ?

— Je le crois. Un courrier a été envoyé qui vous annonce. A présent faites-moi la grâce de vous taire... Je ne répondrai plus à vos questions !

Elle n'insista pas, appuya sa tête contre le velours de tenture et ferma les yeux. Claude n'allait quand même pas demeurer muet le reste d'un voyage d'une trentaine de lieues ? Il faudrait s'arrêter le soir, coucher quelque part et alors... peut-être ?

Mais on ne s'arrêta pas, sinon pour relayer, et Chevreuse n'adressa plus la parole à sa femme durant le trajet... jusqu'à ce qu'après un jour et une nuit sans repos, le carrosse s'immobilise subitement à une croix du chemin. Chevreuse alors se tourna vers Marie :

— Veuillez descendre, madame. C'est là que nous nous quittons.

— Quoi, ici ? Mais nous sommes...

— A une lieue du Verger et la route est toute droite. Vous ne pouvez pas vous tromper... ni dévier. Songez que vous êtes attendue et que Guéménée est garant de vous à partir de cet instant.

Il lui prit la main pour la conduire cérémonieusement à son carrosse à elle où elle retrouva Anna visiblement terrifiée et Peran toujours aussi impassible. Quand elle fut montée, il ôta son feutre empanaché pour la saluer :

— Adieu, madame ! Je prierai pour que la sagesse vous vienne !

Puis il ferma lui-même la portière, attendit les pieds dans la poussière que Peran eût enlevé ses chevaux mais, à son tour, Marie, sans répondre à son salut, avait cessé de le regarder.

— Oh, Madame la Duchesse ! gémit Anna dont la bonne figure portait les traces de l'épuisant voyage, qu'allons-nous devenir ?

Marie haussa les épaules sans répondre mais lui sourit afin de la réconforter. Quant à elle, cette situation nouvelle requérait toute son attention. Il allait falloir faire quelque chose mais diable si elle savait quoi ! Peut-être qu'après un peu de repos, elle y verrait plus clair. Pour l'instant elle se sentait moulue n'ayant qu'une envie : dormir !...

Soudain elle entendit Peran crier :

— Nous sommes poursuivis ! Deux cavaliers !

— Pousse tes chevaux ! clama-t-elle. Il faut être au château avant eux !

Le cocher fit prendre à son attelage un galop forcené mais, au bout d'un moment, il les retint si brutalement qu'à l'intérieur les deux femmes se retrouvèrent à genoux sur le tapis. En même temps elles l'entendirent hurler dans le vacarme des hennissements, des gourmettes entrechoquées et des claquements de sabots :

— Un arbre abattu ! C'est une embuscade !...

— Mille tonnerres ! gronda Marie. Ce démon m'a envoyée dans un piège pour se débarrasser de moi !... Essaie de passer par les champs !

— Fossé trop profond ! C'est impossible.

Le carrosse s'arrêtait. En dépit des protestations de Peran, elle sauta sur la route dans l'espoir de fuir à toutes jambes, mais déjà des hommes masqués, l'épée à la main, sortaient de l'épais feuillage du hêtre qui barrait le chemin. Là-bas, les deux cavaliers arrivaient comme la foudre. Marie comprit qu'elle était perdue, que sa vie allait s'achever là, en plein milieu de la campagne angevine et sur les terres de son propre frère, abattue par une poignée de malandrins à la solde d'un de ses ennemis. Lequel ? Il ne lui restait plus de temps pour le chercher. Seulement celui de prier peut-être...

— Epargnez mes serviteurs ! cria-t-elle.

Puis se signant d'un geste large, elle se laissa tomber à genoux dans la poussière, mais la tête bien droite... comme l'avait fait Chalais sur l'échafaud de Nantes, ferma les yeux et attendit le coup fatal. Elle n'avait même pas peur. Elle était une Rohan, mille tonnerres !...

Saint-Mandé, 16 septembre 2004

TABLE DES MATIÈRES

Première partie

UNE SOIF DE VENGEANCE

Deuxième partie

L'ÉCHAFAUD DE NANTES

(suite de la liste p. 4)

La Florentine

1. FIORA ET LE MAGNIFIQUE
2. FIORA ET LE TÉMÉRAIRE
3. FIORA ET LE PAPE
4. FIORA ET LE ROI DE FRANCE

Les Dames du Méditerranée-Express

1. LA JEUNE MARIÉE
2. LA FIÈRE AMÉRICAINE
3. LA PRINCESSE MANDCHOUE

Catherine

1. IL SUFFIT D'UN AMOUR T. 1
2. IL SUFFIT D'UN AMOUR T. 2
3. BELLE CATHERINE
4. CATHERINE DES GRANDS CHEMINS
5. CATHERINE ET LE TEMPS D'AIMER
6. PIÈGE POUR CATHERINE
7. LA DAME DE MONTSALVY

Le Gerfaut

1. LE GERFAUT DES BRUMES
2. UN COLLIER POUR LE DIABLE
3. LE TRÉSOR
4. HAUTE SAVANE

Les Chevaliers

1. THIBAUT OU LA CROIX PERDUE
2. RENAUD OU LA MALÉDICTION
3. OLIVIER OU LES TRÉSORS TEMPLIERS

DANS LE LIT DES ROIS
DANS LE LIT DES REINES
LE ROMAN DES CHÂTEAUX DE FRANCE T. 1 et T. 2
UN AUSSI LONG CHEMIN
DE DEUX ROSES L'UNE
LES ÉMERAUDES DU PROPHÈTE
LA PERLE DE L'EMPEREUR
LE JOYAU DE LA SORCIÈRE

La route des Croisades est semée de tentations...

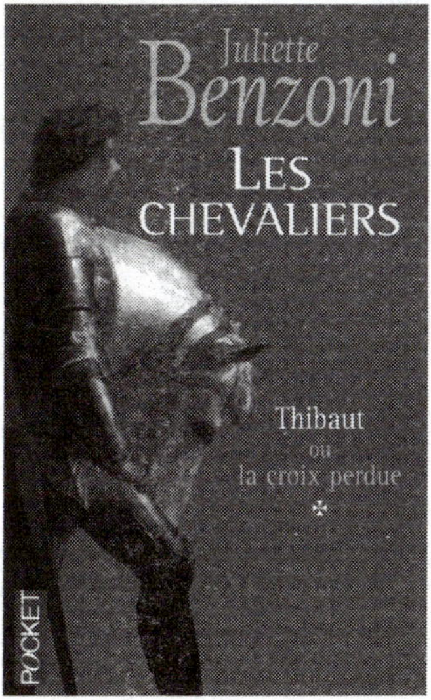

t.1 - Thibaut ou la croix perdue

(Pocket n° 11947)

t.2 - Renaud ou la malédiction

(Pocket n° 11948)

t.3 - Olivier ou les trésors templiers

(Pocket n° 11949)

De la cour de Jérusalem à celle de Saint Louis, trois hommes d'une même famille parcourent l'Europe des Croisades, partagés entre le devoir et l'amour. La quête commence avec Thibaut, et se poursuit avec ses descendants : Renaud, chevalier au service de Louis IX et Olivier, moine de l'Ordre des templiers. Leur destin est lié par une mission sacrée : garder le secret de l'arche d'alliance et la protéger à n'importe quel prix...
Même s'ils doivent pour cela renoncer aux plus belles femmes de la chrétienté.

Il y a toujours un Pocket à découvrir

Photocomposition Nord Compo
59650 Villeneuve-d'Ascq

Impression réalisée sur Presse Offset par

BRODARD & TAUPIN

GROUPE CPI

34073 – La Flèche (Sarthe), le 01-03-2006
Dépôt légal : mars 2006

POCKET – 12, avenue d'Italie - 75627 Paris cedex 13
Tél. : 01.44.16.05.00

Imprimé en France